O DOM

O DOM *Nikita Lalwani*

Tradução
Fernanda Abreu

Título original: GIFTED

Copyright © 2007 by Nikita Lalwani

Direitos de edição da obra em língua portuguesa no Brasil adquiridos pela EDITORA NOVA FRONTEIRA S.A. Todos os direitos reservados. Nenhuma parte desta obra pode ser apropriada e estocada em sistema de banco de dados ou processo similar, em qualquer forma ou meio, seja eletrônico, de fotocópia, gravação etc., sem a permissão do detentor do copirraite.

Os autores e editores são gratos pela permissão especial para reproduzir a letra da canção "My Back Pages", de Bob Dylan (Copyright © 1964, Warner Bros. Inc. Copyright renovado por Special Rider Music, 1992. Todos os direitos reservados. Direitos internacionais garantidos. Reproduzido mediante permissão) e "Sign on the Window" (Copyright © 1970, Big Sky Music. Todos os direitos reservados. Direitos internacionais garantidos. Reproduzido mediante permissão). Agradecem também à Coca-Cola Company, EUA, pelos trechos do *Livro Limca dos Recordes*. "Somewhere I Have Never Travelled", de E.E. Cummings, tirado de *Complete Poems 1904-1962*, reproduzido mediante permissão de W.W. Norton & Company, Inc./Liveright Publishing Corp.; "Thunder Road", de Bruce Springsteen (Copyright © Bruce Springsteen, 1975) reproduzido mediante permissão de Zomba Music Publishers Ltd.; "Mere Mehboob Tujhe", tirado de *Mere Mehboob*, reproduzido mediante permissão de Tiptop Entertainment; trechos do *Livro Guinness dos Recordes 1981* reproduzidos mediante permissão de Guinness Publishing UK; "Os homens muitas vezes se tornam aquilo que acreditam ser...", da obra de M.K. Gandhi, reproduzido mediante permissão do Navajivan Trust, www.navajivantrust.org.

Todos os esforços possíveis foram feitos para localizar e entrar em contato com os detentores dos direitos. Os editores terão prazer em incluir qualquer omissão ou retificar qualquer erro que lhes for comunicado na mais breve oportunidade.

Esta é uma obra de ficção. Nomes, personagens, lugares e situações ou são fruto da imaginação da autora, ou são aplicados de forma ficcional. Qualquer semelhança com a realidade é mera coincidência.

EDITORA NOVA FRONTEIRA S.A.
Rua Bambina, 25 – Botafogo – 22251-050
Rio de Janeiro – RJ – Brasil
Tel.: (21) 2131-1111 – Fax: (21) 2286-6755
http://www.novafronteira.com.br
e-mail: sac@novafronteira.com.br

CIP-Brasil. Catalogação-na-fonte
Sindicato Nacional dos Editores de Livros, RJ.

L214d   Lalwani, Nikita
O dom / Nikita Lalwani ; tradução Fernanda Abreu. — Rio de Janeiro : Nova Fronteira, 2008.

Tradução de: Gifted

ISBN 978-85-209-2086-2

1. Romance inglês. I. Abreu, Fernanda. II. Título.

CDD: 823
CDU:821.111-3

Para Vik, meu *jaanum*, em nome de todo esse amor.

'Equality,' I spoke the word
As if a wedding vow.
Ah, but I was so much older then,
I'm younger than that now.

["Igualdade", eu dizia a palavra
como uma jura de casamento.
Ah, mas eu era bem mais velho,
Hoje sou mais jovem que isso.]

"My Back Pages", Bob Dylan
(*Another Side of Bob Dylan*, 1964)

Parte I

1

Mahesh está sentado em seu escritório, corrigindo provas. Levanta os olhos para o arco da janela no mesmo instante em que um trem passa chispando, deixando para trás a urgência no cheiro de óleo diesel e nos estalos que repercutem. O silêncio úmido do outono se instala no aposento como um acontecimento inevitável. É a décima primeira estação desse tipo em sua estada no Reino Unido. A quarta nessa mesma sala. Mahesh ergue os olhos. Gráficos e desenhos ocupam as paredes. O mapa-múndi está um pouco desalinhado, e seu mar azul desaparece atrás da estante de ferro. Livros se espremem em largas fileiras, pressionando pastas e papéis, e maços de folhas de papel-almaço laranja se alternam com preto, branco e cinza. No canto esquerdo da sala, ao lado do quadro-branco, o retrato enrugado de Gandhi o encara. Em sua mente há uma irritação que ataca delicadamente seus pensamentos, a cada poucos minutos.

"Por que Rumi escrevera aquilo no seu caderno de exercícios?" Essa é a pergunta que assalta periodicamente sua consciência: uma pequenina ferramenta dentária furando a gengiva mole. "Por que ela escrevera aquilo?"

Fui brincar com a Sharon Rafferty e a Julie Harris e a Leanne Roper na floresta. Elas me deixaram jogar softbol com elas, que é parecido com rounders, *só que com duas bases. A Sharon disse: "Vamos pegar a bola e as raquetes lá em casa." Quando a gente chegou na casa dela, do lado de fora do portão, a Sharon disse: "Deixa só eu ver se você pode entrar, Rumi, porque a mamãe não gosta de gente de cor." Aí ela entrou com as outras, e eu fiquei esperando do lado de fora.*

Graças a Deus ela voltou e disse que estava tudo bem. Aí a gente entrou e tomou picolé e pegou as raquetes. A sra. Rafferty estava tomando sol no jardim, toda vermelha. A gente pegou as raquetes e foi jogar softbol na floresta.

"De cor." A expressão o fizera pensar em um grosso lápis de cera espalhando um marrom espesso e granuloso sobre um rosto redondo, o tipo de desenho perturbador que Rumi costumava fazer quando era mais nova e estava tensa.

Ele torna a olhar para Gandhi, macilento e impassível, no canto do escritório. O que eles teriam pensado disso na época da universidade, protegidos como estavam pelas próprias idéias? Trotskistas, comunistas gandhianos — na época, haviam encontrado nomes jeitosos para se referirem a si próprios, enquanto mascavam noz de bétel, saboreando a mancha amarga nos lábios e discutindo se a luta de classes era compatível com a não-violência. O que teriam pensado dessa expressão? O que teriam pensado da conversa que ele tentara ter com Rumi depois de lê-la?

— Rumi, você gosta do seu colégio?
— Não gosto dos brigões.
— Como assim, brigões?
— Gente que não é legal comigo.

— Não deixe essas coisas chatearem você. Você agora está com dez anos.

— Ahn?

— Você tem que ser feito um tigre na mata. Feito o Shere Khan de *Mogli, o menino lobo*.

— Como assim, papai?

— Se alguém bater em você, bata de volta. Se baterem uma vez, bata duas.

As palavras haviam saído de sua boca, sinceras como um tiro de espingarda, e ele desviara os olhos ao ver os da menina se arregalarem. "Se você está chocada, eu também estou", pensara. "Mas você não vai ser uma vítima. Isso eu não vou permitir."

O que o coletivo universitário de Hyderabad iria pensar disso, desse mundo que ele escolhera habitar, posicionando bem no seu centro um rebento único, alvo de todas as atenções? A propósito, e quanto a Whitefoot, seu atual amigo, colega do curso de doutorado em Cardiff, ele próprio marxista — o que Whitefoot iria pensar?

Mais um trem passa, carregando em seu interior um chacoalhar pesado, denso como uma enxaqueca. O tremor do quarto parece sacudir de leve o quadro de Gandhi. Mahesh pode ver um quadradinho de luz crepuscular refletido sobre o vidro, escondendo parte do rosto de Gandhi. "De cor? Por que ela escrevera aquilo?"

São quatro da tarde, um fim precoce para o seu dia de trabalho. Ele corrigiu quatro provas, e o aposento já perdeu a maior parte de sua luz. Mahesh enrosca a tampa de sua caneta-tinteiro e guarda-a no bolso externo do blazer, de modo que o aço escovado fica visível através da trama de poliéster marrom. A caneta fora um presente de Shreene, comprada com um dinheiro cuidadosamente reservado de seus primeiros contracheques, quando ela, após o parto, havia começado a trabalhar. Tem quase exatamente a mesma idade de Rumi. Dez anos depois, a caneta ainda conserva uma textura lisa, fresca, sem nenhum arranhão ou amasso visível em todo o corpo. Mahesh ainda experimenta uma sensação de prazer culpado diante de um luxo assim sempre que pensa no que este representa: uma ferramenta de aprendizado e conhecimento — mas uma ferramenta extravagante.

Ele abotoa o paletó e põe de lado as provas, descendo a persiana da janela antes de fechar a sala e levando duas dissertações de mestrado debaixo do braço para dar uma olhada quando chegar em casa.

Certo dia, cinco anos antes, Rumi havia chegado em casa anunciando que a sra. Gold queria fazer uma visita para conhecer seus pais. Tinha apenas cinco anos, em seu primeiro dia de aula. Mahesh e Shreene haviam se organizado para sair do trabalho mais cedo no dia marcado, e chegaram em casa às três e meia. Shreene começou a fritar *bhajis* enquanto Mahesh mergulhava em um profundo silêncio, esperando com sua camisa e sua gravata na sala de estar. Quando a sra. Gold entrou, Rumi veio de mãos dadas com ela.

— Que passeio agradável nós fizemos até aqui, sr. e sra. Vasi — disse ela, deixando Rumi entrar na sua frente.

Rumi se remexeu e calou-se de repente, erguendo os olhos para o pai. Mahesh ficou olhando para o penteado oxigenado da professora — esculpido e fixado em picos e vales arredondados, como uma sobremesa cremosa. Estava confuso. Mentalmente, esforçou-se para não relaxar, uma reação natural ao largo sorriso exibido pela sra. Gold.

— Seria possível conversar com o senhor e sua esposa juntos? — perguntou ela.

Shreene havia trazido os tira-gostos e instalou-se junto ao marido, sentando-se com as mãos no colo, ainda vestida formalmente para o trabalho, de meia-calça e salto alto. Estava alerta: não parava de olhar discretamente para Mahesh, como quem diz: "Me dê um sinal, e eu faço o que for preciso fazer."

— Sobre o que a senhora queria conversar? — perguntou Mahesh à sra. Gold, percebendo as inflexões do próprio sotaque como que pela primeira vez. — Algum problema?

— Não... longe disso, sr. Vasi. Eu queria lhes dar uma notícia que acho que vai deixá-los muito orgulhosos como pais.

— Que notícia?

— Rumi é uma menina superdotada! — declarou a sra. Gold, curvando os lábios animadamente para cima ao soltar as palavras.

Mahesh olhou para Shreene, que mordia a pele seca do lábio inferior — sinal de que estava tensa. Olhou para Rumi, que fitava o chão, esperando o pai decifrar aquelas palavras. Então tornou a fixar o olhar na sra. Gold e nas fileiras brilhantes de seus dentes.

— A senhora quer dizer que ela está indo bem na escola?
— É mais do que isso, sr. Vasi — disse a sra. Gold. — Estou dizendo que ela é especial. Diferente. Superdotada.

Ao ouvir isso, Rumi começou a ficar ansiosa, coçando o nariz e chutando os próprios pés, olhando de um lado para o outro, primeiro para a mãe, depois para o pai, com movimentos hesitantes, exagerados pelo silêncio. Mahesh percebeu que ela estava com um arranhão no joelho, logo abaixo da bainha do vestido de veludo *côtelé*, acima do elástico apertado da meia branca que envolvia sua canela. Shreene franziu a testa para a filha. Mahesh tornou a sorrir para a sra. Gold e suavizou a voz, consciente de que a filha estava escutando cada palavra que ele dizia. Tentou remover a pressão das frases que se pôs a formular.

— Eu e minha esposa levamos... a educação de Rumika muito a sério. Ficamos contentes que ela esteja indo bem nos estudos, e que seu esforço tenha rendido frutos. Eu próprio sou um acadêmico...

A sra. Gold sacudiu a cabeça, interrompendo-o.

— Com todo o respeito, sr. e sra. Vasi, eu estou falando de outra coisa. Estou falando de um dom. Uma coisa que só acontece de vez em quando. Rumi tem um dom para a matemática!

Todos tornaram a mergulhar no silêncio. Rumi balançava as pernas para a frente e para trás, batendo-as ritmadamente no veludo do sofá. Mahesh observou distraidamente que a filha repetia o movimento quatro vezes, e em seguida fazia uma pausa, como se entoasse um cântico com o corpo. Viu-a apoiar uma das bochechas gordinhas com a mão, cujo punho fechou, equilibrando o cotovelo sobre a coxa. A menina não tirava os olhos do chão.

— Eu também sou matemático, e fico feliz que ela esteja indo bem nessa matéria, como a senhora diz. Enfatizei essa disciplina porque é a minha especialidade — disse Mahesh, tentando manter uma expressão amigável no rosto.

— Nós da Summerfield achamos que Rumi merece que esse dom seja encorajado — continuou a sra. Gold. Ela se inclinou para a frente, ajeitando a saia de modo que a prega dianteira desapareceu completamente dentro de si mesma. Fez uma pausa de efeito, como se estivesse prestes a dizer algo sério, possivelmente inadequado. Rumi também se inclinou automaticamente para a frente para escutar, as pernas balouçantes forçando-se a parar, marcando uma depressão temporária na frente do sofá. Até mesmo Shreene inclinou o corpo para a frente, erguendo as sobrancelhas, ansiosa. — Vocês já ouviram falar em um lugar chamado Mensa?

Mahesh sentiu-se exasperado. Já tinha visto os mesmos anúncios que ela. Anúncios daquele lugar que ela citava com tão cuidadosa pachorra, como se estivesse revirando, com a língua, um diamante dentro da boca. "Mensa." Já vira seus infantis testes de QI, divertira-se preenchendo-os no jornal de domingo. Sabia o que era a Mensa, pelo amor de Deus. Por quem ela o estava tomando? E por que estava tão surpresa com o fato de ele e a filha conseguirem enfileirar números com relativa facilidade? Não eram meros comerciantes, afinal de contas.

Ele estava "pê" da vida, como diziam; irritado. Tentou pensar em outras gírias, degustando a legitimidade da própria irritação, encharcando cada palavra com ela. Estava "irado", "fulo da vida", "uma fera". O que ela estava pensando? Que ele era alguma espécie de charlatão de terceira categoria, arrufando suas penas sob o estandarte do mundo acadêmico? Sentiu o estômago roncar com a fermentação dos *bhajis*, manifestando-se como para validar sua sensação de ultraje. Estranhamente, aquela sensação o alegrou. Sentiu-se inclinado a fazer alguma declaração grandiosa para aquela mulher, declaração que Rumi iria escutar, sobre como era possível, graças à força e à disciplina, forjar o próprio destino usando o poder do pensamento: por meio de notas, porcentagens, ensaios, provas, números cuja adição produzira, no seu caso, uma grande soma em pequenas mãos — uma bolsa de estudos do outro lado do mundo.

Examinou os olhos inquietos da sra. Gold. Esta observava sua mulher tomar o chá. Shreene retribuía o olhar, espiando o aposento em volta a intervalos regulares. Que pressuposições ela teria trazido consigo — aquela mulher de sotaque estranho, com seus sorrisinhos e suas contradições educadas? Ele não faria nenhum grande pronunciamento. Isso só iria confundir as coisas. Mas, se pudesse, teria contado tudo a ela. Contado que fora aceito em todas as suas universidades — todas aquelas porcarias de jóias às quais eles davam tanto valor naquele país: que haviam lhe oferecido vagas em Cambridge e na UCL. Acabara indo para Cardiff porque foram eles que haviam oferecido o dinheiro — vários milhares de libras, uma quantia tal que ninguém seria capaz de recusar. Honorários integrais. Tinham querido que ele fosse para lá, um estrangeiro com menos de cinco libras no bolso e uma esposa miúda, de sandálias, toda trêmula. Fora assim que ele descera do avião com Shreene em 1972, recém-casado e consciente, dignificado pela deferência daquelas instituições de tijolinhos vermelhos, certeiro como uma bússola, mostrando o caminho para ambos.

Ele não fizera parte dos trinta mil asiáticos que haviam, naquele ano, vazado tal como uma hemorragia da feia cicatriz na barriga de Uganda, e escorrido para os espaços escuros da Grã-Bretanha boiando na água suja do golpe de Idi Amin: as massas rastejantes que haviam ido parar nos bolsões de Leicester e Wembley. Não iria se dissolver nos rios de sangue, em meio aos exércitos de bactérias de Enoch Powell, defecando nos pesadelos das pessoas sobre as paisagens de seu precioso país.

Ele era o dr. Mahesh Vasi, Ph.D., um homem que dera início à sua carreira de matemático repetindo tabuadas debaixo de uma grande árvore em Patiala, com quinze colegas de turma, coberto de poeira e movido pelo simples entusiasmo dos números. Agora estava ali, trabalhando a pouco mais de uma hora de carro de sua casa, falando para uma sala de cem alunos a cada semana, empregado oficialmente pela Universidade de Swansea, ligada a nada menos que a Universidade de Gales. Que tal isso?

Mahesh pigarreou e ponderou como continuar. Cruzou, depois descruzou as pernas, com uma expressão que esperava ser de relaxada contemplação. Ainda precisava aprender a relaxar, a se desfazer do desejo ritual de agradar. Era um hábito simplesmente vergonhoso, dizia a si mesmo.

Shreene ofereceu à sra. Gold a travessa de tira-gostos. Os legumes reluziam através da massa com calor resplandecente: berinjelas roxo-escuras e abobrinhas verdes pressionando as curvas firmes através da casca frita.

— Por favor, aceite um — disse ela, sorrindo e pondo um guardanapo de papel na mão da professora. — A senhora gosta de comida apimentada?

Mahesh aproveitou a oportunidade para intervir.

— Conheço a Mensa muito bem, sra. Gold. Ficarei feliz em ir até lá com a Rumika e ver como é.

Nas duas semanas seguintes, as quais antecederam a prova de entrada de Rumi para a Mensa, Mahesh instaurou uma rotina não muito diferente da que fizera Shreene seguir durante o primeiro ano de seu casamento, quando ela estava grávida.

Na época, ele se sentia muito atraído pela natureza vulcânica de sua nova esposa: os imensos olhos azuis (uma exótica aberração de cor na família dela, da qual Shreene tinha grande orgulho) que pareciam se projetar para fora das órbitas quando ela ficava zangada, as cascatas de cachos negros que pendiam de forma sensual contra a pele úmida e morena da testa. Mas ficara preocupado com os elementos estereotipados de sua união — o fato de que mal se conheciam, tendo se encontrado apenas uma vez antes do casamento, e de a concepção ter ocorrido um mês depois do casamento, conforme esperavam seus pais na Índia.

Naqueles tempos, os dois moravam em um albergue para estudantes, cuja cozinha exalava e projetava o cheiro de gás para dentro do quarto onde dormiam. O dinheiro era contado: Mahesh trabalhava no correio da universidade para incrementar sua bolsa de estudos e era um poupador engajado.

— Se ganharmos duas libras, economizamos uma — gostava de dizer. — Não vou ser o tipo de pessoa que se mata procurando moedas para a calefação. Se decidirmos abrir mão de alguma coisa, muito bem. Mas nunca seremos forçados a isso se tivermos nossas próprias economias.

Nos fins de semana, Shreene o acompanhava à academia de esportes da universidade para tomar um luxuoso banho quente; durante a semana, contentava-se com o decrépito banheiro coletivo um andar abaixo do seu. Passava o dia tentando imprimir um mínimo daquilo que considerava um ambiente familiar ao único cômodo em que viviam, afastando a solidão com a necessidade de limpeza e arrumação, encontrando seu próprio espaço entre as bandejas de alumínio e os sáris dobrados que trouxera da casa dos pais.

Mahesh chegava em casa tarde, desgastado pelo universo distante de seu doutorado, e iniciava o que Shreene chamava — primeiro brincando, depois com amarga regularidade — de "procedimentos de campo de internação policial". Ele a havia tirado da colorida agitação do seu mundo: interrompera o esticar dos redondos *chapattis*, o arco-íris pulverizado dos temperos, para ferir-lhe o orgulho pontualmente às sete e meia todas as noites, forçando-a a se sentar à mesa bamba de plástico e repassar os acontecimentos do dia. Era incapaz de assinar algo tão volátil quanto um jornal diário, mas exigia que Shreene fizesse uma viagem diária, na hora do almoço, para ir ler o jornal na biblioteca do bairro. Ela podia ler o que quisesse; tudo que ele pedia era que tivessem, antes do jantar, uma conversa de uma hora, detalhando o que ela havia lido. Quando Shreene reagia, com os olhos orgulhosos fumegando de indignação, dizendo que não era assim que ela estava acostumada a ser tratada — que não esperava ser insultada dessa forma pelo marido —, ele enumerava com grande clareza as conseqüências positivas que faziam daquilo um curso lógico de ação:

1. Ele poderia conversar com ela sobre assuntos que não fossem os dramas e intrigas de suas famílias. Isso, a longo prazo, só poderia ser benéfico.

2. O hábito iria melhorar seu inglês, possibilitando-lhe trabalhar assim que o bebê nascesse. Shreene havia se formado na Universidade de Délhi; sua formação, embora ministrada em híndi, incluíra literatura, filosofia e belas-artes. Não havia motivo para ela não ser capaz de contribuir para o orçamento familiar. Na verdade, era fundamental que o fizesse, considerando-se que logo seriam três pessoas na família.

3. A ida à biblioteca era ao mesmo tempo uma economia e uma fonte de poder. Iria lançá-la ao mundo, forçando-a assim a interagir com a população local — o que também seria benéfico para sua assimilação à sociedade na qual agora viviam —, em vez de sucumbir à tentação de sentir saudades e idealizar a sociedade em que vivia na Índia.

4. Sair de casa seria um bom exercício para ela, sobretudo em sua atual condição.

5. Todo esse regime impediria que ela perdesse as capacidades mentais por falta de uso, sobretudo durante aquela fase crítica de sua vida, a gravidez.

Esse último item deixava Shreene especialmente zangada. Mas ela engolia a própria indignação e fazia o que ele achava melhor. Durante algum tempo, isso quase pareceu funcionar — ela listava os acidentes e seqüestros aéreos, terremotos, bombas e tiroteios na Irlanda. Quando não conseguia pronunciar os nomes dos lugares, certificava-se de fornecer uma indicação dos números correspondentes a cada caso, reunindo os algarismos na memória para formar uma vasta quantidade de munição. Algumas vezes, inventava acontecimentos em lugares indefinidos: um avião que quase caíra no oceano Índico devido a um minúsculo erro por parte do piloto, ou pequenas rebeliões em uma mesquita na fronteira com o Paquistão; um dia de poucas notícias levava um popular guru a instigar a revolta de milhares de discípulos no Gujarat, qual um profeta dos últimos dias.

Essas histórias com freqüência faziam referência à Índia. Mahesh a proibia de se prender ao passado, mas algumas vezes, quando ela aparecia com essas invencionices, achava-a totalmente encantadora. Digladiava-se com o próprio coração, que se derretia como um *marshmallow* em um espeto, e tentava se manter racional.

— Tem certeza? — perguntava, reprimindo um sorriso.

E assim prosseguiram até Shreene começar a não agüentar mais, dando chiliques, perdendo o controle. Certo dia, insatisfeito com os números, Mahesh acabou lhe pedindo uma opinião sobre os planos do primeiro-ministro Heath para lidar com o desemprego. Ela explodiu. Houve gritos, pratos lançados contra a bancada, ranger de dentes, e ela destruiu o ritual de uma vez por todas.

— Nós nunca mais vamos voltar, não é? — perguntou, confrontando-o com as palavras, insistindo para que ele as refutasse. — Isto aqui é tudo que eu posso esperar agora. Você me disse que era só para o doutorado, mas eu nunca mais vou ver a minha família. Você mentiu para mim, não foi? É isso!

— O que isso tem a ver com o assunto? — contrapôs Mahesh. — E, de qualquer forma, nós com certeza devemos tomar a decisão mais adequada quando aparece uma oportunidade, não é? Por que chamar isso de mentira?

— Quando você conversou comigo sobre casamento, perguntou se eu queria morar fora — disse Shreene, engolindo em seco. — Nesse dia, eu respondi: "Não, eu sou indiana, meu coração é *desi*." Só três anos, você disse.

Quando Rumi completou cinco anos, porém, e a equação da Mensa começou a se formular diante de seus olhos, Shreene já era uma profissional totalmente estabelecida. Os "procedimentos do campo de internação policial" eram uma lembrança distante para Mahesh, banhados na inocência de seus jovens anos.

Inevitavelmente, Rumi passou a ter um horário mais intensivo na escola do que as outras crianças, e isso precisou ser implementado em casa, fora do horário escolar. No entanto, apesar de sua pouca idade, ou mesmo por causa disso, aos cinco anos ela era uma aluna disposta. Quando se tratava do jogo dos números, demonstrava genuína animação: os números que ele lhe lançava acertavam o alvo incontáveis vezes, e ela os rebatia com uma energia incansável, que a um só tempo deixava o pai encantado e Shreene incomodada.

Durante aquelas duas semanas, Mahesh foi buscar Rumi na escola todos os dias, às 15h45 em ponto, e, uma vez em casa, depois de um lanche e de exercícios básicos de ioga, começavam a preparação. Assim como uma dieta básica nutricionalmente equilibrada, Shreene oferecia os alimentos preferidos de Rumi em intervalos fixos. Incluíam uma pequena quantidade de biscoitos doces, uma rosquinha com geléia ou um sorvete de chocolate tarde da noite. A cada duas horas, faziam um pequeno intervalo de quinze minutos para alongarem-se ou darem uma volta no quarteirão. A viagem começava com sua saída pelo portão dos fundos. Sua casa ficava no meio de dez outras iguais que subiam pelo lado esquerdo de uma rua em declive, quarteirões de barro, quadriculados com rejunte bege, e telhados cor de grafite com pequeninas chaminés, repetindo-se e espelhando as casas do outro lado da rua.

Mahesh ficava olhando o rabo-de-cavalo de Rumi balançar na sua frente enquanto caminhavam juntos no crepúsculo; sentia-se próximo à filha. No alto do declive, seu caminho desembocava em uma calçada mais larga que margeava uma rua principal, ocasionalmente percorrida por tráfego. Enquanto Mahesh avançava assim, traçando um circuito constante entre as casas, a cada vez registrando o trio de lojas do outro lado da rua (jornaleiro, lavanderia automática e loja de ferragens), imerso no forte cheiro de poluição e plantas domésticas, sentia-se ligado a Rumi no mistério do silêncio, hipnotizado pelas sessões de perguntas e respostas que haviam acabado de realizar. Todas as perguntas tinham uma resposta. Depois de pensar, esforçar-se, fazer algumas tentativas, ela acabava descobrindo a resposta para cada pergunta que ele fazia. Era essa a sua interação. Até mesmo Shreene ficava concentrada durante essas sessões, sintonizada com os horários e pronta para preparar Rumi para a cama, com seu banho e seu copo de leite com amêndoas moídas.

No grande dia, ele quis que Shreene os acompanhasse, mas ela se desvencilhou, alegando que só iria estragar as coisas para o marido caso este quisesse começar uma conversa mais séria com alguém. Era muito melhor que fosse sozinho com Rumi. Ele levou Rumi até o centro comunitário onde a sucursal local da sociedade iria se encontrar naquele mês. Shreene havia vestido a filha com um vestidinho de cetim opaco comprado em um brechó: um fundo cinza estampado com grandes flores vermelhas que pareciam papoulas. Tinha um laço mole que era amarrado no meio das costas de Rumi. Ao parar no sinal vermelho, Mahesh olhou para a filha de cinco anos sentada ao seu lado e teve um breve instante de pânico. "Será que ela parecia vestida para ir a um casamento? Será que iriam parecer dois broncos?" Afastou o pensamento com um piscar dos olhos. Se havia algo do qual ele tinha certeza, era de que essas eram as coisas que menos importavam. Era fundamental se concentrar nisso. Na simplicidade daquela ocasião.

Mas ninguém o havia preparado para a possibilidade de ele voltar poucos minutos, segundos até, depois de entrar na sala. Chegaram atrasados, é verdade, e isso o deixara confuso, fazendo-o se perguntar por que não prestara atenção na hora. ("Teria feito isso de propósito?", perguntou-se Mahesh depois. "Nesse caso, o que isso queria dizer?") Mesmo assim, ninguém seria capaz de explicar o calafrio que lhe percorreu o corpo quando a pessoa que falava ao microfone interrompeu seu discurso de boas-vindas para olhar para eles dois, no fundo da sala. Rumi apertou sua mão enquanto cinco fileiras de pessoas se viravam, e o orador lhes dizia para se sentarem na frente. Mas Mahesh não se sentou em meio àquele mar de rostos brancos. (Por que a cor? Não conseguia explicar, nem mesmo agora.) Em vez disso, segurando firme a mão de Rumi, dera meia-volta e saíra da sala tão depressa que foi só quando estavam entrando no carro que ela conseguiu falar.

— Para onde a gente está indo, papai? — perguntou, enquanto ele a prendia com o cinto de segurança, arrumava o espelho retrovisor e puxava o próprio banco para a frente com energia.

— Vamos fazer isso sozinhos — disse ele em uma resposta silenciosa, sentindo um calor incomum encharcar sua testa. Estremeceu. "Não precisamos deles", pensou enquanto dava marcha a ré, verificando o espelho para o caso de a sra. Gold aparecer, também atrasada.

2

Rumi deu uma olhada no relógio. Estava com 10 anos, 2 meses, 13 dias, 2 horas, 42 minutos e 6 segundos de idade.

 Encostada em uma estrutura anexa ao portão da escola, procurando o pai por cima da grade alta, ela se perguntou quanto tempo mais ele iria demorar para chegar. Um arrepio percorreu-lhe o corpo: a mordida dormente do frio perturbava sua discrição cuidadosamente organizada, instigando seus sentidos, e ela sentiu medo de que alguém reparasse nela. Controlou-se e ficou o mais parada possível. Os uivos e gritos vindos do pátio do recreio se afunilavam devagar pela entrada principal e saíam pela grade. Ela estava esperando longe do portão por onde a escola despejava seus alunos para a rua, porque seria constrangedor demais se alguém visse Mahesh vindo buscá-la.

Agora com dez anos, Rumi tinha a sensação de estar sendo continuamente lembrada do próprio constrangimento, como um ponteiro que se erguesse para apontar bem para cima, muito depressa, como o que media a quantidade de artigos doados à caridade no programa de tevê *Blue Peter*. Não entendia por quê, mas sabia que a visão do pai descendo do carro, com seu impermeável bege fortemente amarrado na cintura, a barba preta salpicada de fios grisalhos, os olhos sérios como o fim do mundo — a idéia de que todos vissem isso —, deixava-a com vergonha. E se ele dissesse alguma coisa, daquela forma lenta, como se algo muito ruim tivesse acontecido, com a voz que reservava para quando estava sério — se ele falasse assim na frente de todo mundo, ela não poderia suportar.

— O seu pai é tão bizarro — dissera Sharon Rafferty certa vez, quando ela estava arrumando os cabelos de Julie Harris durante a hora do almoço no pátio. — Ele não sorri nunca? Parece um mutante.

Rafferty só tinha visto seu pai de longe, na reunião de pais, mas isso bastara para torná-lo parte de seu vocabulário. Era como se ele houvesse exalado um cheiro esquisito, o que agora o tornava alvo fácil de zombarias.

Rumi franziu o cenho e coçou a marca no nariz deixada pelos óculos. Seu pai era professor universitário, ou "palestrante", como diziam na universidade, mas as suas colegas não sabiam disso. Então precisavam inventar alguma outra coisa. Elas faziam com que Rumi se sentisse uma inútil. Não apenas Rafferty e Harris, as queridinhas da escola, mas todas as meninas da sua turma. Rumi não apenas era praticamente impedida de brincar — só podia fazê-lo uma vez por semana, durante uma ou duas horas, quando muito —, mas parecia que sempre precisava pedir para participar quando meninas como Rafferty e Harris, que moravam perto da sua casa, estavam brincando, como se isso fosse um favor especial. Ultimamente, desde que todas haviam começado a passar mais tempo perto da loja do bairro em vez de ir para a floresta, isso só fizera piorar. Nunca mais havia jogado softbol desde aquela primeira vez com Sharon, Julie e Leanne. Aquilo a deixava irada. Era mais do que constrangedor. Era uma sensação horrível.

Se aquela história toda de amigas fosse igual a um diagrama de Venn, ela não estava sequer dentro do círculo externo. Não era como na Índia, onde todo mundo queria brincar com ela ou fazer-lhe perguntas para saber tudo a seu respeito. Em toda a Cardiff, ninguém queria falar com ela — não podia incluir os próprios pais nessa conta e, mesmo que pudesse incluir o irmão, Nibu ainda nem sabia falar direito —, com exceção de Simon Bridgeman e Christopher Palmer, igualmente discriminados e taxados de "CDFs". Até mesmo eles só poderiam lhe dirigir a palavra fora dos limites da escola, ou correriam o risco de serem ridicularizados, como se ela fosse sua namorada ou algo assim. Rumi sentia-se sozinha. Mas não era somente por culpa do pai. Se fosse esperar em frente ao portão agora, por exemplo, sabia que iria passar vergonha pelo simples fato de estar ali, usando seu vestido esquisito cheio de lacinhos e sua meia-calça grossa de lã, com os longos cabelos se soltando da fivela dourada que Shreene prendia do lado direito de sua cabeça diariamente.

Rumi não tinha permissão para escolher as próprias roupas. Por motivos orçamentários, segundo Mahesh, precisava vestir roupas que houvessem sido feitas para ela durante a Viagem à Índia, dois anos antes, costuradas em diversos tamanhos para ela poder crescer e continuar a usá-las. Essa era a única conseqüência ruim de uma viagem que em tudo o mais, sem dúvida nenhuma, fora a melhor experiência de toda a sua vida. Mas as roupas significavam que ela passava quase o tempo todo com frio, e, como não podia usar jeans nem macacões, era alvo constante de chacota devido à peculiaridade de seus trajes e acessórios; os grossos óculos fornecidos pelo sistema público de saúde e o guarda-roupa brilhante de tecidos sintéticos indianos completavam a longa lista de motivos para sentir vergonha. No campo de batalha do recreio, essas coisas tinham importância. "Todo mundo quer ser idêntico", pensou ela. "Identic identidad idente dentadura dondoquinhas irritantes. Idênticos dentes. Esquidentes." Era doloroso. E Rumi havia se retirado da brincadeira, preferindo, em vez disso, planejar o mundo por meio da triunfal e lógica leitura de livros como *Matemática avançada*, coleção na qual estava pelo menos sete volumes na frente de qualquer outro aluno da sua série.

Tornou a olhar para o relógio. Agora estava com 10 anos, 2 meses, 13 dias, 2 horas, 48 minutos e 4 segundos de idade. Entoou mentalmente a canção de números. Era quase uma cantiga de ninar, cantiga que ela conhecia desde a infância, na qual a melodia funcionava como um gráfico progressivo com uma linha que ia subindo, subindo, depois se tornava plana quando chegava ao dezesseis, terminando com uma reconfortante monotonia. O vento continuava a castigá-la, fazendo-a perder o equilíbrio, mas ela se prendeu à melodia como a um colete salva-vidas, deixando que os números a aquecessem com sua familiaridade. 1 mais 1, 2. 2 mais 2, 4. 4 mais 4, 8. 8 mais 8, 16 — e 16 mais 16, 32. Os algarismos seguiam desfilando em sua cabeça, e ela prolongava a canção segundo sua própria lógica, adorando sua simplicidade. Eram números inteiros, pares, criados por simples duplicação. 32 mais 32, 64... 128... 256... 512. Quinhentos e doze era um lindo número. Simpático mesmo. Fazia-a pensar nas mãos do pai, grandes, calorosas, espalmadas, cobertas de linhas, em que ela costumava encostar o rosto nas manhãs de domingo quando ele e a mãe ainda estavam na cama. Ele costumava fingir que aquelas mãos eram a boca de um crocodilo esperando para devorá-la. Isso fora antes de ele ficar obcecado em aritmética mental e em encontrar a resposta certa, no tempo em que ele fazia brincadeiras bobas, espontâneas e preguiçosas com ela, cheias daqueles bocejos de fim de semana.

O carro apareceu na esquina, detendo-se no sinal. Ela pegou a mochila e foi depressa ao seu encontro, mantendo os olhos voltados para o chão.

Agora que Nibu estava na creche da universidade, não havia ninguém em casa para vigiar Rumi, então todos os dias ela tinha de ir à biblioteca, das 16 até as 18h, para resolver vinte problemas escolhidos pelo pai. Do ponto de vista de Rumi, havia muitas vantagens nesse novo esquema. Em primeiro lugar, ele aumentava exponencialmente as probabilidades de ela voltar a pé para casa junto com John Kemble, o menino mais cobiçado da sua turma. O status de Rumi indicava que ela não tinha a menor chance de conversar com ele, a menos que estivessem sozinhos, quando ele tendia a ser muito mais simpático. Kemble morava perto da biblioteca, portanto, de agora em diante, contanto que passassem pelo portão mais ou menos na mesma hora, Rumi tinha uma boa chance de caminhar junto com ele por pelo menos seis minutos. Refletiu sobre isso. Bom, provavelmente seria uma chance de 2 em 7. Ou talvez de 3 em 14, conhecida também como 3 sobre 14. Pensando bem, 1 sobre 14 daria 0,0714, o que, multiplicado por três, daria 0,2142. Ela franziu o cenho. "Não imaginava que a chance fosse tão pequena", pensou.

Hoje, porém, era o primeiro dia no novo esquema, portanto o próprio Mahesh a levaria à biblioteca do shopping Maelfa. No caminho, ele repassou mais uma vez as regras, dirigindo o carro por uma tarde cada vez mais escura, com sua cautela habitual. Rumi ficou escutando, com o rosto encostado na vidraça, vendo as gotículas de chuva escorrerem uma para dentro da outra. A essa altura, ela já conhecia as regras de cor.

> 1. A regra mais importante. Nunca falar com ninguém. Nem mesmo se reconhecesse alguém da escola que porventura estivesse na biblioteca. Na verdade, caso isso acontecesse, ela deveria se manter especialmente calada e virar o rosto, evitando cruzar olhares.

> 2. Nenhuma alusão à sua rotina na biblioteca deveria ser feita em nenhuma ocasião — nem para colegas, nem para professores, nem para qualquer outra pessoa que lhe perguntasse o que ela fazia quando não estava na escola.

> 3. Não sair da biblioteca depois de lá entrar às quatro da tarde. Deveria ficar sentada no seu lugar, solucionando os problemas, e usar o banheiro da biblioteca caso precisasse. Nada de passear pelo shopping, nem pelo pequeno parque adjacente. Deveria ficar sentada e pronto. Mahesh a havia ameaçado com visitas surpresa a qualquer momento: poderia voltar mais cedo, ou aparecer aleatoriamente para ver como ela estava. Isso a impediria de sair.

> 4. A bibliotecária deveria ser a única exceção a essa regra — abordável em caso de emergência. Nesse caso, Rumi deveria fornecer à bibliotecária os telefones e detalhes que haviam sido escritos na quarta capa de seu livro de exercícios de matemática.

5. Ela não levaria nenhum dinheiro. ("Essa era fácil", pensou Rumi. Ela não recebia mesada como as outras crianças.) E tampouco levaria comida: segundo Mahesh, a fome aguçava o raciocínio, permitindo uma concentração mais profunda. Esperaria para fazer sua refeição noturna junto com a família às oito e meia. Mas levaria uma única moeda de dez *pence* no bolso do anoraque, o suficiente para um telefonema, a ser usada apenas em uma emergência extrema, quando não houvesse nenhuma outra alternativa. (Rumi se perguntou que tipo de situação poderia ser essa emergência especial — quem sabe se a bibliotecária morresse ou fosse raptada.)

6. Todo o tempo na biblioteca deveria ser dedicado à matemática, sendo esse o objetivo daquele período preparatório. Nada de perder o foco, e principalmente não desperdiçar tempo com a leitura de romances, embora isso pudesse ser tentador. Era importante para Rumi desenvolver a autodisciplina. Aquele, afinal de contas, era um período de estudo contínuo planejado, em que ela ganharia resistência para o ano seguinte: o início do ensino secundário.

Chegaram ao shopping. A biblioteca ficava logo ao lado da entrada, e os tijolos sujos cor de ferrugem podiam ser vistos pelo pára-brisa quando estacionaram o carro junto a ela. Mahesh trancou o carro e conduziu Rumi até lá dentro, sorrindo para a bibliotecária quando entraram. Embora Rumi conhecesse bem o espaço, a multiplicidade das fileiras e mesas, o anonimato das pessoas, cada qual sentada sozinha, fechada dentro de um forro de silêncio, deixou-a nervosa.

— Vamos, então — disse ele. — Vamos escolher a sua mesa.

Encontraram um lugar mais para a frente, bem na linha de visão do balcão de retiradas. Rumi pôs sobre a mesa seu estojo com o material de matemática e esvaziou a mochila, enquanto Mahesh ia falar com a senhora que arrumava livros atrás do balcão. Voltou dali a alguns minutos.

— Está pronta? — perguntou, inclinando a cabeça na direção da filha, em um gesto de apoio.

Rumi aquiesceu, sem saber como reagir.

— Vou deixar você aqui e voltar às seis — disse ele, apertando o cinto do casaco. — Ou talvez mais cedo... quem sabe? Pode ser que eu venha dar uma checada... e pode ser que não.

Ela tornou a aquiescer, imaginando se deveria fazer ou dizer alguma coisa.

— O dia de hoje é um bom treino para você — disse ele, sorrindo para incentivá-la. — A partir de amanhã, você vai fazer o trajeto até aqui sozinha, então, se precisar conversar comigo sobre as regras, podemos fazer isso esta noite, depois de eu corrigir sua prova.

Ela ficou olhando o pai sair, e a sala se ampliou à sua volta, e o teto subiu e se afastou, fazendo sua cabeça rodar.

Durante muitas semanas, depois dessa primeira tarde, o esquema funcionou conforme o planejado. Seu pai em geral ia pegar Nibu na creche, e então vinha buscá-la entre seis e seis e meia da noite. Começavam verificando seus exercícios, conferindo o número de novos cálculos na página, passando então à conversa diária com o bibliotecário que estivesse de plantão. Depois iam juntos de carro buscar Shreene no prédio da British Telecom, onde ela trabalhava. Algumas vezes, dependendo de quão bem houvessem corrido as somas, paravam na padaria para aproveitar os descontos do final do dia, e Rumi ganhava de presente uma bomba de creme.

Rumi não dizia quanto detestava o novo esquema porque sabia que estava lhe fazendo bem, caso ela quisesse levar a sério a matemática. Afinal de contas, fora ela quem pedira para fazer no ano seguinte a O-Level, a prova do certificado de ensino fundamental. "Eu também consigo, papai", dissera, instigada pela idéia de que o menino na televisão era dois anos mais novo do que ela.

Mas isso não eliminava a tristeza de tudo aquilo. Dia após dia, Rumi ocupava seu lugar escolhido em frente à bibliotecária, cruzando as pernas de tanta tensão enquanto ficava sentada em meio ao ar parado, rabiscando na página aquelas somas inúteis, lembrando-se de mexer os pés depois de uma boa meia hora, apenas para constatar que fora apunhalada centenas de vezes por formigamentos enquanto estava distraída. A cada intervalo, olhava para a bibliotecária com um interesse embotado, observador, como uma câmera de vigilância girando para acompanhar seu alvo, vendo-a carimbar os livros e reorganizar a caixinha de fichas. Mas a bibliotecária não retribuía seu olhar. Na quinta semana, por fim, Rumi se levantou da mesa e leu quinze páginas de um livro de Enid Blyton nos fundos da sala, depois voltou. A bibliotecária não fez nenhum comentário. Na verdade, não pareceu registrar a ausência de Rumi. Com oito semanas, Rumi já havia criado um novo esquema, que incluía desobedecer várias regras por dia.

Começava com a sua chegada. Depois de dispor seu material sobre a mesa, ela ia até os fundos da biblioteca e passava meia hora lendo uma aventura de Malory Towers ou Pippi Meialonga. Gostava dessa parte, apesar do banimento total da literatura de ficção, mas era sempre um prazer mesclado de culpa. Havia nele algo de sujo. Em seguida, ia dar um passeio distraído de uns vinte minutos pelo shopping, parando na loja de brinquedos para ficar olhando as brilhantes geringonças de plástico das quais Nibu poderia gostar, dando uma espiada nos periquitos e peixinhos dourados da loja de animais, examinando os inúmeros utensílios e sementes na loja de material de construção e jardinagem. Depois disso, tudo ia ladeira abaixo. Muitas vezes ficava do lado de fora da entrada da biblioteca, vendo o lixo ser soprado de um lado para o outro pelo vento, sentindo a barriga se contorcer em uma dança semelhante. Eram as mentiras que a deixavam deprimida. "Eles me fazem mentir o tempo inteiro", pensou. Tinha raiva da falta de dinheiro, da única moeda de dez *pence* que ardia como um insulto no bolso junto a seu peito. E tinha raiva da fome que muitas vezes sentia, abrindo caminho em seus pensamentos como um papa-léguas no deserto, fazendo soar um constante zumbido de disciplina, um lembrete interminável. Imaginava que fugia e ia para algum lugar como Malory Towers ou Chalet School, onde aprendia a esquiar e passava a noite em claro fazendo banquetes à meia-noite. Então voltava a si e se forçava a entrar na biblioteca para estudar uma hora de matemática, com um intervalo de dez minutos.

Na décima semana, um único incidente fez as coisas mudarem — liberando uma culpa tamanha que a encharcou inteira, como a tinta das canetas esferográficas quebradas dentro dos seus bolsos. Tinha certeza de que a mãe e o pai podiam ver aquilo em seu rosto, embora eles nunca tenham dito nada.

Aconteceu durante a sessão de estudo de matemática do turno da tarde. Sob as luzes cilíndricas brilhantes, ela havia atacado os números com pressa e ferocidade, como se estivesse jogando Space Invaders, devorando os algarismos com a fome em seu estômago e cuspindo fora os restos. Resolveu os problemas com energia, mastigando as tampas das canetas até transformá-las em pontas afiadas. Então ergueu os olhos — olhou para a bibliotecária entediada sentada diante de sua mesa, para o velho lendo o jornal —, viu o fino e comprido retângulo de céu negro do outro lado da porta, e estremeceu de solidão. Havia beliscado o braço, como faziam nas histórias, para se certificar de que estava mesmo ali e levantou-se. Saiu da biblioteca e foi direto para a loja de balas que ficava depois da esquina.

Ali, ficou vigiando a entrada, fingindo folhear revistas, como se estivesse decidindo qual delas comprar. Duas pessoas entraram, mãe e filha, ambas com cachecóis listrados. Rumi se encaminhou até a seção de balas a granel à sua esquerda e ficou olhando fixamente para os *marshmallows* e os cigarrinhos brancos de confeito. Com o canto dos olhos, podia ver mãe e filha no balcão, conversando com a mulher do caixa. A menina era muito pequena, tinha uns seis anos, e o cachecol cobria-lhe a boca e metade do nariz. A mãe pediu 125 gramas de dropes e curvou-se para assoar o nariz da filha. A mão direita de Rumi mergulhou no compartimento de gelatinas em forma de garrafinhas de Coca-Cola e enfiou um punhado dentro do bolso do anoraque. Ela ficou completamente parada, com a mão tremendo dentro do bolso, encostada no zíper molhado, e em seguida se virou e saiu pela porta, prendendo a respiração. Era uma criminosa. Aquilo era algo impossível de desfazer.

Comeu as balas de Coca-Cola no saguão da biblioteca, mastigando o doce borrachudo e engolindo-o em grandes bocados antes de sequer conseguir sentir o gosto. Depois voltou para o seu lugar e estudou feito uma louca para recuperar o tempo perdido. Quando Mahesh chegou, alguns minutos depois, foi um choque ver sua forma imponente acima dela, com Nibu sorrindo e dando gritinhos no seu colo. Caso ele houvesse saído do trabalho um pouco mais cedo, a teria surpreendido. Mas ele nunca chegava antes das seis, apesar das ameaças de visitas surpresa.

Rumi logo passou a roubar balas todos os dias, revezando-se entre as quatro lojas do shopping, adentrando um mundo de fantasia como o do livro sobre a fábrica de chocolate, em que balas em forma de peixe dourado conviviam lado a lado com gigantescos morangos e camundongos brancos de gelatina. E gostava de se fiar na própria esperteza, usando a astúcia para enfiar balas dentro dos bolsos no momento certo — uma súbita conversa sobre o tempo entre dois adultos na frente da loja, uma falha na vigilância quando o vendedor saía para buscar uma revista de pesca para um velhinho. Se esperasse o suficiente, o momento certo sempre aparecia. Mesmo tendo calculado que a possibilidade de ser flagrada era relativamente alta, já que nenhuma das lojas acolhia mais de dois ou três clientes por vez, não estava preparada para o dia em que a mão de alguém lhe apertou o ombro, fazendo-a sobressaltar e levando sua própria mão a se abrir, liberando uma profusão de pirulitos e tiras de alcaçuz vermelha a se espalharem pelo chão.

— Me mostre o que tem no seu outro bolso, mocinha — disse a vendedora, uma mulher robusta cujo rosto parecia o de uma tartaruga, com rugas e vincos dando-lhe um ar de autoridade assustador. Rumi virou o bolso do avesso, exibindo o revés de tecido empoeirado com a mão trêmula e a cabeça doendo, como se houvesse levado um soco. — Vou deixar passar desta vez — continuou a mulher, fungando enquanto recolhia as balas. — Se quiser comprar alguma coisa, entre na fila e pague como todo mundo. Se não, dê o fora.

Em vez de ir embora no mesmo instante, Rumi se virou para olhar para a "fila", formada por dois meninos que a encaravam do balcão. Escolheu um único pirulito, um solitário camundongo de chocolate branco para lhe fazer companhia, e foi se postar atrás deles, com o coração aos pulos como se ameaçasse lhe romper as costelas e sair de seu corpo. "Vou mostrar a ela", pensou, pagando pelas balas com metade dos dez *pence* de emergência e em seguida colocando o troco de cinco *pence* no bolso do anoraque. "Eu posso pagar. Tenho dinheiro."

Depois de ser pega roubando, o glamour do mundo além da biblioteca foi lentamente se esvaindo, e o shopping passou a ter uma aura desenxabida que fazia Rumi se lembrar de seu próprio malfeito. Ela se deixou levar por uma onda de autodepreciação e acorrentou mentalmente o próprio corpo à mesa da biblioteca, proibindo-se de sair da cadeira mesmo que fosse para ir ao banheiro — pressionando as coxas uma na outra com uma disciplina obsessiva sempre que sentia vontade de fazer xixi. Em vez de aventuras físicas, sua mente passou a vagar por uma série de devaneios, a maioria relacionada a mudar-se para a Índia.

Iria organizar tudo na próxima Viagem à Índia, pensou; daria um jeito de fazer os pais concordarem. E então o anúncio seria feito no conselho de classe, o anúncio de como ela as estava deixando para trás — Rafferty, Harris, todas elas. Ela iria ao cabeleireiro com antecedência cortar uma grande franja um pouco repicada e daria um jeito de conseguir uma saia curta de babados. Quando, no final do conselho, chegasse a hora de ler as listas dos times de futebol, pingue-pongue, e todas aquelas outras notícias extracurriculares, ela levantaria a mão.

Ficaria em pé e diria: "Sim, eu tenho uma notícia para dar. Vou me mudar para um país onde as pessoas riem, se divertem e não são cruéis e mal-educadas, nem ficam gozando da cara dos outros, e onde são mais inteligentes do que as pessoas daqui, especialmente em matemática, como eu. E nunca mais vou voltar. E aliás, falando nisso, a minha mãe e o meu pai dizem que, antes de parar de governar a Índia, o povo britânico roubou um monte de pedras preciosas das pessoas de lá, os rubis e diamantes das construções suntuosas, e que isso simboliza como eles tiraram o brilho da vida dos indianos. De modo que não faz muito sentido para mim ficar morando aqui, para ser sincera, porque eu não concordo com isso. Vou voltar para o lugar de onde eu vim."

Sabia que, durante essa última parte, teria de prestar atenção para ficar em um lugar de onde pudesse olhar para Simon Bridgeman e Christopher Palmer, de modo a lhes fazer um sinal dizendo para não levarem aquilo para o lado pessoal. Ou talvez fosse avisá-los antes, para que o choque da revelação relativa à própria história deles enquanto parte do povo britânico não fosse deixá-los chateados demais.

3

A principal lembrança de Rumi em relação à Viagem à Índia estava indissociavelmente relacionada à mitologia da residência dos Vasi. Até mesmo seu pai, em geral tão desconfiado da ligação cada vez mais estreita da mulher com a superstição e com as rememorações sentimentais, teve influência na perpetuação dessa história. Era quase como se perder a viagem o houvesse libertado, permitindo que se deixasse levar pelas ondas reconfortantes da lenda sem se sentir pressionado a atacá-la com análises. Dessa forma, a história foi crescendo até passar a exalar um calor paranormal, que aquecia os pensamentos de Rumi como um cobertor elétrico sempre que ela pensava a respeito.

Rumi tinha oito anos quando fizera a viagem, que havia começado com o funeral do pai de Shreene; os dois anos desde então haviam acentuado seu caráter místico. Muitas vezes, ela pedia mais informações à mãe, que então acrescentava ao quadro, em pinceladas amplas, manchas dispersas de luz que aqueciam os acontecimentos com uma intensidade pela qual ela ansiava, mas que não compreendia. Algumas vezes, quando ia se deitar, tinha medo de esquecê-la, medo de que ela fosse se transformar em um sonho e desaparecer, fazendo-a voltar ao início e ter de recomeçar tudo outra vez. Desejava principalmente se lembrar de tudo direitinho para poder transmitir as lembranças a Nibu quando o irmão estivesse mais velho.

A história tinha quatro partes, às quais Rumi se referia em segredo como:

1. A Chegada (e os biscoitos)
2. A Quiromante (e a profecia)
3. A Viagem de Trem (e como ela escapou da morte)
4. O Cume da Montanha (e o desejo realizado)

A primeira imagem Rumi guarda com carinho, imbuindo-a de uma espécie de nostalgia romântica em relação à viagem como um todo. Vê dois braços esguios, moreno-claros, com pouquíssimos pêlos, adornados com duas pulseiras de ouro que pendem pesadas sobre pulsos perfumados. "Ninguém, nem mesmo a chuva, tem as mãos tão pequenas assim." Essa frase Rumi leu no livro de poemas que Elga, mulher do chefe de seu pai, havia lhes dado no Natal. Gosta do som das palavras, moldadas na única página do livro que ela consegue ler. Essa sucessão de palavras curtas surge em sua mente sempre que ela pensa nas mãos da mãe, pequenas e macias, esperando a bagagem na esteira do aeroporto de Délhi.

Na imagem, cada mão se ergue para tirar uma mala da esteira. As malas são tão pesadas que Rumi tem medo de que os pulsos da mãe se rompam, com alarde e sem remédio, partindo a carne de seu braço e liberando as pulseiras douradas, que cairiam no chão. Em vez disso, Shreene ergue cada uma das malas com a perseverança contraída de um halterofilista, respirando fundo e dando dez passos de cada vez, em seguida pousando-as no chão para recuperar o fôlego. É assim que progridem, em ritmo lento mas sincopado, em direção à placa onde se lê "Alfândega". A saída é vigiada preguiçosamente por guardas de uniforme cáqui, que mascam *paan* e as encaram sem pudor.

Rumi olha em volta para o mar de rostos indianos vestidos com cores e roupas do mundo inteiro. No meio desse mar estão as pessoas que chegaram do Reino Unido junto com elas, cheias de câmeras fotográficas, sacolas e malas de rodinhas. Parecem as pedrinhas brancas irregulares que ela cata ao limpar as lentilhas para sua mãe cozinhar, dispondo-as enfileiradas sobre a bancada da cozinha de modo que não entrem na panela. Há meninas de sáris, saias e calças de pregas. Homens magros de uniforme azul tentando ajudar com as bagagens. Shreene os ignora, e Rumi cerra os punhos, decidida, quando eles se aproximam. Ao mesmo tempo, tem consciência de uma névoa espessa de poluição subindo por suas narinas, um cheiro que só consegue descrever como quente; um cheiro que mais parece um chumaço de algodão em sua boca toda vez que ela inspira. Para onde quer que dirija sua visão, as pessoas parecem estar olhando para elas. Enquanto caminham, ela escuta os anúncios nos alto-falantes do aeroporto, separados por intervalos de poucos minutos. São instigantes e desconhecidos: as vozes femininas suaves porém seguras, as masculinas secas porém reconfortantes. Rumi não entende híndi porque Mahesh decidiu que o inglês deveria ser a única língua falada em casa, mas gosta da sonoridade das palavras — o diálogo ondulante dos filmes em híndi, o texto secreto das cantigas de ninar que Shreene canta para Nibu quando Mahesh não está por perto.

Shreene não deixa Rumi ajudar, mas pede-lhe para contar: "Um... dois... três..." Sempre que pronuncia um número em voz alta, Rumi o faz ecoar na mente junto com outros três e multiplica-os até sua cabeça se encher de números, que serpenteiam pelo silêncio culpado entremeando cada instante de diálogo. Sempre que chega perto do nove, pode sentir o suor, a urgência e o alívio da mãe antes do baque das malas caindo no chão. Não há carrinhos à vista, e as malas contêm 23 caixas grandes de biscoitos Caramel Crunch com recheio de creme da marca Fox's, um rádio-relógio e produtos de toalete. Suas roupas estão dentro de uma pequena bolsa que Rumi carrega com facilidade e um ar tristonho.

— Mamãe, por que a gente trouxe tantos biscoitos? Para que servem? — pergunta ela, enquanto Shreene ofega em busca de ar, curvada sobre as malas, com as mãos apoiadas nas alças. — Por que é que a gente tem sempre que ser tão esquisita? — Não é a primeira vez que ela menciona esse fato.

— Olhe aqui, por que você não é boazinha e me dá uma ajuda, Rumika, em vez de dificultar ainda mais as coisas? Por que está perguntando isso agora?

— Mas eu não sei por que é que a gente precisa de todos esses biscoitos. Por quê? — indaga Rumi.

— São presentes, você sabe muito bem, para os seus tios e tias e para seus irmãozinhos e irmãzinhas, filhos deles.

— Por que é que eles querem biscoitos?

— Eles não querem nada, Rumi. Eles aqui não têm biscoitos desse tipo. Você é uma menina muito sortuda, que pode comer esses biscoitos deliciosos sempre que quiser, mas imagine se nunca tivesse provado nada assim. Eles são tão deliciosos... Quando você come um desses, diz "hummm... que delícia". Quero que eles provem o que a gente come para que possam sentir a mesma coisa. Você não quer isso também?

— Ahn... — Rumi deixa a frase em suspenso, vaga.

— Não quer que provem a mesma coisa que a gente? Será que é tão egoísta assim?

Ela acabara de pronunciar a palavra que Rumi detesta.

— Eu não sou egoísta, mãe. Não sou.

— É egoísta, sim. É igualzinha ao seu pai. Às vezes você não percebe, mas é, sim. Você só pensa em si mesma.

— Não sou, não. Eu não sou egoísta. Eu não fui egoísta agora!

— Bom, então venha me ajudar e tente não ser, tá?

Deram início aos dez passos seguintes. Rumi está de mau humor, contando em voz alta, ressentida. Distraída, deixa que outros números façam o que quiserem... 23 vezes 360 gramas igual a... quase oito quilos e meio de biscoitos. Mesmo depois de passarem sem problemas pela alfândega, e depois de sua mãe sorrir com simpatia para os fiscais e responder às perguntas com um risinho tímido, Rumi se recusa a comemorar. Quando atravessam as portas de vidro, a fila de pessoas que esperam encostadas do outro lado se anima em uma mistura de abraços e falatórios. Pegam Rumi no colo, beijando-a, fazendo gracinhas, e ela percebe que aqueles devem ser seus parentes.

O episódio da quiromante ocorreu no saguão de mármore da casa da infância de Shreene, duas semanas depois da sua chegada. Quando se concentra, Rumi consegue ver o cenário com nitidez e ouvir a trilha sonora entremeada à voz de Shreene: as traduções da mãe ecoam pelo espaço ornamentado. A casa é tremendamente exótica para Rumi, uma área ampla demarcada por artefatos: relevos de madeira de deusas lascivas, candelabros antiquados, pinturas em seda da era Moghul e um modelo em mármore do Taj Mahal, que se acende à noite com um brilho alaranjado de fogo. As portas laterais se abrem para uma varanda, onde as buzinas e a agitação do tráfego e das pessoas penetram maculadas de poeira, espalhando as partículas finas pelo ar em uma nuvem sépia. De vez em quando, uma lambreta passa zunindo, soando a buzina específica àquele único modelo, provocando em Rumi um tremelique de empolgação ao ouvi-la novamente. Nessa lembrança, ela às vezes vê uma vaca langorosa na rua, parando para mascar o arbusto do jardim do vizinho, para em seguida desaparecer na distância enevoada com uma espanada do rabo.

 A essa altura, o funeral já aconteceu, e os parentes mais distantes já debandaram de volta para os quatro cantos do país. Shreene está sentada junto com Rumi sobre um *charpoy* de trama grossa. Ao seu lado está a irmã mais velha de Shreene, conhecida como Badi, ou "a Grandalhona". Badi tem uns bons quinze anos a mais que Shreene. Para Rumi, ela não tem idade: angulosa e intensa, maçãs do rosto bem-marcadas expostas por um coque grisalho apertado, um cor-de-rosa natural a realçar-lhe os olhos que, assim como os dentes, saltam vivamente quando ela fala. Perto de Badi, Shreene parece muito jovem para Rumi. Age como filha, e não como mãe, aquiescendo quando Badi lhe pergunta se o ventilador está forte demais para ela, e enroscando-se sob o cobertor quando se deitam e Badi o dobra de modo que ele cubra Rumi e Shreene em duas camadas.

Elas acabaram de acordar e estão sentadas, piscando os olhos debaixo do ventilador, absorvendo o aroma viscoso do chá que está sendo preparado na cozinha. É final de tarde, e o restante dos moradores da casa — os irmãos de Shreene, suas mulheres, os filhos delas — ainda está dormindo. As três, semidespertas, estão esperando o sacerdote chegar. Não se encaram nos olhos, respeitando a transição para um completo despertar. Shreene parece untada pelo silêncio desse período de transição, imune ao passado e ao presente, intocada pelo pranto das últimas semanas ou pela incerteza do futuro.

Ouvem um cumprimento no vestíbulo, seguido da resposta da empregada, e Badi se levanta para receber o convidado. Rumi vê a mãe se empertigar e preparar-se para a chegada deste, e segue sua deixa de como se comportar. O sacerdote entra no aposento, e Shreene se abaixa para tocar-lhe os pés com respeito. Gesticula para Rumi descer da cama e sentar-se no chão. Badi ajuda o sacerdote a caminhar até o *charpoy* e sentar-se, com a mão velha e cheia de veias tremendo sobre o cabo de uma bengala escura. Rumi franze o nariz debaixo dos óculos e puxa a saia para cobrir os joelhos, enquanto se acomoda com as pernas cruzadas no chão. Shreene entrega ao sacerdote um copinho de chá sobre um pires de aço, e começam.

Sua leitura é gentil e interessada. Shreene traduz para Rumi com uma voz mais grave do que o normal, dispondo as palavras como um forro protetor em contraponto ao cenário do aposento. Ele primeiro lê a sorte de Badi, segurando sua mão enquanto ela fica ajoelhada, vestida com seu *salwar kameez* lilás, e faz um sorriso de menina se abrir em seu rosto. Diz que ela é a nobre da família, a responsável por garantir que tudo se encaixe. Incentiva-a a pensar em começar a buscar um noivo para a filha, embora isso já fosse acontecer mais tarde do que o ideal. Avisa-a de que as preocupações financeiras irão se agravar nos próximos anos. E a tranqüiliza com a garantia de que seu filho trará felicidade para abrandar os tempos difíceis.

Quando ele toma a mão de Shreene, sorri para ela e examina seu rosto de uma forma que seria indecente, não fosse por sua idade avançada. Encara-a nos olhos até ela desviar os seus, envergonhada. Shreene escuta que tem um temperamento arrebatado, que a raiva e o amor devoram sua energia. Ele lhe diz que ela deveria usar uma grande opala montada em prata de modo que a pedra toque a pele do dedo médio de sua mão esquerda.

— A senhora é estrangeira? — pergunta ele, e, quando Shreene traduz isso para o inglês, Rumi inspira com surpresa. Inclina-se para a frente, apoiando o rosto nas mãos e empurrando as bochechas para cima, apertando a parte de baixo dos olhos sob os óculos e fazendo a visão se embaçar.

Shreene sorri para a filha e assente:

— Sim.

— A senhora tem tido muita sorte desde o nascimento da menina — diz o sacerdote, apontando para Rumi. — Ela trouxe boa estrela para a casa. E há mais coisas por vir, se a senhora conseguir controlar seu lado arrebatado. — Shreene sorri, e suas faces coram. As últimas palavras dele a deixam sobressaltada. — Embora tenha sofrido uma perda recente, a senhora não está sozinha — diz ele. — Logo irá passar por uma mudança que trará a felicidade que procura.

Ele aconselha Shreene a fazer uma peregrinação até Mansadevi, lugar dos desejos, no sopé da cordilheira do Himalaia, e escutar o próprio coração, pedir algo grande. Shreene escuta isso e quase faz uma reverência, envergonhada, enquanto se levanta para dar lugar à filha. Encoraja Rumi a tocar os pés do velho com a mão direita e a própria testa com as pontas dos dedos. Rumi imita os gestos e se senta, alerta.

Nesse ponto do relato da história, Shreene em geral imitava a expressão do sacerdote na primeira vez em que este olhou para a mão de Rumi. Seu rosto se equilibrava entre a diversão e o horror, passando de contraído a sorridente, os olhos apertados se abrindo, em seguida encolhendo até formarem uma fina linha trêmula e concentrada.

— Badi e eu ficamos apavoradas — disse Shreene. — Dá para imaginar uma coisa dessas? Não sabíamos o que ele iria dizer. Que você iria morrer, ou que alguma coisa muito ruim iria acontecer? Nunca se sabe, com essas leituras de mão. Algumas vezes eles vêem coisas horríveis.

Sempre que escutava a história, Rumi fazia a mesma pergunta, forçando-se a crer que a versão da mãe para o que acontecera em seguida era a verdadeira.

— E o que foi que ele disse, mãe?

— Ele disse que nunca tinha visto nada parecido. Que estava olhando para a mão de um gênio. Que aquela mão era tão cheia de *buddhi*, de sabedoria, que ele não sabia o que nos dizer. Disse que você seria conhecida por isso. Que o seu nome seria conhecido.

Na cena da viagem de trem, os detalhes de sua mãe se juntavam às lembranças da própria Rumi para criar uma imagem úmida, encharcada de melodrama e cansaço. Rumi se lembrava do calor que abafava seus pensamentos, impedindo-a de falar. Lembrava-se da sensação de ser sufocada pela própria respiração enquanto estava deitada no banco do vagão de segunda classe. Não se lembrava de quando o trem havia quebrado, ou em que momento a conversa da mãe com o casal recém-casado sentado à sua frente havia se desintegrado. Quanto ao pânico, os terríveis sonhos que tivera acordada, a forma como supostamente havia murmurado sobre água e sorvete, implorando e dizendo coisas sem nexo para a mãe, Rumi tinha quase certeza de que tudo isso lhe havia sido contado depois. De todo modo, sempre que pensava nessa experiência, o terror subia-lhe pela garganta: agridoce, escuro, parecendo uma alcaçuz negra engolida inteira e voltando sem ter sido digerida para colorir-lhe a boca.

Na história, as duas estão a caminho de Mansadevi quando as pessoas percebem que o trem parou. É o ápice de um dia de lentos chiados e pausas, com o trem avançando vagarosamente e freando com uma preguiça insuportável. Marmitas foram exauridas; batatas fritas com *masala*, devoradas; cantis de água esterilizada, esvaziados. O trem está quinze horas atrasado, e as duas só têm manga em conserva e um saquinho de amendoim para comer. Rumi pensa no amendoim escondido dentro da pequena embalagem de alumínio, embebido em sal, enjoativo. Imaginando que cada metade de amendoim (7 por 13 mm) ocupe 91 mm² em um saquinho com cerca de, digamos, 12 por 18 cm, ela calcula que haja 237 pedaços no saquinho (arredondando). Há quatro saquinhos no compartimento, o que significa que, quando chegar a hora, elas poderiam comer, cada uma, 59 pedaços de amendoim, e sobraria um. Depois não sobraria mais nada. Rumi imagina se deveria compartilhar essa informação com a mãe.

Sem o movimento do trem, o calor fica livre para sufocar o vagão, adentrando o espaço estático e prendendo-se ao rosto dos viajantes como uma bruma lenta, molhada. Os ventiladores cobertos por telas de metal no teto não se mexem mais: privados da energia fornecida pelo motor, foram colonizados por moscas, que zunem em volta das pás. Rumi está deitada no banco e olha através das barras da janela para os trilhos e para o céu do lado de fora. Vê grama, flores, árvores cortadas pelo metal. A tinta marrom se desprende nas barras sólidas, fazendo-a contrair os olhos, mudando o foco entre o interior e o exterior como em uma brincadeira. De tempos em tempos, sente pequenos, ínfimos contatos no rosto: são mosquitos que a fazem estremecer e coçar as bochechas e lábios com frenesi antes de tornar a se entregar à imobilidade. Ela pensa em como poderia morrer. Talvez vá ser por falta de comida e água. Ou por causa da mordida de um mosquito perigoso. Ou talvez eles desmaiem um a um dentro do vagão e simplesmente morram disso.

Do outro lado dos trilhos há uma cabana envolta em plástico preto. Ao seu lado estão sentadas duas menininhas de vestidos sem mangas cujos cabelos estão sendo destrançados, untados e examinados em busca de lêndeas, por uma menina mais velha, que deve ter uns catorze ou quinze anos. Dois grossos rolos de cabelos negros roçam seus ombros, com flores brancas trançadas junto à raiz de onde cada rolo brota da sua cabeça. Rumi fica olhando a operação, vendo o sol cintilar em seus dentes, o espesso traço de *kajol* preto em suas pálpebras inferiores. Uma das meninas menores ri, e as pulseiras cor-de-rosa e azuis enfileiradas em seus braços chacoalham até os cotovelos e voltam. Rumi imagina um rio próximo onde elas irão brincar em seguida, vadeando pela água e bebendo-a com as mãos em concha. Sente vontade de acenar para as meninas, de gritar, mas sua garganta está obstruída por um ar indefinido, e seu corpo, suspenso.

Shreene é quem reage ao ouvir o condutor primeiro, algumas cabines atrás. Ele tem a voz anasalada, marcada em uma cadência que tenta se manter constante apesar dos barulhos que a afetam. As pessoas lhe pedem informações, pedem que mande água, que lhes diga que tipo de suborno espera receber. Perguntam que medidas foram tomadas, por quanto tempo devem esperar continuar ali, se ele faz alguma idéia de como mães idosas, crianças de colo e diabéticos podem suportar aquela situação. Shreene se empertiga na cadeira, ajeitando as mechas de cabelo em volta do rosto, amarrando-as de volta no rabo-de-cavalo. Seus movimentos parecem inspirar novo ânimo aos recém-casados — o marido se encarrega de empertigar a si próprio e a mulher, passando o braço em volta dos ombros dela e afagando a borda prateada de seu pesado sári de seda.

O condutor é rude, com manchas de suor destacando grandes formas côncavas até bem abaixo da lateral de sua camisa. Rumi tenta não olhar muito para ele, erguendo os olhos do banco, mas todos os olhares do vagão estão cravados no homem enquanto ele murmura para Shreene. Ao contrário dos recém-casados, diz ele, Rumi e Shreene não têm direito aos beliches, muito embora tenham passagens. Isso significa que lhe devem dinheiro. Ele conversa com Shreene em inglês, espremendo as sílabas umas contra as outras para criar um ritmo intenso, entrecortado.

— Minha senhora, a senhora está devendo os dois beliches, como eu disse. Estamos esperando novas instruções do *sahib* encarregado, como a senhora sabe. Agora, por favor, se a senhora pudesse me reembolsar a quantia devida, eu ficaria muito grato.

Ele sorri para Rumi, com o bigode reluzindo de suor e um repartido lateral dividindo distintamente sua cabeça em um e dois terços, respectivamente.

— A neném está bem, imagino? — pergunta ele, indicando Rumi com um arquear das sobrancelhas em sua direção. Shreene reage sorrindo e olhando diretamente para ele, ousada:

— Bom, eu gostaria de dar um pouco d'água para ela beber, se fosse possível, *bhai sahib*.

— Parece que a senhora é estrangeira, estou certo? — pergunta ele.

— Está, sim.

— E nesse caso está bebendo apenas água engarrafada, imagino... Bisleri, Aqua, esse tipo de marca. Está acostumada com algo disponível apenas dentro de uma garrafa, para o bem do seu estômago, senhora, estou certo? De outra forma teme a diarréia, desarranjo e quem sabe cólera, não é?

— É, sim.

— Ou talvez a senhora tome bebidas geladas... Mrinda, Thumbs Up, Gold Spot, Limca... Talvez a neném prefira isso?

— Sim — responde Shreene.

— Nesse caso, senhora, como posso ajudá-la? A senhora entende que estamos presos em um local isolado. Não há vendedores de refrigerante aqui!

Seu rosto é percorrido por um espasmo, e ele emite uma risada curta, abrupta, gesticulando para que os recém-casados se juntem a ele na conversa. Estes olham para Shreene com uma expressão de desconforto.

— A senhora concorda comigo que nós não estamos no "Lessisster" Square de Londres, não concorda?

— Não, *bhai sahib*, sei que não estamos — diz Shreene. — Mas ficarei grata pelo que o senhor puder fazer.

Nesse ponto, a história se confundia na mente de Rumi. Ela sabia que o condutor estava tentando fazer algumas somas, já que estava trazendo dinheiro de cinco vagões diferentes, pagamentos para os quais não tinha troco. Segundo Shreene, Rumi havia se metido na conversa, pedindo a ele que dissesse exatamente quantas notas e moedas tinha consigo. Então, com uma rápida distribuição que incluía também a sua própria contribuição, havia repartido o troco de forma que praticamente todas as transações pudessem ser completadas. Aparentemente, isso bastara para melhorar o humor do condutor; este dera uma risada contida diante da demonstração e do atrevimento de Rumi, satisfeito com a distração mas também com o desfecho.

— A neném é mesmo muito inteligente! — disse ele. — Temos que alimentar esse cérebro para ele não secar!

E foi assim que as duas saíram do vagão, pedindo desculpas aos recém-casados atônitos, que pareciam satisfeitos por elas, mas compreensivelmente irados. Foi assim que foram parar na primeira classe durante o resto da viagem, embebidas em um frescor maravilhoso, com um gerador exclusivo a ronronar no corredor de sua cabine, deixando o ar carregado de um frio mágico. Foi assim que inacreditáveis garrafas de água Bisleri apareceram como por milagre para "a pequena *maharani*" beber, assim que foram transferidas para o compartimento em que Rumi ficou deitada nos bancos cinzentos, olhando em silêncio pelas janelas fechadas a vácuo.

A parte da história sobre o Cume da Montanha é a mais desorganizada na cabeça de Rumi. Muito embora elas tenham chegado lá ao meio-dia, com um vapor verde se erguendo para saturar as nuvens enquanto subiam até o topo, Rumi não consegue se lembrar de todos os elementos que se encaixam para formar esse dia. A imagem em si é duradoura: a árvore. Esta ela pode ver com bastante clareza: erguendo-se em meio à bruma, carregada com um milhão de fios pendurados. Parece-lhe a Árvore Distante da capa de seu livro sobre a floresta encantada: uma árvore que ganha vida à noite com habitantes secretos, cujas vidas se entrelaçam com o luar enquanto pulam de galho em galho.

Rumi tem uma noção dos acontecimentos e conversas, mas foi Shreene quem pintou o resto, escolhendo os instantes com cuidadosa minúcia. Agora, portanto, Rumi pode se ver em meio a um grupo de quatro pessoas, carregando flores de açafrão, marmitas e água, usando um vestido sem mangas, com a franja presa e o suor a beijar-lhe a testa. Está caminhando por uma trilha espessa de poeira, sentindo-se alegre — tão feliz que de vez em quando saltita, curvando os dedos dos pés dentro das sandálias e das meias tamanho o prazer que toda aquela animação lhe provoca. Está participando de uma peregrinação de verdade, por uma estradinha de terra batida que se enrosca em uma montanha de verdade até o cume. Estão todos indo fazer um pedido. E todos no grupo parecem pensar que os sonhos podem se realizar, ou não estariam fazendo aquilo. Nada poderia ser mais perfeito.

O grupo inclui Badi e seu filho de dezoito anos, Jagdish. O morro que conduz ao santuário de Mansadevi fica nos arredores de Haridwar, sua cidade natal, sagrada pelo fato de o rio Ganges passar por ela. Rumi fica olhando o primo enquanto ele caminha, girando um graveto na mão como um mágico, espantando moscas e plantas invasivas. Está vestindo uma camisa de algodão vermelho-escuro enfiada dentro de um jeans desbotado, ou "calça de brim", como tia Badi a chama. Ela lhe comprou uma calça de brim nova para comemorar as notícias que ele acaba de receber: foi aceito na Universidade de Délhi para estudar engenharia. Isso significa que Jaggi está nos 2% mais bem-sucedidos do país. Significa também que, em vez de se formar para administrar a loja de atacado da família, vendendo doces com o pai em Haridwar, ele conseguiu comprar um pouco de liberdade para si mesmo. Rumi o idolatra, dando risadinhas quando ele fala e corando de felicidade quando ele a provoca. Seu primo é alto, de cabelos encaracolados, com a mesma pele morena e os mesmos olhos azuis de sua mãe. Ela sempre o chama de Bhaiya, como lhe ensinaram, saboreando o misto de intimidade e formalidade atrelado ao uso desse tratamento: "irmão mais velho". Ele a chama de Minnie, como Minnie Mouse. Hoje está de bom humor e disposto a brincar.

— Mansa significa mente ou desejo — diz Jaggi Bhaiya. — E Devi, como você sabe, significa deusa. Então Mansadevi, que estamos indo visitar, é a deusa dos desejos. Mas também é a deusa do pensamento. Mansadevi vai saber o que você está pensando quando você chegar na frente dela, Minnie.

— Mas e se na sua cabeça tiver uma porção de pensamentos embaralhados, Bhaiya? — pergunta Rumi.

— Nesse caso você precisa ficar totalmente imóvel, e o seu coração vai liberar um desejo na sua mente, como um passarinho no céu. Se você ficar bem quietinha, esse passarinho vai falar por você e, quando falar, vai ser um som puro.

Rumi sai saltitando na frente, correndo e rindo por cinco metros, depois espera os outros chegarem aonde está. O ar está enevoado de tantas possibilidades. Nesse dia, não existem respostas certas. Ninguém vai dizer: "Não seja boba", ou "Pense bem". Qualquer coisa pode acontecer. Quem pode saber o que seus desejos somados irão criar, erguendo-se descontrolados pela bruma no alto da montanha, quando forem se postar diante da deusa?

A dois terços da subida, eles param para almoçar debaixo de uma árvore, estendendo a colcha com estampa de pavão trazido por Badi. Rumi se senta de pernas cruzadas ao lado de Jaggi Bhaiya e pede-lhe para cronometrá-la enquanto ela monta um cubo mágico.

Eles vêm fazendo isso periodicamente desde que ela chegou à Índia. Os tempos foram variados, ocasionalmente chegando bem perto do atual recorde de 26,04 segundos. Ela adora esse ritual, e fica olhando o primo enquanto ele embaralha cuidadosamente as cores, com os dedos e polegares se agitando sob o sol. Ele então faz sinal para ela se preparar e abaixa o braço com a mesma velocidade com que daria a partida em um rali. O início sempre a deixa assustada.

— E ACABEI! — grita Rumi, erguendo o cubo montado.

Jaggi Bhaiya examina o relógio de pulso digital, espiando a superfície bem de perto.

— Qual foi o tempo? — pergunta Rumi.

— Parece 34,63 — responde ele, mostrando-lhe o cronômetro.

— Nada mal — diz Rumi, pousando o quebra-cabeça no chão. Ela fita o lindo brilho de puro vermelho, laranja e amarelo, os quadrados completos de cor que reluzem no cubo ali pousado sobre a colcha. Com o calor, as linhas pretas entre cada quadradinho se confundem diante de seus olhos, viscosas.

Rumi e Jaggi Bhaiya conversam sobre recordes mundiais, em especial sobre Shakuntala Devi, a menina-prodígio da matemática que havia multiplicado dois números de treze algarismos em 28 segundos no ano anterior. Rumi viu Shakuntala Devi na tevê, seu sorriso gentil enfeitando as ondas de transmissão como a mais simpática tia que se possa imaginar, com um grande *bindi* vermelho a brilhar no centro da testa com a força do sangue. Quando vê Shakuntala Devi na tela da tevê, Rumi tem uma sensação engraçada. É como se ela fosse sua parente. Ou algo assim. Até mesmo sua mãe e seu pai ficam elétricos e empolgados ao vê-la na telinha, encantados com as contradições entre o sári de algodão, os cabelos repartidos ao meio, a apresentadora loura de laquê e as acrobacias matemáticas.

— Mas por que eles a trataram daquele jeito? Isso por si só é uma prova do complexo de superioridade do Ocidente em relação à gente — diz Jaggi Bhaiya.

— O que é complexo de superioridade? — indaga Rumi.

— É quando uma cultura acha que é melhor do que outra. Os britânicos ainda acham que são melhores do que a gente, os patifes traidores. Foi por isso que eles ofenderam a Shakuntala Devi desse jeito. Não tem como negar!

Ele está se referindo ao texto acrescentado ao lado do verbete do *Livro Guinness dos recordes*. Rumi conhece as palavras, pois já ouviu Jaggi recitá-las e lê-las no seu próprio exemplar: "Alguns especialistas em prodígios de cálculo se recusam a dar crédito ao feito mencionado — alegando sobretudo que este é demasiadamente superior aos feitos calculatórios de qualquer outro prodígio observado."

Jaggi Bhaiya cita o verbete publicado no *Livro Limca dos recordes*, a versão indiana do *Guinness*, patrocinado por uma marca de refrigerante. Parece conhecê-lo de cor:

— "Assinalamos respeitosamente que a sra. Devi já foi observada inúmeras vezes, apareceu em inúmeros programas de televisão ao vivo, executando cálculos 'novos' baseados no trabalho de diversos professores universitários de matemática, sempre exibindo um desempenho no nível indicado por sua performance recordista. Apoiamos a sra. Devi em sua excelência natural, e esperamos que os pesquisadores percebam cada vez mais que a sua incredulidade e a sua diversão deveriam repousar não na notável excelência de qualquer desempenho humano, mas na raridade de desempenhos semelhantes."

Rumi sabe o que significam essas linhas, porque Jaggi as explicou para ela. Ainda sente a injustiça daquilo, automaticamente, sempre que ouve os dois verbetes sendo comparados. Mas ela na verdade só gosta mesmo da parte sobre "incredulidade e diversão", imaginando, ao mesmo tempo em que escuta a frase, os olhos dos pais arregalando-se e franzindo-se em um riso. Shakuntala Devi multiplicou 2.465.099.745.779 por 7.686.369.774.870 em 28 segundos. Quando Rumi pensa nisso, seu coração dá um pulo. E a mulher sequer foi à escola, quem dirá à faculdade. O pai dela era trapezista e homem-bala. Ela foi criada no circo, memorizando baralhos, ganhando dinheiro com isso desde os três anos de idade. Quando completou cinco, a família inteira já vivia da sua renda. Esses fatos fazem a pele de Rumi se arrepiar e pulsar ao ritmo das palavras "incredulidade e diversão". Jaggi prossegue sua argumentação, a mãe lhe passando um leque de plástico quando ele se exalta.

— A questão é que em 1977, só quatro anos atrás, ela foi aplaudida de pé por uma sala lotada de matemáticos quando fez aquela extração. Era a raiz 23ª de um número de 201 algarismos. Não estou brincando, *yaar*. Ela extraiu a raiz em 55 segundos cravados, e todo mundo sabe que o mais rápido dos computadores demora 62 segundos. Então como é que ela teria conseguido trapacear? Me diga.

Rumi aquiesce, franzindo o cenho e tentando entender por que Norris McWhirter, o apresentador do programa de tevê, estava dizendo que Shakuntala Devi era uma mentirosa. Não faz sentido. Ele parece tão agradável, com seus cabelos grisalhos volumosos e seu tom de voz suave, seus tapinhas nas costas dos campeões de pula-pula e comedores de feijões mundo afora. A testa de Rumi agora está coberta por uma densa constelação de gotas de suor. Ela fica preocupada ao ver como Jaggi Bhaiya se zanga ao falar sobre esse assunto específico. E sente-se culpada, por um motivo que não consegue identificar. Faz menção de tirar as meias, mas Shreene percebe e a proíbe sacudindo a cabeça — tem medo das muitas mordidas de mosquito que Rumi já acumulou nos pés durante a visita.

— A questão é que Shakuntala Devi continua fazendo o que faz, em incontáveis ocasiões, e eles dizem que esses tais "especialistas" se recusam a acreditar — continua Jaggi. — Afinal, ela própria diz que tudo isso é por causa da sua devoção ao deus Ganesha, principalmente... Ela fecha os olhos e a resposta surge na sua mente como um clarão. Isso é uma coisa em que eles não estão dispostos a acreditar. O poder da fé deixa eles aterrorizados.

— Shakuntala Devi também é uma deusa? — pergunta Rumi.

— Bom, não...

— Mas ela tem Devi no nome.

— Devi também pode ser um nome do meio. Mas ela com certeza tem poderes espirituais. Isso é certo — responde Jaggi.

Perto do alto do morro, são engolidos por um ajuntamento de pessoas, todas amontoadas perto do final. Há uma fileira de barraquinhas dos dois lados, com vendedores que fornecem a trilha sonora rítmica à última parte da subida.

— Senhora, senhora, suvenir, senhora?

— Foto, senhora, foto de recordação da neném?
— Ótimo guia, senhora, história de Mansadevi em quinze minutos.
— Flores, coco, balas. Comida para os deuses. Oferendas para Devi abençoar.

Shreene pára e compra um coco partido em seis pedaços ainda ligados na base, com o centro cheio de pétalas de rosa vermelhas e brancas. Rumi pega uma das pétalas, aperta-a na mão esquerda e agarra-se à mãe com a direita, enquanto atravessa a multidão até a primeira entrada de uma área coberta de uma caverna, onde tiram os sapatos. Badi é a primeira a entrar e toca um grande sino dourado acima de sua cabeça, fazendo o som fluir por entre a profusão de outros sinos que estão sendo tocados no mesmo instante. Ela entra e fica parada com as mãos unidas em *namaste,* diante dos relevos de pedra esculpidos na parede da caverna. Jaggi Bhaiya é o próximo. Faz o sino tocar forte e distintamente, depois pega Rumi no colo e a ergue acima dos ombros. Ela fica com medo de os óculos escorregarem de seu nariz e caírem no chão, e sente vergonha por ser a única que está usando meias. Quando toca o sino e o sente ressoar através de sua mão como uma tempestade em miniatura, estremece. Jaggi a põe no chão.

Vão se juntar a Badi no altar, e Rumi se inclina por cima da amurada para ver Mansadevi. Distingue um pequenino triângulo folheado a ouro. Quando se aproxima mais um pouco, vê que o triângulo está coroando uma seqüência de cinco rostos minúsculos gravados na pedra. Ao redor disso há uma pirâmide de chiffon vermelho debruado de dourado. Uma exuberante pilha de três guirlandas praticamente submerge a deusa com curvas de cravos cor de açafrão. Rumi inspira e ergue os olhos para Jaggi Bhaiya. O primo está parado, concentrando o corpo esguio na direção da deusa como se quisesse capturar um raio de luz invisível que saísse dela. Rumi sussurra:

— É agora? É agora que eu tenho que pedir para a Devi?
— Aqui você só presta a sua homenagem — sussurra ele de volta. — Espere até chegar à árvore do lado de fora.

São guiados elegantemente por um sacerdote, que dispensa uma bênção colhida de uma chama acima da cabeça de cada um. Então

Rumi atravessa o arco do outro lado da caverna, rumo ao vapor enevoado do mundo do lado de fora, e vê a árvore.

— É agora — diz Jaggi Bhaiya.

Rumi pega o barbante vermelho que ele lhe entrega e avança sozinha até estar diante da torre de folhas e barbantes que se eleva rumo ao infinito. Já sabe o que fazer. Os galhos estão cobertos com milhares de fios vermelhos, enroscados uns nos outros como incontáveis lagartas. Ela fecha os olhos, concentra-se no espaço entre as sobrancelhas, respira fundo e prende a respiração, à espera.

4

Nibu apareceu na barriga de Shreene quando seu pai morreu, no outono de 1981, mas ela só percebeu que ele estava ali alguns meses depois. Quando ele se fez notar, ela não pôde resistir à interpretação popular de que seu pai havia mandado a si mesmo de volta para a Terra, reencarnado, para cuidar dela. Na verdade, Badi foi a primeira a mencionar essa idéia, escrita em um azul veloz e oblíquo, com a tinta vazando pelo papel do correio aéreo em uma carta cheia de notícias. Escrevia sobre o testamento, sobre as brigas e especialmente sobre a rivalidade que havia surgido em suas vidas, inevitável como o anoitecer, depois da morte do pai. E então soltava sua bomba: "Pelo menos você tem o papai aí com você, Shree", escreveu ela. "Foi com você que ele voltou para ficar. Você sempre foi a preferida dele, mesmo estando tão longe. Sempre foi a sortuda." Embora soubesse que Mahesh não iria aprovar, Shreene se agarrou a essa idéia com todas as forças. Não havia como negar que Nibu era um gesto de boa vontade vindo de cima, tendo sido enviado em um momento de necessidade. Naquele novo deserto, onde seu afastamento parecia tão completo, Nibu cintilava e se remexia dentro de sua barriga como uma jóia em um escrínio de veludo.

Nesse ano, Shreene estava com trinta anos, e a viagem para assistir ao funeral do pai fora sua primeira volta à Índia depois de uma ausência de nove anos. Quando chegara ao aeroporto de Délhi, muito embora a dor lhe apertasse a garganta, fazendo seu pescoço se contrair a cada respiração como se estivesse apertado por um torno, Shreene ficara hipnotizada pelo cheiro da poluição e pela poeira que se agitava no ar-condicionado abafado. Respirou aquele ar, prendeu-o no peito e tentou solidificá-lo para aplacar a fome. Porque, mesmo estando ali, ainda ansiava pelo futuro iminente. Sabia que sua chegada em casa significava apenas uma coisa: que ela teria de ir embora. Olhou para Rumi, sentada inerte no carrinho de bagagem, tonta por causa do calor, e imaginou se a filha podia compreender o significado daquele momento. Na cabeça de Shreene, as árvores ondulavam sob um crepúsculo de Raj Kapoor em um *set* de filmagem dos anos 1960. Do lado de fora, os riquixás motorizados cantavam em harmonia, tranqüilizando-a com suas buzinas e suas curvas. Seu papai estava morto. Fazia nove anos que ela não o via. Não podia lhe dizer mais nada. Não era possível repousar a cabeça em seu colo e explicar tudo, tintim por tintim. Porém, na beleza cruel desse instante, simplesmente ali em pé, depois de tantos anos de exílio, ela percebeu que tudo estava igual.

No dia em que Nibu nasceu, Rumi lhe revelou, incrédula ao fitar o berço do bebê no hospital, que havia desejado um irmãozinho na última etapa de sua viagem, no santuário de Mansadevi. E a lembrança que a própria Shreene tinha da viagem se intensificou muito depressa, multiplicando seu significado até se tornar quase insuportável de tão emotiva, ligada como estava ao fim de um pai e ao início de um filho.

A última vez em que Shreene havia falado com o pai fora de um telefone público em Splott, do lado mais pobre da cidade. Rumi tinha apenas sete anos e estava voltando com a mãe do mercado de domingo. Carregavam sacos plásticos com pilhas, legumes e talheres, pegando atalhos por ruas laterais, cansadas mas contentes depois dos acontecimentos do dia. Era o início da noite e já estava escuro, uma chuva fina caía, e as gotas lhes cobriam o rosto com uma leve camada. Rumi andava cantarolando e saltitando, com as meias brancas enroladas nos tornozelos, um machucado superficial a marcar-lhe o joelho por causa de uma queda junto à barraca de utensílios domésticos. Shreene estava tentando levá-la de volta para casa o quanto antes, a tempo para uma ou duas horas de exercícios de matemática, programados das 19 às 21h no horário de Rumi.

Shreene também tinha consciência de que, em poucos instantes, seria tarde demais para continuar andando por aquelas ruas malcuidadas, onde as fachadas das casas revestidas de pedrinhas se mesclavam ao terrível tom de cinza que parecia dominar o céu naquela parte do mundo. À sua frente, um cruzamento se abria em ruelas estreitas — mais ruas, repletas de outras residências idênticas, mal-iluminadas por lâmpadas sujas que brilhavam através de cortinas de filó —, ruas residenciais em sua maioria vazias, com exceção de desconhecidos solitários. Na esquina, dois adolescentes chutavam uma bola contra a fachada de uma loja fechada com tábuas de madeira. A bola batia nas tábuas molhadas, atingindo palavrões multicoloridos e desenhos explícitos pintados com Color Jet. Um dos meninos olhou para Shreene quando ela se aproximou, os olhos quase invisíveis na sombra formada pela viseira do boné. Ela atravessou para o outro lado da rua e puxou Rumi para mais perto de si.

Embora não estivesse fazendo calor, alguma coisa na temperatura, na chuva e na lua tocou o coração de Shreene, causando um eco de nostalgia, um sentimento que ela não conseguia identificar. Tentou localizá-lo. A sensação era de chuva cálida, de estar ao ar livre, de crianças na rua. Então entendeu. A monção. Estacou, sentindo o corpo traí-la. Era a súbita desolação que muitas vezes tomava conta dela sem aviso, voltando para arrasá-la a caminho de casa, clareando a paisagem à sua volta com um branco frio, lambendo cada rua, cada casa e cada passante para transformá-los em caricaturas engessadas de suas encarnações de apenas meio minuto antes. Embora estivesse acostumada com a sensação, nesse instante ela lhe causou um imenso desconforto; era como se o seu coração fosse explodir no silêncio. Passaram em frente a um telefone público, e Shreene desviou o curso em direção a ele, fazendo Rumi entrar na cabine.

— O que houve, mamãe? — perguntou Rumi. Sua voz traía uma tensão cautelosa.

— Nada, Rumi, não se preocupe. — Shreene vasculhou a bolsa em busca de trocado. Encontrou duas moedas de dez *pence* cada. Mahesh não iria aprovar esse tipo de fraqueza se descobrisse: sucumbir daquela forma a um impulso tão melodramático do coração. Mas ele jamais iria saber. Embora controlasse as finanças e as atividades para as quais estas pudessem ser usadas, ela ainda tinha vinte *pence*, que poderiam facilmente se perder nas compras do dia. Discou o número, tentando controlar a respiração. Um número imenso, com uma porção de zeros e uns. "Um número incrível", como diria Rumi. Parecia tão estranho que o mesmo número ainda pudesse existir, intacto, conhecido desde os dias de estudante de Shreene na casa dos pais. Da primeira vez em que os bipes soaram, ela apertou o botão para recuperar a moeda, confusa e preocupada de que a ligação de fato se completasse. Ficou parada junto ao telefone, olhando o mundo através da cabine, com as gotas de chuva no vidro manchando as árvores rígidas do lado de fora, transformando-as em um borrão.

— O que houve, mamãe? Para quem você está ligando? — perguntou Rumi.

— Para ninguém — respondeu Shreene, com um tom forçado na voz.

— Mas, mamãe, por que você não quer me dizer? O que está acontecendo?

A voz de Rumi estava aguda, nervosa e irritadiça. Shreene tornou a inserir as moedas e a discar o número. Dessa vez, os bipes soaram durante um longo intervalo; ela contou quinze deles. Então o aparelho do outro lado começou a tocar, com um sinal que parecia de brinquedo e ecoava a cada toque.

— Está tocando! Está tocando, Rumi!

Shreene segurou a mão da filha e sorriu para ela enquanto escutava o barulho.

Do outro lado da linha, ouviu o telefone dar um clique, e em seguida escutou a voz: "Alô?" Antes de ela conseguir falar, a voz repetiu: "Alô? *Kaun*? Alô?"

Quando ela falou, a palavra retiniu, fraca, no chiado indistinto de uma linha muda.

— Papai! — disse ela, tarde demais, e apoiou-se no corpo do telefone, pois havia perdido o equilíbrio. Sentiu-se uma tola.

— Mamãe, o que houve? — perguntou Rumi.

Shreene não conseguiu responder. Pressionou a face contra o aparelho e ficou olhando para a pichação escrita na lateral da máquina, "Eu amo Robbie J", escrita com corretivo branco. As letras eram fortes, vigorosas.

— Mamãe, por favor, me fale... Por que você está chorando, mamãe? — Rumi puxou a mão da mãe e tentou fazê-la virar o corpo. — Mamãe, por favor... O que aconteceu?

Shreene sabia que tinha responsabilidades. Sabia que havia uma forma correta de se comportar em uma cabine telefônica solitária em Splott com a filha de sete anos e um céu perigosamente escuro ao seu redor. Mas as lágrimas escorriam por uma simples brecha de seu autocontrole. Tentou fazê-las parar enquanto seu corpo tremia em silêncio.

— Eu falei com meu papai, *beti* — disse, engasgando com os soluços. — Ouvi a voz dele, mas aí o dinheiro acabou. — Agora sua voz estava entalada. — Estou com saudade dele, *beti*.

Rumi envolveu a mãe com os braços, erguendo as mãos até seus ombros. Abraçou-a da melhor forma que conseguiu, mas como se esperasse ser repelida. Em vez disso, Shreene pousou a mão sobre a cabeça de Rumi e puxou-a mais para perto.

— Não conte para o papai — disse, afagando os cabelos da filha.

Durante uns bons minutos, Rumi ficou assim, com as bochechas pressionadas contra os óculos de encontro ao peito da mãe, até que recolheram suas coisas e foram embora.

Agora que as coisas estavam começando a preocupá-la, Shreene pensava com freqüência naquele abraço que Rumi lhe dera, três anos antes. A ansiedade não se devia apenas ao fato de a filha estar crescendo em um país estrangeiro. Tinha mais a ver com a falta de feminilidade de Rumi, com seu jeito desengonçado e com seu ar... *croadh*. Pensou em como traduzir essa palavra para o inglês. Era uma palavra antiquada. Uma palavra tipo *Mahabharata*, como deuses-e-demônios. Mas não era uma palavra que Rumi fosse entender. Quando pensava nessa lacuna na comunicação das duas, Shreene sentia uma dor quase física. Mesmo depois de anos trabalhando com telefonia, conversando com desconhecidos todos os dias, ela não conseguia se expressar de forma espontânea com a própria filha. Em vez disso, vinha com assuntos triviais; generalidades desajeitadas.

— Este país estragou tudo — ela se ouvia dizer quando estavam as duas sozinhas na cozinha. — Confundiu você. Você nem sabe quem são seus pais, qual é o seu país. Está ficando igualzinha aos *goré*, aos brancos. Como é que vamos encontrar um rapaz para você? Você não passa farinha de grão-de-bico com iogurte no rosto, então continua com a pele irregular e escura. E não usa seus chinelos, então seus pés estão crescendo fora de controle. Logo vão estar grandes demais para os seus sapatos, e aí quem é que vai se casar com você? Você não escuta a sua mãe e vai se arrepender, você vai ver.

Na verdade, Shreene muitas vezes se arrependia quando descia a esse nível, usando os alertas antiqüíssimos que a haviam enfurecido quando era mais nova. Era um golpe baixo. Quando estavam organizando seu próprio casamento, ela detestava a ênfase na perfeição física. Faziam-na andar pela velha casa em Délhi com livros equilibrados sobre a cabeça, passar óleo nos cabelos e trançá-los metodicamente com jasmim, servir chá a possíveis pretendentes. Ela se sentia menosprezada e ridicularizada ao apresentar seu certificado de costura e seu diploma de bacharelado como documentos equivalentes para o escrutínio de futuras sogras. E não podia negar que, durante essa fase, ficara ressentida com o pai. O pior fora o dia em que chegara em casa da universidade, aos vinte anos de idade, acenando para ele com a ficha de candidatura do curso preparatório de medicina enquanto ele tomava seu leite de rosas na varanda. Estava ofegante e empolgada, pois descobrira que seu histórico de estudos de arte não era empecilho para fazer a prova do preparatório de medicina. Mas seu pai a havia desencorajado com rispidez.

— Se você virar médica, como é que vamos encontrar um médico para se casar com você? Você vai ficar qualificada demais, *beti*. Chegou a hora de você se casar.

Ele a beijara, afagara seus cabelos e partira seu coração. Assim, Shreene se descobrira vivendo um clichê de cinema, a garota moderna demais perturbando a harmonia indiana. No fim das contas, fora obrigada a bater boca com os pais em nome da segunda melhor alternativa, exigindo que encontrassem alguém inteligente para se casar com ela, em vez de um reles comerciante. "Inteligência, não dinheiro!", guinchava ela durante as acaloradas discussões noturnas, chorando feito criança ao pensar no próprio futuro, na roleta de contatos parentais que iria determinar quem viria bater primeiro à sua porta. Todos sabiam que, caso ela rejeitasse mais de um ou dois rapazes, ou vice-versa, o boato iria se espalhar e ninguém iria querê-la.

Rumi achava que essas coisas só acontecessem nos filmes em híndi. Alguma parte de Shreene queria que Rumi soubesse que sua matemática, suas palavras compridas e seus livros de história não a salvariam quando ela crescesse. Preocupava-se com a rotina da filha. Quando não estava estudando, a menina estava comendo. Quando não estava comendo, ansiava pela televisão, exigindo acesso à sua cota semanal de duas horas e meia de programas. Quando não podia assistir à tevê, queria livros. A menina não falava, nem parecia querer puxar conversa com ninguém, mesmo nos intervalos — simplesmente queria absorver todas aquelas histórias inventadas, aquelas *kysas*, sagas de outras vidas. Por que eram tão importantes para ela? Shreene também havia estudado literatura como parte de sua formação, mas nunca se apoiara nos romances daquela forma estranha — e de que adiantara, afinal de contas, passar os seus preciosos anos de universidade estudando todos aqueles mundos inúteis, ficcionais?

Chegara a surpreender Rumi com uma lanterna debaixo do edredom, tarde da noite, devorando sua última aquisição da biblioteca — livros que, de forma preocupante, pareciam mudar de capa quase todos os dias. Nessas horas, quando Shreene afastava a coberta, Rumi erguia os olhos, e sua expressão pedia para Shreene não revelar a vergonha de sua fraqueza, com medo de perder o cartão da biblioteca diante da fúria de Mahesh. E Shreene aceitava, também em silêncio, guardar aquele segredo. Sentia pena do vício da filha. Não compreendia a necessidade daqueles livros, mas entendia a necessidade que Rumi tinha de... bem, de alguma coisa.

Mesmo assim, Shreene não sabia como se aproximar da filha. Nos últimos anos, Mahesh havia se tornado tão obcecado com a rotina de Rumi e com a responsabilidade coletiva de mantê-la que eles não visitavam mais ninguém de seu círculo original de amigos: ele se preocupava demais com a perturbação que isso poderia causar. Para uma pessoa vivaz como Shreene, isso não era apenas solitário; ela argumentava com Mahesh que era uma perda brutal para a família. Seus antigos amigos vinham do subcontinente — estudantes da Índia, Sri Lanka e até de Bangladesh que Mahesh havia conhecido em seus primeiros anos na universidade, quando costumavam se revezar para oferecer jantares uns aos outros e compartilhar histórias e esperanças para o futuro em torno de *daals* e *rotis* caseiros. Agora, porém, não apenas não tinham mais amigos como também o regime obstinado de Mahesh significava que não havia nenhum indiano na vida de Rumi, com exceção de sua família imediata. De quando em quando, uma vez a cada dois meses, ele alugava um videocassete e um filme em híndi para assistirem em família. Mas isso não bastava.

Shreene queria explicar a Rumi que, mesmo ela tendo apenas dez anos, não estava imune. Tudo iria terminar muito rápido. Quando chegasse a hora de se casar, temia que a filha fosse rejeitada por todos por seu andar desgracioso, seus óculos de lentes grossas, seu comportamento anti-social de modo geral e as mechas emaranhadas de cabelos que emolduravam sua compleição irregular. Iriam transformar sua vida em um inferno, e ela iria se tornar uma piada — assexuada e estrangeira; como um eunuco, nem bem uma coisa nem outra, nem do lado de cá nem do lado de lá. Era sua responsabilidade de mãe guiá-la e mostrar-lhe como ser uma menina, e uma menina indiana, acima de tudo.

Em vez disso, era como se Rumi sentisse vergonha dela. Ultimamente, Mahesh havia concordado que a mulher deveria tentar ser promovida, e Shreene começara a se vestir de forma impecável para ir trabalhar: blusas de cetim — cor-de-rosa, quadriculadas de preto-e-branco ou estampadas de oncinha, compradas na Marks & Spencer —, saias retas justas na altura dos joelhos, meias-calças quase transparentes e sapatos de bico fino que machucavam seus pés. Laquê e rímel para combinar com o *kohl* e o batom. Isso tudo era novidade. Mas não bastava. No primeiro dia, Rumi lhe dissera que ela estava "glamorosa e maravilhosa", mas, depois disso, demonstrara o desdém habitual. Agora, Shreene mal se reconhecia no espelho do hall quando saía de manhã para ir trabalhar. E a vida parecia estar ficando cada vez mais complicada. Algumas vezes, quando ela pensava em tudo isso, chegava a chorar. Mahesh costumava dizer que adorava seus olhos, azuis e impetuosos. Agora dizia que ela estava "fazendo uma tempestade em copo d'água".

— Meu pai dizia: "Uma lágrima que brotar do olho da minha filha é como uma pedra preciosa... não se pode deixá-la escapar" — costumava dizer ela a Mahesh quando eram recém-casados, e ele ansiava por cada pensamento e cada gesto seu, deitando-se muito junto dela na cama e afagando-lhe os cabelos enquanto ela falava. Mas agora até mesmo as lágrimas dela haviam deixado de ser relevantes para os dois. Somente Nibu era jovem o bastante para devorá-la, fazendo desaparecer com beijos a histeria de seu coração, piscando os longos cílios negros em meio a risadinhas e arrotos.

5

Shreene aqueceu um pouco de óleo no fundo de uma frigideira de aço, com o rosto reluzindo de prazer.

— Olhe isso! — disse para Rumi, que estava sentada em um banquinho, equilibrando Nibu sobre a bancada da cozinha e dando-lhe leite para beber dentro de uma caneca plástica decorada com uma estampa do He-Man. O super-herói brandia uma espada na direção de um céu turbulento, esticando o tórax para cima e para longe de sua calça de metal, com os músculos muito retesados, como se estivessem prestes a estourar para fora do uniforme cruzado em frente ao peito.

Nibu sugava o leite com atenção pelo bico na tampa da caneca, olhando para o desenho enquanto o fazia, com uma expressão meditativa que fazia seus olhos convergirem como os de um vesgo.

Shreene derramou um grande punhado de grãos de milho no centro da frigideira e ficou vendo-os se transformar em um chafariz sólido e ruidoso, disparando como balas até o teto, ecoando com um violento *ra-tá-tá-tá-tá*. Alguns grãos pularam para fora e atingiram-lhe a testa, ricocheteando suas formas de isopor em seu rosto e depois caindo no chão. Rumi deu um gritinho de empolgação.

— Mamãe, está tudo bem com você?

— Ah, está tudo muito bem, muito obrigada, macaquinha — disse Shreene, balançando os quadris e a cabeça de forma cômica, fingindo uma acrobacia ao estilo de um espião, como se estivesse se esquivando dos grãos que agora saíam voando da frigideira e aterrissavam na grelha que cobria as bocas do fogão e no chão da cozinha.

Ela riu e tirou a frigideira do fogo.

— Prove isto aqui, minha pequena *bandar*! — exclamou ela, beliscando a cintura de Rumi e colocando dois flocos de pipoca em sua boca. Rumi olhou para dentro da frigideira e viu uma massa de branco inflado, uma tempestade de flocos de neve estufados como a lã de um carneirinho de livro de histórias, cada pedacinho marcado com um centro cor de laranja, uma bolinha dura de milho. Nibu riu e fez uma dancinha, com os pés descalços pressionados contra a curva de mármore da bancada.

— E para você, meu marajazinho! — continuou Shreene, enfiando um floquinho na boca do menino. Ele soltou um gritinho agudo e tentou processar aquele elemento desconhecido, mastigando desajeitadamente e apoiando-se com uma das mãos na cabeça de Rumi, os dedos puxando sua fivela, fazendo-a perder o equilíbrio.

— Nibu, pare com isso! — disse Rumi, rindo, com o rosto inclinado para cima enquanto o irmão lhe puxava os cabelos.

— Agora vá se aprontar — mandou Shreene. — Não devemos nos atrasar. Papai está chegando em casa com os ingressos.

— Como é no cinema, mamãe? — perguntou Rumi. Podia sentir um formigamento de animação descendo por seus braços até os dedos desde que havia pronunciado "cinema", essa palavra antes marginal; uma palavra que agora tinha algo a ver com eles. Estava coberta por um tremor cálido dos pés à cabeça, uma grossa linha de fogo que contornava seu corpo.

— Ah, vai ser ótimo, esperem só — disse Shreene, pegando Nibu no colo e segurando a caneca junto à boca do menino. — Vocês vão saber tudo sobre o seu passado. O nosso passado. O filme fala sobre o homem mais importante que já existiu: Mahatma Gandhi. O pai da nação. Não é brincadeira isso que vocês estão prestes a descobrir, podem acreditar!

Rumi ficou parada no vão da porta, esticando as meias.

— Mas, mãe, como é no cinema?

— Ah, é muito legal. Na Índia eu ia sempre ao cinema, sabe, quando era mais moça. Era muito mais barato do que aqui.

— Você podia ir sempre que quisesse?

— Vamos, *beti*, agora não é hora para isso. Você precisa se aprontar!

— Por favor, mãe, rapidinho, depois eu vou. — Rumi ajeitou os óculos e equilibrou-os no ponto mais alto do nariz. — Por favor — disse.

— Eu não podia ir ao cinema a qualquer hora. Muitas coisas podiam afetar a ida... como o preço do ingresso, ou quanto tempo podíamos ficar fora de casa. Principalmente depois que eu cheguei a uma certa idade e passei a ter muito trabalho em casa. De nós, quatro irmãs, só uma por semana podia ir. Então a da vez voltava e, enquanto estávamos na cozinha cuidando dos afazeres, era responsabilidade dela nos contar a história toda!

— De cabeça?

— Ah, sim. E não era só a história. Por exemplo, Badi chegava em casa e começava com a música, e era assim: eu estava aqui, por exemplo, catando o *daal*, e então perguntava: "Como é que Dimple Kapadia e Rishi Kapoor estavam vestidos?", e ela explicava assim, dizendo: "O corpete do vestido *kameez* dela vinha até aqui, e depois era, ah, bem justo no peito, muito ousado, e as mangas eram cortadas assim, deixando os braços à mostra de um jeito bonito." Então ela contava um pouco da história, incluindo diálogos especialmente fortes como este. — Shreene adotou uma voz ribombante, angustiada. — "Qual o sentido da vida sem você?" — E prosseguiu com um tom mais exaltado e agudo. — "Você partiu meu coração, Krishan!"

— Ela riu e esvaziou a frigideira, usando a manga da roupa para enxugar a testa. — Aí uma de nós perguntava: "Ah, Badi, cante pelo menos uma das canções para nós", e Badi tinha que cantar e fazer a dança em volta das árvores com todos os movimentos mais modernos, e mostrar como o herói olhava para a heroína como se sem ela fosse morrer, e como a heroína, por timidez, dava meia-volta e saía correndo por um descampado, com o *pallu* do sári esvoaçando atrás dela, bem assim, sabe?

Rumi deu uma risadinha ao ver Shreene assumir a pose de uma estonteante donzela, com a cabeça jogada para trás e o braço direito esticado para o lado.

— Era uma encenação e tanto, garanto a você. Agora vá se aprontar. O seu pai não vai gostar nadinha se não estivermos prontos quando ele chegar. E você tem que "estar atenta", como ele diz. A história a que nós vamos assistir é verídica. É uma coisa muito importante.

Foram os quatro a pé até o cinema, em posição de cruz: Mahesh andando na frente, decidido, enquanto Rumi seguia atrás de Shreene e Nibu, documentando compenetradamente o cenário. Era final de tarde, uma matinê de domingo, como Shreene não parava de dizer. Estavam andando por Queen Street, uma área cheia de prédios onde a calçada era feita de grandes blocos de concreto separados apenas por valas em intervalos de catorze blocos, de simetria contada e verificada por Rumi, que também prestou atenção para só andar no interior de cada bloco retangular sem nunca tocar as linhas divisórias com os sapatos. Podia ver algumas árvores, plantadas perto de postes de luz em grandes caixas de plástico transparente, elevadas de modo que as raízes desapareciam dentro de uma massa de terra que começava na altura de seus ombros. Várias lojas fechadas margeavam cada lado da rua, com roupas penduradas tristemente na meia-luz cinzenta das vitrines, e pessoas solitárias paravam para examinar os manequins, cujos rostos lisos e cor de café faziam parecer que a qualquer momento eles poderiam emborcar e morrer de tédio.

"Não estamos entediados hoje", pensou Rumi ao parar com Shreene para admirar uma vitrine de réplicas de mãe e filha usando trajes completos de esqui. "Estamos fazendo uma coisa importante de verdade." Inspecionou a roupa verde-limão usada pela filha (que parecia ter mais ou menos a sua idade), fascinada pelos grandes cartazes na frente da vitrine, palavras como "Macacões!" brandindo para ela seus pontos de exclamação com uma urgência que exigia que ela tomasse alguma atitude. Chapéu! 2,99 libras. Casaco! 33,99 libras ("que caro..."). Macacões! 19,99 libras ("bem caras essas coisas todas..."). Cachecol! 4,99 libras. Suéter! 9,99 libras. Até meias! custavam 1,99 libra. A quantia total, 73 libras e 94 *pence*, era uma quantidade gigantesca de dinheiro. Quase grande demais para visualizar. De alguma forma, o número não fazia jus à quantia. Rumi se perguntou como seria a loja quando aberta, imaginando hordas de clientes imensamente ricos, mulheres como as do seriado *Dinastia*, exibindo para os vendedores suas correntes de ouro e seus lábios vermelhos pegajosos, deixando o ar saturado e embriagado de perfume enquanto viam empacotar seus trajes de 73,94 libras para a família inteira.

Mahesh virou-se e andou para trás, movendo-se depressa até ficar ao lado delas diante da vitrine. Pigarreou com vontade, deixando o som vibrar em várias notas.

— Vocês sabiam que tudo nesta loja é feito na Índia?

Rumi sacudiu a cabeça, passando a língua pela gengiva inferior da frente, confrontada novamente com a volta do tremor em sua pele, a empolgação do evento ainda por acontecer, a lembrança da Índia como um mundo construído nas nuvens, muito, muito longe.

Shreene fungou.

— Essas roupas de inverno?

— É. Se você olhar as etiquetas, vai ver que é tudo feito na Índia. E sabe do que mais? Eles não pagam quase nada aos trabalhadores, umas poucas rupias, criancinhas forçadas a trabalhar, que mal ganham o suficiente para comer e sobreviver. Então aqui eles aumentam tanto os preços... Quanto lucro para eles próprios, sem um pingo de vergonha. É assombroso. Um roubo de direitos humanos e liberdade, internacionalmente autorizado. — Ele soltou o ar pelo nariz e olhou para Shreene, à espera de uma resposta.

Rumi ergueu os olhos cheios de culpa para as enormes letras desenhadas em redemoinhos nas cores do arco-íris, imensos "C" e "A" ligados por um (agora de certa forma perverso) floreio rebuscado: "&".

— Bom, eu só estava olhando — disse Shreene, puxando a mão de Nibu e adiantando-se, empertigada. — Do que você está falando? Até parece que nós vamos ter de acabar com os nossos grandes surtos de compras agora que sabemos disso, não é? Cada *penny* continua indo parar nas suas preciosas contas-poupança. Para que você está me contando tudo isso, me dando essa lição de moral?

Ela riu, e sua risada soou um pouco amarga. Rumi prendeu a respiração dentro do peito e olhou para Mahesh, com medo de que tudo fosse por água abaixo, de que agora fossem se sentar no cinema em silêncio, com a boca de Shreene curvada de irritação, imersa em um ciclo de ressentimento que não tinha como ser quebrado. Se aquele fosse o início de uma das fases emburradas de Shreene, iria começar com ela parando de falar, e possivelmente com a abstenção de comida e bebida por parte da mãe não apenas no cinema, mas até Mahesh pedir desculpas — o que, Rumi sabia por experiência, poderia acontecer bem tarde da noite ou até mesmo (perspectiva aterrorizante) no dia seguinte. Os pensamentos de Rumi se chocavam uns contra os outros. "Por que ele não faz alguma coisa? Agora tudo vai por água abaixo", pensou ela. Em vez disso, o pai seguiu andando ao seu lado, horrivelmente relaxado, parando para examinar as taxas de câmbio na vitrine de um banco ao lado da loja.

— Qual destas é a bandeira da Índia, Rumi? — perguntou ele, meneando a cabeça na direção do grande quadro preto na janela, com seus algarismos de plástico branco encaixados em sulcos ao lado de bandeirinhas multicoloridas, os números parecendo duros e bons de morder, como balas de menta numéricas.

Ela correu os olhos pelo quadro, mordendo o lábio, zangada mas sem poder fazer nada a respeito.

— Não está aqui.

— Isso é porque a moeda da Índia é auto-suficiente. A Índia não depende do comércio com os Estados Unidos e com o Reino Unido... A Índia é independente como Gandhi queria... então a sua moeda é...? — Ele disse "é" subindo o tom, e esperou que ela preenchesse a lacuna.

Rumi assentiu, tentando desesperadamente não tirar os olhos do quadro, embora a ansiedade de saber quanto sua mãe já havia descido a rua a estivesse fazendo passar mal.

— Auto-suficiente — disse ela, na deixa.

Começar uma nova linha de questionamento significava que Mahesh estava de bom humor. Mas Rumi só sentia mais raiva. "Por que ele tem que me perguntar todas essas coisas toda vez que a gente vai a algum lugar?", pensou. "Por que é que a gente não pode simplesmente ir ver o filme e se divertir sem toda essa história?" Ela arrastou o sapato direito no chão, arranhando o verniz preto de propósito.

— Então qual é a taxa de, vamos ver... da Alemanha agora? — perguntou ele.

Ela já havia jogado esse jogo antes. E, por sorte, como era o preferido dele, sabia o que fazer. Caso ele houvesse lhe perguntado sobre a Itália ou sobre um país que ela não conhecesse, ela teria se encrencado. Isso deveria ter sido um alívio, mas, pelo contrário, ela se sentiu triste. Estava atrasando tudo, atrasando o fim inevitável: o fim de toda diversão, o fim da felicidade de sua mãe e o fim de qualquer coisa boa. Era tudo uma bobagem.

— Depende se for a Alemanha Oriental ou Ocidental — disse ela.

— Isso mesmo. Então se você tiver, digamos, 173 marcos da Alemanha Ocidental, quanto dá isso em libras?

— Vamos, andem. Não queremos perder o filme, não é? — A voz de Shreene foi levada pelo vento de volta até eles.

Rumi soltou a respiração com uma onda de alívio. Pudera ouvir a centelha de volta, a alegria da pipoca, a felicidade de *nós-vamos-ao-cinema* que passara o dia todo cintilando. Tudo iria ficar bem. Ela deu uma empertigada imperceptível no corpo, relaxando os ombros, e saiu andando com Mahesh, observando a mãe por trás. O *kameez* lustroso de Shreene ondulava a um ritmo perfeito, duas batidas após cada passo, com o rosa pálido do cetim farfalhando em ondas pelas fieiras de folhas azuis impressas na borda. Rumi via algo de mágico naquela cor, como um poente indiano avermelhado, com um leve rubor de romance, uma canção suave pronta para escorrer das nuvens a qualquer momento. Shreene nesse dia era uma estrela de cinema, e suas costas miúdas sustentavam a comprida ondulação de seus grossos cabelos, soltos para o passeio da noite, que lhe pendiam até os quadris. Depois de algum tempo, ela parou e se virou, erguendo Nibu para que o menino acenasse, os dois em pé diante da imensa superfície de vidro e aço, com as letras da palavra ODEON pendendo acima deles, um fino retângulo de formas brilhantes dispostas em blocos azul-marinho, destacando-se majestosas contra o céu.

Mahesh levou Rumi até o guichê para ela poder fazer a fila e ver o diálogo com o vendedor que, segundo o pai, seria "uma boa experiência" para ela. A fila estava amontoada, estendendo-se de forma desordenada em diversos pontos para acomodar famílias indianas que olhavam em volta, refletindo a curiosidade da própria Rumi. Mahesh acenou para um casal bem na frente da fila. Rumi reconheceu tio Rohit e tia Smita, amigos de seus pais que não iam à sua casa fazia tempo.

— Quer que eu vá avisar a mamãe? — sussurrou ela.

Mahesh fez que não com a cabeça.

— Nós hoje precisamos nos concentrar e focalizar o que está na nossa frente. Não deixe a sua mente divagar. — A voz dele era afetuosa. — Olhe aquele cartaz ali — disse, gesticulando para um painel aceso bem na sua frente. — Quem é aquele?

— Mahatma Gandhi — respondeu Rumi.

— Muito bem. E sobre o que é esse filme?

— Sobre ele.

— E o que mais?

— Ah, e sobre a nossa história.

— E por que é sobre a nossa história?

— Porque a gente é indiana.

— Isso, isso mesmo — disse Mahesh, sorrindo. — Mas também porque essa história é sobre o que aconteceu na Índia quando mamãe e eu éramos bem jovens. Tem mais duas pessoas nesse filme em que você precisa prestar atenção, duas pessoas importantes. Uma delas se chama Nehru. Ele é hindu, como nós. A outra se chama Jinnah. Ele é muçulmano...

— A Partição — disse Rumi, lembrando-se da palavra desconhecida como se fosse uma bolinha de gude que houvesse rolado dentro da sua cabeça, detendo-se na parte posterior de sua mente, com sorte a tempo de ganhar o prêmio.

— Isso, a Partição. Partição da... — Mahesh esticou a mão, fazendo a palma se dobrar em uma curva elegante, dedos esticados em ângulo de noventa graus em relação ao polegar. Ergueu a mão e abaixou-a com alegre animação, desferindo um golpe de caratê no espaço à sua frente. — A Partição da Índia, quando os britânicos foram embora, quando ela se transformou na Índia e no Paquistão. Isso se chama...

— Partição. Posso comprar um chocolate?

— Não, Rumika. Mamãe trouxe várias guloseimas deliciosas. Tente se concentrar.

Dentro do saguão do cinema, foram conduzidos no escuro por um lanterninha. Este deslizou como por telepatia pela lateral da sala até chegar à fileira deles com um desinteresse gracioso. A comilança começou quase na mesma hora, minutos depois de se sentarem, um fluxo constante de lanchinhos passados de lá para cá na compacta fileira familiar de três pessoas e meia. Rumi estava sentada entre o pai e a mãe, e Nibu era uma variável móvel, que passava a maior parte do tempo entre o próprio assento e o colo de Shreene, aventurando-se de vez em quando a ir mais além. Rumi se imaginou olhando do teto muito alto para sua pequena fileira lá embaixo, uma linha de quatro dentro de uma série de 47 cadeiras, parte de um oblongo que tinha provavelmente pouco mais de cem cadeiras de comprimento, inclinado no espaço de modo que as cadeiras iam ficando mais altas à medida que se avançava para o fundo da sala. Uma hipotenusa traçada no meio de 110 cadeiras vírgula alguma coisa. "Provavelmente umas 110,51", pensou ela, "ou talvez mais para 110,48". À sua frente, uma imensa cortina de veludo vermelho ocultava a tela, sendo aberta aos poucos, a cada vez produzindo uma falsa impressão de que o filme ia começar e uma onda de silêncio na sala, até que finalmente a tela se iluminou para revelar uma louca sucessão de anúncios e *trailers*, dublados por vozes cômicas muito altas. Depois deles, as luzes se acenderam para um intervalo, revelando o carnaval de pessoas mastigando e conversando nas várias fileiras de assentos azuis que se estendiam à sua frente. Rumi comia, feliz. Sempre que havia algum tipo de pausa, Shreene sacava mais lanchinhos de uma sacola que poderia não ter fundo, tamanha a quantidade de *pakoras*, bananas, maçãs, biscoitos, amendoins, *bhajis*, *dhoklas*, doces, bolachas e, é claro, pipoca que saía lá de dentro.

Quando o filme começou, porém, a sala silenciou por completo, e a tela tornou-se a única realidade, sincronizando todos os olhos em direção à sua luz e aos seus movimentos expansivos. Em intervalos de poucos segundos, Rumi tornava a olhar em volta, chocada ao perceber que ninguém agora estava interessado em mais nada, que ela era a única a não entender o que estava acontecendo. Como Nibu, achou difícil manter os olhos abertos. Mas não conseguiu adormecer como ele, sentindo-se inclinada a lutar contra a crescente letargia por medo de ofender alguém e de desperdiçar o ingresso. Mas não conseguiu. Não havia cenas de amor. Nada de danças em volta de árvores, canções animadas ou trajes vistosos. Em vez disso, o que havia era uma série de homens zangados, homens cruéis de bigode e capacete (todos de pele branca), que batiam em multidões (todas de pele escura) com porretes e armas, matando e rosnando toda vez que apareciam na tela. Havia também longas e sérias conversas entre indianos bem-vestidos, com bigodes semelhantes, que ela não conseguia entender.

Mas ela reconheceu a Índia, em toda sua glória cheia de agitação e poeira, e foi tomada pelo desejo de correr para dentro da tela e ir morar lá. Simples assim. Na metade do filme, ficou um pouco empolgada ao reconhecer que o personagem principal havia se transformado em Gandhi: tinha raspado os cabelos, despido seus ternos de três peças e enrolado um pedaço de pano em volta do corpo magro para se apresentar de forma reconhecível como a pessoa do pôster. Mas isso não bastou. Assim, finalmente, ela sucumbiu, com a cabeça pendendo para a frente, a boca aberta e a mente, mesmo sentindo-se adormecida, fazendo força para se abrir novamente para o mundo.

Quando acordou, já perto do fim, a primeira coisa em que reparou foi nas lágrimas de Shreene, que chorava copiosamente em um lenço de algodão bordado com triângulos verdes. Até mesmo os olhos de Mahesh tinham um brilho inchado, visível por baixo do espesso reflexo de luz superimposto às lentes de seus óculos. E, é claro, Nibu também estava chorando, sobretudo devido à natureza abrupta do pranto de Shreene.

A luz do dia estava esmaecendo quando partiram para casa, e a forma de uma meia-lua ia surgindo no céu, pairando acima de nuvens volumosas. Da janela do táxi, Rumi ficou vendo-a acompanhar sua viagem, agarrando-se ao silêncio que a rodeava e atribuindo diferentes diâmetros à linha que cortava o semicírculo branco visível, bem-acomodado lá no céu, calculando a cada vez a circunferência da curva.

6

Quando chegaram em casa, Shreene foi cuidar de tirar da geladeira os pratos refogados, preparados com antecedência para o jantar daquela noite. Era uma ocasião semi-especial, marcada pela aparição mensal de Mark Whitefoot, o amigo mais próximo de Mahesh na Universidade de Cardiff nessa época. Whitefoot fazia visitas regulares à casa dos Vasi no terceiro domingo de cada mês para jogar xadrez, e Shreene usava isso como desculpa para armar um banquete.

Mahesh conhecera Whitefoot em sua primeira semana no Reino Unido, no Clube Marxista da pós-graduação da universidade. Fora atraído pelas piadinhas provocadoras de Whitefoot, pelas farpas que ele soltava para quem quer que chegasse perto, testando os limites sob o manto protetor do que chamava de suas "honestas raízes proletárias escocesas". Sentira-se fascinado pelo uso livre e fácil daquela palavra iniciada com B por parte de Whitefoot, que chamava a burocracia universitária de "babacas elitistas estéreis", os colegas do Clube Marxista de "babacas socialistas bebedores de champanhe", e até mesmo o próprio Mahesh de "candidato a babaca cabeça de coco", já que o fruto em questão era marrom por fora e branco por dentro. Em vez de se ofender, Mahesh sentira-se estranhamente atraído por suas conversas, invejando a avidez de Whitefoot, sua necessidade de "travar o bom combate", o idealismo escondido na sujeira musguenta de seu linguajar.

Os dois tinham uma amizade meio a contragosto, baseada em antagonismo, e passavam longas horas no café sebento de Crwys Road, perto do departamento, discutindo os detalhes do marxismo como modo de vida viável. Assim, nesse terreno carregado, em um estado constante de ataque e defesa, a afeição de um pelo outro foi aumentando. Continuaram a se encontrar e a discutir uma vez terminados seus respectivos doutorados, e depois de Mahesh aceitar o emprego em Swansea. Por fim, Whitefoot sugeriu que jogassem xadrez e formalizassem a rotina.

— Eu vou à sua casa no domingo e deixo você tentar defender o seu dinheiro em troca de um pouco da comida da qual você vive, seu patife sortudo — dissera ele. — Você escolhe: ou o xadrez, ou eu começo a bater em você. Você precisa de mim por perto para não ficar senil. Eu sou a sua consciência, cara, não se esqueça disso!

Assim começaram os encontros mensais. Whitefoot chegava e repreendia Mahesh por deixar as luzes do andar de cima e os radiadores do toalete acesos (ele também era um defensor voraz da "economia de energia"), por possuir um tabuleiro de Scrabble ("que bobagem mais burguesa, você deveria ter vergonha!") e por morar no subúrbio. Adorava Rumi com um carinho estabanado, dando-lhe um pirulito a cada visita e fazendo truques com cartas quando ela vinha dar boa-noite na sala antes de ir dormir. Trazia cerveja, em geral um pacote com seis latas, que compartilhava com Mahesh à razão de dois para um, consumindo ele próprio quatro latinhas ao longo da noite. Mahesh bebia mais devagar, deleitando-se com a indulgência ocasional do álcool e, dependendo do estado de seu relacionamento, insistindo para Shreene se juntar a eles para tomar meio copo no final da noite, coisa que ela fazia, envergonhada, retirando-se assim que fosse possível sem parecer grosseira.

Shreene em geral preparava uma básica e frugal combinação *daal-pilau-raita* com um tira-gosto de legumes. Nesse dia, esta era sua versão pessoal e preferida de *sag aloo*, o espinafre bem-temperado com alho e sementes de feno-grego, as batatas fumegando com açafrão-da-terra em contraste com o leito macio de folhas deliciosas.

Ela gostava de Whitefoot, embora ele não fosse capaz de encará-la nos olhos devido a algum tipo de tique nervoso esquisito que, ela desconfiava, também o impedia de sustentar o olhar de outras mulheres. Ela se interessava por seu passado e muitas vezes fazia perguntas sobre a história pessoal de Whitefoot a Mahesh. Mas ele era um homem sem passado, ou com um passado silenciado por vontade própria; isso ela havia percebido. Quando perguntado, mudava de assunto ou dava respostas demasiadamente vagas para revelar qualquer coisa que não as ocorrências mais mundanas. No entanto, seu rosto exibia uma mortalidade que Shreene tinha certeza só poder ter sido o resultado de arriscar forte no amor e perder tudo.

Mahesh não se deixava levar pelo desejo de Shreene de saber mais.

— Deixe ele em paz — dizia. — O que nós temos a ver com isso?

Mas ela dera um jeito de tirar duas conclusões relativamente seguras das informações que descobrira escondidas nas conversas ao longo dos anos:

1. Ele já vivera com uma mulher em Glasgow.

Isso ela ficara sabendo quando a amizade já durava dois anos, e Whitefoot havia concordado com eles em relação ao custo problemático da calefação central, referindo-se a um *boiler* que "a gente teve que mandar consertar quando eu morava em Glasgow". Shreene havia se intrometido com uma familiaridade pouco característica:

— Então você não morava sozinho?

E ele respondera, em grande parte para preencher o silêncio, pouco acostumado a perguntas dela, olhando para o outro lado, relutante até o último segundo, mas sem outra alternativa:

— Não, eu morava com... com uma moça... é, uma namorada.

Shreene deixara o assunto morrer, usando o silêncio para lançar um sorriso de vitória para Mahesh enquanto saía da sala.

2. Ele estava comprometido com uma vida de solteiro.

Esse "fato" específico fora deduzido por Shreene sobretudo da omissão de personagens femininas nas histórias de Whitefoot. Em segundo lugar, ele não parecia freqüentar os locais que ela havia observado serem reservados para a corte amorosa dos ocidentais e sobre os quais suas colegas de trabalho conversavam animadas — "festas", "danceterias", "boates"; essas palavras também estavam curiosamente ausentes do vocabulário dele. Whitefoot devia ter mais de quarenta anos, um rosto crivado de marcas de acne e castigado pelo tempo, os cabelos raspados com o que ele chamava de "máquina um", por pura "falta de saco". Segundo Shreene, seu desinteresse pelo próprio envelhecimento e pela sua capacidade de sedução, e o fato de ele estar muito acima do limite de idade natural para o casamento, até mesmo para um homem, eram indicadores-chave de que Whitefoot havia sido tão destruído por suas experiências no campo de batalha amoroso que nunca mais iria arriscar o próprio coração.

Ele chegou mais tarde do que o habitual, bem depois das 20h, com o rosto reluzindo por causa dos efeitos da chuva fina. Mahesh o recebeu, sacudindo seu guarda-chuva e abrindo-o para deixá-lo no hall. Whitefoot usava uma camisa de futebol por cima de uma calça jeans folgada, um casaco de couro surrado que pendia largo em volta dos quadris, e trazia na mão o costumeiro pacote de seis cervejas dentro de um saco plástico.

Acomodaram-se na sala, e Mahesh foi buscar uma tigelinha de castanhas e dois copos para as cervejas.

— Então, como você anda? — perguntou Whitefoot enquanto Mahesh desembalava as peças de xadrez. Eram todas pequeninas e perfeitamente desenhadas, esculpidas em sândalo de Mysore; o jogo era um dos poucos objetos supérfluos que Mahesh trouxera consigo quando chegara a Cardiff. Tinha orgulho de seus honrados batalhões, profundamente indianos na fabricação e no cheiro. A única desvantagem do jogo era o tamanho: aberto, tinha bem menos de trinta centímetros; era extremamente compacto. Sentaram-se no chão sobre duas almofadas, com o tabuleiro entre eles. Mahesh pegou um peão de cada cor e embaralhou-os nas costas, apresentando os punhos fechados para Whitefoot.

— Escolho este aqui — disse Whitefoot, apontando para a mão direita de Mahesh. Esta revelou um delicado peão preto, com uma cabeça rebuscada e curva no alto, parecendo a de um leão-marinho, minúscula na palma da mão cheia de linhas de Mahesh.

— Estou bem — respondeu Mahesh. — Fui ver um filme hoje à tarde... *Gandhi*.

Pronunciou a palavra dando forte ênfase à sílaba "dhi", usando a intensa reverberação característica à grafia do nome em híndi.

— Ah, eu já vi! — exclamou Whitefoot, interessado. — O que você achou, hein?

— Sabia que você tinha visto — disse Mahesh, alisando a barba. Whitefoot acabara de usar uma nova abertura, que lhe pareceu um indício de insanidade temporária: duas casas para a frente com o peão da fileira da torre. Um comportamento deveras estranho. — Estava mesmo querendo conversar com você sobre o filme.

— O pai da nação e tal. *Mahatma* quer dizer santo, não é? Eu entendi. O que eu quero saber é: como é que eles vão justificar aquelas entrelinhas sinistras, todo aquele antiislamismo? Mas eu não entendo nada desse assunto, não é? — Whitefoot falava em uma algaravia animada, aumentando o ritmo de forma característica como se tivesse coisas importantes a dizer e quisesse evitar ser interrompido. — Mas tenho interesse. Fiquei pensando: o que será que o Vash vai pensar desse filme?

Ele tomou um gole generoso de sua latinha e retomou o raciocínio.

— Eu só achei o filme tão explícito que foi meio embaraçoso. Jinnah, por exemplo. Sério, o sujeito sempre aparece com cara de poucos amigos, fumando aqueles charutos, como se fosse uma espécie de *serial killer* esperando o momento de agir. Está sempre acompanhado por aquela música sinistra, dizendo que está prestes a se transformar no destruidor de mundos, e o Gandhi parece uma espécie de espírito *hippie* benevolente, acima da religião ou algo assim, você não acha? Foi como se ele tivesse sido higienizado, e todo o hinduísmo dele tivesse sido retocado com a idéia de que aquilo era uma causa secular, enquanto os muçulmanos são retratados como membros primitivos e raivosos de alguma tribo, não é? Mas o que aconteceu depois da Partição foi uma guerra santa de ambos os lados. Estou certo ou estou certo?

Mahesh fez sua jogada e franziu o cenho.

— Pelo contrário — disse, sem tirar os olhos do tabuleiro, perguntando-se como Whitefoot conseguia provocá-lo sem o mínimo esforço. — Eu não acho que eles tenham explorado de verdade o interesse pessoal e a ganância que obviamente estavam por trás do desprezível separatismo de Jinnah. O egoísmo desse homem era inacreditável, e as conseqüências foram desastrosas. Como é que você sequer consegue pronunciar o nome dele na mesma frase que o do Mahatma?

— Olhe aqui, eu não estou menosprezando o sujeito — disse Whitefoot, dando uma risadinha ao ver Mahesh se retrair com a palavra "sujeito". — Estou só perguntando, por que é que eles não mostram um pouco mais do que realmente aconteceu, principalmente os muçulmanos se sentindo marginalizados, esquecidos, sem a sensação de pertencerem a lugar algum, sem participar dos "*Hare rams*" e dos "*Jai Shivas*" do Gandhi, ou qualquer que fosse o lema dele quando estava guiando as multidões e suas adoradas vacas para tirar sal do mar, ou limpar privadas, ou o que quer que ele quisesse que fizessem?

Mahesh olhou para o tabuleiro. Sentia a raiva subir por seu corpo como um foguete, isolada especificamente na maneira como Whitefoot pronunciava o nome de Gandhi.

— Sabia que o governo da Índia financiou quase todo esse filme? — prosseguiu Whitefoot. — Eles têm que explorar o elemento propagandístico, não é? É conveniente para eles mostrar tudo assim, em preto-e-branco. Ingleses cruéis surrando nativos... Tudo bem, é justo. O Gandhi posando de bonzinho... com aquele papo de não-violência e as roupas feitas em casa... Tudo bem também, eu acredito. É cinema. Mas o líder muçulmano mau estragando tudo porque é... alguma espécie de psicopata, daquele jeito bem típico dos muçulmanos... ahn... Não deve ser bem assim, não é?

Whitefoot capturou o bispo de Mahesh em um movimento fluido com seu cavalo, fazendo Mahesh tornar a se retrair.

— Desculpe aí, amigão — disse ele, piscando o olho, enquanto colocava o bispo em cima da caixa. — Eu perturbei a sua concentração. Mas, enfim, o fato é que...

— Você está esquecendo... — interrompeu Mahesh, irritadíssimo, com o rosto contraído — ...que eu estava lá nessa época. Esse filme do qual você está falando é mais do que um simples... parque de diversões para o seu cinismo habitual. Esse filme é sobre a minha vida, Mark, e sobre a da Shreene também. É ridículo você simplesmente ficar sentado aí pontificando sobre acontecimentos que para você não significam nada. Existem algumas coisas que estão além da sua experiência. Até mesmo você precisa aceitar isso. Você parece que não entende o básico. O Mahatma era contra a Partição: ele queria que os hindus e os muçulmanos vivessem juntos, sem problemas, sem violência. Isso é a base, sério. Onde é que você está indo desencavar os seus fatos?

— Não entendo por que você está tão ofendido. Não é nenhum texto sagrado nem nada desse tipo, é? O cara que dirigiu o filme se chama Attenborough, não é? Não dá para ser mais inglês do que isso, meu chapa. O Gandhizinho, o "pai da nação", o "Bapu", é representado por um ator chamado Ben. Faça-me o favor!

Nesse ponto, Rumi entrou na sala carregando uma travessa de *numpkins* fritos, com um brilho gorduroso cobrindo os fios de semolina. Pôs a travessa na mesa e se virou para ir embora.

— Ei, Rumi, você tem que ver isso: o seu papai está levando uma surra, e só estamos jogando há dez minutos — disse Whitefoot, chamando-a com o braço ainda coberto de couro, com um sorriso no rosto que a fez desviar os olhos. Ela olhou para o carpete.

Mahesh meneou a cabeça, fazendo sinal para Rumi se sentar. Ela cruzou as pernas e sentou-se de frente para os dois, apoiando o rosto nas mãos, equilibrando os cotovelos sobre os tornozelos. Ele olhou para o tabuleiro. Apesar da perda prematura do bispo, havia conseguido criar algo que se parecia com uma defesa eslava, alinhando seus peões todos na diagonal. Mas era um início fraco. Whitefoot o estava incomodando, e isso estava transparecendo em sua forma de jogar, deixando-o emotivo, e essa vulnerabilidade se manifestava em suas decisões. Ele partiu para um ataque agressivo, lançando a dama no espaço aberto do tabuleiro, deixando-a ali sozinha, esperando que fosse parecer ameaçadora.

— Olhe, se você quiser que eu explique, eu explico — disse Mahesh. — Se estiver interessado, é claro. Mas você parece que já pensou em tudo, e, se me permite dizer, à sua própria maneira, então...

— Calma, amigo! — exclamou Whitefoot, usando o cavalo para criar uma bifurcação, atacando ao mesmo tempo o outro bispo de Mahesh e a sua rainha. — Fique calmo! É claro que eu quero saber. MKG é o lance, cara, Mohandas K. Gandhi, o chefão, o número um. Ele é o primeiro gângster sem armas, é o...

— Tudo bem, tudo bem, está certo — interrompeu Mahesh, sentindo as conseqüências da própria estupidez. Estava agora prestes a perder seu outro bispo por causa de um arroubo juvenil. E sua rainha também estava exposta a ataque, por pura burrice. Ele se sentia um adolescente. Com cuidado, tirou a rainha da posição perigosa, deixando Whitefoot derrubar o bispo e tirá-lo do tabuleiro. — Tudo bem, olhe aqui — disse, encarando Whitefoot com seriedade. — O negócio é o seguinte. — Ele pigarreou com força, e o som encheu o ar. — Basicamente, o que você quer que eu diga? Que eu tinha quatro anos de idade quando tudo isso aconteceu? Que a minha mãe, grávida da minha irmã, me fez atravessar a fronteira dentro de uma mala porque os muçulmanos não apenas estavam incendiando trens, mas apunhalando crianças e pais, estuprando mães e deixando-as como "viúvas conspurcadas e sem filhos", nas suas próprias palavras? É uma tradução literal. Que ela, minha mãe, me alimentou com leite pelo canto da mala, separada do marido, temendo pela própria vida? É esse o tipo de detalhe de que você gosta? Eles dão um pouco de "realismo" ao seu filme? Cremações em massa, corpos carbonizados, vagões de trens cheios de carne humana? — Ele tremia, com a voz cada vez mais alta, falhando com uma ansiedade aguda, a garganta seca.

— Olhe, cara — disse Whitefoot. — Eu não quis...

— Não. Não, deixe eu contar para você. O que mais? — continuou Mahesh, interrompendo as palavras de Whitefoot. — Que fomos morar em um campo de refugiados em Gurgaon? Você gosta da sonoridade da palavra "refugiado"; ela soa genuína aos seus ouvidos. Sei que esse tipo de coisa é atraente. Vivíamos de comer *chapatti* duas vezes por dia e iogurte uma vez por semana, nada mais, e passamos meses tentando achar uma forma de sobreviver, com fome, Whitefoot, imagine isso... esfaimados, desnutridos, grávidos, mortos-vivos. Pessoas boas, honestas e pobres, morrendo. Recebendo notícias de todos os outros que não tinham sobrevivido... minha tia que foi raptada, o tio do meu pai que foi castrado por uns "amigos" três ruas depois da nossa, na rua mesmo, na frente dos filhos.

— Escute, cara, eu só quis dizer que os hindus também participaram das hostilidades. Não foi uma estrada de mão única. Eu não queria...

— Como assim? "Quando um não quer, dois não brigam", é isso, ou alguma outra expressão banal da sua língua? — disse Mahesh. — A culpa é de todo mundo? De ninguém? Vá dizer isso para o meu pai, que eles vieram procurar, na nossa cidade natal, tão satisfeitos com o seu novo país, o "Paquistão". Vamos pensar em como ele se escondeu no porão da própria casa, tremendo feito um cachorro. Você acha que essas histórias são apenas filmes, alguma coisa assim? Anedotas emocionantes para a propaganda de um partido político? Quando meu pai finalmente conseguiu sair de Gujranwala, deu um jeito de conseguir atravessar a fronteira e nos encontrou, minha mãe não reconheceu o próprio marido. Na verdade, ela fugiu dele, porque ele estava vestindo a roupa mais repulsiva que você possa imaginar, a pura encarnação da imundície: teve que vestir a túnica preta de um muçulmano para passar a fronteira em segurança, e vestiu. Nós antes convivíamos com os muçulmanos todos os dias, na minha escola, na nossa rua; compartilhávamos a vida com eles, e isso tudo virou nada, acabou, *pá*, pronto. Depois disso passamos a não ter mais nenhum amigo muçulmano. Você acha isso surpreendente? Que nós... que *eu* preferisse morrer de sede a beber uma gota de água na casa de um muçulmano?

Whitefoot bebeu um gole de cerveja e olhou para Rumi por cima da latinha.

— Você está dizendo que é racista, cara? — perguntou ele, com a voz cuidadosamente modulada.

Mahesh o encarou bem nos olhos, arfando, com a respiração arranhando a garganta.

— Essa palavra é irrelevante nesse contexto.

— Desculpe dizer isso, cara, mas eu quero saber. Você está dizendo que não acredita que os hindus também estavam massacrando gente? Foi uma guerra civil. Você é um acadêmico, sabe como são essas coisas... Alguém começa, e a retribuição dá conta do resto. Sério, você não pode...

— Mais uma vez, é irrelevante.

— Eu não fazia idéia — disse Whitefoot, pegando a latinha e apertando-a, fazendo o metal dar um leve estalo. — Você passou mesmo...

— Esqueça — disse Mahesh, mexendo a rainha de forma agressiva e derrubando um dos peões de Whitefoot por acidente. Devolveu as peças a seus lugares certos. — Não me trate feito criança.

Whitefoot fez seu bispo avançar duas casas, comendo a rainha de Mahesh.

— Desculpe, cara — disse ele, colocando-a ao lado das outras peças e abrindo mais uma latinha.

Continuaram jogando em um espaço vazio de palavras, observados por Rumi. Por fim, depois de uns cinco minutos, Mahesh falou:

— Olhe, não faz sentido eu jogar sem a rainha, não é? É inútil.

— Escute — disse Whitefoot. — Você sabe que o que me incomoda é a religião. Qualquer tipo. Foi assim que isso começou. Era essa a questão. Eu detesto isso.

Mahesh fitava o tabuleiro como se não conseguisse escutar nada.

— Você se lembra que eu um dia contei a você, anos atrás, que aquela garota com quem eu morei lá na Escócia me traiu? Não sei se você se lembra...

Mahesh ergueu os olhos, e sua expressão transmitia incredulidade diante da irrelevância da nova linha de raciocínio de Whitefoot.

— Ela saía para umas reuniões misteriosas, e eu acabei descobrindo aonde ela ia.

Rumi se levantou do chão e saiu da sala. Mahesh deixou-a ir embora sem nenhum comentário.

— Enfim, olhe aqui, a questão é a seguinte — disse Whitefoot. — Eu descobri aonde ela estava indo, e foi o pior tipo de traição. Pior do que estar com outro homem.

Mahesh olhou para ele, e sua expressão se suavizou para algo parecido com a diversão.

— Ela estava indo à igreja, cara — disse Whitefoot. — À igreja, mesmo sabendo como eu me sentia, mesmo que tivéssemos passado anos...

— E foi por isso que terminou?

Whitefoot assentiu, tomando um gole de cerveja da latinha com uma expressão de dor, como se estivesse sofrendo de gases.

Uma leve risada escapou da garganta de Mahesh, uma risadinha soprada.

— Por isso a sua obsessão com aquele livro do Graham Greene? — perguntou ele.

Um sorriso curvou os cantos da enorme boca de Whitefoot.

— *Fim de caso* — disse ele, erguendo a latinha em um brinde solitário.

— Interessante — disse Mahesh, esvaziando o tabuleiro e tornando a arrumar as peças.

7

No dia seguinte, Rumi estava ao lado do campo na hora do almoço, vendo os meninos jogarem futebol enquanto comia seus sanduíches. No fundo do campo, podia ver Bridgeman fazendo força para acompanhar os outros, encabeçados por John Kemble como principal atacante. Bridgeman corria atrás dos outros, à espera, como se estivesse tentando convencer alguém a lhe passar a bola pelo simples poder da mente, sem de fato gritar para pedir o passe. Seu rosto pálido estava inteiramente alerta e concentrado, os olhos grandes fixos em uma pequena lasca branca sob uma franja de cabelos pretos. Era bastante impressionante ele até ter conseguido entrar em campo, e ele parecia saber da situação precária em que estaria caso não demonstrasse alguma proeza durante a partida.

À tarde, ela foi se sentar à sua mesa habitual ao lado de Bridgeman para estudarem gramática. A sra. Pemberton estava sentada atrás de sua escrivaninha, na frente da turma, sonolenta, com um grande losango de luz a iluminar-lhe o rosto e o quadro-negro atrás dela. A cadeira entre Rumi e Bridgeman estava vazia, porque Palmer saíra de férias: seus pais haviam-no levado para passar uma semana em Torquay, em um acampamento à beira-mar. Sem seu melhor amigo, Bridgeman parecia pouco seguro de si.

— O que você achou daquele pessoal dançando *break* no recreio ontem? — perguntou Rumi, apontando um lápis no apontador novo que havia implorado para Mahesh lhe comprar em sua última incursão à papelaria. Era um apontador em forma de cubo mágico, do tipo que recolhia as aparas de lápis em um compartimento interno.

Ele se virou para ela com o rosto ligeiramente franzido.

— Meio bobo. Por que será que todo mundo ficou achando aquilo o máximo?

Bem lá no fundo, Rumi deu um suspiro de alívio.

— Sei lá. Eu pensei que tivesse perdido alguma coisa — disse ela, retirando o lápis e admirando a nova ponta afiada. O lápis estava perfeitamente apontado. Ela quase sentia pena de usá-lo.

— Mas onde é que você estava? — perguntou Bridgeman, com o mesmo tom mal-humorado na voz.

— Estudando matemática.

— Você agora passa a vida estudando matemática... — disse ele, deixando a frase em aberto como se estivesse abrindo caminho para ela fornecer mais informações.

— Bom, eu meio que... tenho que estudar. — Sentiu o próprio rosto se franzir em uma careta. Não era a resposta certa. Tentou de novo. — Quero fazer logo a minha O-Level, sabe — disse ela, tentando parecer casual.

A surpresa de Bridgeman estava mesclada com inveja. Seu rosto parecia os papeizinhos para testar pH sobre os quais Rumi tinha lido. Nesse momento, os olhos dele brilhavam de admiração.

— Meu Deus, sério? — indagou ele, com um deslumbramento tímido ecoando na voz. — A sra. Pemberton sabe disso?

Rumi olhou para a professora, que mal conseguia se manter acordada. Os cabelos ruivos da sra. Pemberton caíam pesadamente, em linhas retas e compridas dos dois lados de seu rosto, divididos por uma risca no meio. Parecia que seus pensamentos haviam se comprimido nas linhas serrilhadas marcadas na sua testa.

— Sabe — sussurrou ela. — Mas você tem que fingir que não sabe. Ninguém mais sabe. Vou fazer a prova no ano que vem, quando a gente passar para o ensino secundário.

Bridgeman assentiu, como se estivesse pensando nas implicações daquilo.

— Não vou contar para ninguém — disse ele.

Rumi levou o dedo aos lábios e fechou os olhos em um gesto expressivo, depois tornou a abri-los.

Passaram mais dez minutos estudando. Então Bridgeman rompeu o silêncio.

— Escute, eu ganhei um livro incrível para o meu micro BBC. É muito maneiro.

— Que livro é esse? — perguntou Rumi.

— Tem um monte de programas, um em cada página, e você insere os programas no computador com todos os comandos e tal, depois executa, e cada um é um jogo de batalha naval diferente que você pode jogar.

— Ah, uau! — Rumi estava genuinamente animada. — Posso pegar emprestado para o meu?

Mahesh havia levado um computador para casa no ano anterior, uma das máquinas descartadas pelo novo departamento que estavam montando na universidade. Rumi desenvolvera verdadeira paixão pela máquina, divertindo-se com jogos como Bug Blaster e Asteroids durante os intervalos dos estudos, com Nibu a observar cada movimento seu. Tinha permissão para jogar durante uma hora e meia por semana, de modo a não se viciar. Era um tempo que tinha um valor especial, só seu, como as moedinhas de chocolate envoltas em papel dourado.

— Pode ir lá em casa para ver como é, se quiser — disse Bridgeman.

Rumi engoliu em seco.

— É que não vão... meus pais não vão deixar...

— Posso pedir para a minha mãe, e você pode ficar para o chá.

— É que... — Era tão tentador... Rumi desejou poder contar a Bridgeman sobre sua rotina na biblioteca. Talvez ele pudesse ir lhe fazer companhia lá algum dia. Mas contar a ele seria ir longe demais. E ela não poderia sair durante o fim de semana, agora preenchido até a capacidade máxima, cada dia compartimentado em intervalos e horas de estudo como as teclas pretas e brancas de um piano. — Adivinhe sobre o que eu li outro dia — disse ela, mudando de assunto.

— O quê?

— Se sessenta pessoas estiverem dentro de uma sala, tem 99% de chances de duas delas fazerem aniversário no mesmo dia.

Bridgeman olhou para ela.

— Como assim? — indagou, esfregando o nariz, com uma borracha na mão.

— É o Paradoxo do Aniversário. Existem várias somas bem difíceis que provam que é verdade, um montão.

— Como é que você sabe que é verdade?

— É verdade — insistiu ela. — Meu pai me mostrou em um livro.

— Igual ao Palmer e ao Sheldon, que fazem aniversário no mesmo dia? — Bridgeman usou o polegar para gesticular na direção de Sheldon, nos fundos da sala.

— É, assim mesmo. Mas na nossa turma são só 31 pessoas, então a probabilidade é menor.

— Bom, mas eles *fazem* aniversário no mesmo dia — disse ele, apagando uma palavra do livro e segurando-o de cabeça para baixo.

Rumi deu um suspiro e terminou o exercício; em seguida se levantou para ir esvaziar o apontador de cubo mágico dentro da lixeira da sala.

8

Shreene estava deitada na banheira. Olhou para o seu corpo, na horizontal dentro d'água, e sentiu vergonha do próprio olhar. Seu corpo lhe parecia tão exibido, a paisagem de sua forma física tão presente. Não era algo com o qual ela estivesse acostumada. Aquela era só a segunda vez em que ela tomava banho de banheira, no sentido britânico do termo. Na Índia, assim como as irmãs, tomava banho com roupa de baixo, despejando punhados d'água sobre a cabeça e o peito, submergindo a jarra a cada poucos segundos dentro de um balde de aço que estalava com o respingar constante, estreito porém intenso, de uma torneira na parede. Tremia quando a água batia em suas costas, depois sentia arrepios conforme o mundo natural úmido à sua volta reequilibrava o calor de seu sangue. Fora assim que tomara banho até se casar — uma mulher feita, na Universidade de

Délhi; uma garota da cidade, encharcada, de calcinha, ensaboando o corpo feito uma criança, alegremente inconsciente dos contornos que lhe davam forma.

Ou pelo menos era assim que pensava agora. Era essa a sua lembrança. Aquele era o segundo "banho" da sua vida, e ele tinha um motivo — uma tentativa de acabar com a irritação que a estava incomodando. Olhou para a parte da pele abaixo da barriga onde os pêlos cresciam curtos, ásperos e oblíquos. Quinze dias antes, havia se raspado ali pela primeira vez. Fora preciso um artigo em uma revista feminina, lida durante o horário de almoço no trabalho, para transformar em ação seu desejo de fazer aquilo. Alguma coisa havia se apoderado dela: o que começara com uma tentativa de reproduzir as instruções para "depilar a virilha" da revista se transformara em uma pequena obsessão. Quanto mais pêlos ela eliminava de cada lado, mais se convencia de que precisava ir mais longe e aumentar a parte raspada para alcançar uma simetria entre os dois lados.

De repente, aquilo lhe pareceu a prática mais higiênica que se poderia ter, e ela executou a tarefa com urgência, tomada de repulsa pela própria inépcia em deixar os pêlos crescerem daquela forma durante todos aqueles anos. As palavras da revista ecoavam em seus ouvidos com uma alusão bem-humorada: "Embora cada uma vá ter sua forma preferida de depilar a virilha, o verão exige atenção redobrada, o que dará a você maior liberdade na hora de embarcar em maiôs cavados e novas aventuras." Shreene tampouco havia usado uma roupa de banho, mas isso não fazia parte daquela resolução. No final de tudo, baixara os olhos para se olhar, nua como só uma criança poderia ficar, mas desprovida da mesma inocência, com pêlos pretos encaracolados grudados à borda da banheira, uma mancha vermelha de irritação adornando cada coxa e a lâmina brilhando em sua mão, precisa.

Agora, o lento retorno dos pêlos era áspero, tanto visualmente quanto na textura. Lembrava-lhe a barba de Mahesh durante o primeiro ano de seu casamento, a qual crescia a cada quinze dias. Na época, ela havia implorado ao marido para se barbear, e ele ria e acariciava-lhe a face, ameaçando adotar um visual completamente barbado, ao estilo de um verdadeiro acadêmico. Era um jogo de poder e afeto entre os dois — às vezes cômico, às vezes irritadiço. Em geral, era preciso mais de dez dias até ele se render e terminar o dia com uma mesura exagerada ao emergir do banheiro, o rosto repentinamente uma década mais jovem, o sorriso ao mesmo tempo doce e maroto, sugestivamente curvado na pele lisa das bochechas. Mahesh nunca havia compreendido a intensidade do alívio da mulher nessas ocasiões, a forma como ela quase parecia desmoronar de timidez. De fato, ela sentia que, durante essas duas semanas, conforme o rosto de Mahesh ia escurecendo com a barba, o mesmo acontecia com seu espírito — ele parecia mais turvo, mais controlador, quase violento em sua atitude com o passar dos dias. Quando os dois discutiam, ela via apenas o trovão nos olhos dele e os vincos de seu rosto, e sua tolerância de qualquer coisa que pudesse ser interpretada como humor era debilitada pela visão daqueles traços envoltos em sombra.

Agora, a barba de Mahesh era um tapete grosso, não sujeito a negociações, que se estendia por seu rosto para lá e para cá em tufos falhados. A barba já durava anos; ele a aparava de vez em quando, mas não muito. Ela não se lembrava de quando a brincadeira havia perdido a graça, o desejo de remover aquele rosto externo e ter de volta o frescor barbeado do marido. Acontecera sem que ela se desse conta. Shreene tornou a olhar para a área descoberta entre suas pernas. A visão lhe causou repulsa. Uma barba feia, de velho, despontando irregular através da pele. Ela estremeceu.

Quando chegara àquele país, as pessoas perguntavam se ela era filha do marido. "Aquilo devia tê-lo deixado um pouco chateado", pensou, "já que ele era apenas oito anos mais velho, e tinha apenas trinta". Mas sua estatura era muito maior do que a dela, sua forma imensa fazia o corpo magro dela parecer anão, e sua atitude confiante, assim como seu vocabulário, deixavam-na em pânico. Sentira medo quando ele falara com ela em inglês, as sílabas grandes e pesadas se combinando para fazê-la perder a memória: o inglês de conversação que ela afirmara conhecer durante seu primeiro e único encontro antes do casamento de repente foi arrancado de seu cérebro, deixando seus pensamentos suspensos no vácuo. Era o medo que a estrangulava, o medo de tudo aquilo ter sido um erro, de que os dois não fossem se encaixar como duas colheres dentro de uma gaveta, do jeito que seus pais disseram que acontecia com todos os casais, destinados a estarem juntos desde o nascimento caso seus mapas astrais assim permitissem. E se ela fizesse parte de algum buraco aberto no universo, um erro do *kismet*, e fosse incapaz de se entrelaçar naturalmente com aquele homem porque ambos tinham a forma errada? E se ele resolvesse devolvê-la dias, semanas ou até meses mais tarde, um fracasso descabelado, com a mancha distinta da vergonha estampada de forma indelével na testa?

Shreene retirou a tampa da banheira e sentiu a pressão da água escoando à sua volta. "O medo diminuiu", pensou. Por algum tempo, ele chegara até a se apaixonar loucamente por ela. Igualzinho acontecia nos filmes.

Porém, durante as duas semanas que haviam acabado de passar, ele sequer percebera o espaço alterado entre suas coxas. Estas eram agora mais privadas do que antes de se casarem.

Mais tarde, Shreene bolou o cardápio para o dia seguinte. Mahesh recebera um pequeno aumento de salário, o primeiro em alguns anos, e insistira para que a família celebrasse isso com uma refeição mais elaborada do que de costume, sobretudo levando em conta que festas como a Diwali passavam em branco sem que ninguém tomasse conhecimento.

Ela estava abrindo um frango para prepará-lo ao *curry*, mergulhando as mãos cobertas de luvas da textura de filme plástico no emaranhado de entranhas e carne. Rumi estava sentada na bancada ao lado, segurando um montinho de lentilhas verdes dentro de uma travessa oval, empurrando sete grãos para o lado de cada vez, à cata de pedrinhas. Seus lábios se moviam silenciosamente no mesmo ritmo da ação de seus dedos, como se ela estivesse desfiando as contas de um *mala*. Suas pernas balançavam e batiam nos armários verde-claros logo abaixo, os calcanhares nus roçando nas portas. Shreene olhou para a filha, sentindo uma estranha onda de amor, como se estivesse vendo-a pela primeira vez, com olhos novos. Ainda faltavam pelo menos três horas para Mahesh chegar em casa. E aquela Rumi, com os cabelos presos em um rabo-de-cavalo, olhando-a com tamanha inocência, espiando através dos óculos, era afável, gentil, e disposta a escutar a mãe sem sarcasmo.

— Mãe? — A voz de Rumi estava relaxada, quase descuidada.

Shreene recolheu os miúdos, segurando as formas molhadas com a luva fina na palma da mão, e jogou-os na cesta de lixo embaixo da pia, franzindo o nariz por causa do cheiro.

— O que foi, *beti*?

— Quando é que a gente vai para a Índia de novo?

— Você sabe que tem que se concentrar nos estudos, mas, se você for boazinha, quem sabe?

— O que será que Jaggi Bhaiya está fazendo agora...?

Shreene estava acostumada com isso. Em tardes como aquela, quando Mahesh estava fora e era preciso cozinhar, Rumi invariavelmente começava a falar da Índia, dando um jeito de permanecer na cozinha para poder dar vazão a uma seqüência quase interminável de perguntas.

— Bom, tenho certeza de que ele também pensa na irmãzinha que está aqui, e que ficaria muito contente se você fosse fazer uma visita.

— Mãe?

— O quê?

— Quando você tinha a minha idade, você estudava matemática?

— Estudava, sim, e muitas outras matérias. Mas eu também era muito boa em esportes.

— As pessoas gostavam de você?

— Gostavam de mim em que sentido? Ninguém desgostava de mim.

— As pessoas da escola?

— Bom, eu era muito boa no lançamento de dardo. Ganhei algumas medalhas.

— É mesmo?

— É.

— Que incrível.

Shreene em seguida começou a preparar a farinha do *chapatti*, que precisava se transformar numa massa sólida, elástica, capaz de ser conservada de um dia para o outro com o acréscimo de um pouquinho de óleo. Deixou o frango dentro de uma tigela grande e mediu três xícaras de farinha de uma saca na despensa. Quando voltou, Rumi recomeçou, com a mesma entonação que subia e descia pelas duas únicas sílabas de sua pergunta.

— Ma-nhê?
— O quê?
— Como foi quando você casou?
— Você sabe como foi. Eu já contei para você.
— Mas não foi estranho você não ter visto o papai antes?
— Só as pessoas daqui chamam isso de "estranho", como você diz. Para nós é normal. É assim que acontece geralmente. Pelo menos o papai e eu tínhamos nos encontrado uma vez, quando ele foi ver como eu era. E nós nos correspondemos antes do nosso casamento. Tem gente que nem isso faz. Dá para imaginar?
— Como foi quando o papai foi ver como você era?
— Bom, ele fez uma coisa típica do papai. Quis me pegar de surpresa, então apareceu um dia antes do combinado, junto com a sua *daadi*, mãe dele, e eu cheguei em casa da universidade... entrei pelos fundos, toda calorenta e suada da viagem... e eles todos me cercaram, tia Badi, sua avó, e todos estavam muito empolgados. Fiquei tão irritada! "Mas que história toda é essa?", eu não parava de dizer, e fiquei muito irritada. "Por que vocês estão todos malucos desse jeito, como se o rei e a rainha tivessem vindo fazer uma visita?"
— E o que foi que você fez?
— Me troquei e pus minhas roupas de ficar em casa, um *salwar kameez* velho que usava quando não ia sair, e comecei a lavar louça com as mangas arregaçadas, sentada no chão.
— Por que no chão?
— Porque era assim que se lavava louça lá, debaixo de uma torneira. Você ficava sentada em um banquinho no chão e esfregava e enxaguava cada prato debaixo da torneira. Toda a água escorria para o chão, entendeu? Não era como aqui, onde se lava louça com esponja e detergente.
— E o que a vovó falou?
— Ela falou: "Você ficou maluca?" Me chamou de *paagal*... Você sabe que isso quer dizer "maluca", não sabe? *Pagli* quer dizer "menina maluca". Disse para a tia Badi e para a tia Pushpa: "Deus me ajude, minha filha foi dominada pela loucura! Eu dei à luz uma *pagli*!" E levou a mão à testa assim, e sacudiu a cabeça...

Shreene imitou o movimento, sujando de farinha de *chapatti* os fios laterais de cabelo acima de sua orelha, os quais escapavam do trançado.

Rumi deu uma risadinha.

— Mãe?

— O quê?

— Você não ficou com medo da *daadi* e do papai entrarem e virem você?

— Que me vissem! Pior para eles. Eles chegaram um dia antes, o que é que esperavam? Só porque ele se acha muito estudioso e educado não quer dizer que pode sair por aí fazendo o que quiser, não é?

— Então o que aconteceu? Eles viram você?

— Não. Depois de algum tempo, meu pai acabou entrando na cozinha. E ele nunca fazia isso, nunca mesmo. Eu me levantei na mesma hora, cheia de vergonha por estar sentada ali, agachada daquele jeito na frente dele.

— Por que você estava com vergonha de estar sentada daquele jeito na frente...

— Porque uma filha crescida não se senta com as pernas de fora na frente do pai, sua boba. Você algumas vezes é mesmo *buddhu*.

— Que é *budoo*?

— Uma pessoa boba. Para alguém tão inteligente, você faz mesmo umas perguntas bem bobas, não faz?

— Mas por que uma filha não senta assim na frente do pai? Me explique.

— Você está saindo do assunto. Quer saber a história ou não?

— Quero, quero saber a história, sim.

— Então aí eu perguntei: "O que foi, papai?", e ele olhou para mim como só o meu pai sabia olhar para alguém, com o mais puro dos corações brilhando cheio de amor através dos olhos, e disse: "*Beti*, o que você está fazendo aqui? Nós fomos abençoados com uma visita em sua homenagem. Eu hoje sou um pai orgulhoso. Agora vá vestir a sua roupa mais bonita para me deixar ainda mais orgulhoso." E ele tocou minha bochecha assim, e deu um beliscão.

Shreene imitou o gesto para Rumi, e seus olhos se encheram d'água. Ela virou as costas.

— Não chore, mamãe — disse Rumi.

— Não estou chorando. — Shreene puxou o punho da roupa para a frente e encostou-o nos olhos. — São só as cebolas.

— Mamãe, aqui não tem nenhuma cebola. Você já fritou as cebolas um tempão atrás. Eu não sou *budoo*! — disse Rumi, brincalhona, segurando o cotovelo da mãe e fazendo-a virar o corpo.

Shreene riu e ergueu os olhos para a filha.

— Minha buddhuzinha — disse ela, apertando o nariz de Rumi.

— E aí, você fez o que ele disse?

— É claro que fiz. Não vou desobedecer meu pai, não é? Principalmente com ele pedindo daquele jeito, com tanto amor. Você seria capaz de recusar um pedido assim tão doce do seu pai?

O rosto de Rumi estava pensativo, como se ela estivesse tentando imaginar seriamente se seria ou não possível para o seu pai dizer uma coisa daquelas. Passados alguns segundos, voltou ao *daal*, correndo os dedos entre os dois montinhos.

— E aí, o que aconteceu?

— Bom, eu me troquei e entrei na sala, e o seu pai fez as perguntas dele. E a sua *daadi* também, aliás.

— Você teve que trazer a bandeja de chá, como nos filmes em híndi?

— Ah, tive. E você vai ter que fazer a mesma coisa, não é? E carregar a bandeja com muita delicadeza, assim, com o ritmo, a elegância e a graça perfeitos. E a sua futura sogra vai examinar o seu jeito de andar e o seu jeito de servir o chá, igualzinho a sua *daadi* fez comigo.

— Mãe! Eu não vou casar.

— Eu também dizia isso quando tinha a sua idade. Espere só. Você vai estar fazendo isso antes de perceber, sua macaquinha atrevida!

— Mãe! Pare.

— Ah, eu posso muito bem parar, mas você vai precisar estar preparada...

— Mas o que foi que eles perguntaram para você?

— Ah, fizeram perguntas muito apropriadas para uma entrevista de casamento. O seu pai me perguntou qual era a minha formação.

A sua *daadi* pediu para o meu pai mostrar meus certificados. Como se ele fosse mentir! Isso foi muito chato.

— E o que mais o papai perguntou?

— Ele disse que tinha se mudado para o estrangeiro, perguntou se eu queria morar fora. Eu respondi: "Não, eu quero morar na Índia. Sou uma garota indiana."

— Mas você se apaixonou por ele à primeira vista?

Shreene lançou um olhar rápido e maroto para Rumi, com um largo sorriso no rosto.

— Você tem assistido a muitos filmes em híndi, sua menina levada!

— Mas você se apaixonou? Você pensou "Eu te amo" quando viu o papai?

— Não, não pensei. Mas, afinal de contas, no nosso país, o amor vem depois do casamento. É só aqui que as pessoas esperam "se apaixonar", como elas dizem. E onde vai dar isso? Em divórcio, é nisso que vai dar.

— Mas os filmes em híndi...

— São só filmes, *beti*. Que história é essa? Em todo caso, o que eu pensei foi: "Você se acha o máximo." Com certeza não pensei esse negócio de "Eu te amo". Mas ele pensou alguma coisa do gênero. Na verdade, foi ele quem ficou um tiquinho *pagaal*.

— Como assim?

— Ele resolveu que ia se casar comigo a qualquer custo, mesmo eu dizendo que não iria morar fora porque não queria ter um emprego subalterno, do tipo que tinha ouvido dizer que o nosso povo era obrigado a aceitar... essa coisa toda. Mesmo assim ele começou a me escrever, apesar de eu ter respondido "não" a muitas das perguntas dele. Ele não quis nem ouvir falar no assunto. Parecia que tinha perdido a razão. Me escrevia cartas compridas em inglês, cheias de poemas e todo tipo de argumento lógico, essas coisas.

— O papai escrevia poemas?

— Escrevia, sim. E muitas outras coisas mais. Escrevia linhas e mais linhas sobre os meus olhos azuis, que pareciam "safiras ofuscantes", sobre a minha pele radiante e todo esse tipo de bobagem.

— E você escrevia de volta?

— Ah, não, durante muito tempo eu não escrevi. Mas você não pode lutar contra o que está escrito no seu *kismet*, é o seu destino. Então, depois de algum tempo, quando o meu pai me disse para escrever de volta para ele, eu escrevi.

— E aí, o que aconteceu?

— Nós casamos. E eu vi o intelecto refinado e maravilhoso que o seu pai tinha, uma mente e tanto, nada parecida com a daqueles comerciantes bebedores de uísque como muitos dos amigos dos meus irmãos, mas um intelectual refinado, que se preocupava com as coisas importantes da vida, e não só com passar uma imagem bonita para os outros ou com o fato de ficar rico. E eu rezei por um filho que fosse tão inteligente, mais inteligente até do que ele. Rezei, rezei, e aí você nasceu.

— E você teve relação sexual para eu poder nascer?

Shreene parou de sovar a massa no mesmo instante, e os nós de seus dedos deixaram marcas profundas na bola farinhenta. Ela não se virou, simplesmente ficou ali, calada, com os ombros contraídos, imobilizados.

— O que foi que você disse?

Rumi corou e começou a contar as lentilhas o mais rápido que podia, processando as continhas verdes atabalhoadamente com os dedos.

— Nada.

Shreene afastou-se da massa, limpou a mão direita no avental e virou lentamente o rosto para Rumi. Quando falou, foi com uma nitidez de meter medo.

— O que foi que você disse?

Rumi continuou a mover as lentilhas, as pontas dos dedos esbarrando descontroladamente em cada conta cor de azeitona.

— Pare com isso — disse Shreene.

Rumi diminuiu o ritmo, mas continuou executando a mesma ação de forma letárgica, dando grande importância à remoção de uma pedrinha cinza no meio do movimento ritmado. Shreene se aproximou dela e retirou abruptamente a travessa de sua mão. Os dois montinhos separados de *daal* catado e não-catado se misturaram com facilidade.

— Mãe! Eu acabei de fazer tudo isso... — disse Rumi, sem erguer os olhos.

— Repita o que você disse, Rumi, ou, estou avisando, vai levar dois tapas bem estalados agora mesmo.

— É só que eles ensinaram isso para a gente lá no colégio. Disseram que era assim que se dizia e que era assim que todo mundo tinha bebês. Por que você está tão zangada?

— Escute aqui, e escute bem. Olhe para mim agora.

Rumi continuou a encarar o chão, projetando o maxilar inferior com uma imobilidade ressentida.

— Olhe para mim! — Shreene segurou o queixo de Rumi e ergueu-o, de modo que Rumi não teve alternativa senão encará-la nos olhos. Mesmo assim, suas pupilas se esquivavam toda vez que Shreene tentava prender seu olhar.

— Não é assim que os nossos bebês nascem. Só os brancos têm relações sexuais.

Ao ouvir isso, Rumi sacudiu a cabeça e olhou bem nos olhos da mãe.

— Mas na aula de ciências eles disseram...

— Esqueça a aula de ciências. Essa é a ciência deles, dos brancos. Nós não fazemos isso.

— Então de onde é que eles vêm?

— Das orações. Igual a você.

9

O final daquele semestre trouxe uma reviravolta inesperada, um período de pura felicidade para Rumi que pareceu saído do nada, como um asteróide do bem, do tipo que chega anunciando boas-novas. Tudo começou com a extinção da rotina da biblioteca e terminou com os selos.

O estímulo para a mudança trouxe consigo uma emoção mais complexa. Devido à prova O-Level, que luzia no horizonte como um facho de sinalização, Mahesh havia aumentado a carga de estudo que Rumi deveria cumprir. Mas ela não estava rendendo: segundo Mahesh, seu trabalho estava ficando mal feito e faltava-lhe comprometimento. Ele atribuiu isso ao fato de que, na biblioteca, ela estava cercada por livros, e sua atenção se dispersava nas avenidas da ficção em vez de permanecer concentrada em sua mesa. Ele tinha razão. Rumi agora estava no qüinquagésimo primeiro livro da série Chalet School, e passava cada vez menos tempo trabalhando nos problemas antes de ser apanhada às 18h30. Chegara até mesmo a se acostumar à fome. Assim, Mahesh decidiu que havia chegado a hora de mudar a abordagem e deu à filha uma chave de casa, que ela usaria em volta do pescoço como um colar. Assim, tanto ele quanto Shreene poderiam lhe telefonar durante aquele período de duas horas para ver como ela estava progredindo.

No início, a libertação foi tamanha que ela não pôde acreditar. Uma das maiores vantagens foi poder voltar da escola a pé com Simon Bridgeman e Christopher Palmer, coisa que ela passou a fazer diariamente, com uma alegria recém-descoberta, acariciada pelo tempo quente e pela camaradagem descontraída que existia entre eles. Certo dia, estavam andando juntos, trazendo suas fotografias de classe recém-distribuídas, comentando sobre quão mal haviam saído. Rumi escondia a sua na segurança da mochila, esquivando-se sempre que um dos meninos tentava convencê-la a mostrá-la. Por fim, fizeram um trato, e cada qual mostrou a própria foto depois de contar até três, segurando-a junto ao peito e virando-a ao mesmo tempo, de modo que o imenso retângulo de papelão ficasse exibido bem no centro de seus corpos. Rumi lembrava-se de ter ficado espantada com a própria disposição para fazer uma coisa dessas. Uma vez recuperada do acesso de riso coletivo, tornara a guardar sua foto na mochila e seguira andando na frente.

Bridgeman havia gritado para ela:

— Ei! Sabe o que eu achei?

— Pare com isso, tá? — pediu ela, subitamente gelada.

— Você está ainda mais bonita na foto do que na vida real — disse ele.

E Rumi havia levado a foto para casa e ficado admirando a si mesma, sorrindo por trás do papel celofane, usando um vestido cinza e branco debruado de renda, sem os óculos, conforme o pedido do fotógrafo, com pequeninas argolas de ouro enfeitando as orelhas.

Os três haviam começado a colecionar selos. Rumi havia trazido da Viagem à Índia uma pilha de selos de aspecto impressionante, recuperados de velhas cartas nas casas de diversos parentes, que levou para dar início à coleção. Cada selo estava preso ao canto rasgado de um envelope indiano: um branco fino que parecia ter sido mergulhado em lilás, do tipo de papel que tem seu próprio cheiro especial. Rumi tinha um espectro de cores completo, indo do selo cor de anil de uma rupia a uma estonteante edição especial com o desenho de um tigre mostrando os dentes ao sol. Segundo o livro de Christopher, esse selo era bastante raro, e passou a ser um objeto precioso, preso em cantoneiras de plástico auto-adesivas em uma página só sua. A pequena porém intrigante coleção levara a encontros semanais, durante os quais os meninos juntavam e trocavam os numerosos selos encomendados pelo correio que haviam comprado com o dinheiro da sua mesada.

Rumi também levava os seus selos internacionais, ainda no envelope. Estes foram obtidos no escritório do pai, cobertos com os garranchos de alunos de lugares como Gana, Cingapura e, em certa ocasião memorável, Papua-Nova Guiné. Os encontros haviam sido transferidos do horário de almoço para depois das aulas, e, uma vez por semana, fato inacreditável, Rumi ia encontrá-los na casa de Bridgeman. Por mais estranho que parecesse, enquanto Shreene não havia ficado nada feliz com a idéia, Mahesh não parecera se importar. Achava bom que a filha tivesse um hobby: este exercia uma "função motivadora", contanto que ocupasse apenas umas duas horas e se limitasse a uma vez por semana. Essa atitude desagradou Shreene. Ela considerava muito estranho uma menina da idade de Rumi visitar dois meninos de forma tão regular — e meninos brancos, ainda por cima —, mas Mahesh fincou pé. No fim das contas, tratava-se de um interesse intelectual, argumentou ele, de natureza geográfica. Precisavam levar em conta o desejo crescente de Rumi de se socializar, uma vez que a exclusão total poderia ter um efeito negativo. Aquela era uma válvula de escape positiva, controlada, e ela iria se beneficiar do convívio com outras crianças inteligentes — convívio moderado, é claro.

Então Rumi estragou tudo. As novas regras para depois da aula incluíam segredo absoluto, assim como as regras da biblioteca que as haviam precedido. Nos dias em que não ia para o Clube de Filatelia, ela voltava para casa e prometia não abrir a porta para ninguém, nem sair. Tanto sua mãe quanto seu pai telefonavam a cada meia hora dos respectivos trabalhos para verificar se ela estava mesmo em casa. Ela gastava um quarto do tempo com a matemática e o resto com a tevê. Com o passar das semanas, começou a explorar a casa e a brincar sozinha, lendo os livros para adultos espalhados pelas estantes — *O livro de culinária do coração feliz, Um guia ilustrado de viagem à Alemanha* — e construindo modelos e jogos a partir de programas de tevê. Algumas vezes, inventava cânticos hipnóticos: falava em voz alta, reproduzindo as músicas-tema e os bordões dos programas diários. Por fim, sentindo-se fortalecida por aquele controle recém-adquirido e pela nova rotina diária, ela decidiu fazer a reunião do Clube de Filatelia em sua própria casa, numa quarta-feira, e informou aos meninos.

No dia em questão, voltou para casa sozinha e pediu a eles que chegassem meia hora depois do horário normal, para poder aprontar tudo. Encheu tigelinhas de amendoim, salgadinhos indianos e *mishri*, os cubos duros de cardamomo cristalizado que sua mãe servia quando tinham convidados. Preparou três copos de suco de laranja e os arrumou em cima da mesa para a chegada dos amigos. Por um instante terrível, ao ouvir a campainha tocar, sentiu o coração se contrair de culpa. Mas então alisou os cabelos com os dedos e caminhou em direção às duas formas: o contorno do alto e irrequieto Christopher e a silhueta menor de Simon, ambos igualmente amorfos à luz por trás da porta da frente em vidro jateado.

Os meninos com certeza ficaram surpresos por encontrá-la sozinha em casa. Mas o *mishri* fez grande sucesso, e os dois encheram os bolsos com o doce a pedido da própria Rumi, quando ela percebeu que consideravam aquilo uma espécie de bala, como as gelatinas em forma de garrafinhas de Coca-Cola ou os dropes vendidos nos jornaleiros do bairro. Foram se sentar em volta da mesa de jantar e conversaram sobre os selos que cobiçavam mais do que os outros, olhando para as páginas vazias de seus álbuns e lendo sobre os países almejados: Zâmbia, no caso de Christopher; Nicarágua, no de Simon; Indonésia, no de Rumi. Quando o telefone tocou, Rumi os mandou ficarem quietos e foi atender.

Depois de algum tempo, perguntou-lhes se queriam conhecer o resto da casa, pensando que seria uma boa forma de passar o tempo.

Medianamente interessados, eles concordaram, e subiram as escadas atrás dela. A primeira parada foi o quarto de seus pais. Ela os deixou entrar no cômodo, sentindo-se muito adulta. Eles ficaram parados na soleira da porta, olhando para a cama grande, com sua cabeceira de veludo bege e suas cobertas floridas: cor-de-rosa e verde em fundo branco, uma estampa repetida de pétalas e flores. De repente, Rumi sentiu vontade de rir. Aquilo estava divertido.

— Vamos fazer uma brincadeira! — disse.

— Qual? — respondeu Simon. Ele remexeu o nariz como um coelho, como se o quarto tivesse um cheiro desconhecido.

— Vamos brincar de faz-de-conta.

— Mas fazer de conta que o quê? — indagou Christopher. Ele olhava para os armários e para a penteadeira presa à parede com uma expressão confusa no rosto, como se não conseguisse imaginar uma brincadeira de faz-de-conta naquele contexto.

Rumi subiu na cama e se enfiou debaixo das cobertas.

— Já sei. Por que a gente não faz assim: vamos fingir que eu sou casada com você, Christopher, e você sai do quarto, aí o Simon sobe na cama e começa a me acariciar, e daí você entra e pega a gente tendo um caso e fica bravo e começa a gritar e briga com o Simon e um de vocês morre.

Simon olhou para ela, passando o peso de uma perna para a outra, pouco à vontade. Christopher sacudia os *mishri* que tinha dentro dos bolsos e olhava de viés para Simon.

— Igual ao seriado *Dallas*, alguma coisa assim — disse Rumi.

— Não, eu não quero brincar disso — disse Simon.

Christopher logo concordou:

— Nem eu.

— Mas por que não? — perguntou Rumi. Podia sentir um calor nas faces, sinal de que estava com vergonha. — Não estou entendendo. Era só para fazer graça. Do que vocês querem brincar?

— Eu acho que vou para casa — disse Simon, baixando os olhos para o carpete.

— Eu também — concordou Christopher.

Rumi puxou a coberta por cima da cabeça e sentiu a tensão se acumular no espaço quente e escuro à sua frente. Gradualmente, começou a sentir a luz entrando pelas beiradas da coberta: uma luz manchada de flores, parada e irreal. Era difícil acreditar que aquela fosse a mesma luz que havia iluminado o quarto poucos minutos antes, transformando a normalidade de seus pais em uma incrível casinha de brinquedo, incentivando-a a pular na cama sem pensar. A empolgação ainda borbulhava dentro do seu peito, mas agora lhe causava dor, fazendo-a apertar os olhos e pressionar as bochechas no travesseiro, e fazendo a borda dos óculos marcar a pele do nariz e criar um sulco, que ela aumentou apertando o rosto com ainda mais força, o máximo de que era capaz.

Escutou Simon e Christopher murmurando do lado de fora do mundo da coberta, indistintos e vagos, como se não soubessem usar a própria voz. E então ouviu o pesado arrastar de seus passos quando eles saíram do quarto, descendo as escadas sem se deterem, e cada passo a fez fechar os olhos com mais força. Eles a estavam abandonando. Ela já sonhara com eles dois correndo por sua casa, sonhara com John Kemble, Sharon Rafferty e Julie Harris, Simon, Christopher, todos eles correndo pelo jardim e caindo na grama, levantando-se e tornando a correr. Fora um sonho que tivera muitas vezes, acordando e piscando os olhos durante alguns minutos, vendo os desníveis do teto de seu quarto entrarem em foco à medida que percebia que não havia ninguém dentro de casa, que tudo aquilo tinha acontecido na sua imaginação. No sonho, todos usavam toalhas brancas presas em volta do peito, como se tivessem acabado de sair do banho. Mesmo correndo, gritando e jogando todo tipo de jogo, as toalhas nunca se soltavam. Agora eles estavam ali de verdade, Simon Bridgeman e Christopher Palmer, descendo as escadas com passos ruidosos.

Alguns minutos depois, Simon gritou para o andar de cima:

— Rumi?

Ela continuou deitada, multiplicando os primeiros números que lhe vieram à cabeça: 1.467 vezes 1.235. Antes de conseguir terminar, ouviu a voz de Christopher:

— Ahn... Rumi?

Rumi tirou a colcha de cima da cabeça e deixou o ar envolver seu rosto: uma fria máscara que se encaixou com perfeição, como aquelas dos pacotinhos transparentes que já vira a mãe usar. Esperou que eles tornassem a chamar.

— Rumi? É que... a gente não consegue sair. A porta está trancada... — disse Christopher.

— Você pode vir destrancar? — pediu Simon.

— Ahn... por favor? — pediu Christopher. Ele havia baixado a voz, que se misturou à de Simon em um sussurro nervoso.

Rumi se levantou e olhou para o espelho da escrivaninha à sua frente. A fivela dourada que prendia seus cabelos na lateral da cabeça havia se soltado, liberando seus cabelos em uma massa emaranhada sobre os ombros. Ela se retesou ao ouvir um ronco suave e um barulho conhecido de cascalho sendo amassado quando um carro adentrou o espaço em frente à casa. Uma cortina de renda dividia a janela ao lado da cama: dois arcos que se tocavam de leve ao longo de alguns centímetros das respectivas circunferências. No vidro que aparecia entre a junção, ela viu a máquina se aproximar até bem junto da janela da frente da sala de jantar, um imenso robô vermelho prestes a engolir a casa: os olhos reluzentes dos faróis, os dentes arreganhados da grade frontal. Parecia tão grande que até mesmo as casas da rua deram a impressão de se retrair diante da sua chegada. A vistosa porta azul da velha sra. Schwartz, à esquerda, pareceu tremer nas dobradiças. Até mesmo a roupa pendurada para secar em frente à casa da direita — que pertencia a uma família de cinco pessoas antipáticas e desconhecidas — tremeu em seu varal hexagonal, como que aterrorizada. Rumi ficou encarando a placa dianteira do carro, cujas letras e números eram inconfundíveis.

— R380 6TQ. R380 6TQ — sussurrou entre os dentes. Tarde demais, viu seu pai erguer os olhos e surpreendê-la espiando pela janela, e tarde demais se abaixou, pressionando a cabeça na colcha e quase ficando de cabeça para baixo, amaldiçoando a si mesma pela própria estupidez. — R380 6TQ — sussurrava em frenesi. — R380 6TQ! R380 6TQ!

— Ruuuuu-mi! — chamaram os meninos lá de baixo, em uníssono, como se tivessem modulado as vozes para fazê-las colidir e dobrar de intensidade.

Rumi estremeceu e levantou-se da cama.

— Já vou! — respondeu, ajeitando a colcha na borda da cama e prendendo-a debaixo do travesseiro. Seu coração pulava a cada batida. Como é que ela iria explicar o fato de estar no quarto dos pais? Como é que iria se livrar dos meninos? Teria de fazê-los sair pela porta dos fundos, mas será que eles iriam entender a tempo? Tropeçou descendo a escada, escorregando no carpete, depois recuperou o equilíbrio.

No pé da escada, viu-os lado a lado, vestidos com seus casacos, agarrados aos álbuns de selos. O rosto de Simon refletia o mais intenso alívio, e seus olhos escuros se dilataram.

— Será que dá para você... — começou ele.

— A gente tem que se esconder! Tem que ir lá para os fundos — balbuciou ela, usando as mãos para empurrar os ombros dos meninos.

— Mas a gente precisa ir para casa! — disse Christopher, desvencilhando-se dela.

Simon estava simplesmente atônito.

— A gente não quer brincar de faz-de-conta — disse ele. — A gente veio aqui trocar selos.

— Mas a minha mãe e o meu pai vão matar a gente! Vocês não estão entendendo! — disse Rumi.

Lutou para encontrar as palavras, mas Simon já estava olhando por cima de seu ombro para a porta no final do corredor. O barulho metálico da chave rompeu o silêncio quando esta arranhou a fechadura. Rumi se virou e viu as formas escuras assomando do outro lado da porta. Tentou virar os meninos na direção da cozinha, mas percebeu que era inútil. Eles continuaram parados feito zumbis, olhando para a frente.

Shreene entrou primeiro, trazendo no colo Nibu, que começou a fazer bolhas de saliva ao ver a irmã, como em um movimento ensaiado. Rumi olhou para a mãe, ajeitando os cabelos atrás da orelha. Mas Shreene não entregou Nibu a Rumi, embora o menino gritasse pela irmã com os bracinhos esticados, dedos agarrando o vazio. Em vez disso, olhou para trás por cima do ombro e gesticulou, com um menear de cabeça, para Mahesh entrar logo. Este passou pela porta da frente, imenso com sua capa de chuva e seu cachecol, a testa vincada em um fundo vale de irritação ao se deparar com aquela cena.

— O que está acontecendo aqui? — Sua voz saiu lenta, triste. Fez Rumi sentir vontade de chorar. Quis arremessá-la para longe, parti-la em mil pedaços e fazer outra voz sair da boca dele. As dobras de pele de suas bochechas, cobertas de barba, pareciam penetrar bem fundo para formar vincos enrijecidos em seu rosto quando ele falava, congelados como cicatrizes, permeados de pontinhos pretos, os pêlos curtos, espetados e ásperos.

— Pai, eu... — começou Rumi.

Simon e Christopher chegaram mais perto um do outro. Christopher deixou cair o álbum de selos e ajoelhou-se para pegá-lo, dobrando as pernas ágeis. Nibu salivava, gargalhando em meio ao silêncio, como quem ri de uma piada horrível e grosseira.

— Explique o que aconteceu, Rumika — continuou seu pai, pronunciando cada palavra de forma bem distinta. Estava completamente imóvel.

— Era o Clube de Filatelia, pai — disse ela. — Pensei em fazer aqui em casa. Eu sei... eu sei que foi um erro... Eu...

Mahesh olhou para a filha e ergueu o lábio, fazendo-o projetar-se sob o nariz. Rumi sentiu o medo penetrar pela parte de trás de sua garganta.

Shreene gesticulou para Simon e Christopher com a mão livre e perguntou:

— Vocês já estão indo para casa?

Eles assentiram. Ela os conduziu até a cozinha, deixando Rumi e o pai sozinhos em pé no corredor, Rumi olhando para o chão e enfileirando números como se a sua vida dependesse disso.

Mais tarde no mesmo dia, Shreene levou biscoitos para Rumi em uma pequena travessa e colocou-a em cima da escrivaninha onde a filha estava estudando.

— Olhe — disse ela —, são os seus preferidos. Recheados. De chocolate.

Rumi não ergueu os olhos para ela. Em vez disso, manteve-os fixos na escrivaninha e segurou o compasso bem apertado na mão, com a extremidade pontiaguda pressionada na pele da parte de baixo de seu mindinho. Havia decidido nunca mais tornar a falar nem com o pai, nem com a mãe.

— *Beti*, você sabia que era errado, não sabia? — perguntou Shreene. — Você sabe que, quando está em casa, tem que estudar de acordo com o seu horário, e as regras são importantes. Ninguém pode entrar aqui.

Rumi imobilizou o corpo em uma pose e manteve-o tão rígido que não havia qualquer possibilidade de movimento. O mais ínfimo tremor poderia ser interpretado como comunicação.

— É para o seu próprio bem, Rumi. O que pode acontecer se as pessoas descobrirem que você está sozinha em casa? Qualquer um poderia vir aqui. Existe uma porção de gente malvada por aí, e o que você fez foi muito, muito perigoso.

Rumi sentiu a ponta do compasso. Estava penetrando cada vez mais fundo na carne do seu mindinho, pressionando a pele, mas sem furá-la ainda.

— O que foi, Rumi? — perguntou Shreene. — Foi porque ele bateu em você?

Ao ouvir essa palavra, Rumi franziu o cenho. Não era por ter apanhado. Não sabia explicar por que dessa vez tinha sido diferente; por que a lenta subida da escada e o frio do ar quando se sentaram no seu quarto, com o pai a explicar que iria ter de lhe impor disciplina para sua própria segurança, foram tão insuportáveis.

Havia algumas coisas impossíveis de entender. Como, por exemplo, por que ele lhe dera tempo de implorar e pedir perdão antes de apanhar — pedido que fora ficando cada vez mais agudo, concluindo-se com um lamento desesperado. Isso tornara tudo muito pior. Quando ele finalmente batera nela, golpeando-lhe as costas com uma régua tirada de cima de sua escrivaninha, ela se jogara no chão, tentando agarrar os pés dele como uma vilã arrependida de um filme em híndi. Ele então se ajoelhara e batera nela dez vezes, segurando-a com a mão esquerda enquanto ela se revirava de um lado para o outro e gritava. Agora não conseguia explicar para Shreene: por que a régua havia tornado tudo imperdoável, por que a culpa nos olhos do pai por ter sido obrigado àquilo a fazia se sentir nojenta, por que não havia saída, e por que nada nunca mais iria ser como antes.

Parte 2

10

Ele está em pé do lado de fora do portão da escola, com chuva pingando do nariz e dos lábios, um capuz roxo a envolver-lhe a testa como um fino curativo auto-adesivo. Rumi está sentada no muro baixo de tijolos do outro lado da rua, ansiosa, observando-o. Em seu bolso há um pequeno cilindro de plástico preto, uma caixinha de filme fotográfico. Está cheia até a borda de sementes marrons compridas. Seu indicador direito se enfia dentro da caixinha e em seguida entra em sua boca — uma vez a cada cinco segundos. Ela mal se dá conta da rapidez. A cada vez, sua língua se enrosca para receber a camada de sementes, cumprindo o ritual de lamber, mastigar e engolir os caroços pontiagudos de cominho. As sementes deslizam por suas gengivas e descem pela garganta, liberando seu amargor para forrar-lhe o estômago. Rumi continua a olhar fixamente para Simon

Bridgeman. Ele está esperando o resto da equipe de xadrez e o sr. Roberts. Hoje é um dia importante. Ela só precisa conseguir comer os primeiros 25 gramas antes de todo mundo aparecer e chegar a hora de ir. O campeonato é daqui a três horas. Ela trouxe chicletes de menta no bolso para disfarçar o cheiro.

Rumi agora comia cem gramas de cominho cru por dia. Algumas vezes, dependendo da velocidade com que estudava, essa quantidade variava. Caso estivesse estudando de manhã bem cedo no quarto, com as costas irremediavelmente doloridas curvadas sobre a escrivaninha, comia mais. Nessas horas, a lâmpada de sua luminária de mesa a fitava, fazendo brotar em suas retinas nuvens roxas, azuis e cor-de-rosa. Naquela mancha enevoada de números inteiros, estatísticas e luz vacilante, ela repetia o mesmo procedimento. Esmagar sementes de cominho com os molares tinha virado rotina. Certo dia, às três da madrugada, ela derrubou seu estoque, guardado dentro de um velho frasco de analgésico, e as sementes se espalharam pelo carpete, indo se esconder em meio aos arabescos e pontinhos desbotados. Foram necessários dez minutos vasculhando a floresta de náilon, ajoelhada, para encontrá-las, recolhê-las dentro do frasco, retirar os pêlos e tufos de poeira, antes de ela perceber o que estava fazendo. Sentia a repulsa ao comê-las, mas comia-as mesmo assim. Era como se estivesse viciada, mas isso não fazia sentido. Eram sementes de cominho. Ela era uma menina de catorze anos. A idéia por si só era constrangedora demais.

A primeira vez em que as comera sozinha fora bastante inocente. Estava falando ao telefone com Shreene durante o intervalo de duas horas antes de seu pai e sua mãe voltarem do trabalho. Nibu assistia ao seu programa de tevê preferido na sala, já tendo comido e bebido. Aquele era o principal período de liberdade antes de a vigília noturna começar, às 18h40, quando seus pais chegavam em casa. Faltavam seis meses para a prova A-Level, e incontáveis problemas pulsavam como veias em seu cérebro, prejudicando o fluxo de sangue e formando coágulos em seus pensamentos. Sentada sobre a bancada da cozinha, com o telefone preso entre o queixo e o pescoço, ela se inclinou para baixo e abriu um dos armários, explorando-o com a mão em busca de alguma coisa para comer, e escolheu o jarro de cominho. Sabia que era uma coisa estranha de se fazer. Um pouco parecida com comer alho cru ou pimentas verdes cruas. Uma coisa estranha. Lambeu o dedo e mergulhou-o bem fundo dentro do jarro. Ao retirá-lo, ficou olhando para o dedo comprido, coberto com milhares de sementes pequeninas, e então enfiou-o na boca até o talo, roçando a amídala com a pontinha da unha. O sabor amargo a deixara perturbada. Assim como a consciência de que aquilo a agradava.

Agora ela era refém do cominho. Ansiava pela pressão múltipla na pontinha da língua e pela sensação de ardência quando o sabor explodia entre o esmalte dos dentes e as gengivas. Com o tempo, ela terminou o jarro da cozinha, e não respondeu quando Shreene entrou de supetão em seu quarto exigindo uma explicação.

— Que tal bater antes de entrar? — disse Rumi, fechando depressa uma das gavetas da escrivaninha.

— Não fale assim comigo. O que é isto aqui? — Shreene ergueu o jarro onde guardava uma quantidade monstruosa de cominho, comprado no atacado no armazém da cidade. — O que você andou fazendo? Você é louca. Menina louca. Como é que você consegue comer tanto *jeera* assim? É humanamente impossível! Rumika, qual é o seu problema? *Kya* problema *hai tere mein*?

Shreene era muito bonita. Todo mundo dizia isso. Até quando iam ao *ashram* em Londres, criancinhas abordavam Rumi depois da cerimônia e diziam, envergonhadas: "A sua mãe tem uns olhos lindos." Shreene dizia que Mahesh costumava brincar que ela ficava mais linda ainda quando estava zangada, como Basanthi, a personagem atraente, embora falastrona, do filme *Sholay*. "Melhor assim", pensou Rumi, pois ela parecia se zangar com freqüência. Preferia quando o rosto da mãe não estava contorcido de fúria. Naquele momento, os cotovelos e a frente do *salwar kameez* marrom-avermelhado de Shreene estavam sujos de farinha de *chapatti*. Suas mãos estavam cobertas de massa pegajosa. Ela fora interrompida bem no meio do seu nirvana de sovar massa. Rumi desviou os olhos e estudou a fotografia de Tom Cruise na parede, contando mentalmente de trás para frente de sete em sete, começando por mil. A foto era um *still* do filme *Top Gun*. O ator vestia um volumoso casaco de couro coberto de insígnias, igual à jaqueta de beisebol que John Kemble usava para ir à escola por cima do uniforme. 986... 979... 972... 965. O sorriso de Cruise reluzia em duas fileiras como uma espécie de olho-de-gato. No programa de entrevistas a que Rumi havia começado a assistir, haviam-no chamado de "o homem do sorriso de um milhão de dólares". Ela se concentrou na boca dele e tentou separar cada dente.

Shreene começou a entrar em pânico com a falta de reação da filha.

— *Soono*!

Mesmo depois de quinze anos de casada, ela ainda não se dirigia ao marido pelo primeiro nome. Era uma espécie de piada o fato de Nibu pensar que Mahesh se chamava "escute" em híndi — "*Soono*". Rumi ouviu as passadas características subindo a escada e viu Mahesh entrar no quarto. "Ele está tão cansado", pensou, "e agora vai ter que se meter nessa confusão". Sua mão direita virou discretamente a página do livro-texto. Estivera se demorando na folha de rosto, incrementando os desenhos que já existiam nela, e desenhara um grande coração onde estava escrito "RV + JK" dentro de um círculo transpassado com uma flecha. O grisalho da barba de Mahesh havia se ampliado, percebeu ela, formando uma subcamada grossa e esbranquiçada. Ele segurava provas na mão esquerda e uma caneta-tinteiro na direita. Quando franziu o cenho, suas sobrancelhas fartas se aproximaram uma da outra, criando um telhadinho acima do seu nariz.

— O que houve? — perguntou ele.

— Olhe isto aqui! Você já viu? — Shreene sacudiu as poucas sementes que restavam dentro do jarro. Estas chacoalharam de leve contra o plástico.

"Patético", pensou Rumi. "Ela tem razão, eu sou uma esquisita." Sentiu um músculo se contrair na base de sua coluna e passou de uma posição corcunda para outra, apoiando-se para a frente nos cotovelos para tentar aliviar a dor, a essa altura já conhecida.

Shreene tornou a sacudir o jarro.

— Isto aqui é coisa da sua filha — disse.

— Você comeu as sementes? — perguntou ele. — Por quê, Rumi? Por que tantas assim? Por favor, explique.

A "conversa séria" que se seguira com sua mãe e seu pai não produzira nenhuma resposta, porque não havia nenhuma resposta. Eles trancaram o saco de cominho que restava dentro do quarto do casal. Rumi demorou cinco tardes para encontrar a chave do quarto, e sua mãe levou duas semanas para verificar o saco e encontrá-lo esvaziado quase por completo. Rumi havia usado a lógica para atravessar aqueles dias — fora quase agradável, como uma caça ao tesouro. O labirinto de possibilidades tinha um atrativo que aliviava seu desespero. Ela saía da escola diariamente às 15h45, pegava Nibu e levava-o para casa. Uma vez em casa, tirava o uniforme do irmão, esquentava seu leite e preparava sua torrada. Ele tinha toda a energia de uma criança de cinco anos, corria para cima e para baixo pela escada, de cueca e camiseta, pulando do terceiro degrau para o colo dela lá embaixo. Ela adorava-o assim, e entoava pequenos apelidos para deixá-lo ainda mais animado: "marajazinho", "duende da cueca branca" e "cabeça de peruca" eram alguns de seus preferidos. Ele muitas vezes a desafiava para uma luta-livre ou para um duelo com coldres e pistolas. Ela em geral cedia pelo menos durante a primeira meia hora, mas naquela semana acomodava-o em frente à televisão assim que entravam em casa. Então começava sua busca.

Nos três primeiros dias, não foi tão ruim — era movida pela adrenalina —, mas, na manhã do quarto dia, seu estômago não parava de vibrar, como se um esquilo estivesse arranhando as paredes de carne pedindo para ser alimentado. Sonhava que as sementes aliviavam as feridas doloridas de sua língua, as rachaduras brancas e sensíveis que haviam surgido quando ela começara a comê-las. Quando encontrou a chave, bem escondida entre colchas do Rajastão no armário da área de serviço, deu um grito de alívio. Era como se houvesse furado a bolha dentro da qual estava vivendo para recomeçar a vida — respirar ar de verdade, estudar matemática de verdade, encontrar respostas de verdade.

Depois do segundo flagrante, passou a ter que ir ao centro da cidade para se aprovisionar. Fez isso em uma tarde de terça-feira em vez de ir à aula de educação física, dando a desculpa de que precisava ir ao hospital fazer hidroterapia para as costas. Em se tratando de mentiras, essa tinha um quê de verdade, então a culpa se atenuou.

Ela ia mesmo ao hospital por esse motivo, mas apenas uma vez por mês. Agora, sua estranha necessidade de cominho a conduzia ao centro de Cardiff com uma precisão magnética. Uma vez por semana, ela ia a pé até a estação do seu bairro e pegava um trem até a cidade. Em geral, era a única pessoa na plataforma nesse horário e também a única dentro do vagão, vendo o mundo passar pela janela em uma confusão de cinza e verde. Na cidade, ia até a parte mais cheia de prédios e entrava na loja de comida natural na galeria Morgan. Ali, gastava seu dinheiro do almoço em sementes de cominho, compradas em saquinhos de cem gramas por 69 *pence* cada. Em pé na plataforma da estação de Queen Street, esperando pelo trem que a levaria de volta, tentava encontrar uma solução para o problema do custo. Nunca tinha dinheiro suficiente para se abastecer totalmente, uma vez que precisava ir almoçar em casa pelo menos três dias por semana. Esse era um problema constante. Qualquer que fosse a maneira como ela dispusesse os números, o resultado final era sempre o mesmo.

Rumi fecha o guarda-chuva e entra no microônibus. Não havia contado com o mau tempo. Seu corpo está vestido com roupas novas, permitidas como um presente para comemorar o final das provas. O campeonato de xadrez faz parte do acordo. Shreene escolheu a roupa com a filha na semana anterior, em Bridgend, em uma loja ligada a alguém que conhecia do *ashram*. Na ocasião, Rumi ficara tensa. A dúvida tornava mais lenta cada decisão que ela tentava tomar. Por fim, escolhera uma calça branca na altura do tornozelo feita de um tecido elástico e canelado, sapatos sem salto, de bico fino, e uma camiseta de viscose comprida que chegava quase até os joelhos, salpicada de bolinhas "rosa-shocking".

Está usando a camiseta em estilo bufante, presa na cintura com um cinto de plástico branco de quase dez centímetros de largura. O traje é arrematado por bijuterias cor-de-rosa — uma pulseira brilhante, brincos em forma de triângulo e um colar de contas circulares. Seu cabelo, repicado recentemente, parece o de um menino, espetado, e recusa-se a ficar direito. Ela passou sombra cor-de-rosa nos olhos e batom, que pegou emprestados do quarto da mãe, e está usando as lentes de contato novas que forçou para dentro dos olhos sem piedade. Agora sente-se exposta, sentada na borracha cinzenta estreita nos fundos do microônibus enquanto os meninos tentam não encará-la. O Menino de Leite não pára de olhar para ela com o canto do olho, como se tivesse um tique nervoso. Até mesmo o sr. Roberts a encara. A base de maquiagem que lhe cobre o rosto é do tipo "cobertura total", também surrupiada da penteadeira de Shreene. Ela tem a sensação de que mergulhou o rosto em cimento.

Bridgeman não diz quase nada durante o trajeto até Marlborough. Ela propõe jogarem um jogo, mas ele diz que não quer se desconcentrar. "O que ele quer dizer com isso?", pergunta-se ela. "Como ele é irritante." Em um dia está mostrando sua mais recente abertura de xadrez e rindo das piadas dela, e no dia seguinte evita olhá-la nos olhos, quem dirá conversar. Ela tenta registrar a reação dele à sua roupa, mas ele permanece distante, curvando o corpo magro e olhando pela janela em silêncio, os cílios longos e pretos quase tampando os olhos, e a pele branca como manjar de coco. Continua alheio, até mesmo quando o sr. Roberts faz todo mundo cantar "Rivers of Babylon" em coro, gritando o refrão com uma voz desafinada e animada. Quando passam pela ponte Severn, amaldiçoam os ingleses e gritam vivas ao País de Gales. Quando o ônibus adentra as grandes áreas de gramado coalhadas de meninos e cartazes, os prédios de salas de aula com janelas quadriculadas, ela sente a animação borbulhar dentro do estômago como um enjoativo refrigerante de cereja. O ônibus pára, e ela corre para o banheiro.

Rumi ganha as três primeiras partidas sem dificuldade. Embora não goste de jogar partidas cronometradas, os relógios sobre a mesa a fazem correr riscos e conduzir cada uma das partidas à sua conclusão. Até então, nada demais. Não há nenhum talento notável no campeonato: um ano ruivo espinhento, uma loura pubescente de óculos que leva uma eternidade para fazer cada jogada e um CDF de almanaque, com bigode ralo, cabelo repartido de lado e o cenho constantemente franzido. É deprimente. Ela revê o próprio otimismo. Andava obcecada demais com a idéia de que aquele campeonato de xadrez iria proporcionar algum tipo de universo alternativo onde ela seria a personagem feminina principal: inteligente e sofisticada diante do tabuleiro. Então vê a exceção à regra de que todos que jogam xadrez devem viver obrigatoriamente à margem da sociedade escolar. É um rapaz alto como uma árvore, com cabelos pretos esvoaçantes e um sorriso atrevido. Ele é o seu quarto adversário; ela já está sentada à mesa.

Jogam extremamente devagar. Ele não pára de se levantar e andar pela sala, espreguiçando-se e bocejando. O relógio não parece incomodá-lo.

— Gosto de mexer o corpo entre cada jogada — diz, voltando à mesa. — Isso me ajuda a organizar a ordem das jogadas. Espero que você não se incomode.

O sorriso que ele abre é radiante. Ela não consegue manter uma estratégia, perdendo não apenas duas peças como também espaço no tabuleiro. Mal consegue articular uma frase para falar com ele. Ele deve ter pelo menos quinze anos, talvez esteja até no penúltimo ano do colégio. No início do jogo, o sr. Roberts havia passado pela mesa e dado uma piscadela para Rumi, querendo dizer que ela estava bem posicionada. Com a hora de jogo prevista já pela metade, ela tem a sensação de estar se afogando, o tabuleiro cheio de peças e a mente em turbilhão. Sua rainha foi encurralada graças a uma astúcia. Qualquer que seja o movimento que Rumi faça no tabuleiro, vai perdê-la. Ela calcula os possíveis desfechos incontáveis vezes, embora saiba que é inútil. Sua cabeça roda. Bridgeman se aproxima da mesa no exato instante em que o rapaz volta de mais uma de suas viagens ao redor da sala. Fica vendo-os jogar.

— Então, de onde você é? — pergunta o menino alto. — Rumi é um nome bonito.

Ela percebe que ele está esperando algum tipo de resposta. Suas bochechas coram enquanto ela espera Bridgeman se afastar.

— Ah, desculpe, meu bem. Não queria distrair você do seu jogo — diz o menino alto, deixando escapar uma risadinha rouca. — Embora seja um prazer jogar com uma linda dama como você.

Rumi diz um palavrão entre os dentes e fica olhando para o seu cavalo, uma peça de plástico brilhante, com vários riscos a adornar as mechas da crina esculpida nas costas. Por que ele está gozando da cara dela desse jeito? Na sua opinião, é porque Bridgeman está por perto. Não é justo. E quem diz "linda dama" a não ser os feirantes de Cardiff, com suas luvas sem dedos e seus rostos castigados pelo sol? Ela ignora o rapaz e começa a contar a raiz quadrada de sete de trás para a frente. Depois de fazer sua jogada, ergue os olhos para Bridgeman. Este se afasta até o outro canto da sala. 2.401 vezes 2.401 igual a... Ela se prende à conta, computando os números antes de estes se perderem... 5.764.801 e acabou.

Depois de perder, ela vai ao banheiro e tira do bolso o outro pote de cominho. Está na hora do chá, e ela é tomada por um sentimento de decepção. Está morrendo de dor de cabeça. O jogo foi um fracasso total. No final, o rapaz havia se levantado e ido embora, assobiando, depois de apertar a sua mão e dar uma piscadela. Ela chupa as sementes da ponta do dedo com força, mordendo a camada superficial da pele. Isso significa que ela agora está fora do torneio principal e vai ter que participar de uma espécie de rodada para "principiantes", junto com todos os manés e alunos do ensino fundamental. É humilhante. Só Deus sabe o que Bridgeman irá pensar. Pela primeira vez nesse dia, ela se lembra da prova de conclusão do ensino médio, a A-Level. Imagina que nota vai tirar. Se acabar tirando um B, será que vão aceitá-la em Oxford no ano seguinte? Será que ela se deu mal na última pergunta? Fora um suplício ficar sentada sozinha depois da aula com a sra. Powell para fazer o simulado no Natal. Ela sabia que as sementes estavam empesteando seu hálito e se espalhando pelo ar através de seu casaco de poliéster, mas não tinha forças para diminuir a velocidade com que comia enquanto escrevia. Comeu mais sementes do que nunca durante aquela prova, usando a mão esquerda a intervalos de poucos segundos para pegá-las de dentro do pote em seu colo. Agora, enquanto mastiga o montinho de sementes marrons, sentada de pernas cruzadas em cima da privada brilhante, sente-se tomada de repulsa por si mesma. Não sobrou mais nenhum chiclete de hortelã.

Quando ela sai do banheiro, o corredor está escuro, com estranhos trechos iluminados. Ela passou algum tempo lá dentro. Bridgeman está em pé junto à porta do banheiro masculino, com as mãos nos bolsos do anoraque, chutando a parede. Seu rosto é inteiramente branco, como a cor da parede atrás dele. Rumi percebe como seus olhos parecem diferentes, pupilas castanho-escuras diluídas em âmbar. Parecem mais suaves, e tão grandes que ela consegue ver as lâmpadas fluorescentes que se refletem neles. "Por que será que ele é tão esquisito?", pergunta-se ela. "Sempre tão intenso. Parece uma coruja: olhando, esperando, pensando. Bridgeman é muito estranho. Mas é mágico, de certa forma. Sempre foi."

— Onde você estava? — pergunta ele.

— Ahn, no banheiro.

— Está se sentindo bem?

— Estou, por quê?

— Você parecia meio perturbada durante aquele jogo.

— Ahn... é mesmo?

— E depois você sumiu.

— Como é que você sabe?

Ele olha para o chão, depois tira uma moeda do bolso e pressiona a lateral contra a parede.

— Cadê os seus óculos?

Rumi contrai o corpo.

— Eu odeio os meus óculos.

— Eu achava bonito. Qual o problema?

— Você está de gozação. Valeu mesmo, Bridgeman.

— Deixe para lá. Quer ir dar uma volta?

— Como assim? Agora?

— É. Sair deste lugar esquisito.

— Você não tem uma partida para jogar?

— Estou no intervalo.

— Tá bom.

Saem caminhando pelo terreno da escola lado a lado. A cada passo que dão, continuam sem dizer nada. Rumi tenta não respirar alto demais. Olha para o céu. A lua vai ficando mais clara a cada passo que dão, um disco branco com uma mordida na lateral. Não há estrelas. Uma imagem de um filme indiano passa pela sua cabeça: eles dois dançando em volta de árvores iluminadas, com uivos de lobisomem misturados à trilha sonora. Sente-se ridícula. Um tremor em sua garganta vai subindo até a superfície. Ele não está olhando para ela. Seus cílios estão abaixados, e ele olha para o chão. Se ao menos alguma coisa acontecesse. O corpo inteiro de Rumi está tremendo. Ela sente vontade de se jogar no chão junto com ele e rolar pela grama dentro de um cilindro macio e infinito. A idéia a deixa chocada. Ela torna a estremecer.

Os dois chegam a uma área isolada do bosque, com um zumbido humano na periferia. O chão ainda é de grama cortada, mas acima de suas cabeças as árvores silvestres se destacam como se estivessem desenhadas a tinta contra um céu cinza e mortiço. Aquilo a faz pensar em *Mogli, o menino lobo*, quando o menino é sugado pela fronteira entre a floresta e a civilização. Bridgeman está na sombra, caminhando na mesma cadência que ela. Põe a mão dentro do bolso da calça dela e segura seus primeiros três dedos, forçando-a a parar. Esse é Simon Bridgeman. Ela está paralisada. Rumi quer que ele lhe dê um beijo. Quer que ele cruze a linha que os vem separando há tantos anos, desenhada no pátio do recreio, forte e nítida. Quer isso mais do que qualquer outra coisa no mundo, com sua lua mordida e seu céu sem estrelas, disso tem certeza. Mas, quando ele se aproxima, ela se afasta com violência, como se houvesse quebrado uma perna. Seu hálito está ruim demais. É puro cominho. Ela sai correndo depressa, com o vento fazendo arder seus olhos, despedaçando-a.

11

Shreene desenroscou a tampa da garrafa térmica e serviu-se de um pouco d'água. Era o final do dia, e o saquinho de chá flutuava tranqüilo dentro do copo plástico que servia de tampa para a garrafa, levemente inchado, mas aparentemente intacto depois de sua ação. Era apenas na primeira xícara do dia que o saquinho reagia de forma satisfatória, soltando uma substância marrom agradável e generosa em reação ao calor da água. Aquela era a quinta e última xícara, inevitavelmente morna. Aquele horário, por volta das cinco da tarde, sempre a deixava desanimada — faltava meia hora para ela ir embora para casa. Havia uma espécie de derrota no ar, uma sensação de que quase nada havia mudado com o passar das últimas oito horas.

Podia ouvir Mary e Cerys na cozinha do escritório; seus sussurros e risadinhas lhe davam nos nervos. Elas muitas vezes ficavam assim às segundas-feiras, animadas com as histórias de suas respectivas aventuras de sábado, exibidas e descontroladas, desagradavelmente cúmplices. "Seria de se esperar que já houvessem contado tudo durante o horário de almoço", pensou Shreene, mas àquela hora do dia, em vez de se acalmarem, era como se estivessem ligeiramente embriagadas, intoxicadas pela força dos próprios relatos.

— Está brincando? — cacarejou Mary, levantando a cabeça em sua postura prostrada e fazendo-a surgir acima do encosto do sofá. — Sério? Está de brincadeira comigo, sua sacana! — Ela se virou e correu os olhos rapidamente pela sala. Shreene ergueu a cabeça e cruzou olhares com ela por acidente, irritando-se na mesma hora por ter dado a impressão de que se importava em saber sobre o que as duas estavam conversando. Mary arqueou as sobrancelhas e riu, dando de ombros antes de tornar a se virar e a se abaixar para sumir de vista. A conversa prosseguiu em um tom mais baixo.

Shreene tornou a colocar as cartas que ainda não havia processado dentro da bandeja de coisas a fazer, em cima de sua mesa de trabalho. O dia fora de pouco movimento. Uma enfermeira aposentada que não conseguia estabelecer a conexão entre seu telefone e sua nova secretária eletrônica. Um cliente infeliz de Blaenau Ffestiniog, ainda sem conexão depois de seis dias. Um homem solitário e pomposo que elogiou sua voz quando Shreene lhe telefonou de volta para conversar sobre pagamentos em débito automático. Nada "digno de nota", como se dizia. Mas o que, então, seria digno de nota? Ela escrevia para Badi a cada duas semanas e tentava fazer com que as cartas significassem alguma coisa — mas tinha total consciência do espaço entre as perguntas que Badi fazia e as respostas que Shreene se pegava dando.

Ouviu um muxoxo vindo da cozinha e algumas risadas forçadas. Mary e Cerys "ficavam" com alguém novo a cada um ou dois meses, celebrando o envolvimento romântico com vários dias de conversas. Algumas vezes, Shreene se juntava a elas durante o almoço, relaxando com a liberdade dos assuntos triviais: moda, televisão, receitas. Sabia como manter o ritmo mesmo quando a conversa enveredava por terrenos que ela não conhecia. Porém, quando passava ao tema "homens", Shreene sabia que as deixava encabuladas. Era um consenso — as duas sabiam o que ela pensava desse tipo de coisa. Em determinado momento, depois de um interrogatório extenso, ela havia explicado sua própria posição em relação ao sexo antes do casamento e aos namorados de forma geral. Elas haviam emitido pequenos ruídos para demonstrar interesse e aquiescido para mostrar que compreendiam, mas a conversa modificara a dinâmica entre as três — isso era evidente. Desde então, as duas demonstravam uma discrição afetada em relação ao tema, reservando as conversas de verdade para quando Shreene voltava à sua mesa, isso quando Shreene decidia juntar-se a elas.

Shreene havia começado a levar sua própria garrafa térmica para o trabalho justamente por esse motivo: para evitar ter de entrar na cozinha várias vezes ao dia e interromper as conversas das duas. Era melhor ser auto-suficiente, independente, do que se sentir uma matrona.

A arrogância das duas a deixava com raiva, mas o mesmo acontecia com a ignorância de Badi em relação às realidades da vida na Inglaterra. Elas não faziam idéia da pressão a que ela estava submetida, todas aquelas pessoas com suas idéias sobre como as coisas deveriam ser. Não era fácil transmitir valores para Rumi, descobrir como fazer o que era melhor para ela, tentar lhe dar as ferramentas para levar uma vida digna. Não era de espantar que ela ficasse tão perturbada, sua jovem e temperamental filha — não era de espantar que estivesse se tornando cada vez mais rude e difícil de lidar. Algumas vezes, Shreene desejava que todos eles simplesmente calassem a boca — Badi, com suas perguntas preocupadas sobre o desenvolvimento de Rumi em preparação para o casamento, e as moças do trabalho, com sua piedade estúpida, equivocada.

Tomou outro gole. A falta de calor acentuava o gosto amargo do chá, um travo sintético que só existia nos saquinhos. Seria bom poder ferver folhas de verdade com cardamomo ali no escritório, um punhado de cravos, um leite quente cremoso, um chá do jeito que se deveria tomar, um deleite, e não um hábito. Mas imaginem só o cheiro, os comentários. Shreene sorriu consigo mesma. Talvez devesse experimentar um dia, só para rir um pouco. Trazer sua própria panela e tudo. Tentou dar mais um gole e estremeceu. A xícara ainda estava pela metade, com o saquinho empapado e jogado no canto, mas era intragável. Seria obrigada a ir lavá-la.

Mahesh entrou na vaga do estacionamento reservada para Shreene e desligou o motor. Recostado no assento, aumentou o volume do rádio e fechou os olhos. Estava uns bons quinze minutos adiantado e, à medida que o som da música clássica ia se espalhando pelo ar, sentiu-se estranhamente comovido, quase frágil, por nenhum motivo aparente que não o tremor dos instrumentos — o estalo dos címbalos, o lamento suave dos oboés e clarinetas. Estes pareciam tocar algum nervo bem no fundo de seu corpo. Sentira-se estranho o dia inteiro, desde que acordara do sonho daquela manhã.

Era um sonho que ele já tivera pelo menos dez vezes ao longo dos últimos anos, uma freqüência que deveria tê-lo tornado conhecido a cada vez que começava. Além disso, o sonho era baseado em acontecimentos reais, o que também deveria tê-lo feito reconhecer a cada vez os elementos sensoriais: a localização, as emoções contidas na viagem, até mesmo o clima. Em vez disso, porém, o sonho sempre parecia real, e ele o vivia novamente, e acordava com suores trêmulos que quase provavam que ele de fato havia estado lá e voltado. Naquela manhã, acordara ofegante, com as costelas doendo, tentando respirar. Passara o dia inteiro perturbado pelas imagens restantes do sonho: uma vagarosa corrente visual que adentrava os recantos de sua consciência com terrível regularidade.

Como era possível um sonho ambientado na Disneylândia ter um efeito tão poderoso assim? Um sonho que — com exceção de algumas mudanças temporais e interpretações artísticas — era praticamente uma transcrição direta da realidade. Não era como se ele estivesse se esquivando de atiradores de elite no Vietnã, nem amordaçado e sendo torturado por militantes na Caxemira. Na categoria "sonhos perturbadores", era muito bobo.

Quando Rumi tinha onze anos, haviam mandado Mahesh para dar uma conferência na Califórnia. Fora a primeira viagem internacional para a qual ele havia sido escolhido desde o início de seu período como membro permanente do corpo docente e, até então, a única. O convite incluía o prestígio e o luxo de um financiamento completo para hospedagem, transporte e refeições, fornecido pelo seu departamento. Embora Nibu tivesse apenas três anos na época, e Rumi ainda não houvesse entrado no primeiro ano do ensino médio, Shreene concordara com a sugestão de Mahesh de ir sozinho. Os Estados Unidos eram caros demais para uma viagem em família. Ele planejou uma estada de duas semanas (não fazia sentido ser pago para ir tão longe sem tirar alguns dias para fazer turismo antes de voltar), separou 90% do orçamento das refeições e usou-o para subsidiar viagens de ônibus-leito durante a semana posterior à conferência.

Visitou Venice Beach, em Los Angeles, o Grand Canyon, São Francisco e, é claro, a Disneylândia. Lavara o rosto e escovara os dentes às seis da manhã dentro do cubículo do banheiro do ônibus, entrara na fila do famoso parque de diversões infantil às 7h15, pagara o preço extorsivo por um passe de um dia e, em seguida, dividira seu tempo cuidadosamente, de modo a fazer caber nele o máximo possível de atrações. Tomou cuidado para que tudo que visse ou fizesse fosse fotografado, gastando quatro rolos de filme nesse único dia de modo a poder levar as fotos para Rumi ver. Cada instante fora documentado — dos mais reles (macacos cantores, ursos dançando com bambolês) aos totalmente sádicos (montanhas-russas dignas de Hitchcock e barcos *vikings* gigantescos). Mesmo nas horas em que seu estômago estava quase devolvendo a comida, quando seu coração batia acelerado com um medo cada vez maior, Mahesh se obrigava a sorrir e acenava diligentemente ao cruzar com a pessoa a quem havia confiado a câmera para aquele retrato específico.

Quando anoiteceu e chegou a hora de entrar no ônibus que o levaria de volta a Los Angeles, ele estava exausto. Com um alívio profundo e suado, rastejou até o cubículo do assento o mais no fundo do ônibus possível e mergulhou no sono puro de um bebê, com o motor ronronando qual uma cantiga de ninar enquanto esquentava para a partida.

O sonho sempre começava com o canto combinado de centenas de bonequinhas que margeavam os dois lados dos trilhos de um trem, observadas por Mahesh junto com outros turistas, todos sentados em uma fileira de barcos que percorriam a água em meio a vales e montanhas em miniatura, sob o calor do sol forte da América. "Que mundo mais pequenininho! Que mundo tão, tão pequenininho!", cantavam as bonecas, e as vozes agudas iam se tornando cada vez mais desafinadas à medida que o barco de Mahesh desaparecia dentro de um túnel.

"Que mundo mais pequenininho! Que mundo tão, tão pequenininho!", prosseguia a trilha sonora alarmante, enquanto um enorme Mickey Mouse tirava Mahesh do barco com as mãos cobertas por luvas brancas, esmagando-o em um abraço e esperando pelo clique da máquina fotográfica antes de tornar a soltá-lo em seu assento. "Que mundo maisssss pequenininho", sibilava Kaa, a devassa cobra de Kipling, que emergia da escuridão e se enrolava em volta do pescoço de Mahesh, passando o V vermelho da língua em *technicolor* pelos lábios de Mahesh.

Mas a maior parte do sonho se concentrava na reação de Rumi quando ele voltava. Mahesh havia passado pela porta com os dois álbuns de retrato debaixo do braço, contendo as imagens já reveladas e arrumadas por um preço módico em um subúrbio de Los Angeles, na véspera de sua partida. Era hora do jantar quando ele chegou, e entrou em casa sem fazer barulho, sem que ninguém reparasse nele por causa do movimento na cozinha. Shreene estava preparando *poppadums* quentinhos para serem comidos junto com o jantar, apertando-os com um pano contra o *tava* até formarem bolhas e ficarem crocantes, ao mesmo tempo em que dava ordens para Rumi, que ajudava a alimentar um Nibu muito agitado.

Shreene cumprimentara Mahesh com adequada efusividade, um pouco confusa e tímida depois do tempo que haviam passado separados, mas teve a sensação distinta de que estava feliz em vê-lo. Nibu gritara e batera no prato com a colher, uma fanfarra que fizera Mahesh sorrir. Rumi erguera os olhos, cruzara olhares com o pai, apertara os óculos no alto do nariz e em seguida voltara ao que estava fazendo, limpando um pouco de *daal* da bochecha de Nibu.

Mahesh foi até a mesa.

— Tudo bem, Rumika? — perguntou, consciente da artificialidade na própria voz.

— Tudo — respondeu ela, sem olhar para o pai.

— Só "tudo"? — Ele lhe entregou os álbuns, franzindo o cenho involuntariamente. — É só isso que você tem a dizer?

Ela pegou os álbuns, obediente, percorrendo as imagens com rapidez no início, depois se demorando em cada página conforme ia compreendendo o que estava vendo. Quando ergueu os olhos para ele, estes tinham uma expressão chocada, arregalada de mágoa.

— Isto aqui é... a Disneylândia? — perguntou, apontando para um retrato de Mahesh sorridente, em pé entre um mar de pirulitos gigantes em forma de bengala, ao lado de um enorme desenho do Ursinho Pooh e do Tigrão. Tornou a erguer os olhos para ele, à espera, como se mal pudesse acreditar na própria voz.

O sonho sempre terminava com um *close* demorado do rosto de Rumi, que transmitia as emoções da menina com tanta exatidão que Mahesh tinha a sensação de que jamais havia conhecido ou compreendido a filha até aquele instante — um instante de *gestalt* que provocou nele um sentimento paralisante de perda. Ela achava que aquilo fosse uma espécie de punição, não um presente.

Nesse dia de manhã, ele acordara cedo desse mesmo sonho, quando o céu estava apenas começando a clarear. O ar estava frio e pungente, e penetrava implacável pelo algodão fino de sua calça de pijama. Ele deixara Shreene dormindo do lado direito da cama e fora se postar junto à porta do quarto de Rumi para vê-la dormir através de uma fresta, sentindo o abafamento claustrofóbico de um amor que era incapaz de expressar. Desejou tomá-la nos braços como se ela ainda tivesse idade para ser embalada, abraçá-la junto ao peito como se esse tipo de comportamento fosse normal, chorar em meio a seus cabelos e dizer "eu te amo, filha", pronunciando as palavras com a intensidade incontida de emoção que elas merecem. Em vez disso, porém, ficou olhando para ela como um fugitivo e entrou no banheiro no mesmo instante em que ela deu sinais de começar a se mexer.

Agora, dentro do carro, abriu os olhos e olhou pela janela para ver se conseguia distinguir Shreene no retrovisor lateral. Sentiu pela mulher uma versão do mesmo amor, mas em cor diferente — um leve chacoalhar de desconforto que o fez fechar os olhos e tornar a se recostar no banco, enquanto a música se intensificava e enchia o interior do carro.

12

Na noite seguinte, Mahesh levou Rumi ao departamento. Ela ficou olhando pelo pára-brisa para a rua comprida, linhas brancas seccionando o caminho à frente, criando sua direção, conduzindo-os sempre adiante. Uma espécie de névoa chuvosa, uma onda rala de luz difusa, aparecia à medida que cada poste de luz se aproximava o suficiente para lançar sua mancha luminosa sobre o pára-brisa, e o amarelo engolia o fundo preto. O silêncio entre Rumi e o pai dentro do carro era tenso, um silêncio no qual ela mantinha sua posição retendo o fôlego pelo máximo de tempo possível, com medo de que o ritmo audível da respiração pudesse revelar alguma coisa, um vazamento emocional que seria desastroso.

"Será que eu sou transparente para ele?", perguntou-se. "Será que ele sabe tudo? Tudo que despreza?" A idéia deixou-a ansiosa.

Ela sorveu a golfada seguinte de oxigênio com cautela, amarrando seus pensamentos ilícitos todos juntos, cerrando os punhos para retê-los.

Mahesh a estava levando para Swansea, para seu escritório. Eram seis horas da tarde de sábado, e eles estavam a caminho de sua sessão semanal: perguntas selecionadas da prova relativas à preparação que ela fizera durante a semana, nas mesmas condições da prova em si, na sala de reunião ao lado da dele.

Na cabeça de Rumi, quatro conjuntos de pensamentos corriam em paralelo. Ela se alternava entre eles com um nervosismo veloz, como um pássaro que saltita entre quatro pistas de automóveis. Algumas eram desagradáveis e faziam-na pular para pistas adjacentes mais seguras; uma delas, que Rumi mantinha sempre aberta para emergências, era agradável.

Em primeiro lugar, estava pensando em Bridgeman e em como ele havia parado de falar com ela desde a partida de xadrez, quase seis semanas antes. Isso constituía uma abrasão constante em sua mente, uma palha de aço que arranhava os seus sonhos com perguntas dia e noite, sem trégua. Pelo menos algumas vezes por semana, quando não toda manhã, ela acordava de um sonho no qual Bridgeman estava sentado ao seu lado na mureta junto à escola de Nibu, esperando seu irmão sair. No sonho, eles conversavam sobre o mal-entendido e se abraçavam. Bridgeman a beijava na bochecha, em seguida se levantava para voltar a pé para casa. Quando tinha esse sonho na funda caverna da noite, e o sono mais profundo a fazia vivenciar o reencontro com divina urgência, ela sempre acordava com uma sensação de bem-estar. O sonho era tão convincente que às vezes ela só tinha noção de que os acontecimentos tinham status de sonho quando o via no colégio, jogando futebol, com o rosto virado para o outro lado, ou olhando por cima e através dela para o tumulto de pessoas mais além. Ela então se sentia boba, inteiramente inadequada, subitamente consciente do próprio corpo ridículo enfiado na pele esquisita do uniforme, com o andar curvado, habitando o antigo espaço da humilhação. Quando tinha o sonho durante o dia, sentada em frente à carteira, olhando para fora da janela da sala de aula, ele era simplesmente amargo.

Sua sensação de deslocamento na escola era a mesma de sempre, só que pior, porque alguma coisa estranha estava acontecendo com Bridgeman... Ele estava se alçando aos poucos para junto dos inatingíveis. Alguma coisa havia acontecido com seus cabelos, uma espécie de descuido picotado causado pelo que só podia ser chamado de "produtos para cabelos". Seria gel? Cera? Laquê? Rumi se esforçava para encontrar a resposta, com medo de descobrir que o próprio conhecimento em relação a esse universo era muito pior em comparação ao dele. As batatas das pernas de Bridgeman não desciam mais como palitos para dentro de suas meias: haviam se expandido, assim como suas coxas haviam se expandido debaixo do short, com uma espécie de autoconfiança. Ele chegara até a crescer alguns centímetros, e seus traços haviam adquirido um formato mais duro, mais anguloso, como se o suave rosto redondo que ela havia conhecido durante todos aqueles anos tivesse sido repuxado com força por cima de ossos novos e protuberantes. Seus olhos de repente se tornaram imensos, de um azul violento, com uma intensidade despreocupada que dominava a indiferença tranqüila de seu rosto. Quer ela gostasse disso ou não, procurava-o todos os dias com o que esperava que fosse um ar de discreta coincidência — na biblioteca quando ele tinha alguma hora vaga, logo antes da reunião de alunos, ou então na escada, antes do almoço, tentava passar na frente dele sem erguer os olhos, pelo menos uma vez por dia.

Tudo isso desde a partida de xadrez. Parecia tudo tão estranho que ela ficava verificando sem parar no calendário que a partida ocorrera realmente apenas um mês antes. Já tinha ouvido falar em "estirão", mas mesmo assim ficou desconcertada ao ver aquilo acontecer de forma tão imediata, saindo dos livros e tornando-se realidade na sua vida, totalmente visível em Bridgeman, na segurança e na agilidade que ele exibia no campo de futebol. Na verdade, aquilo a feria de uma forma que ela não conseguia definir. O status de Bridgeman no fogo cruzado lamacento do campo de futebol da escola era o indício mais doloroso de que alguma coisa estava errada. No pior dos casos, ele era alvo de provocações afetuosas dos outros meninos quando perdia um gol; no melhor dos casos, o mais horripilante para Rumi — que temia que o desespero que abria caminho entre as fibras do seu cérebro nessas ocasiões fosse um verdadeiro sinal de loucura —, era louvado com risadinhas pelas torcedoras que ficavam à toa na beirada do campo, assistindo aos jogos.

Nesse momento, sentada dentro do carro, ela estava pensando em como ficar sozinha com ele para poderem "conversar". Mas não havia jeito de chegar a esse ponto. Da última vez em que ela tentara falar com ele depois da aula, ficara fazendo hora perto do portão enquanto ele batia bola no campo dos fundos, e alguns dos outros meninos haviam percebido.

— A sua namorada está te chamando — zombara Carl Stephens em um falsete esganiçado, empurrando Bridgeman até ele ser obrigado a se virar.

Os olhos azuis haviam cruzado com os de Rumi, cravando-se ali por um segundo, e então ele se esquivara do seu olhar, enrubescido e intocável, empurrando a bola para o lado oposto com o peso do corpo. Quando os outros jogadores começaram a esbarrar nele, soterrando-o com uma chuva de insultos alegres e punhos socando o ar, Rumi entendeu que ele não iria mais olhar para ela. Esperou alguns instantes antes de ir embora para poder se afastar dignamente, fixando o olhar nas meias de listras finas que envolviam seus tornozelos.

Enquanto caminhava, contava no ritmo das batidas dos sapatos, calculando potências de base dois com o esquerdo e subtraindo um com o direito a cada passo, criando números de Mersenne — 2 à enésima potência menos 1. A cada vez obtinha um novo total, que verificava para ver se era um número composto ou primo, calculando mentalmente as possíveis mutações. Sempre que o número era primo, indivisível, aquilo parecia uma pequena punhalada, uma minúscula traição, o fino cateter da dor insinuando-se para dentro do seu coração. 2 à sétima potência menos 1 = 127. Esse foi particularmente doloroso. Quem poderia saber por quê? Talvez por ser tão promissor — por carregar o mundo inteiro dentro de si: o certeiro 1, o agora insuportável 2, e depois o 7, que sempre podia ser sortudo e sexy, atrevido e descolado. Tudo o que ela não era. Foi somente quando já estava a meio caminho da escola de Nibu que as lágrimas brotaram e desceram queimando os cantos dos seus olhos, um desperdício tóxico, não visto mas nem por isso imaginário, e foram enxugadas o mais rápido possível antes de ela chegar ao portão.

Rumi sorveu outra golfada de ar noturno dentro do carro, apertou os joelhos um contra o outro e olhou para o pai. Caso Mahesh houvesse lhe perguntado em que ela estava pensando, ela não saberia o que dizer. Como explicar tudo? Aquele era o elemento mais angustiante do tempo que agora passavam juntos, intimamente relacionado à sua segunda linha de raciocínio, que ela agora adentrava com algum alarme. Ela havia decidido parar de mentir — "caminhar no vale da verdade", como estava escrito nos livros que Shreene acrescentara ao novo altar no quarto de Nibu. Rumi vinha lendo-os recentemente, buscando uma atitude que pudesse guiá-la pela vida afora. Fizera o voto da verdade, de certa forma, para recomeçar do zero depois do incidente do Clube de Xadrez, em cuja lembrança podia sentir a própria presença conspurcada com alguma ansiedade. Mas o voto estava se provando cada vez mais difícil de manter sem um planejamento com extrema antecedência — para evitar encrencas, era preciso evitar fazer qualquer coisa que pudesse ser mal recebida quando fosse revelada.

Algumas vezes, ela se perguntava como teria sido sua vida caso houvesse nascido e sido criada em seu país de origem, um pontinho em movimento galgando as reconfortantes estruturas e hierarquias da "mãe Índia", como diziam nos filmes em híndi. Caso você sucumbisse a impulsos que não estivessem dentro da estrutura de referência, pagava o preço sendo privada de ascensão durante algum tempo. Cabia a você avaliar se essa era uma troca justa. Pelo menos havia uma noção genericamente aceita de certo e errado: você não passava o tempo inteiro tentando entender tudo sozinha. Nos filmes em híndi, havia uma aceitação de que o romantismo fazia parte da vida. Mas ninguém esperava que você beijasse na boca aos catorze anos de idade, nem antes do casamento, aliás, ou que fosse encontrar algum garoto à noite em frente às lojas com uma garrafa de cidra debaixo do braço; isso não fazia parte do pacote. Tudo era muito inocente, mesmo quando não era. Os meninos podiam sair, as meninas, não. Os meninos cortejavam as meninas entregando-lhes cartões e telefonando-lhes, ou roubando instantes com elas no caminho para a escola.

Com isso em mente, Rumi havia recomeçado do zero, imaginando que devesse haver uma resposta pura, de acesso imediato, nos tomos sobre espiritualidade que enchiam o armário de preces sob o altar. Entre suas páginas perfumadas deveria haver um guia para a vida, uma lista simples de coisas a fazer e de coisas a evitar.

Os Vasi tinham adotado, pouco tempo antes, um hábito que subentendia a iluminação por meio da meditação, chamado Programa da Fraternidade da Auto-Realização, uma organização internacional que seguia os ensinamentos do guru Paramahansa Yogananda. Com esse intuito, Mahesh havia comprado vários livros em inglês que falavam sobre a disciplina e a prática da meditação. No último ano, Rumi vinha tentando meditar, sem sucesso. Algumas vezes olhava para Nibu e se perguntava o que ele via quando fechava os olhos durante as sessões familiares de meditação. Ele agora estava com sete anos, mas conseguia ficar sentado razoavelmente imóvel, com um ar de contemplação mística, durante pelo menos dez dos vinte minutos de silêncio que faziam em família duas vezes por semana. Rumi sabia disso porque em poucos segundos já tinha aberto os olhos, embora se esforçasse para mantê-los fechados. Remexia-se, coçava-se, não conseguia ficar parada.

Agora, depois de ler tudo que podia, atribuía isso à poluição. Ao contrário de Nibu, ela havia sido contaminada por toda espécie de vício e precisava "limpar a água do poço". O primeiro e mais dramático passo rumo à pureza era eliminar a mentira, e era a essa tarefa que ela vinha se dedicando.

Até então, tudo vinha correndo bem, embora houvesse problemas nessa nova escolha de vida. Naquela manhã, depois de voltarem das compras, Shreene havia perguntado a Rumi e Nibu quem deixara aberta a janela do banheiro. Em vez de fingir que não se lembrava, Rumi confessou. Quando a mãe lhe perguntou por quê, em vez de reconhecer que era um erro a não ser repetido, Rumi se obrigou a dizer que o cheiro do "número dois" de Shreene naquele dia havia merecido uma janela aberta. Quando a mãe perguntou se ela estava brincando, ela se concentrou em ser o mais científica possível, tentando isolar os padrões dos próprios pensamentos com a maior veracidade possível, sem se deixar levar pela imprecisão. Na sua opinião, os benefícios de encontrar um banheiro suportável na volta ultrapassavam o risco de a casa ser assaltada. O cheiro a deixara com ânsia de vômito, levando-a a abrir a janela o mais depressa possível, muito embora ela soubesse que estavam saindo de casa naquela mesma hora. Ela não acreditava que o purificador de ar fosse mascarar o cheiro, explicou, pesarosa, tamanha a intensidade da náusea que sentira durante sua breve visita ao banheiro. Shreene ficara boquiaberta, desconcertada pelo discurso direto de Rumi. Mas o desfecho foi tão previsível quanto poderia ser, com Rumi suportando a enxurrada verbal de Shreene com uma nova e estóica integridade, meneando a cabeça graciosamente sempre que Shreene a chamava de desavergonhada ou grosseira.

Quando entraram no estacionamento da universidade, Rumi passou em revista suas outras linhas de raciocínio. A próxima era funcional. Ela precisava dar um jeito de comparecer à festa de Natal do colégio. E então havia o pensamento agradável, aquele em que podia confiar. Tinha a ver com a última vez em que se havia testado com uma prova A-Level antiga, sua auto-avaliação de meio de semana. Acertara 95% das questões, 93 sem contar a besteira de trigonometria, em que ela havia chegado à solução sem mostrar seus cálculos completos, esgotando seu tempo. Corria um boato de que os cálculos eram mais importantes do que a solução. De toda forma, seu total era bom. Tornava seu sonho real. Significava que ela estava em forma para o jogo que tinha pela frente. "When Will I Be Famous?" [Quando serei famoso?], cantavam os Bros no Top of the Pops, programa de tevê com as bandas mais ouvidas da semana anterior, exibindo seu charme padronizado para a câmera, rebolando seus jeans 501 rasgados com uma energia vigorosa. Nibu dançara ao som de sua canção na sala de estar. Rumi estava esperando para se ver, toda maquiada — e adulta, de dar inveja —, primeiro no *Western Mail*, depois no *Guardian*: "Menina-prodígio indiana aceita em Oxford aos catorze anos". Tinha de ser antes do seu aniversário. Quinze era tão... normal.

Andaram juntos até o prédio. Mahesh se movia lenta e pesadamente alguns metros atrás de Rumi, esperando que ela fosse na frente. Sempre que ela estacava para esperá-lo, ele diminuía o passo até parar também. Era como uma estranha partida de xadrez, na qual ele não estivesse disposto a diminuir a distância entre os dois conforme a vontade dela, querendo que ela fosse na frente, que tomasse a iniciativa. Então continuaram andando assim: duas pessoas percorrendo a trilha até a massa de tijolos vermelhos, unidas por um elástico invisível de extensão lenta, relutante. Rumi estava nervosa. Será que ele estava zangado com ela? Será que havia escutado seus pensamentos? Seria por causa da história do banheiro naquela manhã? Decidiu tentar falar, embora parecesse uma brutalidade perturbar aquele silêncio.

— Ahn... — Ela pigarreou por acidente enquanto falava. — Pai...

Mahesh parou, olhou para a pasta, depois ergueu o rosto de modo que seus olhos pousaram nela por um instante, movendo-se então para logo depois do seu rosto.

— Pai — repetiu ela, incitando-o a falar.
— O quê? — respondeu ele.
— Por que você não está falando nada?

Mahesh franziu o cenho. Os cantos de sua boca se moveram para baixo. Ele recomeçou a andar, desta vez ultrapassando-a e chacoalhando as chaves da entrada lateral do prédio. Rumi foi atrás dele, enfiando o dedo no bolso para pegar um pouco de cominho e mastigando-o discretamente enquanto caminhavam. Percorreram os corredores silenciosos, e grandes quadrados de luz iam aparecendo à sua frente, iluminando seu progresso. De cara fechada, ela se pegou absorvendo a cena conhecida: avisos e horários, fotografias sem cor de professores com suéteres de gola em V ou de trama grossa, quadros-brancos com desenhos vermelhos e verdes, o cheiro químico de *pilot* e apagador líquido enchendo o ar.

A máquina de café apareceu de forma tão previsível quanto o resto. Rumi parou e esperou enquanto Mahesh se distanciava. Sabia que ele sabia que ela havia parado, mas que ele não iria parar. "Eu jogo xadrez todo dia na hora do almoço", pensou. "Vamos ver o que você faz agora." Depois de algum tempo, Mahesh acabou fazendo a curva no corredor sem olhar para trás. Rumi permaneceu em pé enquanto os quadrados de luz iam se apagando à sua volta, adensando o ambiente onde ela estava até transformá-lo em um preto quase completo, que, por alguns instantes, ainda guardou a lembrança da luz, primeiro na forma de clarões em suas retinas, depois na forma de uma silhueta em raios X do quadro-branco, dos avisos, das paredes, tudo se apagando. Por fim, não restou mais nada. Ela desviou o olhar para a máquina. Gradualmente, à medida que seus olhos foram se acostumando ao escuro, pôde ver o contorno das ilustrações das bebidas, grossas linhas marrons em volta de formas brancas. Concentrou-se em uma jarrinha desenhada na diagonal, inclinada para despejar líquido dentro de um copo fino e raso. Depois de mais ou menos um minuto, a luz no final do corredor se acendeu, piscando ao ser ligada, antes de seu pai aparecer.

Foi somente quando chegou ao lado dela que ele falou.

— O que você está fazendo? — perguntou. Seu lábio estava erguido do lado esquerdo, onde tremia de forma quase imperceptível. Mas Rumi podia ver a raiva.

— Eu quero um chocolate quente — disse ela. Manteve-se firme.

— O quê? — indagou Mahesh, incrédulo. — Agora?

— Sim, por favor. Se não tiver problema.

Mahesh olhou para a filha como se ela houvesse soltado um arroto em público. "Um arroto alto e portentoso na frente de milhares de pessoas", pensou Rumi. "Bom, se ao menos eu conseguisse fazer isso. E um peido bem grande também."

— Você nem começou a sua...

— Hoje é sábado à noite.

— E daí que é sábado à noite? — A voz de Mahesh agora exibia um desprezo evidente. — O que isso significa para você? O que isso tem a ver com a sua...

— Não é justo! — disse Rumi.

— Não me interrompa!

— Não é justo — repetiu ela. — Todo mundo está na casa da Sharon Rafferty hoje fazendo uma festa, e...

— O que isso tem a ver com a sua preparação? Você deveria agir como se estivesse comprometida. Como se estivesse levando isso a sério. É a Sharon Rafferty que você quer? O que você quer é ir a festas? É essa a sua prioridade?

— Não, eu só estava dizendo... — Rumi ouviu a própria voz ser esmagada até virar um guincho agudo quando ela tentou terminar a frase.

— Dizendo o quê? Me parece que você não está pronta para dar esse passo. Eu achei que você estivesse em um nível avançado. Que a disciplina na sua prática estivesse em um estágio tal que você...

— Pai, não é justo. Eles estão todos na festa e vão falar sobre a festa na segunda-feira, e os pais deles deixam eles irem, e eles vão gozar da minha cara e me ignorar, você não entende, e eu não posso nem tomar um chocolate quente! — Seus olhos se enevoaram.

— O que você quer, Rumika? Você tem que decidir.

— Eu quero... fazer a minha prova.

— Então, nesse caso, precisa se comportar de forma adequada. — A voz dele se suavizou até um tom quase consolador. — Rumi, você sabe que o chocolate quente é uma coisa que funciona como uma atração, como algo desejável. Pode tomar um no fim da noite, quando formos embora para casa.

— Eu sei. — A voz dela estava baixa, mas ainda continha o guincho agudo, enterrado lá dentro.

— O que você vai ter como recompensa se tirar o chocolate quente do final da noite? Se tomá-lo agora, qual será o ímã que vai fazer você ir até o final? Vai ficar desanimada, não vai?

— Não sei.

— Você quer passar em uma prova de alto nível, quer fazer a A-Level, e isso não é uma coisa fácil. Não se engane, você tem capacidade, mas é só dando muito duro que vai conseguir o que deseja.

— Sim, pai.

A máquina de café começou a estalar e quebrar o silêncio, com um forte sacolejar de canos e zumbidos marcando o funcionamento de seu mecanismo interno.

— Então agora vamos, não seja uma menina boba. — Ele pôs a mão no ombro da filha e deu-lhe uma batidinha; a mão roçou seu pescoço. Rumi ficou parada com as costas curvadas e o rosto apontado para baixo, mãos nos bolsos, corpo rígido, uma postura de corcunda. Mahesh tornou a subir o corredor.

Ela contou sete passos antes de começar a segui-lo.

Mais tarde, depois de alongamentos e meditação, foi se sentar na sala de reunião com as folhas da prova espalhadas à sua frente, ninada em uma distração entorpecida pelo barulho quase inaudível de seu relógio batendo no ar parado. Mahesh ficou com ela, corrigindo provas de graduação no outro canto da sala, sentado debaixo do quadro-branco, vigiando-a. Rumi não conseguia se concentrar. Para começar, a sala estava um gelo. Mahesh achava que, para que ela pudesse realmente se concentrar, a atmosfera deveria estar abaixo da temperatura corporal. Então ela estava só de camiseta, tremendo em prol da concentração.

— Vou ao banheiro — disse ela.

Mahesh aquiesceu.

— Você deve ir antes, e só se precisar muito durante a prova — acrescentou ele.

Ela emergiu da ante-sala com a pele dos braços e do pescoço toda arrepiada. Logo do lado de fora havia um grande quadro de avisos coberto de filipetas para estudantes. Leu os vários anúncios procurando alguém para dividir moradia, músicos para bandas, serviços de aconselhamento, espetando de leve a ponta do dedo indicador com as sementes dentro do bolso e enfiando-as do lado esquerdo da boca. O lado direito de sua língua ardia com uma espécie de lesão cítrica, de tanto mastigar e chupar cominho. Era capaz de ela estar usando mais o lado direito da língua, pensou, já que era destra. Ultimamente, vinha tentando usar mais o esquerdo, para equilibrar. Em frente à ante-sala, havia um telefone público. Por impulso, Rumi foi até lá e ergueu o fone.

Não tinha dinheiro algum. Pegou-se discando 999.

— Emergência — atendeu uma voz. No mesmo instante, ela ouviu o número do telefone que estava usando ser recitado para ela do outro lado. — Zero... quatro... quatro... um — disse uma voz de robô, e então uma voz séria de mulher se sobrepôs a esta, perguntando:

— De qual serviço necessita?

Rumi largou o fone e recolocou-o no lugar. Continuou em pé no cubículo da cabine telefônica, mastigando seu cominho. A janela emoldurava a lua, falhada na lateral e enterrada no espesso cobertor do céu. Rumi continuou assim durante algum tempo, olhando para o mundo lá fora, até perceber que Mahesh estava na sua frente.

— O que está acontecendo, Rumika? — perguntou ele.

— Nada, pai — disse ela. Rumi estava resignada, em pé debaixo da cobertura de plástico marrom, dentro do enclave do telefone.

— Você já passou mais de cinco minutos fora da sala de prova. Sabe que não vai poder fazer isso na prova de verdade, não sabe?

Ela assentiu.

— O que você estava fazendo?

O vale da verdade se estendia à sua frente. Ela poderia escolher percorrê-lo e ver céus azuis, lavados de toda dor. Ou poderia escolher o pântano sórdido da confusão na qual vivia atualmente, o mau hálito das próprias mentiras.

— Dando um telefonema.

— O quê? Para quem? Você tem dinheiro?

— Para a emergência.

— Como?

— Eu disquei 999.

Ele lhe lançou um olhar que a fez se sentir uma débil mental.

— Por que você fez isso? — perguntou, baixando o rosto em um reflexo de raiva, fazendo a barba se franzir e formar uma prega de pele, um queixo duplo de pêlos grossos.

— Eu só queria... falar com alguém — disse ela, tentando imaginar uma corda que pudesse segurar para manter o equilíbrio naquela conversa, que estava começando a lhe parecer cada vez mais escorregadia.

Ela o odiava. O ódio não era uma emoção nobre.

— Eu estava me sentindo sozinha — disse, e sua voz reverberou pelo corredor vazio. Pronto: tinha conseguido desabafar. Tinha dito a verdade, quaisquer que fossem as conseqüências. Certamente haveria alguma recompensa por isso. Pelo menos era um passo rumo à iluminação.

— Você é uma menina muito boba — disse seu pai.

Voltaram para a sala, Mahesh na frente, Rumi atrás, tentando controlar as batidas do próprio coração, sentindo-o disparado dentro do peito.

13

Quando aquele domingo chegou, a atmosfera na casa dos Vasi estava tensa. Para Shreene, parecia que as paredes estavam sendo perigosamente forçadas por uma pressão que aumentava de hora em hora. A tensão era uma presença física, em um nível de intensidade tal que ela sentiu que estava obstruindo seus ouvidos, acumulando-se nos canais auditivos, fazendo-a temer e desejar aquele tipo de estouro violento capaz de possibilitar que a realidade torne a irromper canal adentro.

Mahesh e Rumi passavam a maior parte do tempo calados, falando em monossílabos e gestos. Era como se a filha estivesse tentando superar o pai em seu próprio jogo. Shreene ficara chocada ao ver que Rumi havia desenvolvido um novo repertório de caretas, pairando em algum ponto entre o repulsivo e o simplesmente ridículo, como se quisesse travar uma batalha demonstrando que seus rosnados e cenhos franzidos eram mais versáteis e inventivos do que os do pai. Ela comia sozinha agora, na escrivaninha, mal reagindo às tentativas de Shreene de massagear-lhe os ombros, desviando a cabeça sempre que Shreene sugeria que ela mudasse de roupa, desdenhando a preocupação da mãe com o desleixo e o cheiro da camiseta que não tirava nunca. Até mesmo Nibu estava mais quieto, e havia desacelerado a própria energia até esta praticamente deixar de existir, transformando-se em um ruído de vida quase indiscernível. Era como viver em um monastério dedicado ao silêncio, mas no qual os habitantes pudessem comunicar qualquer motivo de descontentamento por meio do movimento. "Como é que se diz por aqui?", pensou Shreene. "'Ações falam mais do que palavras'?" Se essa era uma filosofia ocidental, ela não gostava muito, disso tinha certeza.

Whitefoot havia combinado de fazer uma visita naquela noite para o embate mensal de xadrez. Muito embora a prova de Rumi estivesse perigosamente próxima, Shreene havia incentivado Mahesh a manter o combinado, temendo que, se ele não relaxasse, alguma coisa fosse entrar em colapso.

Preparou a comida com uma boa antecedência, depois saiu para os fundos para pendurar a roupa no varal, a começar pelo lençol, que sacudiu de modo a fazê-lo açoitar o ar como uma bandeira. Prendeu-o ao varal, depois voltou para a cesta que transbordava. Escolheu, em seguida, três sutiãs e deixou cair uma fronha em cima da pequena horta. Viu-a flutuar no vento e o solo esfarelado se espalhar por cima dela como um punhado de café granulado. Limpou a fronha e sorriu. Já fazia dez meses, e estar ali no seu próprio jardim ainda trazia uma gloriosa sensação de novidade: a cerca de madeira na altura dos ombros, que tornava seu aquele pequenino quadrado de concreto e terra, ainda a seduzia com sua estranha noção de privacidade. A peça central, um grande salgueiro bem junto à cerca, tinha uma aura quase espiritual, como se fosse o guardião da sua família.

Embora ela houvesse sido criada com todo um conjunto de esculturas hindus variadas, sua nova abordagem familiar da religião parecia fazer muito mais sentido para Shreene. Seguir o programa da FAR de iluminação espiritual só havia lhes trazido sorte; até Mahesh tinha de reconhecer isso, com sua promoção a professor associado e a compra de sua própria casa com jardim do lado mais agradável de Llanedeyrn. Tudo estava mudando. E seguir o caminho de Paramahansa Yogananda parecia incluir todas as partes boas do hinduísmo: meditação e pureza mental, por exemplo, sem ter de venerar os deuses em forma de elefante ou macaco que Mahesh considerava tão ofensivos. Ele havia aderido muito bem à novidade, comparecendo aos encontros junto com ela e ajudando com as preparações no *ashram* de Londres. O mais maravilhoso de tudo era que os discursos e mantras eram todos em inglês, o que significava que seus filhos também podiam participar. Ela havia escutado Mahesh explicar tudo isso a Rumi, dizendo que a prática "se parecia com o budismo, mas com um Deus no final de tudo". "Era bom poder compartilhar alguma coisa com ele", pensou Shreene. Até mesmo os números se interpunham entre os dois, uma camada ruidosa que o separava dela de forma incontroversa, imiscuindo-se entre eles até mesmo na cama, tornando-os mais distantes do que nunca um do outro. Ele estava sempre enfurnado com seus livros ou testando Rumi. Era casado com os números. Mais exatamente, era um devoto dos números. Mas não existia nenhum deus ou deusa dos números. Pelo menos eles agora estavam fazendo uma verdadeira jornada espiritual juntos, em família.

Ela prendeu um short de Nibu no varal e levou o resto da cesta para dentro de casa. Mahesh estava na cozinha, procurando tira-gostos para levar para o escritório.

— *Arre*, vai ficar de barriga cheia antes do jantar se fizer isso! — disse Shreene. — O que você está procurando, bagunçando tudo desse jeito? Mark Whitefoot vai chegar em vinte minutos.

Mahesh virou-se para ela, e seu rosto anunciava tempestade.

— Eu quero um pouco de *numpkin*, e daí? Não posso comer o que quiser na minha própria casa? — respondeu com a voz baixa, chiando de estática.

— Mas... — disse Shreene.

— *Shhh* — interrompeu ele, fazendo o ruído depressa, com um deslocar súbito de ar, como se estivesse repreendendo uma criança.

Levou um dos dedos aos lábios e ergueu as sobrancelhas para indicar o quarto de Rumi acima da cozinha.

— O que você está... — começou Shreene, furiosa.

Mahesh fez uma careta, franzindo o lado esquerdo dos lábios para mostrar os dentes. Apontou para o teto e sacudiu a cabeça, encerrando o assunto.

— Ela precisa de silêncio absoluto para se concentrar — disse ele, em um sussurro sério.

Shreene sentiu o rosto se contrair com uma raiva violenta, tão extrema que ameaçava estrangulá-la.

— Não se atreva a falar assim comigo! — disse, engasgada, com um sibilo alto na voz. — Você acha que eu não sei? Você alguma vez pensa em quanto eu me esforço em tudo? Eu não sou um dos seus alunos!

Mahesh arregalou os olhos até quase saltarem das órbitas, depois prosseguiu a pantomima com um gesto breve da mão, como se estivesse jogando alguma coisa para trás das próprias costas, antes de se virar e fechar a porta com firmeza atrás de si.

Depois do jantar, os dois homens foram jogar sua partida de xadrez no *pub*. Whitefoot protestou, reclamando que a embalagem de seis cervejas iria parar no lixo, mas Mahesh foi firme, passando o braço em volta dos ombros de Whitefoot e conduzindo-o para fora da casa, explicando enquanto caminhavam que Rumi não podia se dar ao luxo de nenhuma distração àquela altura: por mais que moderassem a voz, ela mesmo assim saberia que eles estavam lá, e ele não queria correr nenhum risco.

Dez minutos depois, entraram no Traveller's Rest, um velho *pub* caindo aos pedaços que parecia estar se mantendo em pé quase contra a própria vontade. Whitefoot os conduziu até lá, garantindo a Mahesh que não haveria nenhum aluno: o lugar era discreto demais. Mahesh estava acostumado a freqüentar *pubs*, em geral nas comemorações de fim de ano, no almoço de Natal do departamento ou em algum encontro para drinques no *pub* perto de Swansea. Do lado de dentro, porém, as luzes eram mais fluorescentes do que ele esperava, e a combinação de música pop, fumaça de cigarro, trinados de caça-níqueis e comentários esportivos — vindos de uma pequena tevê portátil presa a um suporte no canto acima do balcão — o deixou tonto. Aqueles lugares ficavam diferentes quando estavam sendo usados para festas.

Ele foi se sentar a uma mesa junto à janela e começou a arrumar o tabuleiro, enquanto Whitefoot ia buscar as bebidas. Mahesh ficou olhando para o amigo e de repente sentiu-se intimidado pela sua autoconfiança. Whitefoot parecia estar no seu elemento, e uma cadência quase imperceptível marcava seu passo enquanto ele equilibrava as duas canecas de cerveja à sua frente, segurando um pacote de *chips* sabor queijo com cebola com o mindinho de uma das mãos, virando-se para olhar de relance para a televisão enquanto andava.

Quando ele chegou à mesa, Mahesh se levantou para ir se sentar na cadeira oposta, posicionando-se de modo a ficar de costas para o resto do salão, preferindo ficar olhando para os reflexos das pessoas e das luzes que correm pelas vidraças. Sentia-se pequeno, de certa forma inculto, encolhido de insegurança, e sabia que isso tinha alguma coisa a ver com o *pub*, com a confiança fácil com que o álcool e os esportes conseguiam conectar aqueles desconhecidos e transformá-los em uma comunidade própria. Era ridículo. "Um indianozinho no canto." As palavras surgiram em sua cabeça envoltas por um tom imaginário de pena, como a caneta vermelha que corrige o erro de algum aluno, velozes demais para fazê-lo sentir outra coisa que não choque. Será que era assim que ele via a si mesmo? Ele fez uma observação mental de repreensão: "Se você menospreza o próprio status, tudo que pode esperar dos outros é a mesma atitude. Chega disso."

Jogaram a primeira partida com um respeito mecânico; Mahesh permitiu que Whitefoot fizesse pausas compridas antes de jogar, e Whitefoot, por sua vez, permitiu que Mahesh repetisse uma jogada um segundo depois de este mover as peças por engano. Mahesh venceu, eliminando as peças do adversário de forma prática e simples, de modo que Whitefoot não teve outra alternativa senão se render, derrotado pelo completo aniquilamento de seu exército. Na segunda partida, começaram a conversar.

— Mas, afinal, qual é o seu verdadeiro objetivo com a Rumi? — perguntou Whitefoot, mastigando uma batata *chips* extraordinariamente grande e sorrindo para dois homens em pé junto ao caça-níqueis.

Mahesh se virou para olhar para os homens. Eram corpulentos, com as cabeças raspadas sem cuidado, e usavam camisas de rúgbi de listras grossas com golas de malha branca. Pareciam estar assistindo a uma partida na tevê.

— Quem são? — perguntou ao amigo, tomando um gole de cerveja.

— Não faço idéia — disse Whitefoot. — Por quê? Algum motivo específico? — Ele se aproximou e fitou Mahesh com um olhar de interesse, convidando-o a compartilhar qualquer informação que tivesse.

— Motivo algum — respondeu Mahesh. — Mas o que você estava perguntando mesmo? Sobre a Rumi?

— Ah, sim, qual é o seu plano? Para onde tudo isso está indo?

— Meu plano? Não existe nenhum plano.

— Ah, vamos lá, Vash, amigão, você está tramando alguma coisa, não está? Isso não está se desenrolando por conta própria, está?

— Tramando — repetiu Mahesh. Fez uma pausa, então deu um grunhido inaudível.

— O que você disse? — perguntou Whitefoot, parecendo achar graça. — Já está emburrado? O que foi que você disse?

— Nada.

— Não, vamos lá, fale. Eu gostaria de entender melhor como é que você funciona.

Mahesh deu um longo suspiro e imprimiu à voz o tom mais casual possível.

— Usar uma palavra assim é um luxo.

— Aaah. Agora sim. Vamos lá, Vash, pode me acertar sem medo.

Mahesh sorriu, percebendo o entusiasmo juvenil de Whitefoot em relação a qualquer embate, e explicou:

— É um luxo, usado apenas por alguém iludido o bastante para pensar que o mundo está cheio de escolhas, alguém que praticamente passa a vida dentro de um falso casulo de prazer.

— Ah, sim — disse Whitefoot, tomando um grande gole de cerveja e limpando a boca com as costas da mão. — Gostei do estilo... "um falso casulo de prazer". — Ele deu uma risadinha; em seguida mordeu uma *chips* com vontade. — Me explique essa teoria, então. Explique a minha falta de culpa. O meu elitismo míope. A atmosfera rarefeita onde eu vivo. Vou adorar. — Ele soltou um estalo no fundo da garganta, dando a entender que estava pronto para o combate.

— Não vou brigar com você — disse Mahesh. — Isso só vai exacerbar a sua auto-indulgência.

Os dois riram, Whitefoot se fazendo de ultrajado e, em seguida, meneando a cabeça com um respeito fingido.

Mahesh continuou:

— Eu estava explicando que não estou "tramando" nada. Só estou ajudando Rumi a alcançar o potencial dela. E, se ela quiser ser levada a sério neste país, vai ter que fazer muito mais do que simplesmente alcançar o potencial dela, pode ter certeza disso. Mas, mesmo quando se é uma minoria, com força de vontade é possível conseguir qualquer coisa na vida. Por mais difícil que possa parecer.

— Muito bem — disse Whitefoot, aplaudindo. — Mas e se ela entrar mesmo para a universidade e for para lá agora, este ano, quando fizer quinze... é esse o seu grande plano, não é? Tenho que lhe dizer, meu senhor, que é uma pessoa muito controladora, e que neste exato momento está fazendo o que é melhor para o senhor. Mas e ela? Você não acha que isso vai deixá-la atordoada? Qual a necessidade disso?

— Como assim "necessidade"? Se ela pode fazer isso, se tem capacidade, por que alguém iria querer impedi-la? O sucesso acadêmico é necessário para o sucesso na vida. É a única medida quantificável de uma vida mental. Ninguém pode contestar um sistema de notas objetivo. Quando se atinge um determinado nível de notas, é possível levar isso na bagagem pelo resto da vida. As notas são como... — Mahesh hesitou, pensando na palavra certa. — São como o que Krishna diz no *Bhagavadgita*: "Persevere sempre, controle sua mente. Essa será sua armadura contra a natureza volúvel do mundo." — Ele fungou, enfático. — A armadura, entende? — repetiu.

— Estou ouvindo, Vash. Você usou artilharia pesada; citou o livro sagrado e tudo — disse Whitefoot. Olhou para o tabuleiro e respirou fundo, amassando o saquinho de *chips* com a mão antes de fazer sua jogada seguinte. — Mas e quanto a ser uma adolescente normal, cara? — prosseguiu ele. — E quanto a descobrir como vomitar em linha reta em uma noite estrelada depois de umas e outras no *pub* da esquina, hein? — Whitefoot deu uma risadinha, evidentemente se achando muito engraçado. — Tingir o cabelo de verde para chamar a atenção do menino da primeira fileira da aula de química. Essas coisas...

Vivas animados vieram do balcão, e os dois homens de camisa de rúgbi se juntaram aos aplausos e apitos cada vez mais altos que saíam da tevê. O som ecoou pelo salão, ferindo os nervos de Mahesh. Este retrucou em voz bem alta, procurando atrair a atenção de Whitefoot de volta da telinha:

— Você está zombando do jeito como eu crio a minha filha? Acha divertido menosprezar as tradições da minha cultura?

Whitefoot arqueou as sobrancelhas e sacudiu a cabeça com veemência.

— Ah, não, não, de jeito nenhum, não vou aceitar isso. Não de um homem que usa uma capa de chuva com um cinto de dez centímetros de largura. Você não vai me dizer que essa roupa aí é uma homenagem às vestes de trabalho tradicionais do seu povo ancestral, vai? — Ele fingiu um sotaque galês, fazendo a voz soar como uma mola encolhida. — Está usando um *loongi* feito em tear manual por baixo da roupa, é? Não percebi, querido. Por que não me mostra uma pontinha depois, hein?

Mahesh riu, mesmo sem querer. Sentiu o peito relaxar e percebeu que vinha se contendo como se estivesse literalmente se preparando para uma batalha. Foi um alívio, e ele deixou a respiração sair de seu corpo em uma lufada forte, generosa.

— Olhe aqui, a Rumika não vai se interessar por essas coisas porque elas não são relevantes para a jornada dela — disse. — E, no que diz respeito ao sexo oposto, essa decisão vai ser tomada quando ela tiver idade suficiente para dar o passo do casamento. Não há motivo para se envolver nesse tipo de coisa antes disso.

— Meu Deus, cara, você consegue mesmo voltar para a Idade das Trevas quando quer, não é?

— Não entendo em que medida a licenciosidade vai tornar a vida dela mais rica.

— Um pouco de licenciosidade iria tornar a *minha* vida mais rica, isso eu posso afirmar — disse Whitefoot, rolando o *r* de "rica" com um ronronar lascivo. — Mas não, eu estou fadado a uma vida de servidão monástica à Universidade de Cardiff. A propósito, xeque ao rei.

Mahesh sobressaltou. Uma rápida olhada para o tabuleiro revelou que o seu rei estava de fato sob o ataque de um cavalo adiantado. Ele se arrepiou. Pior ainda, havia todo um leque estratégico de atividade que ele não percebera até então: um exército coeso e bem-coordenado formado pelas peças de Whitefoot estava à espera dentro de seu próprio território no tabuleiro. Era como se houvessem ganhado vida a partir das suas próprias peças, clones do seu exército que subitamente houvessem mudado de cor, de pretas para brancas, tão organizada e completa era a invasão.

— Que injustiça — disse ele, olhando com raiva para Whitefoot. — Você agora está a duas jogadas de um xeque-mate inevitável. Você me confundiu, e o tempo todo estava planejando isso...

— Ah, não, senhor — disse Whitefoot. — Não me venha com lamúrias de coitado. Tudo que eu consegui foi justo. Agora tire o seu rei daí e me deixe ganhar.

Mahesh começou a retirar as peças do tabuleiro.

— Injustiça? — exclamou Whitefoot. — Me negar o pequeno prazer de ver o seu rei cercado, sem ter para onde ir? Bom, cada um tem a vitória que merece. Eu vou ao banheiro.

Jogaram a última partida sem muita conversa. Houve um empate amigável, cada adversário terminando com apenas o rei e uma outra peça. Mahesh foi até o balcão pedir a saideira, sucumbindo à ordem de Whitefoot de "enfim pagar uma rodada", desviando o olhar dos dois homens junto à máquina de *pinball* enquanto esperava uma caneca de cerveja e um copo d'água. Estava tonto, com o estômago meio revirado por causa das três cervejas que já tinha bebido, muito mais do que seu consumo habitual, e o álcool o estava deixando mais confuso do que quando ele bebia na sua própria casa, embaralhando os sons à sua volta até estes desaparecerem em meio a um fundo murmurante. Foi só quando um dos homens puxou a manga de seu casaco, fazendo-o se retrair em um movimento defensivo, que ele percebeu que os dois estavam tentando chamar sua atenção havia algum tempo.

— ...precisa sentar? — perguntava o homem das listras azuis.

Mahesh piscou os olhos para ele com uma expressão quase atordoada.

— É só para ter certeza, companheiro — disse o outro, das listras vermelhas.

Os dois listrados se entreolharam. O de vermelho pôs o braço em volta do ombro de Mahesh para ajudá-lo a se equilibrar.

— Está segurando o balcão, companheiro? — perguntou, sorridente. — Já faz um tempinho que você está aqui. A gente só estava querendo ter certeza de que você estava bem.

Mahesh caiu de encontro ao balcão com um movimento em falso repentino. Sentiu uma onda de náusea na barriga. Os listrados riram enquanto o salão rodopiava à sua volta, girando loucamente em torno de um eixo central, como um redemoinho. Ele fechou os olhos e rezou para não se afogar. Estava de repente vergonhosamente embriagado.

— Ele vai apagar rapidinho — disse o de vermelho para o de azul. E então falou bem devagar, como se Mahesh fosse surdo: — TUDO BEM AÍ, COMPANHEIRO?

Os dois tornaram a rir, juntos, fazendo uma raiva ricochetear dentro de Mahesh como se houvessem puxado um elástico e soltado-o de encontro a seu rosto. Ele abriu os olhos e tentou falar.

— Baaa... shaaaaa — disse, enxugando a boca.

— Escute, companheiro, eu tentaria sentar se fosse você — disse o de vermelho, oferecendo-lhe uma banqueta.

Mahesh ficou olhando para ele em atitude defensiva, com os olhos lacrimejando de tanto esforço, e fez a palavra sair de sua boca.

— Seu... *bhen-chott*! — disse, endireitando-se e oscilando perigosamente com a última sílaba. Era uma palavra que não escutava desde os seus tempos de colégio. O rei de todos os xingamentos. Violador de irmã. "Era estranho esse ser o xingamento oficial número um da Índia", pensou. Ele nunca o havia usado antes, e agora a palavra lhe enchia a boca como um *paan* podre, exalando seu cheiro pelo *pub*.

— Seu o quê? — disse o de azul, inclinando-se para a frente e franzindo o cenho. Bateu na cabeça de Mahesh, fazendo os nós dos dedos estalarem sobre o crânio calvo. — Tudo bem aí dentro?

O de vermelho riu.

Mahesh recolheu o braço, equilibrando-se no balcão com um floreio, e se preparou para arremessar o punho para a frente. Parecia até que estava segurando uma imensa bola de boliche, de tão pesado e fora do eixo que foi o movimento que tentou executar. Novas risadas zombeteiras dos listrados se misturaram a um silvo vindo do balcão. Quando a voz de Whitefoot adentrou sua instável paisagem sonora, Mahesh ergueu os olhos e o viu negociando com os listrados, afastando-os com um sorriso apaziguador para poder levá-lo até o lado de fora.

A caminho de casa, pararam em um banco sobre um triângulo de grama. Mahesh vomitou nos arbustos atrás do banco, depois foi se juntar a Whitefoot, que lhe deu um chiclete. Acima deles, o céu estava cinza-claro, coberto por uma névoa fina, e o cheiro acre de fumaça enchia o ar. Mahesh se sentiu estranhamente satisfeito ao olhar para cima, vendo pontinhos de luz entrarem em foco em locais incomuns do céu quando concentrava suficientemente o olhar, e sua mente foi aos poucos voltando a ficar lúcida, pouco a pouco.

14

Faltava uma semana para a prova. Rumi estava sentada no quarto, envolta em uma densa bruma de números, o cérebro abarrotado de cabo a rabo de equações e estatísticas. Quando movia a cabeça, era como se a massa de matéria se deslocasse dentro de sua mente, uma fração de segundo atrasada em relação ao seu movimento consciente.

Sobre a escrivaninha: uma tigela de metal cheia até a metade de sementes — agora aceitas "com moderação" por Mahesh, para ajudá-la a se concentrar —, canetas, réguas geométricas e uma pequena luminária de mesa, com a cúpula creme manchada por uma queimadura marrom; uma luz irregular irrompia pelo buraco chamuscado onde a cúpula havia tocado a lâmpada por tempo demais. Havia também uma seleção de biscoitos de aveia e chocolate, uma barra de chocolate Galaxy já mordida e o mais apetitoso de tudo: uma comprida rosquinha recheada de creme artificial e geléia de amora.

Ela estava em território familiar — eram os últimos estágios da preparação para a prova, e o pânico silencioso de Mahesh de que ela não fosse passar significava que ela podia comer tudo que quisesse. Sentia-se tonta com a quantidade exagerada de açúcar, inchando devagar tanto por fora quanto por dentro, até que um dia, *puf*, um estouro letárgico, e ela simplesmente cairia dura, sem revelar nada, nenhuma maravilha oculta, nenhum segredo para o universo. Nenhuma fantástica descoberta do teorema dos números primos aos catorze anos de idade, como Carl Gauss. Nenhum ensaio assustadoramente brilhante sobre seções cônicas, como o adolescente Pascal. Quando seus miolos começassem a escorrer, seriam apenas uma versão da normalidade recoberta de açúcar, a mesma velha aritmética e a mesma velha geometria. Uma profusão de números e símbolos baratos, que toda e qualquer pessoa seria capaz de decorar com uma quantidade suficiente de tempo e de aprisionamento. Fim da história.

Ela não tinha nenhum amigo. Já não ia mais à escola — fazia muitos meses que deixara de ir. Sequer sentia mais frio, já tendo se acostumado à baixa temperatura na qual a casa estava constantemente mergulhada, e que supostamente devia mantê-la alerta. "Foi isso que eu escolhi", pensou Rumi, curvada diante da escrivaninha. "Esta é a minha vida. Até eu chegar lá. Até ficar livre."

Eram ainda nove da manhã. Ela estava pensando em números transcendentais, aquelas cadeias de mistério: incontáveis, números que nunca terminavam, simplesmente continuavam para sempre, como *pi*, o mais célebre de todos. Existiam tantos números no mundo, e os matemáticos só haviam conseguido provar que um punhado deles era transcendente, sempre sabendo que muitos outros esperavam para serem descobertos — se ao menos eles conseguissem atinar como... Rumi os imaginou — estrelas escuras salpicadas no céu, esperando seu momento, esperando para serem acesas. Estrelas que não morreriam jamais. Imaginem descobrir outro *pi*, outro *e*. Será que isso significaria que você na verdade havia transcendido a si mesmo?

Sua própria tentativa de transcendência havia desaparecido. Ela não andava mais pelo vale da verdade. Pelo contrário, havia recomeçado a mentir, e até mesmo o desejo de dizer a verdade havia diminuído, tão depressa que ela pensava se algum dia ele fora de fato possível de realizar. O único fator constante era o cominho, que ela mordia com rápida violência, golpeando a carne do indicador com os dentes e a língua sempre que ele encontrava o caminho até sua boca.

Houve duas batidas na porta, uma pausa e depois mais outra. Era uma versão fraca da batida usada por Mahesh para avisá-la da sua presença, um código simples: duas batidas, pausa, uma terceira.

— Nibu? — perguntou ela, tentando manter a voz séria.

Um guincho veio de trás da porta, uma risada retumbando dentro de um pequeno peito.

— Nibu Vasi? — indagou ela.

Foi até a porta e abriu-a de supetão. Nibu estava em pé, de camiseta branca sem mangas e short, com o rosto contorcido em uma risada muda. Ele levou um dedo aos lábios, curvando as sobrancelhas até franzir o cenho, e respirou fundo, expandindo o peito. O silêncio dava a seus movimentos uma característica de câmera lenta.

— Está estudando, Rumika? — sussurrou ele, deixando a voz mais grave e imprimindo-lhe um sotaque indiano.

Rumi se apoiou no batente da porta e baixou os olhos para o irmão.

— O que você acha?

— *Shh!* — sussurrou Nibu. — Eles vão escutar! — Apontou para o chão e arregalou os olhos, meneando a cabeça de forma solene.

— O que você quer? — perguntou Rumi.

— Vamos brincar. — Ele tentou se esgueirar pela porta. Rumi se interpôs na sua frente, fazendo-o ser sacudido por acessos de riso. Ele levou a mão à boca para abafar o som.

— Estou estudando — disse Rumi.

— Por favor! — disse ele.

— Que tipo de brincadeira você quer fazer?

— A gente pode lutar? — Ele cerrou os punhos e adotou a postura de um boxeador experiente. Depois de flexionar os músculos, pulou para um dos lados, empurrando acidentalmente a porta de encontro à parede. O baque os fez sobressaltar e, em seguida, cessar qualquer movimento, congelando-se em suas posturas. Aguardaram, e Rumi fitou Nibu com raiva enquanto ele se mantinha o mais imóvel possível, apoiando o peso do corpo em uma das pernas, com um dos braços levantado na posição em que havia esbarrado na porta, quase sem sequer estremecer, como se estivesse brincando de estátua. O barulho de louça vindo do andar de baixo não se interrompeu.

Rumi relaxou.

— Por que você fez isso? — sussurrou ela.

Nibu sacudiu a cabeça e uniu as mãos no gesto de quem pede desculpas. Ajoelhou-se e ergueu os olhos para ela, mãos ainda unidas, uma expressão de súplica a se espalhar pelo rosto.

— Tá bom, tá bom! — disse ela, escondendo um sorriso. — Pode entrar no meu quarto. Mas só se ficar quieto.

Rumi se permitiu passar dez minutos com Nibu. Começou sentando-se na cadeira e estendendo o braço em uma linha rígida, inclinado para baixo, para Nibu poder se jogar repetidamente contra ele, impelindo toda a força do corpo magro contra a irmã. Então ela o pegou no colo, virando-o de costas e finalmente deitando-o na cama, pressionando o mindinho na bochecha do menino.

— Consigo derrotar você com o meu dedo mindinho, *ssssacou*? — disse, com um sibilar majestoso.

Nibu se contorceu de tanto rir e jogou o rosto de um lado para o outro, unindo as mãos em volta do pulso de Rumi e erguendo-se devagar, apoiado no cotovelo dela, até ficar em pé, quase da mesma altura que ela, com os pés instáveis sobre o colchão de molas.

Rumi apertou o mindinho da mão esquerda contra a bochecha esquerda dele.

— Com o poder do meu dedo mindinho, *apenasss* — continuou ela, exagerando o sibilar da última palavra.

— Pelos poderes de Greyskull! — disse Nibu. A voz dele ribombava alegre por detrás do sussurro. — Eu tenho a força!

Ele lançou os braços em volta dos ombros da irmã, apertando-os, e içou-se como se estivesse trepando em um brinquedo de escalar. Rumi começou a andar de costas com o irmão pendurado na frente do corpo, mãos unidas na nuca, fazendo cócegas na base de sua cabeça. Ela se virou com um movimento robótico e o largou, usando o pescoço, dobrando os joelhos para se agachar. Pulando da cama, ele carregou-a consigo para o chão. Rumi se deitou para Nibu poder envolvê-la em outro abraço de urso, rolando de bruços para imobilizá-la. Apertou os braços contra as laterais do corpo da irmã e pressionou a testa em seu ombro direito, erguendo-se quase de ponta-cabeça. As risadas saíam de dentro dele devagar e erguiam-se como bolhas do peito dela.

Alguém arranhou a porta. Mahesh entrou no quarto. Nibu deu um salto e pôs-se de pé, um pouco afastado, enquanto Rumi se recompunha.

— Eu só estava... — disse Nibu.

— Nibu, saia — disse Mahesh. — Rumi, não posso ficar sem vigiar você, na sua idade?

Rumi não disse nada, com o rosto diametralmente oposto ao livro-texto, apertando um lápis em uma das mãos e o material de geometria na outra.

— O que está estudando? — perguntou Mahesh, aproximando-se. Ficou em pé atrás dela e olhou por cima de seu ombro. — Você interrompeu uma prova cronometrada para brincar feito criança?

O corpo dela estava rígido, músculos subitamente doloridos. "Não se entregue", disse a si mesma. "Não diga nada. Não olhe para ele."

— Como é que você vai saber qual é a sua verdadeira capacidade se não tiver os tempos cronometrados?

Mahesh se sentou na cama de Rumi. Ela podia ouvir sua respiração roçando o ar como uma lixa, com uma fricção leve, regular.

— Eu tinha de ir trabalhar agora. Não sei se devo cancelar meus planos visto a gravidade desta situação.

Os dois ficaram sentados por alguns instantes em silêncio, quebrado apenas pelos movimentos na cozinha no andar de baixo.

— Você é uma menina muito boba.

Um fraco ganido escapou da boca dela. Ela percebeu que o compasso estava preso em sua mão e que ela estava pressionando a ponta contra a pele na base de seu mindinho.

— Menina estúpida — disse ele.

Ela tentou se controlar, a mão tremendo de tanta força contida.

— Esse é um comportamento estúpido, não é?

Silêncio. Rumi podia ouvi-lo esperando sua resposta. Fixou os olhos nos triângulos que se entrelaçavam no terço superior de seu livro de exercícios. Na sua mente, viu uma expressão de repulsa deformar a boca do pai no buraco de sua barba.

— É um comportamento estúpido, não é?

Rumi aquiesceu, sabendo que havia acabado.

— Vou confiar em você, Rumi, mas espero ver a prova terminada quando voltar.

Ele se levantou e passou a mão pelos cabelos dela.

— Vamos lá. Você consegue. — Sua voz estava suave, insistente. — Seja uma boa menina. Não ponha em risco tudo que você tem se esforçado para conseguir.

Depois de ele fechar a porta atrás de si, Rumi olhou para a própria mão. O compasso havia furado o início de uma linha de pigmentação marrom-escura que corria por sua palma em direção ao indicador, o tipo de linha que supostamente revelava alguma coisa sobre a sua vida. Era possível ver um fino corte, que vertia uma minúscula gota vermelha. Ela pegou o compasso com a mão esquerda e tornou a inserir a ponta dentro do corte, querendo empurrá-la para aumentá-lo, imaginando que este seguiria a trajetória da linha impressa em sua pele, gotinhas vermelhas sobrepostas à longa curva. Mas a pele não cedeu, e ela não forçou.

Mais tarde, Rumi desceu até o andar de baixo para preparar um chocolate quente. Shreene estava terminando de arrumar a cozinha, com movimentos impacientes e ruidosos. Rumi encheu a chaleira, sentou-se em um banqueta e ficou olhando pela janela que se estendia pela parede atrás da pia. Podia ver o mundo do lado de fora, embaçado pelo vidro duplo: um lusco-fusco estranho de nuvem e jardim, com a imensa massa do grande salgueiro ondulada pelo vento. O balanço de Nibu se sacudia debaixo dos galhos em uma dança desconexa, e o assento de plástico cor de laranja puxava as cordas que o prendiam.

— Mãe — disse ela.

Shreene não respondeu.

— Preciso de um sutiã — continuou Rumi.

Shreene se virou. Estava agachada junto à porta que dava para a garagem, esvaziando a lixeira, as mãos ocupadas em separar o saco abarrotado do cesto. Sua expressão era de náusea quase insuportável, com o nariz virado para o lado, enquanto recolhia os legumes podres que caíam no chão a cada vez que tentava retirar o saco do cesto. Ela olhou para Rumi, com uma irritação cansada visível no rosto.

— Por que você está pensando nessas coisas?

— Porque eu preciso de um sutiã, e não é justo.

— É nisso que você deveria estar pensando, com a sua prova tão perto?

— O quê?

— Quando eu tinha a sua idade, não teria pedido uma coisa assim para a minha mãe. Éramos muito tímidas para falar sobre essas coisas. Quando a minha mãe me chamou de lado e me explicou que eu iria precisar de um sutiã, fiquei com muita vergonha. Nunca tinha pensado nisso... Eu era tão inocente...

— Não estou nem aí! Não estou nem aí para quando você era pequena! Eu quero um sutiã! Já fiquei menstruada, você sabe disso, e não pode me impedir de dizer...

Shreene ergueu a mão abruptamente, interrompendo Rumi. Amarrou o saco de lixo com uma velocidade furiosa, as mãos manipulando com destreza o plástico preto, formando um nó perfeito.

— Preste atenção em como você fala com a sua mãe. Desavergonhada. Sem vergonha. Nós éramos tão simples na sua idade, e você, olhe só para você, desprovida de qualquer noção de decência. Nós passamos tanto tempo morando aqui que você mudou de cor...

— Mãe, eu não vou ouvir você. Não vou ouvir você ser cruel e má. Estou pouco ligando!

Enquanto dizia essas palavras, Rumi se balançava precariamente sobre a banqueta e encarava a mãe com ar de desafio.

— Você está me chamando de cruel e má? — disse Shreene com uma risada zombeteira. — É assim que você fala com a sua mãe? Não tem vergonha? Tem alguma noção do que é o respeito, de como deveria respeitar a sua mãe? Será que eu preciso ensinar até isso a você?

— Cruel, cruel, cruel e má!

A cada palavra, Rumi dava um soco na bancada da cozinha. Shreene deu um passo na sua direção e segurou seu pulso com força, esmagando-o contra a bancada.

— Como você se atreve? Será que é esse o meu destino, ser tratada feito um cachorro pelo meu marido e pela minha filha? Algum tipo de empregada que só está aqui para prover às suas necessidades?

Com o outro braço, Rumi lutou para se soltar. Shreene apertou com mais força. Rumi olhou para a própria mão espalmada debaixo da outra, uma aranha marrom agitando as patas sob a elegância pálida da pele e dos ossos de Shreene. A aliança de casamento de sua mãe reluzia sob a luz química do tubo que dividia o teto acima de suas cabeças.

— Pare com isso! — disse Rumi. — Por que está dizendo isso? Por que você faz tudo ficar sujo? Não é justo. Por que você é tão má comigo?

— Você agora está me dizendo como eu devo falar? Como devo lhe dizer as coisas? Tal pai, tal filha. Foi isso que ele ensinou você a fazer? Ele lhe deu liberdade demais. A liberdade virou a sua cabeça. Ele que agüente as conseqüências. Por que eu deveria lidar com isso? Nós temos um ditado em híndi, você não deve conhecer: "Você deveria pegar uma gotinha d'água e sentir tanta vergonha a ponto de se afogar nela."

Rumi libertou o pulso e se levantou da banqueta. Seu peito se curvou à medida que soluços subiam por seu estômago até a garganta. Suas mãos voaram até as orelhas, apertando-as para eliminar todos os sons. Ela começou a gritar, com lágrimas a lhe escorrer pelas faces a cada exalação ofegante, cavernosa:

— Aaaahhhhhh! Não estou ouvindo. Pode dizer o que quiser!

Shreene se aproximou e tentou afastar suas mãos das orelhas. Rumi apertou as laterais da cabeça com o máximo de força de que foi capaz, com o rosto suando por causa do esforço, como se estivesse tentando fazer as duas orelhas se encontrarem no centro do crânio. Suas pálpebras se colaram aos olhos, retesadas de tensão.

— Aaah! Aaaaaaahhhh! Não estou ouvindo!

Dobrou o corpo, chorando com soluços convulsos, arquejantes, com as mãos ainda a apertar as orelhas, abafando os gritos de Shreene e transformando-os em um rumor distante. Na periferia de sua visão, a boca da mãe se movia.

— Não estou ouvindo! — soluçou Rumi. — Eu quero um sutiã! É normal! — Continuou a berrar com os olhos fixos no chão, deixando o calor salgado empoçar no canto de seus olhos e escorrer pela lateral do nariz em forma de lágrimas. Depois de algum tempo, retirou as mãos e deixou a paisagem fria do barulho da cozinha jorrar novamente para dentro de sua cabeça. Esperou, regularizando a respiração, e recomeçou: — E eu quero ir à festa de fim de ano do colégio.

— Que festa?

— A festa de final de ano, no verão. Vai ser em uma discoteca no anexo da igreja. Vocês não me deixaram ir à festa de Natal, mas essa agora é depois da minha prova. Eu vou.

— Como assim "eu vou"? O que você acha, que depois de ficar menstruada vai poder ir aonde quiser? E correr perigo? Você não sabe nem se comportar direito, me pedindo um sutiã assim desse jeito, com tanto orgulho, sem vergonha nenhuma, sem nenhum pingo de vergonha!

— Cale a boca! Me deixe em paz!

— Não fale assim comigo! O que você quer fazer nessa festa? Por que está tão desesperada para ir? Me diga.

Rumi começou a tremer.

— Você é horrível. Por que está falando assim? Eu odeio você.

— Me odeia, é? Quer que eu fale de outro jeito? Quer que eu fale do seu jeito inglês? Não sou inteligente o bastante para você? Você se acha muito superior agora que ele fez você acreditar que é a coisa mais importante do universo.

De repente, Rumi deu um pulo e saiu correndo, atravessando a porta da cozinha e descendo o corredor até a porta da frente. Podia ouvir Shreene se aproximando atrás dela enquanto tateava em busca da chave da varanda da frente, tirando-a do gancho do lado de dentro da porta da despensa. Quando conseguiu dar meia-volta, ofegante e desorientada, Shreene estava em pé diante da porta, braços estendidos e mão por cima do trinco, como se estivesse pregada em um crucifixo, com a luz cinzenta da noite a traçar um contorno fantasmagórico em volta dos traços delicados de seu corpo.

Rumi se virou e tornou a sair correndo, entrando na sala de estar e puxando a porta do jardim, enlouquecida. Estava trancada. Sabia que a chave estava na cozinha, mas mesmo assim continuou a puxar, apoiando o ventre contra a comprida maçaneta de plástico enquanto tentava deslocar a porta na sua direção. Shreene se aproximou dela depressa e afastou-a da maçaneta.

— O que você vai fazer? Quebrar a porta?

Rumi parou e começou a chorar, com a cabeça encostada no vidro grosso e o hálito quente criando uma pequena mancha de condensação, ocultando a visão do gramado e dos roseirais plantados no solo do lado de fora. Shreene esperou.

Dessa vez, quando começou a correr, Rumi fechou a porta da sala atrás de si para atrasar Shreene. Subiu a escada aos tropeços, usando as mãos para galgá-la, como se estivesse escalando uma montanha íngreme de carpete, apoiando o queixo na beirada do último degrau e depois erguendo o corpo, com as mãos junto ao peito. No alto, depois de recuperar o fôlego, viu Nibu sair do quarto, pele e osso, e os olhos dele cruzaram com os seus por um breve instante antes de baixarem para o chão.

— Nibu... — disse ela, engasgada. Ele continuou em pé sem fazer nenhum movimento, o corpo inteiro frouxo, equilibrado em um ângulo estranho, com uma das pernas chutando o ar à sua frente. — Nibu, você não pode me ajudar? — perguntou ela. Ele se refugiou dentro do quarto, fechando a porta. — Nibu? — chamou ela, ganhando velocidade para correr para o banheiro.

Shreene veio subindo a escada, com o rosto corado de esforço. Rumi correu para dentro do banheiro e segurou a porta, empurrando-a para longe de si para fechá-la com violência. Shreene apareceu e pôs o corpo inteiro no espaço entre a porta e o batente, fazendo força contra o peso de Rumi do outro lado. Isso continuou durante alguns segundos, com Rumi relaxando a pressão de vez em quando, com medo de esmagar o braço da mãe, vendo o cotovelo anguloso de Shreene servir de alavanca para abrir a porta e seu pé entrar aos poucos no banheiro. Shreene acabou conseguindo abrir a porta, e Rumi se jogou dentro da banheira, deixando as pernas tombarem de modo que os pés escorregaram para cima do ralo.

Ficou deitada sobre a cerâmica fria, vendo Shreene em pé no escuro, com a respiração difícil.

— Saia da banheira — disse Shreene.

— Não.

— Saia daí agora.

— Não.

Rumi se levantou e encarou Shreene nos olhos. Ambas estremeceram. Shreene pôs as mãos sobre os ombros de Rumi e fez pressão.

— Venha — disse.

— Não — respondeu Rumi.

— Vamos... O que é que você quer? Quer levar uma palmada? Na sua idade?

Rumi se apoiou no peitoril da janela. Havia uma janela retangular aberta no alto, encimando uma superfície grande e congelada de vidro. Ela enfiou a cabeça bem debaixo da abertura e começou a gritar para o vazio:

— Socorro! Alguém me ajude!

Com a respiração descontrolada, a boca aberta exibindo o brilho intenso dos dentes, Shreene lhe deu um tapa estalado na bochecha direita. Na densidade exígua do banheiro, quase indiscernível, Rumi viu uma lágrima brotar, como um sussurro, do olho direito de Shreene.

— Você quer me humilhar? — perguntou Shreene.

Rumi se encolheu em um gesto dramático, respirou fundo e levantou ainda mais a voz:

— Alguém me ajude! Me salvem daqui!

Shreene congelou. Levou o dedo aos lábios e franziu o cenho para Rumi, desviando os olhos do banheiro. Virou a cabeça, tentando escutar algum som vindo de baixo. Rumi esperou. Ouviram uma chave na porta da garagem, o estalo metálico da porta sendo erguida, os passos inconfundíveis de Mahesh atravessando o quintal da frente. Shreene saiu do banheiro. Rumi ficou ali mais um minuto, contando até 60 em simples números inteiros. Então voltou para o quarto. Sentou-se diante da escrivaninha e adotou a postura de quem estuda, levando o cominho à boca com uma monotonia cansada, mordendo o próprio dedo em ritmo regular, parando apenas o tempo necessário para engolir.

15

Rumi acorda às seis da manhã e olha pela janela do quarto. A luz está difusa e passa com dificuldade por entre a trama da cortina de renda, pairando no ar como um perfume de primavera de sua mãe, com toques cítricos, gelada, impossível de ignorar. As cortinas externas mais grossas caem retas, como guardas, uma de cada lado da janela, deixadas entreabertas por suas próprias mãos na noite anterior, posicionadas de modo a permitir que ela fosse acordada pela luz natural o mais cedo possível.

Faltam quinze minutos para o despertador que ela programou tocar, com o tempo organizado para lhe dar uma tolerância de três apertos do botão de soneca a cada sete minutos, fazendo-a levantar da cama no máximo às 6h41. Em vez de dar início a essa série de pequenos obstáculos, ela fica deitada sem se mexer, desperta, e olha para o espaço embaçado que é o seu quarto. Seus óculos estão sobre a escrivaninha. Há um ronco constante em seu baixo-ventre, lutando para ser reconhecido, mas que ela combate usando declarações de intenção curtas, simples.

"Eu não vou usar lentes de contato hoje", pensa, "apesar de ter que ir ao colégio para fazer a prova, apesar de poder encontrar Bridgeman. Apesar de fazer três meses que não vejo ninguém, inclusive ele. Vou usar meus óculos e amarrar o cabelo afastado do rosto, apesar de estar com uma espinha no alto da testa parecendo um vulcão em miniatura prestes a entrar em erupção. Eu não vou ser vaidosa. Eu vou ser humilde. A minha prova é a única verdade. A minha prova é a liberdade. E eu não vou mentir, quaisquer que sejam as conseqüências. O dia de hoje é importante demais. Eu hoje preciso andar pelo vale da verdade".

Ela faz uma prece interna para uma entidade sem rosto, apertando os olhos com força, mergulhando no veludo negro sob as pálpebras.

— Eu hoje vou ser boa, Deus — sussurra ela. — Vou ser tão boa... Por favor, me ajude.

Ela abre os olhos e se vira de lado. Junto ao travesseiro há um pequeno saco plástico de cominho, aberto, contendo mais ou menos dois centímetros de sementes que vazam por um dos cantos para cima do seu lençol, os pequeninos espinhos marrons espetando o fundo branco, afiados em meio às dobras macias do algodão. Ela lambe o indicador e pressiona-o contra o lençol, fazendo com que três ou quatro sementes se prendam ao dedo. Mastigá-las não provoca sensação nenhuma, de tão conhecido que é seu gosto. Hoje é o primeiro dia da prova A-Level. Ela está com 14 anos, 10 meses e 13 dias de idade. "Lá vamos nós", pensa. "Chegou a hora."

A manhã foi passada em um estado generalizado de calmaria. Até mesmo Nibu soube que deveria ficar quieto, representando o seu papel no ambiente de expectativa ultra-silenciosa da casa, comportando-se com um distanciamento muito dignificado ao fazer sua toalete: escovando os dentes com o mínimo de barulho possível, desviando os olhos quando Rumi passa pelo banheiro de modo a não distraí-la. Ela preparou seu kit para a prova, acondicionado em um saco plástico transparente conforme a exigência das autoridades. Seu material de matemática e um conjunto novinho em folha de canetas se amontoavam com uma naturalidade que parecia diferente daquela relativa à prova O-Level. Havia uma sensação de cerimônia agora. E, de fato, Shreene executou uma cerimônia curta, dando a Rumi uma série de coisas brancas para comer, para lhe dar sorte, tradição que não sentiu necessidade de explicar, apesar do espanto bem-humorado de Rumi. Colocou cada alimento sobre uma bandeja de metal e acendeu um bastão de incenso; em seguida pegou a comida e levou-a à boca de Rumi. Primeiro um pedaço de banana. Depois um gole de leite de um copo de metal. Em terceiro lugar, com uma risadinha e uma piscadela, uma bala de menta. E, por fim, algo bizarro, embora não desagradável: um punhado de coco ralado e de batata recém-amassada, em rápida sucessão.

Mahesh era todo sorrisos. Preparou um bule de chá para Rumi e ficou sentado ao seu lado à mesa do café-da-manhã, perguntando se ela havia dormido bem, fazendo comentários sobre o tempo. A manhã estava brilhante, e Rumi sentiu que talvez houvesse eletricidade sob as nuvens, uma luz do sol feita de íons de cargas positivas e negativas, atritando-se pela atmosfera e vindo aterrissar na sua pele. Estava se sentindo muito feliz, como se houvesse respirado hélio de dentro de um balão e estivesse falando com a voz mais aguda do que o normal. Ouviu a si mesma conversando com essa voz enquanto comia seus cereais e ficava sentada ao lado do pai, banhada pela luz elétrica do sol, os dois tão simpáticos, tão respeitosos um com o outro, convivendo em um relacionamento fácil que ela desejou que não terminasse nunca. Então saiu de casa, levando na bolsa três caixinhas de filme cheias de cominho, recebendo da mãe um beijo na bochecha e do pai um braço em volta do ombro e um leve aperto antes de sair. E inevitavelmente, pensou depois, da forma como determinadas coisas são escritas nos nossos sonhos sem consentimento, inevitáveis como o despertador que nunca tocou naquela manhã, três minutos depois de iniciar sua caminhada até a escola, no final da sua rua, ela esbarrou com Bridgeman.

Ele estava andando pela calçada paralela à sua, descendo o declive principal, e entre os dois se estendia uma imensa extensão de rua de asfalto preto. As mangas do seu casaco estavam arregaçadas, e uma fina tira de couro subia do pulso em espiral até quase tocar seu cotovelo. Seus cabelos estavam despenteados, curtos e revoltos, e seus olhos presos no chão davam a entender que ele estava imerso em pensamentos. Não havia tráfego, apenas um vazio silencioso esperando para ser preenchido. Um passarinho piou, um chilreio irritante que sumiu tão rapidamente quanto havia começado, mas o barulho o fez erguer os olhos. Quando ele levantou o rosto, ela rapidamente enfiou os óculos dentro do bolso do blazer, amaldiçoando a si mesma, mergulhando o mundo de repente em um cinza desfocado, com o ar fazendo arder seus olhos como se houvessem sido revelados pela primeira vez. Olhou para o chão. Suas meias que subiam até os tornozelos se fundiam aos sapatos em um emaranhado peludo de preto e branco, e ela foi caminhando muito devagar, rezando dentro do peito para ser libertada.

— Por favor, Deus — sussurrou. — Por favor. Por favor. Por favor, por favor, por favor. 3,14159265358979323846 igual a *pi*. Por favor, faça que ele não me veja. Posso continuar, se o senhor quiser... 264338...

Ouviu a voz dele atrás de si, uma punhalada de som no espaço enevoado. "Eu sou cega", pensou. "Eu sou burra."

Ele pôs-se a caminhar ao seu lado, acompanhando seu ritmo lento sem falar durante alguns segundos.

— Aonde você está indo? — perguntou.

Ela continuou andando, administrando os próprios movimentos em uma escala microscópica, sentindo as bochechas arderem com um forte calor.

— Por que você tirou os óculos?

Rumi ergueu os olhos, mantendo o equilíbrio com cuidado, e fingiu encará-lo, mas tudo o que viu em lugar de seu rosto foi uma tempestade de neve. Tornou a olhar para os próprios pés, que movia como se fossem os pés de um brinquedo, de uma boneca que a qualquer momento poderia tropeçar. A humilhação foi crescendo dentro dela.

— Vamos lá, o que você tem? E por onde tem andado, afinal? — perguntou ele.

Água brotou de seus olhos, um filete de lágrimas.

— Por que você tirou os óculos? — repetiu ele. — Você fica bem de óculos. Eu já disse isso antes. Não está enxergando nada, está?

Ela parou de andar e enxugou o canto do olho com um movimento-relâmpago. Sua mão esbarrou em uma das caixinhas de cominho quando ela tateou dentro do bolso em busca do objeto odiado e tornou a colocá-lo no rosto. Então apertou o passo, novamente parte do mundo dos vivos, deixando os pés baterem na calçada com vigorosa regularidade, ignorando a voz dele à medida que esta ia se tornando cada vez mais baixa atrás de si, até ser apagada pelo próprio ar, como um corretivo, tornando a página toda branca.

O pequeno pátio em frente ao ginásio estava cheio de alunos do último ano, algo que não deveria tê-la deixado surpresa, mas deixou. Ela percebeu que não estava mentalmente preparada para aquilo. A sra. Powell, sua antiga professora de matemática, acompanhou-a através da multidão, ignorando as cabeças que se viraram ao vê-las chegar. Rumi passeou os olhos pela massa de alunos altos, seguros de si. Vestidos casualmente, acenavam uns para os outros, conversavam, apoiavam-se nas mochilas sobre o gramado, mordiam os nós dos dedos fingindo medo, remexiam os cabelos. Alguns olharam para Rumi atraídos por seu uniforme vermelho e cinza, um elemento conhecido de suas antigas vidas. Conforme ela foi se aproximando da entrada, registrou choque em alguns dos rostos e sentiu no peito uma onda de pânico crescente ao cruzar olhares com um trio de meninas mais velhas. Estas se entreolharam, confusas, quando Rumi passou. A sra. Powell falou em voz baixa, guiando-a até uma carteira na frente da sala.

— Não se preocupe — disse ela. — Vai correr tudo bem.

Rumi aquiesceu. Estava esperando que a professora fosse embora com o mínimo de alarde possível, de modo a poder se sentar e ficar mascando cominho, sozinha, sem ninguém a observá-la ou desejar sorte. Depois de algum tempo, e de alguns comentários todos igualmente tolos aos quais Rumi não respondeu, a sra. Powell acabou saindo da sala, erguendo uma das mãos com os dedos cruzados de dois em dois e sacudindo-a no ar em um gesto encorajador, com a palma virada para Rumi, enquanto ia se afastando quase de costas, pisando com cautela entre as fileiras de carteiras. De longe, parecia que ela estava fazendo o sinal da paz. A idéia foi absurda o suficiente para fazer Rumi sorrir. Ela deu um arquejo fundo e se sentou, com a risada formando um nó em sua garganta qual um acesso de tosse, presa em catarro e ar represado. Mas era um acesso de tosse que não queria passar, como a imagem da sra. Powell, sorridente defensora da paz. A tosse tornou a irromper, mais alta dessa vez, e depois outra vez, até os espasmos irem ficando cada vez mais próximos. Ela acabou sentada, rindo em silêncio consigo mesma, refém do terremoto do próprio corpo que se sacudia e se prendia à cadeira enquanto ela se agarrava à carteira com toda a força de que era capaz, encarando fixamente a madeira lascada à sua frente por medo de cruzar olhares com alguém próximo. Tornou a ver a sra. Powell em pensamento, erguendo a mão anormalmente grande em um gesto de passeata em defesa do desarmamento nuclear, meneando a cabeça em câmera lenta e articulando a palavra "Paz" com os olhos semicerrados e os dedos entrelaçados unidos de dois em dois. Imaginem ter apenas dois dedos. Não tinha graça nenhuma. Mas de alguma forma, naquele momento, teve graça, sim.

— Você está bem?

O som extinguira seu raciocínio de forma tão instantânea quanto o desligar de uma tevê. Ela ergueu os olhos. Era um professor que não conhecia, alguém que só tinha turmas do último ano. Devia ser quem iria vigiar a prova, pensou ela, sério e alto — suéter cinza de gola em V, bigode louro e gravata vermelha combinados para lhe imprimir um ar de tristeza, como se ele soubesse que o seu destino pelas próximas três horas era inevitável. Ela aquiesceu e desembalou as canetas em cima da carteira para indicar que tudo estava sob controle, que ela estava pronta para a prova. Ele a olhou com uma expressão neutra; em seguida retornou à frente da sala, caminhando com um tédio arrastado, as pernas batendo nas laterais das carteiras pelo caminho. Quando as provas foram distribuídas, ela posicionou discretamente uma caixinha de filme cheia de cominho no chão, para poder mergulhar o dedo em suas profundezas escuras.

Saiu da sala de prova sentindo uma felicidade esfuziante, o otimismo e o alívio correndo no sangue junto com a adrenalina. Tinha conseguido. Tinha passado. Havia atravessado o primeiro portão. Aquilo podia mesmo acontecer. Iria fugir para Oxford. Finalmente deixaria para trás Cardiff e a sua vida. Iria ser livre. Ou pelo menos era essa a sensação que tinha. Aquela era a primeira prova de cinco, e fora um amálgama de todos os tipos de perguntas nas quais ela vinha se forçando a trabalhar havia meses. "No ano passado, os funcionários de uma empresa não receberam aumento, receberam um pequeno aumento, ou receberam um aumento importante..."; "...encontre a probabilidade de uma fieira de contas conter quatro ou menos contas laranjas..."; "calcule a equação da linha de regressão de y sobre x..."; "...Andrew (A), Charles (C) e Edward (E) são funcionários do Hotel Palace..." Estatística. Passou a amar de repente a estatística com uma paixão insuportável. Olhando para o pátio lá fora, a grama parecia brilhar com uma intensidade digna de um desenho da Disney. "Considerando x margaridas por metro quadrado", pensou, "e y dentes-de-leão, qual a probabilidade de uma haste de grama estar ao lado de uma flor?". Seu rosto corou de felicidade enquanto ela ia percorrendo o caminho.

 A empolgação desapareceu gradualmente à medida que ela foi emergindo para o espaço aberto junto ao portão do colégio e tornou a experimentar a incerteza de estar no mundo. À sua frente, o caminho se bifurcava, o da direita dando a volta nos tijolos cor de laranja do prédio principal até o forte estardalhaço do pátio do recreio, seu som complexo ao mesmo tempo desconhecido e nostálgico, enquanto o da esquerda conduzia de volta à rua principal e à solidão segura do seu quarto. Ela pressionou o interior do bolso em busca de sementes que houvessem caído da caixinha de filme e as mascou, extraindo da língua o fiozinho de algodão e o montinho de poeira. Esperou alguns minutos ali parada, em pé, respirando, com o sangue ainda acelerado, a prova ainda a se desenrolar em sua mente. E então dobrou à direita, sentindo uma onda de entusiasmo ao fazer a curva, como se estivesse sendo totalmente ousada, muito embora estivesse apenas entrando na própria escola.

O pátio do recreio estava exatamente como antes, um espaço cinza de concreto ao lado de um extenso gramado, cercado por grades e um portão em um dos lados, e por prédios da escola do outro. Era hora do almoço, então todos os alunos da Escola de Ensino Médio Llanfedyg estavam ali reunidos. Ela se posicionou como observadora, sua presença irrelevante. Em pé com as mãos nos bolsos, mantendo distância, vasculhou os grupos, sem muita certeza de quem estava procurando. A sua turma formava um conglomerado no canto superior direito, mesmo lugar, mesma disposição, porém mais misturada do que antes. As meninas estavam em pé junto à parede do prédio do último ano, e os meninos estavam à sua volta, conversando ou batendo bola. Na sua diagonal, em um pequeno trecho verde inclinado, estavam sentados os três membros do Clube de Xadrez: Menino de Leite, Graham e Flug. Estavam examinando alguma coisa na grama, alguma coisa que muito provavelmente era um tabuleiro de xadrez.

Sua reação inicial foi de prazer, mesclada de constrangimento. Ir até eles significaria atravessar o espaço inteiro, expondo-se a potenciais tropeços — ela provavelmente seria vista, de óculos e tudo. Tornou a olhar para o grupo largado de alunos da sua turma, concentrado junto à parede, e viu Bridgeman. Ele estava em pé um pouco afastado do grupo, conversando com uma menina de volumosos cabelos cor de chocolate, frisados com permanente e secados com secador para formar grossos cachos que repousavam em uma moldura perfeita junto ao seu pescoço. Na verdade, não estavam propriamente conversando, mas murmurando algumas frases soltas e olhando em volta como se estivessem conectados por algum fio invisível, mas não soubessem o que fazer perto um do outro. De vez em quando, deixavam seus olhares se cruzarem por uma fração de segundo. Rumi sentiu um pinote no que imaginou ser seu coração, um espasmo de enjôo no peito que a fez se virar e recomeçar a andar na outra direção, seguindo o caminho até o portão.

No caminho para casa, viu Rafferty e Harris. As duas ouviram-na chegar por trás, e Rafferty foi a primeira a se virar e olhar para ela como se ela fosse um espécime sob a lente do microscópio. Rumi tornou a levar a mão aos óculos, uma reação automática, depois desviou-a e passou-a pelos cabelos, lembrando-se do mal-entendido da manhã.

— Olhe quem está aí — disse Rafferty. — Ora, ora, ora.

Rumi lhe deu um sorriso sem vontade e resignou-se a caminhar no mesmo ritmo que as duas, em vez de andar mais rápido e ser acusada de esquisitice.

— Os seus óculos são bem grossos, não é? — disse Julie Harris, como se estivesse surpresa pela própria observação. — Achei que você não usasse mais óculos.

— Por onde você tem andado? — perguntou Rafferty. — É verdade o que as pessoas estão dizendo?

Rumi deu de ombros, torcendo a mão dentro do bolso.

— Vamos lá, conte para a gente — insistiu Rafferty. — Onde você tem se escondido?

— Eu só... — disse Rumi.

— É verdade que você vai fazer a prova A-Level agora? — perguntou Harris.

Rumi pensou por alguns instantes, em seguida assentiu.

— Meu Deus do céu, mas que CDF inacreditável você é! — exclamou Rafferty. — Eu não acredito! Isso é fantástico!

— Mas você tem que ser superinteligente para fazer essa prova — disse Harris, pensativa, como se estivesse imaginando a própria inteligência em comparação.

— Ah, vamos — disse Rafferty. — É como se você fosse a rainha dos CDFs, Rumi Vasi. Você está lá no topo da montanha. Superou todos os outros CDFs do mundo agora, não foi?

Rumi olhou para baixo e começou a contar. Faltavam quatro esquinas para a sua rua. Não era muito.

— Mas você está saindo com alguém agora? — perguntou Rafferty, concluindo a pergunta com uma risadinha sarcástica e olhando para Harris, encorajando-a a participar. — Acho que você já sabe que o seu ex-"namorado", o seu "queridinho", está saindo com outra pessoa agora, não sabe?

Rumi respirou fundo e sentiu a dor dentro do peito como um contorno quente, no mesmo lugar de antes, algo que queimava e se espalhava a cada inspiração.

— Veio tomar ele de volta, foi? — perguntou Rafferty, piscando para Harris. — Vai sair na porrada com a Clare Williamson no fundo do ginásio, é?

Então era ela. Estava com os cabelos diferentes. Era esse o rosto escondido debaixo do penteado. Williamson era inteligente, bonita, segura de si; seu pai era médico. Era do tipo de menina que um dia poderia virar representante de classe.

— Porrada! Porrada! Porrada! — entoou Rafferty, o cântico que acompanhava as brigas durante o recreio. — Queremos sangue! Queremos sangue!

Ela parou de andar e olhou para o chão logo abaixo de seus pés. Um montinho de cocô de cachorro impedia sua passagem.

— Eca! — disse ela, desviando-se e comentando com Harris em voz baixa: — Cuidado para não pisar na Rumika. — As duas riram juntas, Harris mais encabulada do que Rafferty, que parecia estar se divertindo.

Rumi tinha escolha. Poderia se retrair e deixar a dor atingi-la com força total, ou então poderia fazer alguma coisa. Não queria deixar que elas vissem como estava se sentindo fraca.

Obrigou-se a dar risada. O som saiu esquisito, engasgado, mas era uma espécie de riso.

Tentou fazer a própria voz se juntar à das duas outras, imitando inconscientemente o seu ritmo como se conseguisse ver graça na piada.

Rafferty interrompeu a própria risada de sarcasmo com um movimento abrupto. Segurou a mochila de Rumi, erguendo-a e depois largando a pesada bolsa para fazê-la bater no quadril de Rumi.

— Some daqui, porra! — disse, com a voz áspera e cruel.

As duas seguiram andando, deixando Rumi para trás, com Rafferty cochichando no ouvido de Harris e olhando por cima do ombro, um sorriso zombeteiro estampado no rosto.

16

Pegaram um avião para a Índia três dias depois da última prova. Era aniversário de Rumi. "Você está com quinze anos, filha", dizia a frente do cartão que ela abriu quando estavam sentados no salão de embarque de Heathrow. "Vôo 0245... Terminal 3... Favor não deixar bagagens desacompanhadas..." eram as palavras que corriam em letras vermelhas pelo mostrador luminoso que as repetia sem parar, como um mantra prático destinado a mantê-los acordados enquanto ficavam sentados nas cadeiras, aguardando que chamassem o número do seu portão. Do lado de dentro do cartão, Shreene e Mahesh haviam escrito: "Estamos orgulhosos de você neste dia especial. Sabemos que você vai perseverar nos seus nobres ideais e nos deixar ainda mais orgulhosos." Nibu havia escrito "Feliz aniversário DIDI você é um baraaaaaTO" com um garrancho aguado de *pilot* laranja.

Seu presente viria em breve: uma série de roupas feitas segundo suas próprias instruções por um alfaiate na Índia, com tecidos que ela própria escolheria e que seriam comprados no mercado de Lajput Nagar. Na bolsa, ela trazia uma série de fotografias destacadas de revistas femininas de onde tiraria idéias — saias compridas de tecidos sedosos presas frouxamente na cintura, com estampas de florezinhas, padronagens em forma de gota, quadriculadas e listradas; saias *hippies* de algodão vaporoso com sininhos nos cadarços; um short de veludo bem curto com a bainha serrilhada, usado com uma camiseta largona com um nó na cintura. Na sua mente, as formas e cores se modificavam em um mosaico de movimento constante: camadas e mais camadas de comprimentos, mangas, cores e tecidos variados. Quem poderia saber o que iria encontrar em Lajput Nagar? Quem sabe um rolo de renda bordô entremeada de fio prateado. Ou um corte grande de algodão azul-turquesa, rígido como papelão, salpicado de furinhos no formato de pétalas de margarida. Talvez até uma seda pura, exuberante e macia sob a luz da lamparina da qual ela se lembrava tão bem, os pontinhos de luz dispostos a intervalos regulares, conduzindo-a discretamente para dentro dos becos escuros, para o denso labirinto do mercado.

Aquele era o ápice dos três dias de furiosos preparativos: comprar presentes, fazer malas, pesar malas, fechar a casa — uma nuvem doce e volumosa de animação que fora crescendo como um pico de sorvete em um enorme sundae. Iriam passar seis semanas inteiras viajando. Rumi nunca havia se sentido tão próxima de sua família, tão conectada àquele novo tempo presente em que a matemática deixaria de existir até receberem os resultados da prova, dali a exatamente um mês. Até esse instante de libertação, não tinham outra alternativa senão abrir mão coletivamente de qualquer tipo de estudo, desvencilhar-se da estrutura da rotina com um dar de ombros. Até mesmo Mahesh havia relaxado, deixando Rumi se tornar a ajudante oficial de Shreene.

Sentada no aeroporto, ela ainda estava tensa em relação a várias coisas, fazendo malabarismos com os pensamentos no fundo da mente, tendo como cenário a imagem da viagem iminente. Mas a tensão era quase agradável. Depois de sete anos, estavam indo à

Índia de novo. Isso por si só era um acontecimento tão incrível, de significado quase sobrenatural, tão imenso, que tinha de lhe oferecer proteção contra suas ansiedades corriqueiras. Mas ela continuava preocupada. Em primeiro lugar, e o mais evidente de tudo, não conseguia saber qual seria sua nota na prova. Seu tempo havia se esgotado em duas das cinco etapas, e ela rabiscara os cálculos do último problema de cada uma delas tomada por um pânico urgente, como quem coloca jornal em cima de um líquido derramado. Nas duas vezes, havia começado pela resposta, que calculava com bastante facilidade, de forma intuitiva, e refeito os próprios passos em um pânico cheio de rabiscos e sugestões tentando explicar como havia chegado à resposta. Mas não lhes dedicara os detalhes e o cuidado com o raciocínio esperados. A questão era simples. Será que o mais importante era mostrar como você chegava ao resultado, ou bastava o resultado em si? Se você não explicasse como a sua mente funcionava, será que mesmo assim poderia passar? Esse medo vago circulava espontaneamente no fundo de tudo que ela fazia, como a ansiedade de Shreene de ter deixado o forno ligado — algo que poderia significar que, na volta, encontrariam a casa de Corbett Road inteiramente carbonizada.

Em segundo lugar, de forma mais urgente, estava preocupada com o cominho dentro de seus sapatos. Baixou os olhos para os blocos compactos de bico redondo equilibrados sobre uma grossa sola de borracha, com uma fivela prateada costurada na parte de cima. O metal refletia o sobe-e-desce da movimentação à sua volta, rostos humanos ampliando-se em sua superfície conforme passavam por ela, ocultando a luz cansada em compassos intermitentes. A decisão de pôr o cominho dentro do sapato havia exigido muita reflexão. Prevalecera sobre a idéia de pôr o saquinho plástico dentro da calcinha, como a menina que ela vira no noticiário, agora presa por porte de drogas em algum lugar do Extremo Oriente. Embora soubesse que não havia como ser revistada naquele lugar específico, a idéia de colocar o saquinho em uma área assim tão íntima era perturbadora demais. E se o saquinho arrebentasse e ela começasse a sentir as sementes escorrendo pela perna da calça e caindo no chão na frente de todo mundo? Que vergonha. E se eles percebessem que ela havia se tocado lá embaixo de forma tão prática, escondendo as sementes dentro daquele espaço como se ele fosse uma parte normal de seu corpo? E se ela despertasse suspeita pela forma como caminhava e fosse chamada de lado por uma segurança do sexo feminino, e então obrigada a se despir e a expor atabalhoadamente o corpo malformado? Havia tudo isso a temer caso não fizesse a escolha certa.

Assim, o cominho fora envolvido em dois finos invólucros plásticos usados para embalar sanduíches, amarrados com um nó e enfiados bem no meio dos sapatos, cobertos pelo peito de cada pé, o arco da sola bem encaixado por cima do montinho. Ela apertou os sapatos de encontro ao chão e sentiu o volume lá dentro. Não houvera escolha. Precisava de cominho no avião: o vôo durava nove horas. E, caso o carregasse abertamente no bolso, seria obrigada a passá-lo pelos raios X junto com a bolsa e a caixinha dos óculos. Iriam desconfiar de que se tratava de alguma outra droga, uma droga ilegal, e ela seria obrigada a passar por todo o constrangedor processo de confissão e explicação, e seus pais ficariam chocados e enojados com a sua dependência daquela substância, e talvez eles até perdessem o vôo enquanto a polícia analisava as sementes no laboratório ou coisa assim.

Outros pensamentos. Será que as suas lentes de contato ficariam secas durante o vôo? Será que ela deveria mandar um postal para Bridgeman do avião dizendo "Desculpe a esquisitice... A propósito, eu só queria dizer que vou sempre... xxxx você"? Talvez devesse cortar aquilo do coração de uma vez por todas e colá-lo no papel, um cartão feito em casa e enviado de volta pelos céus da biosfera, na data errada do ano para o Dia dos Namorados, para aterrissar no capacho da casa dele, em Justine Close. Quando ele o abrisse, ela imaginou se seria repentina e misteriosamente libertada do peso morto de cada palavra, das vogais e consoantes polpudas que vinha carregando havia tanto tempo emboladas no fundo da mente. "A propósito... caso você não saiba..."

E o que iria lhe acontecer agora? Agora que os contornos definidos da aluna de ensino médio que ela fora estavam se derretendo para se transformar naquela pessoa nova, indefinível, vestindo um colete marrom, jeans desbotados e um lenço de seda — uma pessoa sem PS, com os anos de estudo se evaporando a cada respiração. Na verdade, ela poderia ser qualquer pessoa. Será que alguém iria cruzar o seu olhar dentro do avião? Só se ela conseguisse ficar de lente, limitando assim sua capacidade de dormir. Mas valeria a pena, se ninguém percebesse. Seu primeiro beijo — seria nos fundos da aeronave, com o céu passando em espasmos trôpegos de nuvens e fumaça das turbinas? Ou seria na Índia? Afinal, todos os meninos lá seriam indianos...

A noite caía quando começaram a descida no aeroporto de Délhi. Rumi encostou o rosto na janela e sorveu com um prazer sôfrego as nuvens brancas que saltitavam, o horizonte cor de caramelo e o mapa bagunçado da terra que ia surgindo. O assobio em seus ouvidos ia aumentando e se transformando em um som adequadamente alto, uma chegada anunciada a altos brados. "É isso", pensou, com um silvo forte zumbindo nos tímpanos. "Eu voltei!"

— Está animada? — perguntou Shreene, remexendo-se sonolenta na poltrona. — Aperte o cinto agora.

Rumi fez como lhe mandavam, depois verificou o cinto de Nibu, frouxo ao redor de seu corpo adormecido. Mahesh lia o jornal no final da sua fileira de poltronas, com os olhos baixos, uma das mãos massageando as têmporas à medida que o zumbido do avião começava a incomodá-lo. Rumi olhou para seu relógio de pulso. Fazia oito horas e 34 minutos que estavam no ar. Nada mal. Ela havia colocado as lentes de contato para a última hora de viagem, e passado maquiagem 43 minutos antes da aterrissagem. Shreene a deixara pegar sua base emprestada como um presente especial. Rumi voltara do banheiro dezessete minutos depois, com uma sombra bege realçando a pele dos cílios até as sobrancelhas, uma grossa camada de rímel aplicada na terceira tentativa — depois de as duas primeiras sujarem suas lentes com um borrão preto —, e uma fivelinha em forma de pente prendendo seus cabelos de lado atrás de uma das orelhas.

Shreene lhe dera um tapinha delicado na face enquanto ela tornava a se acomodar na poltrona.

— Está bonita, hein? — disse para a filha. — Está uma graça. Glamorosa. — Deu uma piscadela; em seguida estreitou os olhos, fingindo seriedade. — Mas talvez você esteja um pouco bonita demais... Que bom que você não está contrabandeando nenhum ouro escondido, não é? Poderia chamar atenção quando passássemos pela alfândega, hein, minha pequena *bandar*?

Rumi olhou para o chão, sentindo uma reação súbita à palavra "contrabando".

— Não se preocupe, sua boba! — exclamou Shreene, rindo e afagando-lhe o topo da cabeça. — É bom se arrumar para ficar bonita. Você está na idade de fazer isso. Na Índia tem um creme chamado Fair and Lovely. Não existe na Inglaterra. Podemos experimentar, se você quiser. Você está virando uma mocinha.

Rumi fechou a cara, escondendo o rosto no canto da poltrona, e ficou vendo o universo desfilar do lado de fora como em uma montanha-russa. "Um ano-luz equivale à distância que a luz percorre em um ano", pensou. "À velocidade de trezentos mil quilômetros por segundo (671 milhões por hora), um ano-luz equivale a um número próximo de nove trilhões e meio de quilômetros. Nove trilhões e meio." Lembrou-se da primeira vez em que havia encontrado essa informação, e depois de como expandira a própria mente tentando entender o que ela significava. Bridgeman sempre estaria "a anos-luz de distância" dela agora, pensou. Percebeu por que se usava essa expressão: ela fazia pensar em quão distante as pessoas podem se tornar, separando-se umas das outras à velocidade de um foguete, como estrelas mortas. Na verdade, os dois estavam agora tão separados um do outro que com certeza poderiam usar a unidade dos parsecs, ou "segundos de paralaxe". Um parsec era igual a 3,26 anos-luz, ou seja, quase 31 trilhões de quilômetros. Mas "trilhão" era uma palavra impressionante, com todos aqueles zeros se precipitando pelo universo. Não era triste o bastante para expressar seu sentimento em relação a Bridgeman. Quantos parsecs seriam necessários para expressar a diferença entre eles? Não enviara nenhum postal para Bridgeman, embora Mahesh, para seu horror, a houvesse feito escrever um para sua turma de escola, como se ela tivesse dez anos de idade. Ela o substituíra por um cartão em branco quando a aeromoça viera recolhê-lo, entregando-lhe a pilha inteira — que incluía postais para a turma de escola de Nibu e para o departamento de Mahesh — e amassando o postal ofensivo com a mão direita, jogando-o em seguida dentro da mochila.

Atravessaram o aeroporto em um transe soporífero, e Rumi se deliciou com o cheiro conhecido do ar-condicionado, com a amada sensação de calor que tornava mais espessas as transições entre cômodos, com o cheiro da poluição e dos temperos desconhecidos que se insinuava em bolhas pelo espaço do aeroporto. Teve uma cálida sensação de imediato pertencimento àquele mundo de rostos morenos. Eram sentimentos que recordava, e eles se encaixavam em sua expectativa. Mas não demorou muito para ela perceber as mudanças — especialmente uma mudança em particular, algo que não fazia parte da lembrança da Viagem à Índia que ela guardava na mente. Essa mudança lhe chegou de muitas formas diferentes.

— *Ch-ch-ch-ch-ch-ch-chhhhhhhh...* — Foi esse o som de um homem encarando-a junto com dois amigos, em pé em frente ao banheiro masculino.

— *Sss-sss-s-s-ssss...* — fez o sibilar distinto quando ela passou por quatro homens sentados em cima das malas, esperando o resto de sua bagagem.

— *Tlec-tlec-tlec-tlec...* — foi o estalar molhado da língua de um segurança no céu da boca quando ela passou puxando a mala de rodinhas pelo balcão de serviços para clientes.

E a mudança não residia apenas no som, mas era transmitida também por olhares.

— Vamos, depressa — insistiu Shreene, que estava esperando junto a um balcão de café enquanto Mahesh ia buscar as malas que faltavam. Este se afastou segurando a mão de Nibu, apontando e explicando como funcionava o processo de esvaziar a bagagem de dentro do compartimento de carga de um avião.

— Mãe? — sussurrou Rumi quando os alcançou.

— O que foi? — perguntou Shreene.

— Por que está todo mundo olhando para mim?

— Quem está olhando para você? — perguntou Shreene, com a voz entrecortada de irritação, enquanto tentava equilibrar a pesada bagagem de mão no seu carrinho. — Venha aqui, segure isto. — Fez

Rumi se agachar e equilibrar de lado uma das malas de rodinhas para servir de base às outras.

— Todo mundo, mãe, todos aqueles homens... olhe.

Rumi apontou para os três homens que davam risadinhas junto à esteira de bagagem ao lado da sua, para um grupinho de funcionários da alfândega que olhavam na sua direção e murmuravam entre si, para rapazes na área de desembarque do outro lado, para um homem de camisa de safári florida, que piscou e fez uma careta para ela através da parede de vidro enquanto seus amigos equilibravam os braços sobre os ombros dele, compartilhando sua diversão.

— Não aponte para eles, sua menina boba! — disse Shreene, baixando a voz. — Por que está tão interessada, afinal de contas? Não olhe para eles. Pare com isso já. Menina boba!

Mahesh voltou com as malas, e os quatro se dirigiram à saída. Nibu tagarelava, subitamente atento ao elemento de parque de diversões do ambiente do aeroporto.

— Mãe, olhe — disse ele, apontando para um homem de *dhoti*, um pano branco enrolado com esmero em volta das pernas e preso na cintura com um alfinete, e robustas *chappals* de couro nos pés. — Aquele homem está de saia, mãe? — perguntou ele. — Para onde a gente está indo agora?

Rumi caminhava devagar, acostumando-se à teia de interesse que parecia rodeá-la, àqueles olhares masculinos esparsos que se multiplicaram ainda mais quando ela saiu do aeroporto e seus olhos colidiram por acidente com os de dois vendedores atrás de uma barraca de livros, e outros dois agachados junto a um fogareiro, abanando as brasas quentes de espigas de milho que assavam enquanto olhavam para ela. Sentiu nas faces um rubor úmido. Ali estava ele de novo, aquele mesmo som, como grilos ao entardecer, enquanto ela andava pelo meio da multidão até o táxi do outro lado da rua. "*Ch-ch-ch-ch-ch-ch-chhh-hhh... Sh-sh-sh-sh-sh-sssssssh...*" Ela olhou para o céu, e seu olhar se deparou com o da viçosa heroína de um cartaz de filme, fotografada enquanto dançava sob a chuva, o torso girando pintado de amarelos e laranjas bem vivos, os olhos um floreio de linhas negras e suspense.

Parecia que aqueles homens ao redor de Rumi estavam vendo alguma coisa que ela própria não conseguia ver — a nudez debaixo de suas roupas. Seus olhares provocantes tinham uma autoconfiança digna do Super-Homem, o conhecimento lascivo que acompanhava a visão de raios X. Ela baixou os olhos para o próprio corpo. Sua camisa estava abotoada logo abaixo da base da garganta, o tecido marrom impenetrável no algodão grosso, trançado. Olhou para a calça jeans, com o zíper fechado como deveria ser e escondido debaixo da camisa. Sentia-se tão confusa que foi só na metade do trajeto até a cidade, quando pararam em um sinal de trânsito e um menino e uma menina descabelados vieram arranhar sua vidraça, com as roupas manchadas de um marrom tão escuro quanto sua pele cor de café, estendendo as mãos espalmadas, que ela percebeu que havia passado, que o cominho ainda estava dentro dos seus sapatos, intacto. Ela havia conseguido.

Iriam ficar hospedados no apartamento de Hashi Chacha e Bina Chaachi em Azadpur, um subúrbio meio rural que Rumi não conhecia. Shreene não ficara hospedada ali durante a Viagem à Índia sete anos antes, usando a oportunidade de uma visita sem o marido, e ainda por cima uma visita fúnebre, para ficar com a própria família, em vez de cumprir as obrigações de nora hospedando-se com a rede estendida dos parentes do marido. Depois de uma hora de tráfego, adentraram um caloroso enclave de poeira cor de mel e árvores com botões de flores cor-de-rosa e brancas, o lado esquerdo da estrada ladeado por um riacho, acompanhando o trajeto do carro. Diminuíram a velocidade.

— Chegamos a Ashok Nagar — disse Shreene.

— *Chacha* quer dizer irmão do pai — explicou Mahesh a Nibu, que absorvia o ambiente à sua volta. Uma vaca passou em frente ao carro, com o rabo comprido a balançar perigosamente, um chicote solto ao vento.

— *Hep*! — disse o motorista de táxi da janela, dando um tapa na anca do animal para fazê-lo se mover. Nibu ficou olhando, maravilhado, enquanto a vaca se deitava no meio da estrada, bocejando com um mugido alto e sacudindo a cabeça.

— *Chaachi* quer dizer mulher do irmão do pai — continuou Mahesh, ignorando a animação de Nibu. — E como é que eles se chamam?

Com o olhar fascinado pela vaca, Nibu respondeu:

— Hashi Chaachi e Been Chacha.

— Não — disse Mahesh. — *Chaachi* é o feminino... refere-se à mulher do irmão do pai.

Rumi tinha lembrança de ter conhecido Hashi Chacha e Bina Chaachi. Comera castanhas-de-caju torradas e ficara sentada com eles em silêncio quase completo, na sala de estar de Ama, depois do funeral. O casal tinha dois filhos: Honey e Bunny, apelidos que ainda os definiam em casa e que, segundo Shreene, iriam acompanhá-los vida afora, ou pelo menos até eles se casarem. Durante os preparativos para aquelas férias, Rumi fora apresentada a uma grande variedade de nomes de primos: eles se alinhavam à sua frente como dardos em frente a um quadro, cada qual contendo uma promessa de amizade. Mas os nomes em si eram um açucarado catálogo de absurdos: Sweetie, Rinku, Pinkie, Chinky, Minky, Lucky, Bunty — a lista não tinha fim. A maioria dos primos tinha a mesma idade de Rumi ou pouco mais, de ambos os sexos, e, no entanto, aparentemente respondiam a esses nomes até bem depois dos vinte anos, algo que para ela parecia inconcebível. Quando perguntada, Shreene havia explicado que os nomes "de verdade" das crianças indianas só eram usados na escola e, portanto, só interessavam às próprias crianças e a seus professores.

— Mas Honey tem a minha idade e é menino! — retrucara Rumi, incrédula. — E a Bunny tem quase dezessete anos! Está falando sério que eles não acham idiota todo mundo chamar eles desses nomes, todo mundo que eles conhecem?

— Como assim, idiota? — disparara Shreene. — Mais uma mania *angrezi*, esses conceitos que você inventa. Por que alguém iria achar idiota um termo carinhoso inventado pela própria família, por amor? Algumas vezes você exagera mesmo, Rumi.

Assim, os dois costumavam ser Honey e Bunny, e sem dúvida eram ainda Honey e Bunny. Eram ainda mais difusos na lembrança de Rumi do que seus pais — duas crianças quietas, limpinhas, sentadas entre a mãe e o pai, e que recusaram as castanhas oferecidas; Bunny com tranças tão apertadas nos cabelos que pareciam repuxar as raízes, e Honey com um corte liso em forma de cuia bem agarrado à cabeça, como se os cabelos estivessem sempre úmidos.

O apartamento ficava na metade superior de um edifício de concreto cor-de-rosa, com telhado plano e provido de uma varanda que se estendia a partir do meio da fachada, como uma bandeja comprida. De longe lembrava uma casa de bonecas, e a pintura, que parecia algodão-doce, descascava nas laterais quando vista de perto. Uma escadaria quadrada os conduziu até a porta da frente, onde foram recebidos por Bina Chaachi, gorda e espevitada, as banhas tremelicando dentro de um traje caseiro verde-jade.

— *Arre Baap re*! — disse ela, puxando Rumi e Nibu para junto do peito. — Até que enfim vocês chegaram, e estamos sem luz!

Uma pane de eletricidade havia transformado o lugar em um país das maravilhas à luz de velas. O apartamento reluzia com o reflexo de pontinhos de fogo, mechas embebidas em óleo dispostas em grupos de seis sobre bandejas de metal espalhadas pelos quartos de dormir, em cima da geladeira no corredor principal e sobre a bancada de pedra polida da cozinha. Na sala, havia quatro bandejas sobre a mesa de jantar, 24 pontinhos de chamas que mal se moviam e lançavam uma luz âmbar sobre um grande mural: uma cascata que adornava toda a parede principal. Ao lado dessa surpreendente ode à natureza estava sentado Hashi Chacha, bebendo de um copo de vidro lapidado.

— Mashu *bhai*! — disse ele a Mahesh, aquiescendo na sua direção com um ar semi-embriagado. — Parece até o Diwali para celebrar a sua volta. O Festival das Luzes, *yaar*. Você parece Ram no *Ramayana*, voltando do exílio para nos ensinar como fazer as coisas, não é?

Os adultos foram para o quarto principal e se amontoaram junto ao gerador que alimentava o único ar-refrigerado da casa. Nibu recebeu uma garrafa de refrigerante Thumbs Up. Foi se deitar satisfeito na cama ao lado de Shreene, deliciando-se com o raro sabor de uma bebida com cafeína de verdade. Rumi foi interceptada e levada até a varanda por uma entusiasmada Bunny, que estava acompanhada por outra menina, apresentada como sua amiga. Bunny agora falava com segurança e velocidade, os olhos grandes se abrindo inocentemente em um rosto que brilhava de forma imaculada com uma cor de chocolate escuro, e cachos reluzentes presos na nuca.

— Honey está voltando da loja para casa... Ele vai ficar tão feliz em ver você. Uau, como você mudou. Ouvi dizer que está se formando com especialização em matemática e que é a primeira da turma. É verdade? Você gosta daqui? O que acha da Índia?

Rumi se esforçava para juntar as palavras, chocada pela beleza dos traços de Bunny e pela animação veloz de seus movimentos.

— Eu... eu adoro — respondeu.

Bunny aquiesceu e seguiu em frente qual uma locomotiva. Sua voz grave parecia *am papad*, a polpa agridoce pegajosa feita com mangas secas, que Rumi havia mastigado em sua última visita.

— Eu vou me formar com especialização em arte. Pretendo me candidatar para a Universidade de Délhi... para estudar belas-artes, sabe. Estou particularmente interessada em examinar como a fé tem sido representada historicamente na arte do norte da Índia, principalmente no hinduísmo, e estou preparando uma série chamada "Expressões da Luz Sagrada". É esse o meu projeto de graduação para quando eu entrar na universidade. Depois posso mostrar para você alguns dos meus quadros, se quiser. Algumas pessoas já se interessaram quando eu trabalhei para uma empresa de design no estágio obrigatório do colégio. Na Índia, são as notas que definem o que você vai estudar. Acima de noventa é medicina, acima de oitenta é engenharia, acima de setenta, ciências, e assim por diante. Eu tirei acima de noventa, mas vou estudar arte porque acho que é a minha vocação.

Rumi concordou. O entusiasmo de Bunny era estonteante. Sabia que Bina Chaachi havia estudado arte antes de se casar e mostrara seus quadros como parte dos predicados para se casar com Hashi Chacha. Sabia também que Hashi Chacha não acreditava que mulheres devessem estudar ciências. Perguntou-se o que ele pensava da sua própria trajetória na matemática, e sentiu-se um pouco tonta. Bunny tinha uma pequenina verruga preta exatamente no meio da testa, como um *bindi* casto, do tipo que as moças usam nos anos que antecedem ao casamento. Para Rumi, parecia que Bunny fora tocada pela mão de Deus com um sinal que era incontroverso pela simples simetria de sua localização.

— Rumika tem uma bela personalidade, não é? — indagou a amiga de Bunny, uma menina de rosto bochechudo com um comprido rabo-de-cavalo de cabelos sedosos enrolado para descansar de forma sensual na curva de seu pescoço.

— Como assim? — perguntou Rumika, olhando para a prima.

— Essa é a Mintoo — disse Bunny, como se isso explicasse tudo que precisava ser explicado.

Estavam as três recostadas na parede da varanda, com o calor espesso a pairar no cadinho de ébano da noite e um silêncio murmurante que as mantinha unidas enquanto esperavam as luzes voltarem. Rumi viu um riquixá motorizado amarelo e preto parar junto a um vendedor de *paan* na rua, como uma abelha preguiçosa. O motorista saltou, um homem magro com um andar hiperativo. Tirou um pente do bolso de trás e passou-o pelos cabelos antes de se dirigir ao vendedor com um sussurro alto; então, de repente, duas volutas de fumaça começaram a subir em direção ao céu, acompanhadas pelo som grave e forte de risos masculinos. Durante um segundo, ela torceu para que as luzes não voltassem nunca, para que a viagem inteira dali em diante pudesse transcorrer em meio ao fraco tremeluzir de velas e espaços escuros, aquelas caixas de veludo preto que ela observava de longe e que pareciam envolvê-la.

Mintoo apontou para os seios e para os quadris de Rumi, traçando no ar a forma de um semicírculo e arrematando com um movimento da mão para cima e para baixo, como se estivesse achatando uma placa de ar contra o corpo de Rumi.

— Personalidade — disse.

— Como é que você sabe da minha personalidade? — perguntou Rumi, dando um passo involuntário para trás. — A gente acabou de se conhecer.

Mintoo olhou para ela como se aquela fosse uma pegadinha.

— Eu estou vendo a sua personalidade! — disse, rindo e esperando Rumi se deixar levar pela brincadeira. A expressão de Rumi ainda demonstrava confusão. Bunny olhou para Mintoo com ar de reprovação. — Olhe quem fala, *yaar* — disse Mintoo, levando um lenço à boca e rindo, e em seguida enxugando o suor da testa.

Bunny se virou e recostou-se na amurada.

— Aqui personalidade quer dizer isso — disse ela, indicando o próprio corpo com um aceno gracioso da cabeça aos pés. — Altura, corpo — disse, mexendo a cabeça em um floreio da esquerda para a direita, depois no outro sentido, repetindo o movimento depressa, um oito deitado, como o traçado de uma linha que se repete vezes sem conta. Esperou Rumi aquiescer como quem entende. — Altura, corpo? — repetiu, parando de se mexer.

Rumi apertou os olhos, tentando deter uma gotinha de suor que escorria pelo seu nariz. Imaginou se deveria pedir um lenço. Não havia papel higiênico no banheiro; ela já tinha verificado. A maneira como Bunny dizia "corpo", assim como sua maneira de dizer a maioria das coisas, era muito inocente. Mais inocente do que Rumi sentia que jamais poderia ser. Éons de distância, um infinito túnel de verdade. Era estranho escutar alguém assim, e perceber, por sua vez, que se estava medindo a própria inocência em relação a essa pessoa. Mas era esse o efeito que Bunny tinha sobre os outros. Falar com ela era como olhar para um espelho sujo. De certa forma, o simples encantamento e a simples graça de seus movimentos, a convicção lúcida de seu discurso, a pureza orgulhosa de sua mente se combinavam para produzir um retrato sujo e muito mais sombrio de quem a escutava. Rumi fitou os olhos de Bunny, pretos e volumosos no calor. Pôde ver uma minúscula imagem de si mesma refletida em um quadradinho de luz dentro de cada pupila, um rosto distorcido espalhado como uma alucinação apavorante. Pensou no chiado de grilos que havia saudado a sua chegada na Índia, o sussurro de luxúria que agora pairava no ar que ela respirava, o formato da lembrança filtrado pelo céu como uma gota de extrato de ervas em um remédio homeopático. Não chegara a desagradá-la de todo.

Quando repensava nas três horas seguintes, coisa que faria muitas vezes, Rumi lia o esboço da história como o contorno de uma cópia pouco nítida em papel carbono, reproduzida com fidelidade, mas sujeita a milhares de interpretações dependendo de que palavras, que letras estivessem mais visíveis em um momento específico. No final, lembrava-se de uma sucessão improvisada de fatos que catalogavam os acontecimentos posteriores à chegada de Honey, tentando limitá-la aos fatos, mas tendo de incluir determinados momentos que eram suposições. Essa sucessão de precisão imaginada era a única forma de conseguir absorver aquela noite em Azadpur, um rasgo no tecido de sua compreensão, ocorrido tão depressa que ela precisou dissecá-lo em horas e minutos para entender quando e como tudo aquilo podia ter acontecido.

21h40
Um segundo riquixá motorizado pára em frente ao prédio. Um menino alto e magro, com um topete de cabelos pretos, desce do automóvel. Bunny o chama para que olhe para cima:
— Honey, *dekho*! Olhe!
Ele fica em pé logo abaixo da varanda. Rumi não consegue ver seu rosto no escuro, mas tem a impressão de que ele consegue vê-la.
— Oi — diz ele. Pela voz, parece estar sorrindo.

21h50
Ele sai do toalete e lava a mão e o rosto na pia do corredor. Seus olhares se cruzam no espelho. Ele sorri, e seus olhos se franzem nos cantos, fazendo-o parecer mais velho, como se alguma nova sabedoria lhe fosse conferida a cada vez que ele dá um sorriso. Ele se vira para ela, esfregando o pescoço e os cabelos com uma toalha no escuro:
— E aí? — pergunta, como se já se conhecessem.
Ele é bonito como um ídolo de matinê da Bombaim dos anos 1950, cílios femininos emoldurando o que Rumi imagina ser a referência para "olhos de cachorro pidão". O formato de seu rosto é marcado dos dois lados por uma linha da mandíbula que forma um V, indo se encontrar debaixo de seu queixo, traços fortes que contradizem o movimento feminino de seus lábios e cílios. Ele deveria ter sido feito em preto e branco.
— De onde você está chegando? — pergunta ela.
— Da loja — responde ele, parecendo achar graça na pergunta.
— Foi legal? — pergunta ela, gozando da cara dele sem saber por quê.
Ele ri.
— Foi, foi legal, sim. *Bahut zyaada mazza ayaa*. Foi muito legal.

22h
Todos comem juntos, duas famílias reunidas em um grande perímetro oval em volta da grande mesa encerada da sala, o aposento tomado por um brilho opaco, uma aura de calor pegajoso. Bina Chaachi e as duas meninas se encarregam de trazer *chapattis* quentes para os outros direto do *tava*, o trigo volátil cheio de ar quente murchando assim que desliza para dentro do prato. Hashi Chacha faz várias perguntas sobre o trabalho de Mahesh. Mahesh faz várias perguntas sobre os negócios da família e o resto dos parentes, que vivem nos quatro cantos do Punjab. Shreene está entretida em uma gangorra de boas maneiras com Bina Chaachi, levantando-se regularmente para ajudá-la, e em seguida sendo conduzida de volta a seu lugar por uma das meninas. Rumi não olha para Honey. Ela quase não come.

22h25
Rumi vai lavar as mãos na pia. Honey vai até lá encontrá-la. Fica em pé atrás dela, esperando que termine. Ela é tomada por um súbito desejo que lhe vara o corpo como uma estrela cadente, desejo de se reclinar contra o peito dele e aninhar o rosto junto a seu pescoço.
— Quer ir dar uma volta? — pergunta ela, olhando para ele no espelho.
Ele dá de ombros, os olhos colados nos dela feito ímãs:
— Tá, quero.

22h27
Rumi volta para a sala e pergunta a Shreene se pode ir dar uma volta com Honey. Shreene olha para o relógio.
— Está um pouco tarde, *beti*.
— Só uma volta no quarteirão, mãe.
Bina Chaachi entra na sala trazendo leite aromatizado com pistaches.
— O que foi, Bhabhi? — pergunta ela para Shreene.
— Nada, Bina — responde Shreene. — As crianças estão pensando em ir dar uma volta. Estou pensando se é seguro a esta hora...

— Ah, que história é essa, Bhabhi? Aqui é muito seguro. Parece um vilarejo. Honey, venha cá, leve a sua irmãzinha para dar um passeio lá no mercado de Mukhi, compre um sorvete para ela, um *gulab jamun*. Caminhar depois do jantar ajuda na digestão. Afinal de contas, você precisa mimar a sua prima! Na verdade, será que ela é a sua irmãzinha ou você é o irmãozinho dela? — Ela ri. — Eles têm a mesma idade, *na*?

Shreene sacode a cabeça.

— Rumika nasceu em outubro, três meses depois de Honey. Nem disso você se lembra, Bina? — indaga ela, fingindo-se chocada.

— Então você é o irmão mais velho dela por três meses — diz Bina Chaachi, passando para o híndi e enfiando uma nota de cinqüenta rupias na mão de Honey. — Está bem, então. Não a deixe voltar sem adoçar a boca dela. Nós temos muita coisa para comemorar hoje.

22h35

Rumi e Honey saem para o seu passeio. Rumi caminha com uma leveza que lhe dá a sensação de ter se dissolvido nos ventos suaves que sopram sobre eles durante o trajeto. À sua frente, as ruas estão cobertas de uma poeira avermelhada, que se ergue como areia coalhando o ar a poucos centímetros do solo. Ela queria poder andar descalça. Dos dois lados da rua, grandes árvores balançam seus galhos finos, uma saudação que os faz relaxar quando passam. Os dois não conversam muito. Ele diz que o seu inglês não é muito bom. Ela tenta ensaiar o híndi, espantada com a própria coragem, e percebe que consegue falar de uma forma que ele entenda. Esses arremedos de híndi e inglês entremeiam seus longos silêncios como braços cálidos.

— Você está no colégio? — pergunta ele.

— Estou — diz Rumi. — Você trabalha... na loja?

— Eu saí do colégio — diz ele, confirmando. — Você gosta daqui ou de lá?

— De onde?

— Da Inglaterra... ou da Índia? — Ele olha para ela com um sorriso travesso. — Você é *angrez* ou indiana?

Rumi espera antes de responder. Muita coisa parece depender da sua resposta. Mas ela também está se sentindo leve, aparentemente imune às preocupações dos mortais.

— Os dois, *yaar*! — responde, sem rolar o *r* da última palavra, denunciando a ausência de sotaque indiano.

Os dois riem juntos.

— Sei — diz ele. — Mas qual dos dois vem primeiro?

Rumi sacode a cabeça, e eles seguem caminhando sem dizer nada. Uma ou duas vezes, o braço dele roça no seu. O contato provoca nela um ligeiro pânico. Chegam a um cruzamento com uma placa baixa em uma das esquinas onde se lê "Azadpur". Acima deles, o céu é uma confusão de nuvens carregadas, sem lua visível, permeado pelo cheiro hipnótico de flores em botão, subitamente onipresente, incontornável.

— Você quer um sorvete? — pergunta ele. — Quer ir ao mercado?

Ela olha para o relógio. São 23h15. O pânico aumenta.

— Vamos... voltar? — pergunta ela, lutando com o híndi na última palavra. — *Waapas*...?

Começam a andar mais depressa do que antes, refazendo o caminho anterior. Rumi está nervosa.

— O que quer dizer Azadpur? — pergunta.

— *Pur* quer dizer "lugar". *Azad* quer dizer... — Ele hesita. — *Azaadi*?

— O que é isso?

— *Azaadi*. Como o Dia da Independência da Índia. Significa que a Índia ficou *azad* nesse dia.

— Ah, tá — diz Rumi.

23h45

Os dois tocam a campainha do apartamento, em pé diante da cerca externa espiralada. Shreene abre a porta interna e se atrapalha com o segundo trinco.

— Está meio tarde, não? — diz, fazendo-os entrar. — Mais de uma hora? Já vai dar meia-noite.

— Desculpe — responde Rumi, passando por ela. — Não percebi que horas eram.

Os preparativos para a noite começaram. Nibu já está dormindo no quarto reservado para os hóspedes. Shreene recusou o convite para sua família dormir no quarto do ar-condicionado, declarando que, afinal de contas, eles são indianos e podem agüentar qualquer tipo de calor.

Rumi veste seu pijama no lavabo e pensa no que aconteceu. No fundo, nada. "Nada aconteceu", pensa. Sai do banheiro e esbarra em Honey.

— Onde você vai dormir? — pergunta ele.

— Ali — responde Rumi, apontando para o quarto, com um movimento de ombros que quer dizer "óbvio".

— Lá dentro está calor demais — diz ele. — O ar-condicionado está no nosso quarto. Durma lá.

0h05

Shreene concordou com o pedido de Rumi para dormir no quarto mais fresco por causa do intenso calor, assentindo enquanto passava creme nutritivo nas faces. Mahesh está quase dormindo ao lado de Nibu, com um jornal local aberto ao seu lado sobre a cama de hóspedes. Bunny está dormindo com Mintoo na sala. No quarto mais fresco, Hashi Chacha está deitado sozinho na cama. Bina Chaachi está sentada no chão ao seu lado, falando baixinho. Rumi e Honey estão deitados no chão formando um ângulo reto a partir de um ponto junto a suas cabeças, que estão bem próximas. O corpo de Honey se estende em paralelo ao pé da cama. O corpo de Rumi acompanha a lateral esquerda da cama, pés virados para a cabeceira. Os dois estão conversando sobre o que vão fazer no dia seguinte. Rumi vai pegar um trem para Rajpura, no Punjab, para dar início a uma viagem de norte a sul pela Índia. Honey vai à loja.

Bina Chaachi e Hashi Chacha passam algum tempo conversando, envoltos na sombra de uma vela baixa que arde no canto do quarto. Então Bina Chaachi a apaga e se deita do outro lado de Rumi, com o corpo junto à porta.

— Boa noite, *beti* — diz, afagando a cabeça de Rumi e puxando um lençol fino para cobrir-lhe o corpo. — Ver você depois de tanto tempo... que coisa boa. — Ela se vira de costas para Rumi, remexendo os quadris opulentos sobre o colchão fino.

0h20

Honey vira o rosto e equilibra o queixo nas mãos para olhar para Rumi. Pergunta se ela está acordada. Rumi ri baixinho. Iniciam um diálogo sussurrado em que Rumi lhe diz para dormir e ele faz caretas engraçadas, sugerindo incapacidade de entender o que ela diz, fazendo-a rir mais ainda. Rumi se vira e olha para Bina Chaachi. Não apenas a tia está profundamente adormecida como está emitindo roncos violentos, soltando-os a intervalos regulares, deitada de costas. Rumi faz um gesto de quem está horrorizada, levando as mãos aos ouvidos, e o rosto de Honey se franze em uma risada.

0h30

Rumi está deitada de frente para o rosto de Honey, com a bochecha sobre o travesseiro. Ele estende a mão e toca-lhe os cabelos, inserindo os dedos bem fundo, até encostar em seu couro cabeludo.

— Você tem uns cabelos lindos — diz ele em híndi.

Rumi entende as palavras que significam "lindos" e "cabelos". Sente um arrepio.

Ele segura seu rosto e puxa-o na sua direção, esticando os lábios ao encontro dos de Rumi.

— O que você está fazendo? — sibila Rumi em híndi, soltando a cabeça, com um rugido ecoando nas têmporas enquanto torna a se deitar no travesseiro.

— Me dê um beijo — diz ele.

— Ficou maluco? — Ela o encara com intensidade. — Somos praticamente irmãos!

Bina Chaachi solta um ronco forte e se vira de lado, o peito subindo e descendo, em sono profundo.

— Eu te amo — diz ele em inglês, segurando a mão dela e beijando-lhe a palma incontáveis vezes. Rumi sente o próprio corpo perder o controle com a sensação daquela boca ardente no centro de sua mão. Parece uma caneca quente sobre a superfície de uma mesa:

uma cicatriz queimada, a cor e a textura da madeira modificadas para sempre pela temperatura.

Ela se vira de costas, apresentando a nuca para ele, como se fosse dormir.

0h45
A mão dele está de novo sobre a sua cabeça, afagando-a. Ela se vira de frente para ele mais uma vez.

— Eu te amo — sussurra Honey, e seus olhos no escuro são dois grandes globos de marrom líquido.

— Você acabou de me conhecer — diz ela —, e é filho do irmão do meu pai. Isso é errado. Você sabe que é errado.

— Esse foi o nosso ponto de partida — diz ele, inclinando-se e beijando-lhe a bochecha.

— Nosso o quê?

— Nosso ponto de partida. Onde tudo começa. — A boca dele está novamente em sua mão. Ele começa a traçar uma linha com os lábios a partir do ponto onde o sangue lateja em seu pulso e por todo o comprimento de seu braço. Quando chega à parte interna de seu cotovelo, ela estremece e por fim se inclina para sentir os próprios lábios sobre o rosto dele, cobrindo-lhe as faces de beijos. Ele vira a boca para beijar a dela. Novamente ela recua.

— Não — diz, tornando a cair no chão e inspirando com um arquejo, tentando se recompor. — Os nossos pais poriam a gente na rua — diz ela. — Devíamos ser irmãos, e não como os muçulmanos, que se casam com os próprios primos.

— Não se preocupe com isso — diz ele, o rosto sério e concentrado enquanto a beija no ponto onde a bochecha se encontra com o canto da boca.

1h
O silêncio está intacto quando ele começa de novo a beijar a palma de sua mão e a aproximar a cabeça dela da sua, com mais ardor do que antes. Somente a batida da pulseira de Rumi no chão — uma reação furiosa à pressão que ele exerceu tentando encostar suas bocas — rompe o silêncio. Ele continua a acariciá-la, até que a luz do teto

se acende, um choque que faz Rumi apertar as pálpebras e enterrar a cabeça no travesseiro. Ela ouve Bina dizer ao filho para ir dormir na cama com o pai, em voz tão baixa que poderia ter sido inaudível, mas Rumi consegue ouvir. E, quando ele se levanta e vai se deitar na cama, levando consigo seu lençol, ela percebe o que aconteceu.

No dia seguinte, ele não olhou para ela. E, com exceção das ofertas mais educadas possíveis de café e comida, tampouco Bina Chaachi o fez. A cada meia hora, Rumi ia chorar no lavabo, voltando lá para abraçar a camiseta de Honey que encontrara pendurada atrás da porta, sorvendo o aroma como se aquilo fosse uma bombinha de asma. Uma ou duas vezes, tentou abordá-lo, postando-se na sua frente. Mas ele encontrava um jeito de passar por ela, esgueirando-se como se fosse um desconhecido com quem ela houvesse esbarrado em um cruzamento movimentado. Por fim, ela lhe escreveu um bilhete, um pedido aflito para ir dar um passeio para poderem conversar nem que fosse por cinco minutos. Ele estava sentado na varanda, tomando café-da-manhã, quando ela enfiou o quadradinho de papel dobrado dentro do bolso da sua camisa. Quase no mesmo instante, ele o pegou e o jogou por cima do parapeito da varanda, continuando a comer como antes.

No dia seguinte, Rumi partiu para uma viagem de seis semanas pela Índia.
    Habitava os dias, lugares e famílias de sua viagem sem de fato vivê-los. A experiência com Honey se tornou uma noite das Arábias na sua lembrança, uma noite de mil momentos em que cada segundo continha o potencial para uma vida inteira de contemplação. Ansiava por ele dia e noite, carregando aquela alegria doída junto ao peito como uma criança — uma criança que se debatia e reclamava, esfomeada e aos gritos.
    Mas o seu rito de passagem havia lhe conferido um novo status: um status que se imiscuiu em seu relacionamento com o catálogo de primos desconhecidos. A forma como via a si mesma — uma namorada com o coração partido, ilícita — conferia-lhe um poder novo e importante: o da empatia. Ao reconhecer os mesmos sintomas em cada novo ambiente, ela se tornava uma confidente quase instantâ-

nea de todo primo que encontrava. Depois de dez minutos sentada com Chinky em seu quarto em Ludhiana, ouvindo Madonna em um toca-fitas no volume máximo, ela perguntou:

— Você está com saudade de alguém?

Depois de cinco minutos na garupa de um *scooter* em Chandigarh, com uma chuva fina caindo à sua volta como flocos mornos de neve, ela perguntou a Bunty:

— Você está pensando em alguém agora?

E eles lhe contavam suas histórias. Sobretudo os mais velhos. Era como se tivessem ficado esperando aquele tempo todo pela sua chegada para poderem compartilhá-las. Assim, a sua viagem pela Índia lhe revelou o amor e o desejo que lutavam para respirar em cada pedacinho de seu país de origem. Ela se conectou a essa voltagem oculta e deixou-se transformar no receptáculo de todas as histórias não-contadas. Em Kanpur, passou uma noite inteira em claro escutando pacientemente a história do amor de Rinku por um menino de origem gujarati, para quem a sua própria origem punjabi fazia dela uma esposa inadequada, apesar de três anos de encontros secretos e de um armário trancado com centenas de cartas e cartões de amor — destrancado com histeria para Rumi, como se Rinku estivesse abrindo um caixão. Rinku contou a Rumi que estava na metade de um jejum de dez dias, na esperança de que a sua coragem fosse inspirar seu amado a tomar uma atitude e enfrentar o pai dela. Em Kurukshetra, a história era a mais antiga do mundo: a própria família de Minky vinha negando seu amor pela menina da casa do outro lado da rua, iniciado aos doze anos de idade por meio de olhares roubados, sua linguagem de sinais interceptando as respectivas cortinas; suas origens sociais conflitantes, uma irrelevância. Agora, onze anos depois, a relativa falta de dinheiro da família dela e a recusa veemente de seus próprios pais de aceitá-la dentro de casa significava que ele estava planejando fugir com a moça, se ao menos conseguisse descobrir como sobreviver financeiramente.

Essa colcha de retalhos de paixão rasgada, costurada com a linha do amor, revelou-se para ela como um quebra-cabeça de unir os pontos, cada região geográfica mais emotiva e menos surpreendente do que a última. Ela aprendeu muitas palavras que significavam amor em híndi: do básico *pyaar* ao poético e fatalista *ishq*, ao comovente *mohabbat* e ao um tanto enigmático *mehboob*. Mas ela própria não podia revelar a sua história. Porque, evidentemente, todos os outros eram de certa forma parentes dele. Ele não era anônimo.

Algumas vezes, ela ia se sentar do lado de fora e chorava por causa de Honey à noite, com o céu parecendo um grande quadro-negro, com seus traços e pontinhos de estrelas marcados a giz. Arranhava as mãos com as unhas para remover a sensação dos lábios dele. Repetia para si mesma, inúmeras vezes, estrofes únicas de canções de amor, como se o seu cérebro houvesse amolecido, espantada em como agora finalmente compreendia tudo — o híndi, a música, as expressões enlouquecedoras.

Mera khoya hua rangeen nazaara de de,
Mere mehboob, tujhe
Meri mohabbat ki kasam.

[Devolva-me a cor perdida do meu olhar,
Meu amado, por você
Eu juro o meu amor.]

E por toda parte havia o som dos grilos, seguindo em seu encalço como a poeira que endurecia na sola de seus pés — até que chegou a hora de voarem de volta para a Grã-Bretanha.

No aeroporto, a caminho de casa, Rumi comprou dois tubos de Fair and Lovely com Shreene. O produto era um "creme de clareamento cutâneo" que prometia produzir "de um a três tons de clareamento na maioria das pessoas, para uma brancura radiante!". Um cartazinho ao lado da pilha de tubos mostrava o antes e depois de uma jovem indiana: o "antes" exibindo seu desespero ao ver o próprio reflexo escuro em um espelho de banheiro; o "depois" retratando-a aos prantos de tanta felicidade, dando a volta em uma fogueira matrimonial, com o rosto radiante cor de baunilha brilhando junto às dobras de um *pallu* vermelho e dourado enrolado com elegância em volta de sua cabeça. Rumi não discutiu. Pelo contrário, deixou a mãe espalhar o creme por seu rosto e repousou a testa no ombro de Shreene enquanto dormia, durante a longa viagem para casa.

Parte 3

17

As conversas sobre como tudo iria funcionar haviam sido demoradas, com Mahesh alternando acessos de euforia com momentos de extrema ansiedade. No dia em que o telefonema chegou, Shreene havia lhe passado o fone, mas o orientador pedira para falar com Rumi. Era uma voz que claramente trazia boas-novas, mas mesmo assim ele não estava preparado para o momento em que a filha assentiu, virando o rosto automaticamente para Nibu, os olhos atônitos correndo para Mahesh um segundo depois.

— Obrigada — foi sua última palavra ao pôr o fone no gancho antes de Mahesh conseguir pegá-lo. — Eles disseram que vão ligar de novo para falar com você — explicou a ele. — Disseram que eu devia dar a notícia a vocês e pensar no que eu queria fazer, essas coisas.

Nibu deu um pulo e agarrou o braço de Rumi.

— O que aconteceu? — perguntou, gritando.

— Eu fui aceita! — disse Rumi, soltando as palavras pela garganta com dificuldade.

— *Urra!* — disse Nibu, segurando os braços dela e tentando balançá-los para cima e para baixo no mesmo ritmo que o dos seus. Depois de alguns segundos, Shreene se aproximou e estreitou-os junto ao peito. A reação de Mahesh foi ainda mais demorada, um bom tempo depois de o resto de sua família já ter se soltado.

Ele afagou o alto da cabeça de Rumi.

— Não acredito, *beti* — murmurou, sentindo uma dor difusa começar em sua testa. — Não acredito. Parece que você conseguiu mesmo...

Mahesh carregou consigo essa sensação difusa de aflição durante todas as semanas seguintes, até o primeiro dia de Rumi em Oxford. Esse sentimento tomou a forma de uma dor de cabeça que se recusava a passar. Em um determinado nível, sentia vontade de pular e gritar de alegria, um desejo repetido de socar o céu, de marcar o momento com um exuberante gesto verbal e físico. A sensação de felicidade plena ao pensar no que havia acontecido era tão forte que ele lutava para encontrar uma forma de celebrar. O que poderiam fazer para comemorar aquilo? Será que haveria algum jeito? Como as pessoas marcavam esses acontecimentos? Como é que se *deveria* comemorar de forma satisfatória? Aquilo o deixava confuso, aquela sensação desarticulada que lhe pressionava o peito, empurrando com cada vez mais força à medida que passavam os dias. Será que ele deveria ir a um restaurante com os três? Parecia inadequado comerem. E, de certa forma, irrelevante. Afinal de contas, a comida simplesmente entrava no corpo e saía pelo outro lado. Tudo estaria terminado em três horas e custaria o orçamento de comida para duas semanas. Será que deveria levá-los ao cinema? Mas ficar olhando para uma tela em silenciosa concórdia, assistindo a personagens fictícios em mundos fictícios, como é que isso levaria a alguma coisa, ou teria qualquer significado?

Quando ele pensava nessas coisas, sua felicidade diminuía e era substituída por depressão. Seria apenas isso que haveria na vida, afinal? Você se esforçava, se organizava e usava cada fibra de sua força para subir a montanha, e, quando chegava ao topo, não havia nada a fazer, ninguém para quem contar. Poderia contar para Whitefoot, é claro, mas isso levaria apenas dois minutos. E depois, o que aconteceria? O céu não iria se abrir quando ele dissesse as palavras, longe disso. Poderia ligar para a Índia e contar aos irmãos, à mãe. Mas o que eles diriam, senão que parecia ser uma boa notícia? Não era como se ele estivesse anunciando o noivado de Rumi, caso em que haveria um procedimento fixo de celebração conjunta. De repente, sentiu a ausência do ritual em sua vida. Tudo sempre lhe havia parecido insignificante. Até agora.

No fim das contas, treze dias depois do telefonema, ele pediu uma entrega em casa de comida chinesa e deixou as crianças assistirem a programas de *quiz* no sábado à noite enquanto comiam.

Na realidade, é claro, tinha muito mais coisas com que se preocupar do que a misteriosa natureza das celebrações contemporâneas. As questões práticas eram tão traiçoeiras que ameaçavam pôr tudo a perder. Mas ele precisava fazê-las funcionar. Estava em contato constante com a faculdade, recebendo em determinado momento telefonemas diários de todo tipo de funcionário. Era uma faculdade só para mulheres, então pelo menos esse problema estava resolvido. No passado, segundo lhe informaram, as alunas menores de idade moravam com um membro próximo da família em uma casa separada do alojamento estudantil. Mas esses pais haviam aberto mão de seus empregos para se tornarem responsáveis pelas filhas em tempo integral. Mahesh sabia que não tinha como fazer isso. Para começar, havia o problema financeiro — precisavam do dinheiro. E depois havia Nibu. Ele não poderia criar Nibu sem Shreene, e ela não poderia tirá-lo da escola para levá-lo para Oxford. Seria um absurdo.

Uma investigação mais detalhada revelou que as principais sessões de orientação e uma boa parte das aulas de Rumi caíam em três dias da semana, exigindo que ela estivesse na cidade por apenas duas noites seguidas. Mesmo assim, ele não poderia pedir esse tempo toda semana. Ele mesmo era professor em tempo integral, preso a semestres e horários. Uma conversa exaustiva com a reitora de Somerville College não produziu nenhuma solução. A faculdade não poderia empregar alguém para cuidar de Rumi em tempo integral. Ela aparentemente teria de morar com um parente próximo que cuidasse dela, porque havia um protocolo da universidade em relação à delicada questão de aceitar um aluno menor de idade. Já iriam atrair atenção suficiente da mídia sem precisar expor Rumi publicamente a um estilo de vida visivelmente acelerado.

"Quem eram essas pessoas", pensou Mahesh, "que puderam se dar ao luxo de desistir de seu ganha-pão para morar na universidade junto com as filhas?". Como qualquer outra pessoa que assistia ao noticiário e se mantinha a par das notícias recentes, ele vira as fotos de Ruth Lawrence andando de tandem com o pai pelas ruas de paralelepípedos de Oxford. Mas não havia pensado nas implicações disso para si mesmo. Não podia fazê-lo. Simplesmente não podia.

Assim, depois de muita deliberação e longas noites sentado à mesa de jantar junto com Shreene, depois de terem quase enlouquecido com telefonemas de longa distância e perguntas, eles arrumaram sua própria solução: uma "tia" que morava em Didcot, também conhecida como sra. Mukherjee, na verdade sobrinha viúva de um primo do marido da melhor amiga da sogra do irmão de Shreene. Rumi iria morar lá como "hóspede pagante", ou HP, como se dizia na Índia, uma hóspede que comeria e dormiria sob a proteção da dona da casa, com um toque de recolher combinado, durante as duas noites por semana que tivesse de pernoitar em Oxford. Teriam de dizer que a sra. Mukherjee era irmã de Shreene para passar pela burocracia. Bastou um único telefonema e a oferta confirmada de vinte libras por semana para selar o acordo.

Mahesh já tinha sido HP quando estava fazendo mestrado em Hyderabad, aos vinte e poucos anos. Fazia as refeições junto com a família e estudava em seu quarto toda noite, com um rígido toque de recolher às 20h30, a menos que houvesse alguma combinação diferente em ocasiões especiais tais como eventos da universidade. Fizera amizade com os filhos da família que o hospedava — com seis e oito anos de idade, era um tanto impossível se esquivar deles —, mas não com os pais. Ainda assim, as lembranças da experiência eram boas: do quartinho onde, apesar do toque de recolher, ele havia se sentido livre. Quando pensava na tríade inanimada de cama de solteiro, escrivaninha e janela, que eram os pontos centrais do seu universo simples, experimentava uma sensação de calor e segurança.

E agora sua própria filha iria ser HP aos quinze anos de idade.

O tamborilar em suas têmporas diminuiu de leve uma vez resolvido esse aspecto dos preparativos, e ele permitiu que as entrevistas dos jornais começassem, depois de tê-las evitado a princípio. O *Cardiff Post* já tinha publicado uma nota sobre Rumi sem nenhuma informação da família. Era um tijolinho não-autorizado, mas inofensivo, apenas um parágrafo de cinco linhas e uma foto de divulgação da faculdade, informando suas notas e a data prevista para o início das aulas em Oxford. "Menina de Cardiff — Gênio da Matemática", dizia o título.

Uma semana mais tarde, na segunda-feira de manhã, Mahesh atendeu quatro telefonemas previamente combinados para dar entrevistas e permitiu que três repórteres de diferentes jornais nacionais visitassem sua casa durante a tarde — dois homens e uma mulher —, concedendo uma hora a cada um. Deu as entrevistas de forma sistemática, com uma atitude amigável, mas não demasiado pessoal. Rumi ficou sentada ao seu lado, mas quase não abriu a boca, preferindo deixá-lo lidar com aquilo da maneira mais segura possível — de toda forma, a maioria das perguntas era dirigida a ele. Shreene e Nibu ficaram sentados junto com eles durante cada hora, com papéis predeterminados. Nibu se distraía desenhando um círculo e dividindo-o em frações, enquanto Shreene proporcionava uma solidariedade genérica, ajudando o filho, fornecendo informações sobre seu estilo de vida — falando do próprio emprego, de sua instrução e de sua contribuição como mãe, a intervalos discretos, para que não os vissem como uma família estereotipadamente patriarcal —, bem como providenciando comes e bebes. Mahesh torceu para estar se mostrando digno, direto e cheio de princípios. Com calma, foi percorrendo os principais pontos que havia preparado:

1. Rumi era igual a qualquer outra adolescente — vivaz, sociável, com seus próprios hobbies e interesses (xadrez, música e cinema indiano). Porém, em vez de se ligar às banalidades superficiais da

cultura popular, havia aprendido a canalizar suas energias para a busca do conhecimento em todas as suas formas.

2. Seu sucesso na matemática se devia simplesmente ao fato de ser aplicada e de levar uma vida perspicaz, estimulante — era incrível quantas pessoas hoje em dia passavam pela vida como se fossem sonâmbulas, mal atingindo uma pequena fração das próprias capacidades. Como família, eles acreditavam que as vidas espiritual e mental caminhavam de mãos dadas, e que alimentar uma das áreas deveria enriquecer a outra.

3. Essa idéia de servir de professor e guia à própria filha era algo que qualquer pai ou mãe poderia aplicar à sua própria situação. Tratava-se de criar uma rede de valores e um clima propício à troca de idéias dentro de casa. Tratava-se de se aplicar, de dar duro e de ampliar os próprios limites.

4. O rótulo "superdotada" nada significava para eles como família e, na opinião de Mahesh, era uma idéia nociva quando perpetuada na população como um todo. Eles acreditavam que qualquer criança seria capaz de alcançar esse tipo de conhecimento e sucesso, contanto que os pais tivessem uma abordagem correta de seu desenvolvimento.

Mahesh deu as respostas com um número relativamente pequeno de interrupções. Também manteve-se forte diante de perguntas que não houvesse previsto, conservando a calma, exibindo uma reação casual de surpresa e dando de ombros, em uma atitude de quem não dá importância ao assunto, quando lhe perguntaram suas opiniões pessoais nas seguintes áreas:

1. Religião.

2. O longo caso de amor da Índia com a matemática.

3. A tendência particularmente forte do imigrante indiano a buscar o sucesso.

4. A entrada evidente de Rumi na adolescência, e os potenciais casos de amor futuros.

Terminava com uma citação de Gandhi, que havia anotado e mantivera pregada à sua escrivaninha durante sua vida de estudante. Repeti-la deixava-o de bom humor, e uma pontada de nostalgia que só ele conseguia ouvir reverberava em sua voz:

— "Os homens muitas vezes se tornam aquilo que acreditam ser. Se eu acredito que não consigo fazer alguma coisa, isso me torna incapaz de fazê-la. Mas, quando acredito que posso, então adquiro a capacidade de fazê-la, mesmo que no começo não a tivesse."

E pronto. Cada repórter foi embora ao final da hora combinada, aparentemente satisfeito com as declarações que havia recolhido.

O processo de levar Rumi a Didcot e acomodá-la foi mais simples, embora a enxaqueca tenha voltado no meio do caminho, uma fricção que tornava sua cabeça dormente e confundia a visão de Mahesh enquanto ele conduzia a família inteira no carro, presa entre malas e sacos plásticos, movendo-se vagarosamente pela estrada na sombria tarde de outono. Estivera com Whitefoot dois dias antes, para o desafio mensal de xadrez. Em meio a uma mistura esperada de parabéns e provocações, seu amigo lhe ensinara um bom caminho, afirmando com orgulho que ia a Oxford pelo menos duas ou três vezes por ano para dar palestras.

Mas a viagem não foi fácil. Nibu estava disperso e agitado, e sua necessidade de se emaranhar em tudo fez Mahesh perder a paciência.

— Sente aí e se comporte — disse ele, quando Nibu tentava encontrar os amendoins torrados no fundo da bolsa de comida que Shreene havia preparado. — Pare de se descontrolar — foi sua sucinta intervenção quando o filho começou a repetir uma placa de automóvel que continha a palavra BooM: era a placa traseira de um grande caminhão que impediu sua passagem por mais de dez minutos.

Mahesh olhou para Shreene. Ela estava ocupada tentando ajeitar a bolsa. Então, inclinando-se para a frente, ela pegou os amendoins e rasgou um pedacinho do papel-alumínio do canto do saquinho.

— Me dê aqui a sua mão — disse para Nibu. O menino estendeu a palma e deixou-a despejar alguns amendoins ali.

"Em se tratando de Nibu", pensou Mahesh, "Shreene parecia não apenas imune à irritação como também muito casual em relação ao seu comportamento. Por que não percebia que aquilo poderia estar incomodando quem estava ao volante? E o que dizer da resistência de Nibu? Seria uma boa estratégia simplesmente dar as coisas a ele quando ele pedia?". Mahesh franziu o cenho ao ultrapassar uma grande carreta, sentindo com nervosismo a incongruência de mover o carro de forma assim tão dramática enquanto permanecia preso ao assento, imóvel. "Quem sabe", pensou, "com todos os desdobramentos recentes, ele não estivesse dando atenção suficiente a Nibu?". Teria de vigiar o relacionamento do filho com Shreene. Nibu precisava desenvolver um pouco de força emocional — antes de mais nada, para o seu próprio bem.

Depois de algumas mordidas nos amendoins, Nibu começou a importunar Rumi, puxando a mão dela para brincar de "pedra, papel, tesoura" e reclamando, com a voz cantada, da sua falta de reação:

— Vaaa-mos!... Vamos brincar... vamos! Vamos brincar agora.... Você tem que brincar! — dizia, tentando abrir os dedos da mão direita de Rumi, que estavam cerrados.

Ele parecia um bebê, um fracote afetado, lamurioso, efeminado, e de repente Mahesh tomou isso como uma afronta pessoal, aquela falta de autocontrole — uma constrangedora demonstração de carência. "Onde Nibu havia aprendido a abrir mão da própria dignidade daquela forma? Que brincadeira era aquela?"

— *Vaaaaamos!* — reclamou Nibu.

— Fique quieto agora ou vai ver só, seu MENINO BOBO! — gritou Mahesh, bradando palavras que se estilhaçavam no ar como uma pedra através de uma vidraça.

Nibu começou a chorar, abafando o som, de modo que este brotou do fundo de sua garganta, saindo em um lamento queixoso, infinito. Mahesh guiou o carro para o acostamento e virou-se para os filhos no banco de trás. Rumi olhava pela janela.

— Você está com sete anos de idade — disse Mahesh com desgosto, o lábio superior franzido para cima, sem deixar dúvida quanto à seriedade da situação. Nibu se calou. O barulho de uma chuva fina estalava no silêncio do carro. Mahesh continuou olhando para o filho.

— Vamos, já chega! — disse Shreene, depois de quase um minuto ali parados.

Mahesh esperou mais alguns segundos, depois deu meia-volta e seguiu em frente.

A sra. Mukherjee não era muito diferente da imagem sugerida pela voz ao telefone. Vestida com esmero com uma calça preta de boca estreita, sapatos de fivela e um grosso suéter creme tricotado com padrões de diamante, não se podia perceber de imediato a sua idade, confundida pelos traços juvenis e o corpo magro. Tinha os cabelos cortados curtos, repicados, e o penteado não saiu do lugar quando ela cumprimentou Mahesh e Shreene com um meneio de cabeça, guiando-os enquanto eles içavam as malas pesadas escada acima. Aparecia e desaparecia nos cantos, e entrava e saía pelas portas com um rigor de pardal, esperando que terminassem cada leva de desempacotamento antes de acompanhá-los de volta até o carro. Shreene conversou com ela sobre a rotina doméstica — refeições, horário de dormir e procedimentos de higiene. A sra. Mukherjee reagiu às suas perguntas com afabilidade, mas não incentivou a conversa nem disse nada que não fosse necessário.

Quando Mahesh apresentou Rumi, a sra. Mukherjee moveu os lábios em um fraco arremedo de sorriso, aquiescendo com o mesmo decoro que sugeria que tudo havia sido providenciado — e, mais exatamente, parecia estar correndo conforme um plano pré-organizado, pensou Mahesh, tamanha a impassibilidade e a falta de curiosidade da nova responsável por Rumi. Aquilo lhe pareceu quase oriental, aquela falta de conversa e aquela demonstração polida de hospitalidade. Ela com certeza não estava tentando estabelecer qualquer vínculo com eles baseado em seu passado indiano em comum, como a maioria dos que se definiam como INR, os "indianos não-residentes" que Mahesh e Shreene haviam conhecido durante os seus anos no Reino Unido. Nada dos habituais comentários "Mas de onde vem o nome Vasi? Não dá para saber assim de cara. Eu sou do Punjab/Gujarat/Sindh/Uttar Pradesh", com a subseqüente passagem, por meio de algumas gírias hesitantes, para o híndi. Mas não desgostou do fato de a intimidade pessoal não interessar à sra. Mukherjee. Na verdade, achava que provavelmente isso era até melhor, considerando a natureza de seu acordo. O importante era que ela parecia profissional, o lugar era limpo, ela daria importância ao toque de recolher de Rumi e estaria disponível em caso de emergência. Sua casa era uma modesta residência popular, de fundos, com um telhado cinza de ardósia igual ao das outras casinhas à sua volta, pequenina porém funcional, situada em uma rua bem-iluminada. Ele e Shreene não faziam idéia das circunstâncias que haviam levado ao seu status solitário, e ele sentiu que era melhor não fazer perguntas demais.

A sra. Mukherjee desceu até o térreo para preparar um chá, deixando-os em pé no quarto de Rumi. Sua praticidade era reconfortante, não muito distante do que Mahesh havia imaginado: uma escrivaninha, uma janela e uma cama de solteiro ocupavam o espaço, bem parecidos com a imagem em sua própria lembrança de HP.

Shreene abriu o zíper de uma grande mala de viagem flexível cheia de roupas, enquanto Nibu ficava deitado na cama. Apontou para uma pequena mala rígida de plástico.

— Desembale os seus produtos de toalete — disse ela para Rumi. — Preste atenção para ser higiênica, começando com o básico. Você precisa estar sempre limpa, no corpo e no ambiente.

Rumi fez uma careta e curvou-se por cima da mala para abrir um fecho.

— Mãe — disse ela, a irritação transformando-se em provocação. — Eu não tenho a idade do Nibu, tenho?

Orgulhosamente abriu o outro fecho. A parte de cima da mala se abriu com a força de uma mola para revelar uma confusão desordenada de roupas, sabonete, sachês de sabão em pó, produtos para cabelos, várias escovas, inclusive com alguns fios de cabelo, a estatueta de uma deusa indiana, algumas contas e outros artefatos impossíveis de identificar.

— Pouco importa o que você diga — disse Shreene. — Você ainda é uma criança. Olhe só para isso. Você se acha madura? — Ela riu e foi até onde Rumi estava, ajoelhou-se ao seu lado e passou o braço em volta da filha, imitando o franzido na testa de Rumi. Beliscou sua bochecha e sacudiu a cabeça. — Nenenzinha — disse. — Está de mau humor, é?

Rumi deu um longo suspiro de sofrimento e revirou os olhos.

— Você se acha muito adulta? — perguntou Shreene. — Pode começar a ser adulta pelo menos cuidando das suas coisas como uma menina mais crescida, não é? — Ela fungou e apertou os ombros de Rumi. Uma expressão resignada tomou conta do rosto de Shreene enquanto ela extraía daquele mafuá objetos reconhecíveis. Rumi deu outro suspiro, sorvendo o ar com força, depois expirando de maneira teatral.

Nibu se remexeu, interessado.

— Ah-ah... Aaaaaahhh — disse ele, revirando os olhos e imitando a irmã.

— Você sabe que só vai vir aqui duas vezes por semana — disse Shreene para Rumi. — Não comece a agir como alguém que você não é.

Mahesh olhava para as duas. Ocorreu-lhe, com um choque, que Rumi estava agora mais alta do que Shreene. Em um nível consciente, é claro que ele já sabia disso, mas será que nunca vira de fato o que isso significava? Podia ver um pouco da personalidade de Shreene delineando-se no rosto claro de Rumi: as maçãs do rosto decididas e altas, os lábios carnudos. Mas até mesmo os olhos pareciam diferentes — maiores, talvez? Será que isso acontecia com olhos? É claro que deveria acontecer. Por que os olhos deveriam ser diferentes dos outros elementos do corpo? Mas olhos maiores? Como assim? Mais velhos? Estudou a mãe e a filha ajoelhadas ao lado da mala. A densidade da luz que vinha do teto dava a ambas uma aparência exausta, destacando as olheiras sob seus olhos, outro legado genético que Shreene parecia ter transmitido a Rumi. Aquele tom arroxeado da pele aparecendo sob os cílios inferiores dava a seus olhos um aspecto muito dramático: os de Shreene como os de uma heroína de cinema, os de Rumi como os de uma criança brincando de se pintar com o lápis de olho da mãe. Ficou vendo Rumi se movimentar, e sua forma infantil lhe pareceu subitamente mais...

seria "mais elegante"? Mais feminina? Curvilínea, até? Ela estava com quinze anos. O número da sua idade surgiu visualmente diante dos seus olhos. Aquilo lhe pareceu de repente muito inglês, muito ocidental — continha toda uma gama de significados caucasianos. Viu de relance a imagem de Whitefoot sorrindo com sarcasmo, à sua maneira particularmente irritante.

— Você está usando as lentes de contato? — perguntou Mahesh para Rumi abruptamente.

— Estou — respondeu Rumi, enfiando um frasco de xampu dentro de um saco plástico junto com um sabonete.

— Não precisava — disse ele quase no mesmo instante, por hábito.

— Fiquei com vontade de usar — respondeu ela, continuando com o movimento. Não ergueu os olhos.

— Elas são só para ocasiões especiais, você sabe disso — disse Mahesh, em um tom pouco convincente.

— Eu achei que seria... mais fácil para desfazer as malas — disse Rumi, pegando o saco plástico e afastando-se para o banheiro.

Ele deixou aquilo passar. Estava exausto. Shreene falou com ele em híndi enquanto Rumi estava fora do quarto. Ele trouxera algum dinheiro para a filha? Mahesh respondeu que tinha uma nota de cinco libras. Shreene achava que ele deveria deixar mais, só para garantir. Mahesh recusou, bem a tempo, no instante em que Rumi tornou a entrar no quarto.

— Aonde você foi? — perguntou Nibu, que estava deitado na cama balançando os pés na lateral.

— A lugar nenhum — disse Rumi.

— Você trouxe os seus você-sabe-o-quê? — perguntou Shreene em voz mais baixa, embora alta o suficiente para todos escutarem. Olhou para Rumi e arqueou as sobrancelhas, como se estivesse lembrando a ela um segredo compartilhado.

— Mãe! — disse Rumi, jogando o saco plástico vazio no chão e fazendo-o deslizar de lado pelo tapete, indo parar junto a uma pilha de suéteres.

— O que foi agora? — indagou Shreene com um olhar raivoso e indignado. — Qual é o problema, posso saber? — Então se dirigiu a Mahesh. — Por que ela está falando assim comigo agora?

Mahesh fechou os olhos e sacudiu a cabeça para Shreene como faria um homem santo — "talvez um *pandit* ou um *sadhu* errantes", pensou —; em seguida abriu-os e moveu a cabeça diagonalmente de um lado para o outro, e depois no sentido contrário. Era um movimento particularmente relaxante, tanto para quem o executava como, no melhor dos casos, para a pessoa que o via. Lembrou-se do próprio pai usando aquele mesmo movimento com ele. De alguma forma, ultimamente, Mahesh se pegara usando uma versão adaptada para reagir a qualquer tipo de histeria com que se deparasse.

— Você está dando muita liberdade a ela — disse Shreene para Mahesh. — É você quem ela respeita.

— Mãe, não diga isso! — exclamou Rumi.

— Eu sei que você quer se livrar de mim — disse Shreene. — Você nunca me amou. Mesmo quando era menina, costumava limpar os meus beijos da bochecha... não se lembra disso? Só antes dos cinco anos você me demonstrou amor.

— Por favor, Shreene — disse Mahesh.

— Mãe! — exclamou Rumi.

Os olhos de Shreene ficaram marejados, e seus lábios tremeram com força, como se ela estivesse contendo uma dor indizível. Cruzou olhares com a filha. O rosto de Rumi estava tomado por uma expressão exagerada de espanto, a boca escancarada como que em choque, um horror justificado no olhar. Quase como se houvessem ensaiado, como se reconhecessem quão absurdo era o seu aspecto, elas soltaram uma risada simultânea, um risinho involuntário de Shreene que se misturou a uma risadinha de Rumi. Mahesh sentiu-se aliviado.

— Enfim — disse Shreene, usando a manga da roupa para enxugar os olhos —, você tem que prestar atenção para estar preparada todo mês com os você-sabe-o-quê, porque esta não é a sua cama com os seus lençóis. Agora está na hora de ir. Seu pai tem um longo caminho até em casa.

18

Rumi está deitada na cama e olha fixamente para os grossos tubos cor de laranja que aquecem o quarto durante a noite, seis barras de um aquecedor elétrico. Uma sombra cobre a parede oposta, esmagando um retângulo de luz branca sempre que um carro passa pelo lado de fora. Ela está escutando a Hora de Ouro na rádio Fox FM. Três botões estão apertados do lado do rádio-relógio que funciona como toca-fitas — gravar, *play* e pausa —, para caso surja alguma coisa que ela possa querer gravar. Quando o locutor apresenta a música seguinte, ela solta o botão de pausa. Randy Crawford sai flutuando pelo quarto, cantando sobre fugir, imprimindo à canção um ar de doce tristeza contida. O quarto parece irreal. Parece tão contraído quanto seu coração, inchado de expectativa. No canto, há uma poltrona que parece uma versão de desenho animado de si mesma, desenhada com traços incertos, as almofadas verde-oliva se abrindo para revelar um recheio de espuma amarela. Ao pé de sua cama há uma escrivaninha de madeira. Rumi está com quinze anos, três meses e oito dias de idade. É sua primeira noite na universidade, e ela a passa inteirinha acordada.

Às cinco e meia, Rumi despertou. A casa estava em silêncio, com exceção de certos barulhos e estalos, um ritmo áspero que constituía um fundo temperamental para seus pensamentos, arranhando e preenchendo as horas desde que ela desligara o rádio. Mesmo que estivesse tecnicamente acordada, parecia que não se mexia fazia muito tempo. Agora podia sentir a mudança do bloco escuro da noite para uma névoa fina, roxa, que se dissolvia pelo ar, incitando-a a despertar. Começou com os movimentos dos dedos da mão direita, erguendo-os um a um e percorrendo-os em uma onda, consciente de seu movimento em câmera lenta para cima e para baixo. Sentia cada dedo como uma entidade separada. Nos ensinamentos do *ashram*, pensou, eles falavam sempre sobre esse tipo de coisa: "Eu caminho, eu presto atenção no meu caminhar. Eu como a maçã e sei que estou comendo a maçã. Fico feliz em saber isso." Eram esses os tipos de exemplo que usavam para aludir a uma vida na qual o feliz indivíduo seria capaz de vivenciar cada coisa no momento presente. Aos poucos, seu corpo foi começando a se mexer debaixo do cafetã que Shreene lhe dera, criando uma lenta ondulação, como se ela fosse uma criatura fantástica voltando à vida, o corpo refém de alguma entidade diabólica que a houvesse possuído e agora estivesse respirando através do seu corpo.

"Eu me sacudo e a minha barriga treme", pensou ela. "Tenho consciência do tremor na minha barriga. Estou atenta a esse tremor. Fico feliz em saber isso." Ela riu, soltando ar pelo nariz, num espasmo. Seus membros se dobraram para sustentá-la quando ela se ajoelhou, apoiando os glúteos nos calcanhares. Segurou a manta contra o pescoço e apertou-a junto ao peito com o queixo. Então passou os dois braços pelas mangas largas do cafetã, de modo que o tecido repousasse sobre a pele de seus seios e de sua barriga. Abaixou a cabeça e ergueu a gola do cafetã, de modo que seu rosto foi se juntar ao resto de seu corpo dentro do fino tecido roxo, acampada no interior das dobras suspensas. Aspirou o aroma do próprio corpo e traçou o contorno do sutiã, o triângulo de algodão claro reluzindo no espaço confinado. Apertou os seios um contra o outro com os braços e pousou os lábios sobre a pele macia. "Eu beijo a minha própria carne, e estou atenta a isso", pensou.

Rumi se levantou da cama, sentindo a textura fria do ar do quarto nas partes expostas do corpo — tornozelos, axilas, em volta do pescoço. Por impulso, deu um pulo e tornou a cair em pé no chão, exclamando para si mesma com um sussurro enfático:

— É!...

Esperou para ver se vinha algum som do resto da casa, depois deu outro pulo e aterrissou primeiro na ponta dos pés, desabando em seguida sobre as solas, em frente ao espelho da parede, soltando outra exclamação abafada:

— É!...

Olhou para si mesma no espelho. Então franziu o nariz e emitiu outro som, um grunhido vindo bem do fundo da barriga.

— É! — Sua voz parecia a de um homem. — É, seus... seus...

Olhou-se no espelho com intensidade e abriu a boca em um círculo contraído, franzindo novamente o nariz.

— Seus... seus putos! — sibilou, com um sorriso enviesado de caubói.

Ficou se encarando e fez outra careta, esticando os lábios para a esquerda e abrindo os olhos, fazendo-os se esbugalhar.

— Seus... seus babacas! — disse, um guincho em falsete escondido dentro de um sibilo.

Mudou de tática e usou uma voz afetada em um vibrato mais grave.

— Seus... seus putos babacas! — disse, fechando os olhos com força e tornando a abri-los quatro vezes. — Ah, não, seus babacas.

Depois dessa última frase, observou-se no espelho com atenção.

— O que é que eu estou fazendo? — indagou com uma voz baixa, muito normal. — Estou louca. Você está louca — disse ela para o próprio reflexo, numa reprimenda. — Sua esquisita. Sua esquisita da porra. — Franziu o cenho para si mesma. — Pare com isso agora. Pare.

Andou até o armário e abriu-o para revelar as pilhas bem-ordenadas de roupas que Shreene havia colocado ali. Pegou um conjunto de short e blusa de cetim azul-turquesa, uma das recentes criações indianas, bordado na barra com flores douradas e vermelhas. O short estava comprido demais. Desdobrou uma longa saia preta, de corte em A, que ia até o tornozelo, e segurou-a junto à cintura. Também comprida demais. Shreene havia insistido para que nenhuma das roupas especialmente feitas para Rumi ficasse acima do joelho. Ela pudera escolher mangas curtas e cortes justos, mas nada de decote nas blusas que tentara desenhar — tudo era constrangedoramente fechado, terminando em um decote canoa ou quadrado logo abaixo das clavículas, mal deixando espaço para um colar curto sobre o pescoço.

Chegara a hora de cortar a saia para o primeiro dia, tirar o comprimento excessivo, pensou. Mas ela não tinha tesoura. Olhou para o relógio. Os números digitais estavam um pouco apagados, gravetos vermelhos opacos à luz recém-surgida. Eram 5h46. De repente, tudo lhe pareceu bem menos ameaçador.

Ela desceu a escada em relativo silêncio, pisando descalça no grosso carpete verde-claro que cobria a maior parte da casa. Em determinado momento, escorregou, mas equilibrou-se com a mão, pressionando-a contra o papel de parede texturizado. A cozinha era bem básica, e as coisas, fáceis de encontrar. Ela abriu uma gaveta o mais silenciosamente possível, torcendo o nariz com o rangido que ecoou. A gaveta estava cheia de talheres. Abriu o armário de baixo e viu uma pilha de frigideiras de aço em vários tamanhos. Sua tentativa seguinte foi menos cuidadosa. Abriu duas gavetas depressa, com um gesto simultâneo dos dois lados, esperando eliminar o som graças à velocidade. Mas uma das gavetas se soltou na sua mão, e a lateral bateu em seu pé e a fez soltar um grito de dor. Ferramentas e utensílios de cozinha se espalharam pelo chão. Entre estes ela viu a tesoura, e agachou-se para pegá-la.

— O que você está procurando? — A voz era baixa, mas nítida.

Rumi se virou e viu a sra. Mukherjee em pé com um roupão de veludo, preso na cintura por cima de um pijama de jérsei, a grossa linha apertando-lhe e acentuando a leve curva acima e abaixo. Rumi imaginou como a mulher deveria vê-la, parecendo uma anã em meio às intermináveis dobras do cafetã, que pareciam ter se misturado ao conteúdo da gaveta. "Eu estou de cafetã, e ela está de pijama. Eu observo isso. Estou atenta a isso!" Deu uma risadinha, sentindo o nervosismo recomeçar a brotar dentro de si.

A sra. Mukherjee aguardava com educação.

Rumi começou a recolher os utensílios.

— Eu queria... uma tesoura — disse.

A sra. Mukherjee se agachou e começou a recolocar e rearrumar com habilidade os objetos que Rumi tinha dificuldade para recolher. Pegou uma tesoura pequena de metal e lhe estendeu.

— Para quê? — perguntou.

— Ahn... — Rumi se levantou, tentando recolher o short e a saia o mais discretamente possível. — É só para cortar uns... — Olhou para a tesoura. Era importante acabar logo com aquilo e sair da cozinha o quanto antes. A tesoura parecia cega, um tanto inútil, mas teria de pensar em alguma serventia possível para ela. — Para usar... na matemática? — completou.

A sra. Mukherjee assentiu.

— Pode ir fazer sua toalete agora — disse ela. — Vou preparar o café-da-manhã. O chuveiro é como expliquei ontem. Pode deixar a toalha molhada no cesto de roupa suja. E os cabelos que ficarem presos no ralo da banheira podem ser tirados com um lenço de papel. Vamos sair às 7h45, conforme o combinado.

Seus modos eram robotizados, como se ela estivesse recitando uma lista de compras. Enquanto falava, terminou de arrumar os utensílios e se levantou, erguendo a gaveta e enfiando-a no espaço vazio de origem com um discreto *humpf*, um ruído seco que significava uma mistura de esforço e satisfação, quando a gaveta deslizou sem dificuldade para o lugar. Então começou a se atarefar na cozinha, pegando um paninho, molhando-o e limpando a frente da gaveta e a bancada acima dela.

Rumi esperou que a sra. Mukherjee a olhasse, mas, depois de um minuto vendo-a abrir e fechar armários e gavetas da cozinha, percebeu que isso não iria acontecer.

— Está bem, sra. Mukherjee — disse, hesitante, junto à porta. — Eu vou... ahn... vou fazer isso, então.

Foram de carro até Oxford na hora combinada. Rumi estava sentada vestindo a saia recém-encurtada, e finos fios de algodão preto se prendiam a suas coxas, tenazes, sobras de principiante. No fim das contas, havia usado mesmo a tesoura, que estava tão cega quanto parecia, e lutado contra o tecido resistente com uma frustração crescente. Não tinha adiantado. Passara o indicador pelo fio da lâmina, mas este não apresentava perigo nenhum. Somente quando correu a língua de leve pelo metal amargo foi que encontrou um trecho afiado, na ponta mais afastada do lugar onde as duas lâminas se uniam. Descobriu um jeito de cortar que funcionava, embora de forma lenta e desajeitada, usando esse pedaço da tesoura. Isso a obrigou a cortar em trechos de pouco mais de dois centímetros, de modo que a barra da saia acabou ficando toda irregular, um ziguezague enlouquecido que destruía todo o caimento e fazia a roupa pender na direção de seu joelho direito quando ela a vestia. Mas estava mais curta, ninguém podia negar — e isso bastava para Rumi.

A sra. Mukherjee dirigia com cautela, as mãos pousadas com precisão sobre o volante, olhando para a estrada lá fora através do pára-brisa. Tinha o rosto impassível, desprovido de indícios. Rumi não parava de encará-la, contra a própria vontade. Sempre que desviava os olhos, sentia-se compelida a tornar a olhar. Mas os seus olhares não foram retribuídos. Não havia nada escondido na testa lisa, larga, e nos olhos lânguidos que agora fitavam a estrada. "Ela estava dirigindo", pensou Rumi, "e talvez fosse nisso que estivesse pensando. Mas como podia ser? Com certeza todo mundo escondia os próprios pensamentos. Em que a sra. Mukherjee estaria pensando? O que seria importante para ela?" Tentou entender o fascínio que sentia por sua nova responsável. Quando descera as escadas usando a saia cortada, a sra. Mukherjee não fizera nenhum comentário, e Rumi experimentara uma sensação que era quase um desapontamento. Mas não conseguia entender por quê. Parecia perverso, de certa forma. Era isso que ela esperava, afinal — escapar do insuportável controle sobre a sua vida.

Tinham tomado café em relativo silêncio, quebrado apenas por duas perguntas da sra. Mukherjee — quais eram os nomes das aulas de Rumi, perguntara ela, e qual era o nome da reitora da faculdade, aos cuidados de quem ela deveria entregar Rumi às oito e meia? Reagira às respostas de Rumi para ambas as perguntas com um sucinto "aham" de quem tinha escutado e com um gesto abrupto da cabeça, como se receber aquelas respostas significasse que ela podia dispensar as perguntas solucionadas como moscas que estivessem zumbindo em volta do seu rosto. Passou a refeição inteira lendo um jornal. Rumi não fez nenhuma pergunta.

Essa falta de interesse por suas atividades era uma novidade para Rumi. Estava acostumada ao silêncio na companhia de Mahesh, mas este sempre prestara total atenção a cada um de seus movimentos. Tanto que ela algumas vezes se pegara imaginando se ele era capaz de ler seus pensamentos. A sra. Mukherjee não se comportava como pai, mãe ou parente, nem como qualquer adulto — pelo menos não um adulto com quem Rumi tivesse tido contato. Ela era, oficialmente, uma equação sem solução. Um número negativo sem raiz quadrada. Rumi a apelidou, naquele instante, de sra. Negativo, o Enigma.

O procedimento de chegar à faculdade, sentindo-se materializar aos poucos para passar a habitar aquele mundo novo, peculiar, romântico — Rumi o realizou com uma embriaguez que poderia ter sido confundida com preguiça, de tão lentos os seus movimentos e tão atordoadas as suas respostas. A ausência de Mahesh deixava-a sem eixo, nervosa e ávida pela onda de sensações que adentrava seu coração não-vigiado a cada novo estímulo. Estava livre dos sinais do rosto dele a lhe servir de guia, das expressões de afirmação, suspeita e desaprovação que tinham sido seu barômetro durante tanto tempo.

Rumi cruzou a rua enquanto a sra. Mukherjee encontrava uma vaga para estacionar, e atravessou o tráfego em direção aos portões da faculdade. Parte dela achava que iria tropeçar, que seria incapaz de chegar ao outro lado sozinha, e acabaria mutilada debaixo de algum carro, sem que ninguém a conseguisse identificar durante muitos dias, uma maçaroca indiscernível de carne e osso esparramados. Chegou à calçada oposta e disse para si mesma, em voz baixa:

— Por que a galinha atravessou a rua? Para chegar ao outro lado.

Quando entrou no pátio e se deparou com um espaço quadrado de grama recém-cortada, ladeado pelos velhos e corpulentos edifícios dos prospectos, parou diante de uma placa que dizia: "Visitantes, favor dirigir-se à sala do zelador". Sentiu o espasmo na barriga e imaginou o vômito sem-cerimônia jorrando das próprias entranhas bem em cima da palavra "zelador".

Meninas corriam à sua volta — cabeleiras louras, castanhas, pretas e ruivas —, mentes e corpos importantes que davam forma ao espaço por meio de seus movimentos: meninas adultas com bicicletas e malas, baús e instrumentos musicais, meninas que pareciam jamais terem freqüentado o ensino médio, jamais terem sido chamadas de CDF ou nerd, descoladas ou elegantes, independentemente dos óculos ou das permanentes, do corte de seus casacos ou calças jeans, do tamanho dos seios sugerido pelas curvas de um suéter de gola em V. Essas meninas estavam acima desse tipo de terminologia e tinham assuntos sérios a tratar. Flutuavam em volta de Rumi e faziam parte do mesmo plano terreno das árvores, que davam a impressão de chacoalhar seus galhos em um sussurro rouco de cumplicidade, e das folhas de veios laranjas e vermelhos que rodopiavam rente ao chão, lançadas pelo vento rumo aos cantos de pedra e musgo. Um homem atarracado de uniforme saiu da cabine do zelador, foi até ela e piscou o olho, pousando a mão sobre seu ombro. Um sorriso afável se espalhou por seu rosto quando ele a encarou nos olhos e disse:

— Rumika Vasi, imagino?

A sensação que ela teve, um calor no corpo, era conhecida. Era vergonha.

Essa foi a última lembrança exata de Rumi, a última em tempo real, concreto, durante um bom tempo. As 24 horas seguintes se desenrolaram em um turbilhão de acontecimentos e apresentações. Ela conheceu a reitora da faculdade, uma mulher frágil e magra com a cabeça coberta de cabelos ralos e amarelados, parecendo o glacê de um biscoito metido a besta. Rumi foi confiada aos cuidados de uma "aluna-mãe", uma estudante de matemática um ano acima dela: Serena, vinte anos de idade, que se revelou uma sílfide entediada vestindo *legging* preto e blazer verde. Serena tinha o rosto tão anguloso que Rumi conseguia imaginar o crânio por baixo da pele, as órbitas que sustentavam seus grande olhos, os ossos salientes que se encaixavam para emprestar a seus lábios um perpétuo biquinho, dentes que saltavam todos para a frente em uníssono, mas que haviam sido contidos por um aparelho. Foram conhecer seu orientador de matemática — Serena, a sra. Mukherjee e Rumi — em um trio bem-ordenado que subiu fazendo ranger os degraus de uma velha casa no jardim de outra faculdade, e entrou em uma sala aquecida por um braseiro, contendo poltronas de couro e um homem calvo com cabelos grisalhos compridos jogados para trás, que desciam até seu pescoço e lhe davam o aspecto de um músico de idade avançada. Revelou-se que aquele era o professor Mountford uma das pessoas presentes na sala durante sua entrevista, muitos meses antes. Era muito bem conceituado em Oxford, uma "verdadeira lenda", segundo Serena, que havia decidido que o professor Mountford e o fato de este ser o orientador pessoal de Rumi na verdade eram temas que mereciam o seu pronunciamento. O status de lenda do professor, no entanto, não fazia dele um interlocutor fácil. Ele começou a questionar Rumi novamente, como se ainda fosse possível ela ser mandada de volta para casa, perguntando-lhe sobre suas intenções, seus objetivos. Perguntou-lhe, com uma expressão de dúvida no rosto, o que ela pensava da matemática de modo geral — "qual é o seu objetivo, no final das contas".

— Tentar quantificar o mundo — respondeu ela, assim como Mahesh havia lhe ensinado justamente para essa eventualidade, pronta e à espera, como as moedas de dez *pence* agora guardadas, como sempre, no compartimento lateral de sua bolsa, para emergências telefônicas.

As reuniões e apresentações prosseguiram com força total. Foram se espiralando, multiplicando-se como em um vórtice ao longo do dia. Tiveram uma agenda bem cheia. Serena recebera uma longa lista de pessoas a procurar. Rumi foi apresentada ao tesoureiro da faculdade, ao bibliotecário e à encarregada do refeitório. O professor Mountford lhes mostrou o departamento de matemática, a biblioteca de matemática, as salas de conferência de matemática agora vazias, e Rumi conheceu mais pessoas, andou entre mais livros, toneladas de livros — encadernados em couro, envernizados ou partidos nas lombadas, livros que ocupavam fileiras e mais fileiras, fileiras que se entortavam em curvas ovais, uniam-se em quadrados, empilhavam-se bem alto rumo a tetos abobadados, alcançando as laterais vulneráveis de telhas de pedra. Saiu do departamento de matemática com Serena e a sra. Negativo, e continuaram sua viagem.

Desceram ruazinhas calçadas de pedra, atravessando grama úmida e lama. E passaram por uma profusão de estudantes de bicicleta: um fluxo constante de braços, pernas, mochilas e rodas que se repetiam e se renovavam aonde quer que elas fossem. Subiram declives e escadas, entraram em saguões ornamentados ou funcionais, "vitorianos" e "de construção recente". Rumi as acompanhou — aquele seu grupo de dois membros quase mudos — até o grêmio dos alunos, e teve consciência da distante presença delas, em pé de cada um dos seus lados enquanto ela assinava um cartão plástico informando que ela seria membro vitalício. Não compartilhou com elas a empolgação que sentia. Viu ali as fotografias em preto-e-branco de líderes mundiais, emolduradas em dourado, demarcando a subida dos degraus curvos. Parou no meio da subida depois de ter procurado os retratos de Benazir Bhutto e Indira Gandhi, lançando-lhes um sorriso secreto. De certa forma, embora estivesse acompanhada, estava sozinha naqueles momentos que separavam uma reunião da outra. Viu meninos de escolas de elite passarem correndo por ela com seus cabelos ao vento e os compridos cachecóis com as cores de suas faculdades roçando as listras nos carpetes. Encarou várias pessoas, e as pessoas também a encararam.

Mais tarde, voltou para Didcot com a sra. Negativo, comeu uma couve-flor gratinada preparada no microondas, ligou para Mahesh às oito em ponto, subiu para deitar na cama e voltou no dia seguinte de manhã para mais do mesmo.

E então, às 16h56 do segundo dia, a sra. Mukherjee pôs Rumi dentro de um trem.

No caminho de casa, Rumi se perguntou como iria conseguir falar com os pais ou com Nibu novamente. Parecia impossível ter tantas experiências, banhar-se naquele mundo e em suas possibilidades de forma tão passiva e completa que seus resquícios agora se prendiam à sua pele como uma crosta encardida, uma culpa impossível de definir, a troco de não se sabe o quê, e depois retornar ao passado como uma intrusa, lavar as mãos e jantar junto com eles como se tudo estivesse igual. Ficou olhando as árvores e prados que desfilavam por sua janela, espiando através da luz cinzenta no espaço entre o vidro e o mundo do lado de fora, e tentou umas cinqüenta vezes, talvez mais, imaginar o instante em que desceria do trem e andaria até o carro lado a lado com o pai.

19

Durante o mês que se seguiu, Rumi foi se esforçando lentamente para se cindir em duas pessoas diferentes, com dois conjuntos exclusivos de características pessoais. Guardava esses sinais ocultos de suas personalidades em partes separadas do cérebro: em vez de uma divisão direita/esquerda entre ciência e arte, ela reformulou a questão, criando uma nova divisão muito mais funcional, dois novos compartimentos, o de cima e o de baixo. Isso significava que a parte de cima podia conter todas as informações que deveriam defini-la em determinado momento, deixando a parte de baixo encarregada de guardar tudo que precisava ficar escondido. A dualidade de sua vida havia começado a lhe cobrar seu preço, a sensação de que precisava estar sempre alerta, de que sempre havia alguma coisa faltando em sua conversa, ou então de que estava compartilhando informações em excesso, sobretudo durante os sutis interrogatórios de Mahesh ou das meninas da faculdade, a tal ponto que havia destilado suas ansiedades — a sopa de pensamentos obsessivos que podia começar a fervilhar sem aviso, deixando-a confusa em qualquer um dos dois lugares — até transformá-las em uma lista simples de coisas básicas a fazer e a evitar.

No dia 1º de novembro, a manhã de sua quinta visita a Oxford, Rumi acordou e percebeu que havia parado de comer as sementes. Essa idéia veio à tona enquanto ela observava, deitada na cama e sem óculos, uma forma indistinta correr pela tábua do piso debaixo do armário, junto a uma velha xícara de café. Havia começado a se deitar tão tarde que agora tomava banho à noite e vestia as roupas do dia seguinte antes de ir dormir, às três ou quatro da manhã, passando maquiagem e um grosso traço de lápis nos olhos nessas horas modorrentas, deixando os lábios sem batom para uma camada de vermelho ao acordar.

 A sra. Negativo não a acordava nem lhe dizia para ir se deitar — não parecia considerar isso o seu papel —, mas estava sempre pronta para sair quando Rumi descia a escada correndo, corada com a vergonha de estar atrasada, prendendo os cabelos e ajeitando mechas enquanto atravessava correndo o hall de entrada até o carro com seus livros, coçando uma cabeça sonolenta. Mesmo nesses momentos, a sra. Negativo não se abalava — não passava nenhuma sensação que fosse sequer próxima de algum juízo sobre o jeito de ser de Rumi. Era como se demonstrar a mais ínfima quantidade desse tipo de subjetividade fosse desconhecido ou então desagradável para ela.

 Um mês depois de chegar, Rumi ainda não sabia nada. Não estava nem um pouco perto de encontrar a raiz daquele número simples que de simples não tinha nada: a sra. Negativo. Na verdade, cada semana era como se fosse a primeira vez em que se encontravam, tirando a apresentação educada dos diversos cômodos da casa. Fora isso, falavam-se como se não tivessem nenhuma história em comum, muito embora Rumi sentisse que cada semana, cada dia até, estava incrementando sua própria história pessoal com um vasto significado. "Caso fosse entrevistada por jornais", pensou Rumi, "a sra. Negativo poderia se declarar genuinamente 'sem comentários'". Seu mundo interior era inteiramente separado do de Rumi, e qualquer coisa que sugerisse que essa situação poderia mudar — caso Rumi ficasse na cozinha tempo demais depois de uma refeição, ou começasse a lavar a louça — deixava-a visivelmente nervosa.

"Ela com certeza está me olhando enquanto vai embora", pensou Rumi. Correu até a banca de jornais do outro lado da rua, em frente ao ponto onde sempre saltava em Oxford, junto aos portões da faculdade, para comprar um chocolate gigante de café-da-manhã: um imenso tijolo doce que chupava com grande afã enquanto descia as ruas sinuosas até sua sessão matutina de orientação.

Nesse dia, 1º de novembro, parou para recuperar o fôlego perto de Keble College e ficou pensando na idéia recorrente de que o pacote de dois quilos de cominho que guardava no quarto ainda estava intacto. Era uma idéia tão incrível que Rumi precisou se sentar em um banco da calçada e ficar olhando as pessoas passarem. Estas apinhavam o fundo de um quadro dominado por prédios altos e antigos e arcos esculpidos em relevo. Ela passou quinze minutos avaliando o mundo — um lindo mundo onde era possível viver sem cominho.

Chegou à sessão de orientação sete minutos atrasada e entrou correndo na sala. Jogou o casaco em uma pilha junto à porta, foi se juntar aos três outros alunos, arfando ao afundar na cadeira vazia, e tentou se juntar à atitude de atenção que dominava a sessão, movendo o corpo para dar continuidade à harmoniosa parábola dos três meninos inclinados na direção do professor Mountford. O barulho intermitente do giz sobre o pequeno quadro-negro pontuava a voz constante do professor, um comentário em áudio que continuou de maneira determinada e compassada, apesar da interrupção causada pela chegada de sua mais nova aluna. Rumi enfiou a mão dentro da bolsa, causando um estardalhaço de papéis de bala e folhetos de eventos estudantis. Tentou encontrar uma caneta, prolongando a busca ruidosa, até perceber, com uma lentidão que a deixou enjoada, que evidentemente se esquecera de trazer uma.

— Posso...? — sussurrou para o menino ao seu lado, Marty Chambers, um americano com uma gigantesca inocência de escola particular que tinha um relacionamento particularmente divino com a matemática, uma avidez pela resposta certa e uma sinceridade que Rumi julgava impenetráveis. Ele olhava para o professor Mountford através das lentes sem armação dos óculos, isolado dentro de uma bolha de fé. — Por favor, Marty... — disse Rumi, engrossando a voz na esperança de que ele não a tivesse escutado. Ele se remexeu e inclinou-se para a frente, agarrando a beirada da manga da roupa.

— Considere-se a um elemento do grupo G — entoava o professor Mountford. — Se houver um número inteiro positivo n de modo que $a^n = e$, então diz-se que a tem uma ordem finita, e o menor possível desse inteiros positivos, como os senhores sabem, é dito ordem de a, identificado como $o(a)$.

O professor Mountford fungou e sacou um grande lenço no qual assoou o nariz, um som que se revelou em grande parte constituído por um deslocamento agudo de ar. Rumi sentiu pânico no fundo do estômago. O professor olhou para ela por uma fração de segundo, depois tornou a olhar para o quadro. A luz do sol que entrava pelo grande painel de vidro atrás dele dava à poeira do giz um brilho ultravioleta, e os números e letras reluziam com uma segurança extraterrestre, como se estivessem unidos para dar origem a uma fórmula de elite, algo que constituísse o segredo para o cerne do universo. "Não era de espantar que Marty estivesse fascinado", pensou Rumi. Alguma coisa estava acontecendo naquela sala, alguma coisa muito importante da qual ela não fazia parte.

A verdade era que Rumi não tinha idéia sobre o que o professor Mountford estava falando. Na verdade, já fazia algum tempo que não estava entendendo a constante rotação de números e letras que desfilava à sua frente em Oxford, fosse nos ilusoriamente íntimos intercâmbios das sessões semanais de orientação ou no espaço imenso e abobadado das salas de conferência.

Ela não vinha estudando em Cardiff, apesar da importância de seu feito recente, e Mahesh não percebera nada. Relaxara sua vigilância, presumindo que ela agora estivesse segura, entregue aos cuidados da mais prestigiosa instituição de ensino do mundo. Mas ela não estava estudando. Era incapaz de compreender aquelas novidades sobre as quais não tinha o menor controle — as conferências que lhe chegavam em um borrão de barulho branco, uma nuvem fria que a envolvia durante oito horas por semana e se desintegrava com a mesma naturalidade com que havia chegado.

Em vez de aprender matemática, preferia ficar sentada à escrivaninha lendo romances que pegava emprestados na seção de literatura inglesa da biblioteca Bodleian, escondendo os volumes de ficção sob o peso de seu livro de álgebra. Também ficava ouvindo rádio no quarto, gravando músicas em velhas fitas cassete e depois tirando as letras, com um dos dedos suspenso acima do botão de pausa para o caso de ouvir passos nas escadas. Assim, havia formado uma pequena biblioteca de papel pautado arrancado da parte de trás de cadernos de exercício e rabiscado com canetas novas compradas na seção de papelaria da livraria de Magdalen Road: tintas verdes, roxas ou azuis-turquesa que derramava suas cores com suculento cuidado sobre a unidade rimada das canções de amor do topo das paradas. Guardava essas folhas de papel na última gaveta de baixo da escrivaninha, sob a segurança volumosa de um livro-texto de primeiro ano intitulado *Vibrações e ondas*. A pilha de canções era, por sua própria natureza, extremamente íntima, de uma forma quase corpórea — era como se escrever a letra de uma música a fizesse pertencer a Rumi, ao mesmo tempo em que ela as armazenava na memória. A lista era bem diversa, incluindo, preferidas dentre tantas, "Baby Can I Hold You", de Tracy Chapman, "Nothing Compares 2 U", de Sinéad O'Connor, e "Push It", do Salt-N-Pepa — a letra desta última música era particularmente repetitiva, mas de alguma forma profundamente poderosa, sobretudo quando Rumi a lia repetidas vezes na folha pautada.

O ritmo natural desse cotidiano de engodo havia começado a deixá-la preocupada; a identidade de "gênio" que ela construíra estava se transformando com uma facilidade chocante em um terreno pantanoso e sem sentido, um emaranhado de imagens algébricas que saltavam e arrotavam em seus sonhos, exibindo um provocante descaso por seus sentimentos. Ela acordava no meio da noite, e continuava inquieta durante o dia, fingindo compreender, saltitando pela superfície daquela linguagem de sinais cada vez mais complexa.

Regularmente, o que era esquisito, via-se atrasada em relação aos outros. E ninguém percebia nada, a não ser o professor Mountford e os meninos das sessões de orientação. Quanto tempo iria demorar para o professor Mountford dar o sinal de alerta que iria denunciá-la? Será que ele a considerava importante o suficiente para soltar o seu segredo no céu do departamento, deixando-o flutuar por sobre a bruma na direção de sua casa até que, gelado e imperdoável, chegasse aos ouvidos de seu pai?

"Como é que eu posso estar aqui, desse jeito, de novo?", pensou ela. Estava sentada na sala de orientação, batucando freneticamente a lateral do joelho, com os olhos baixos e fixos no caderno de exercícios em branco, a mão sem caneta suspensa acima do quarto inferior direito da página da direita. "Como é que eu estou aqui, burra, vazia, sem saber nada de novo? Como é que eu agora não sei nada? Como foi que eu consegui enganar todo mundo? Por favor, Deus, permita que ele não me faça nenhuma pergunta. Por favor, Deus", dizia ela a si mesma, batendo com o indicador na saliência circular do osso de seu joelho, em um ritmo cadenciado de quatro tempos, prendendo a respiração no mesmo compasso do dedo. "Eu prometo que vou me comportar de novo." Sentiu o chocolate se derreter dentro da barriga, um receptáculo de gula preguiçosa, cheio de refugo marrom.

— O que denotaria uma ordem infinita para a? — perguntou o professor Mountford, meneando a cabeça na direção de Rumi e Marty. Ela sobressaltou, engasgando em silêncio.

Marty respondeu quase na mesma hora, aproveitando o fato de o meneio de cabeça ter sido dado em direção ao espaço entre a sua cabeça e a de Rumi.

— Quando não existir nenhum inteiro positivo n de modo que $a^n = e$ — disse Marty, soltando as palavras em um jorro apressado —, então diz-se que a tem ordem infinita.

Rumi sentiu o ar tornar a irromper para dentro dos seus pulmões.

O professor Mountford deu um grunhido e apagou o que havia escrito no quadro. Escreveu algo novo. Ela tentou fazer contato visual com Marty pelo canto do olho, querendo lhe agradecer, mas ele permaneceu imóvel, com o ombro virado para o outro lado, o olhar vidrado agora canalizado na direção do quadro-negro. Ela cutucou-o de leve, e ele tornou a reagir apertando a borda das mangas, dessa vez as duas, afastando-se imperceptivelmente dela em direção a seu orientador.

— Considerando os grupos G_1 e G_2, e considerando a função θ: $G_1 \to G_2$ — disse o professor Mountford, fungando enquanto escrevia com o giz, e escrevendo exatamente os símbolos que descrevia, em um encadeamento de movimentos e palavras que Rumi teria considerado quase poético caso não achasse a presença dele tão ameaçadora. — Então, como vocês já sabem — prosseguiu o professor —, diz-se que θ é um isomorfismo entre grupos quando, por um lado, θ é bijetiva, e por outro lado θ(ab) = θ(*a*) θ(*b*) para todos os elementos *a*,*b* pertencentes a G_1. Nesse caso — disse ele —, qual a relação entre G_1 e G_2? E como ela é enunciada?

Dessa vez ele se virou e olhou para Rumi, uma rápida centelha acendendo seus olhos enquanto estes pousavam nela. Rumi engoliu em seco, e o chocolate derretido se remexeu perigosamente em sua barriga.

— Rumika? — indagou ele.

Ela piscou os olhos várias vezes, sentindo-os arder em reação à qualidade clínica do olhar do professor. O silêncio que se seguiu na sala foi de uma duração mórbida, interrompido apenas pelo assobio ventoso de um passarinho do lado de fora e depois por uma curta seqüência de estalos — uma conversa rápida no gramado lá embaixo.

— Rumika? — tornou a perguntar o professor com a voz dura, e uma inflexão interrogativa no final do seu nome.

— Preciso ir ao banheiro — disse Rumi, olhando para o chão enquanto se levantava, segurando o livro. Ficou em pé esperando uma resposta, algum tipo de autorização, olhando fixamente para a própria bolsa jogada ao lado da cadeira, mantendo seu equilíbrio físico.

— Por favor, posso ir ao... — disse, envolvendo as palavras com uma camada de respiração irregular e andando de viés, com medo de lhes dar as costas por completo ao sair da sala.

"É isso que papai chama de instinto de luta ou de fuga", pensou, e sentou-se, de calcinha arriada, tentando se livrar da sensação por meio do choro no pequeno cubículo retangular, erguendo os olhos para a sanca do teto, o montinho de gesso elevado e invertido que conectava as altas paredes à sua volta. Tremia violentamente, sentindo a umidade da chuva que a havia molhado pela manhã como se estivesse presa debaixo da pele. "É isso o instinto de luta ou fuga", pensou. "Uma substância química acaba de ser liberada nas minhas veias, fazendo meu corpo se mover desse jeito, como o de uma pessoa louca." De repente, com intensidade, sentiu vontade de estar com Nibu, ansiou por seu corpinho a se debater, por seu calor e sua simplicidade sinceros. Pensou nele no contexto de uma luta de brincadeira — viu-se coreografando a cena em sua mente —, um dos embates cheios de contorcionismos que ligavam os dois irmãos há tempos, quase desde a idade em que ele começara a andar. Nibu agora estava velho demais para isso. As mãos de Rumi envolveram o próprio corpo, abraçando a si mesma. O ar dava a impressão de estar congelado, fazendo suas coxas nuas tremerem. Ela se forçou a racionalizar o que havia acontecido. "Então alguma coisa foi liberada no meu corpo que me obrigou a fugir — que me ajudou a fugir. Será que isso significa que o professor Mountford é um predador? Será que eu achei que ele fosse... Será que ele estava mesmo prestes a me destruir? Por que outro motivo eu teria saído correndo desse jeito... como se a minha vida dependesse disso?"

Quando ela voltou à sala, ficou grata ao ver que os outros haviam chegado a um acordo tácito de ignorá-la pelo restante da sessão de orientação. No final, quando ela se levantou para ir embora, esperando sair pela porta antes dos meninos, querendo poder evitar a caminhada constrangedora pela faculdade, ouviu o professor Mountford pigarrear e dizer seu nome, murmurando alguma coisa enquanto se virava para apagar o quadro-negro. Sua voz continuou a emanar das costas largas, curvadas, enquanto ele movia o apagador sobre o quadro. Rumi pôde ver seus famosos cabelos grisalhos pendendo de encontro à nuca em longas faixas retas a partir das raízes, em volta da calva central. Esforçou-se para distinguir as palavras, mas o restante da frase dele foi inaudível.

— Desculpe... professor. O que o senhor disse?

— Gostaria que você ficasse mais um pouco — disse o professor Mountford, voltando para o seu posto na grande poltrona velha e pressionando a cabeça no encosto de veludo.

Ele esperou os outros irem embora, depois assoou o nariz no lenço com grande estardalhaço, como se estivesse alardeando um anúncio de alguma importância.

— O que você está... achando daqui? — perguntou.

— Estou gostando — disse Rumi, rápida e categórica.

— Você está... tendo... — Ele fez uma pausa, franziu o cenho. — Você está... — Fez uma nova pausa, e os vincos em seu cenho se aprofundaram quando ele aproximou mais as sobrancelhas. — Tem alguma coisa... — ensaiou.

Rumi pensou se deveria terminar a frase dele. Decidiu correr o risco. Qualquer coisa era melhor do que esperar daquele jeito: e se aquele negócio de luta ou fuga tornasse a se apoderar dela? Já podia sentir as batidas e solavancos do coração mudando de ritmo dentro do peito.

— Você está... — recomeçou ele.

— ...gostando de álgebra abstrata? — tentou Rumi, com a voz histérica.

O professor Mountford jogou a cabeça para trás, com os olhos abertos de surpresa.

— Não — disse ele, sacudindo a cabeça devagar. — Não é isso — reiterou com mais firmeza.

Rumi ficou aguardando um sinal, espiando-o.

— Você está com algum problema? — perguntou ele.

Ela congelou.

— Está achando isto aqui... — Ele olhou para o quadro-negro vazio e gesticulou para o espaço à sua volta. — Está achando difícil?

Ela não reagiu, e começou uma contagem interna, uma série de números saltitantes que foram aumentando em golfadas, mas sem fazer sentido: 34... 76... 98... 1.126... 123.654... Foram formando uma torre desconexa de algaravia em sua mente.

— Você... você quer... estar em Oxford? — perguntou o professor Mountford, como se estivesse traduzindo uma língua estrangeira.

Rumi aquiesceu. Aquiesceu de novo. 37... 3... 99... 010... 54,769823185... A torre ruiu em meio a uma aleatoriedade absoluta, infernal.

— Você quer alguma ajuda? — perguntou o professor Mountford.

Ela olhou para ele, evidentemente em pânico.

— Veja bem — disse o professor Mountford —, nós aqui no departamento... — Ele tornou a assoar o nariz, mas de um jeito canhestro. O barulho foi quase patético; dessa vez não havia nada para assoar. Foi um gesto desprovido de sua potência anterior. — Na medida em que... nós estamos... eu estou... satisfeito em ter você sob os nossos cuidados... e nós não queremos... pôr em risco essa... essa... esse relacionamento prestigioso com você... ahn... essa aquisição positiva para a universidade... um acontecimento importante...

Uma sirene de ambulância passou do lado de fora. O professor Mountford parou de falar e ficou olhando para Rumi em busca de algum sinal de compreensão.

— Mas eu preciso confessar uma certa... preocupação... — continuou ele.

— Por favor, não conte para o meu pai — disse Rumi.

Ele se inclinou para a frente.

— Como disse? — indagou.

— Eu disse para, por favor, não contar para o meu pai — disse Rumi.

— Contar para o seu pai... o quê, exatamente?

Ela aguardou, incapaz de responder.

— Por que é que isso seria... ahn... importante para você? — perguntou ele.

— Ele não vai gostar — disse Rumi. Manteve a voz firme, mas seu rosto a estava denunciando. — Por favor, não conte para ele — disse, com os olhos se enchendo de lágrimas.

— Eu... ahn... — disse o professor Mountford, obviamente incomodado com aquele novo desdobramento.

Rumi enxugou os dois olhos com um movimento relâmpago, um deslizar diagonal do indicador do canto de cada olho até a lateral da cabeça, transferindo a umidade por cima da pele até o meio dos cabelos.

O professor Mountford deu um suspiro.

— Veja bem... — disse, suave — ...eu tenho de ter certeza que não vão pensar que eu estou... ahn... faltando com o meu dever de alguma forma. Você precisa... compreender o básico antes de poder... ahn... Tem um longo caminho pela frente... até as provas de primeiro ano, e você já... você... quero dizer... Imagine se você não conseguir... quero dizer... você entende... o risco de constrangimento... para mim...

— Eu prometo — disse Rumi, olhando para o chão. — Só não... por favor?

Ele estremeceu, levantou-se e foi até a janela, ficando novamente de costas para ela.

— Você já ouviu falar em Avaliação Disciplinar? — perguntou ele.

Rumi pigarreou. Seria uma pergunta capciosa? Poderia tentar responder, mas sentia-se a tal ponto inadequada que não tinha coragem de se arriscar. Será que dizia respeito a equações diferenciais? Ao cálculo? A probabilidade de acertar a área temática era tênue demais para ela suportar. Soava, bom, soava grosseiro, mas ele não parecia ser...

Ele virou a cabeça e olhou para ela por cima do ombro.

— As Avaliações Disciplinares são um tipo específico de prova, agendado segundo o critério pessoal de um orientador, para permitir que os alunos que estiverem dando sinais de rendimento insatisfatório cheguem ao nível curricular exigido. Essa forma de avaliação ocorre em toda a universidade, e os resultados são transparentes... estarão acessíveis para os seus superiores acadêmicos, assim como para os chefes de departamento, se o seu orientador pessoal julgar adequado.

Rumi fechou os olhos em sincronia, sentindo um inchaço doloroso atrás deles. Ansiava que ele parasse de falar.

— Estou neste momento notificando você de uma Avaliação Disciplinar, daqui a um mês, a ocorrer em um local que irei confirmar por escrito, cronometrada e vigiada pessoalmente por mim.

— Por favor, não... — disse Rumi.

— Não precisa se preocupar — disse o professor Mountford. — Não vou contar nada ao seu pai por enquanto.

20

A sala de conferência estava lotada com uma variedade de esquisitões superdotados de todos os formatos e tamanhos. Na verdade, esse era o único termo em que Rumi conseguia pensar para descrever aquilo. Embora a reconhecesse como um uso cruel do vocabulário, como uma palavra que já causara muita dor em sua própria vida, "esquisitões" era a única palavra que sequer chegava perto de definir aquele grupo. Este ia dos entusiastas bobalhões que haviam organizado "Nas entrelinhas — Uma convenção de crianças superdotadas" aos pais, que incluíam o orgulhoso e protetor casal sentado à sua frente ladeando um dócil menininho de sete anos, a quem haviam vestido com um terno de três peças — risca-de-giz, com o paletó desabotoado para expor um colete de corte bem justo e uma gravata preta bem larga. E havia também as crianças, uma terrível balbúrdia de, bem, de esquisitões, cujos olhos ela não conseguia encarar devido ao próprio sentimento de repulsa. Rumi estava sentada no lugar que lhe havia sido atribuído, na terceira fileira, usando um crachá onde estava escrito o seu nome e o seu motivo para estar ali — "Aluna de matemática superdotada na Universidade de Oxford, quinze anos". Respirou fundo e tentou controlar a sensação de ser uma fraude completa.

"Na verdade, tinha sorte", pensou. Tinha sorte sob muitos aspectos. Sorte porque a sra. Negativo havia acreditado que aquela convenção iria durar até as dez da noite, e que Rumi iria ficar ali. Sorte por ter uma responsável que não queria acompanhá-la até ali e que parecia aliviada por sua única obrigação ser buscar Rumi no horário combinado. Sorte, de fato, por Mahesh ter demonstrado um dilema emocional bastante visível quando ela lhe falara sobre o evento — queria que ela comparecesse, é claro, mas por algum motivo, provavelmente o mesmo por trás de sua aversão à Mensa, não queria acompanhá-la. Acima de tudo, porém, em um golpe de sorte, ela conseguira encontrar um evento noturno justificável do ponto de vista dos seus pais — mais do que isso, um evento que, por feliz coincidência (com o tipo de sincronia eufórica que sugeria que ela de fato tinha sorte, exatamente como o *pandit* havia previsto na Índia tantos anos atrás), caía no mesmo dia de um encontro da Associação Asiática da Universidade de Oxford.

Ela havia recolhido as várias filipetas de associações na feira de calouros do início do semestre, quando Serena, ironicamente batizada de sua "mãe", ainda a acompanhava por toda parte. Fora antes de as duas concordarem que podiam ajudar uma à outra não passando tanto tempo juntas e preferirem afrouxar o laço, a menos que as aparições públicas o tornassem obrigatório — por exemplo, nas palestras de matemática, quando algumas horas passadas sentadas lado a lado eram um pequeno preço a pagar pela liberdade dos outros dias. Durante essas palestras, Rumi chegava a gostar de Serena, cuja atitude de altivez distante funcionava como um escudo contra os olhares e sussurros claramente curiosos que ela ainda atraía dos outros alunos.

Na feira de calouros, porém, Serena já estava se cansando daquela responsabilidade, sobretudo depois de a natureza divergente de seus interesses ter ficado clara, com Rumi se interessando pelas barraquinhas de Astrologia, da Associação de RPG Dungeons and Dragons, da Associação de Poesia e Magia, entre outras. Por motivos financeiros, Rumi havia se inscrito em apenas um grupo, e o mais forte candidato fora a Associação Asiática, tornando-se o vencedor claro segundo seu critério mais importante, "associação mais provável de proporcionar interesses amorosos recíprocos por meio de eventos sociais e tipo de membros". Infelizmente, as associações de diversão e jogos teriam de esperar. A Associação Asiática também tinha vínculos com o Comitê Negro, a Liga da Associação Anti-Racismo, diante de cuja mesa Rumi havia passado um tempo interminável, perdendo Serena após dez minutos de vagarosa leitura de um panfleto e cuidadosa absorção de seu conteúdo. Havia pagado sua tarifa anual de três libras para ser membro da Associação Asiática e reunido informações sobre todos os eventos que conseguira encontrar, escondendo os papéis na divisão interna da bolsa, fechada com zíper.

Agora, tinha de encontrar uma hora propícia para ir embora da convenção. Olhou para o relógio. Eram 18h23, e a Noite de Jazz e Samosas estava marcada para começar às 19h em uma sala de uma faculdade chamada St. Hugh's, em Banbury Road, do outro lado da cidade. Seria uma longa caminhada, de uns 45 minutos, mais até, caso ela se perdesse — teria de ler o mapa que trazia no bolso à luz dos postes de rua pelo caminho. Sua saída deveria ser rápida e sem demora. Uma onda de palmas percorreu a platéia, e uma mulher baixa usando um vestido preto volumoso subiu ao palco. Rumi reparou em uma pessoa que abria caminho pela fileira em frente à sua, tentando chegar a três lugares vagos mais para a sua esquerda. Ouviu um sussurro rouco:

— Desculpe... Desculpe, eu só preciso... Desculpe, obrigada.

Ergueu os olhos e viu a mulher com ar de matrona, de rosto masculino imberbe, com as palavras "antiga criança-prodígio de renome nacional" presas à curva da lapela do vestido e uma aura de perfume forte a precedê-la. Rumi esperou a semente de memória dentro de sua cabeça germinar. Reconhecia aquele rosto. Mas como? "Jane Green" era o nome na lapela. Quem seria Jane Green?

— Desculpe — disse a sra. Green, negociando graciosamente com a segunda fileira. — Oi, Becky — sussurrou ela para uma cabeça loura na primeira fila.

A menina que a mulher havia cumprimentado se virou e sussurrou:
— Oi, Johnny!

Rumi reconheceu outro rosto: uma crescida e friamente distante Rebecca Lazenby, tema de inúmeras fantasias, a mais jovem de sua geração a ter entrado para a universidade — aos doze anos, para estudar matemática —, dona dos traços conhecidos que haviam dominado a infância de Rumi, familiares como os de um parente, distantes como os de um manequim.

Rumi viu a sra. Green desaparecer mais longe na segunda fileira, então foi embora. Havia entendido. Jane Green era Johnny Green, uma criança-prodígio de Swansea jamais mencionada na residência dos Vasi. Ele havia mudado de sexo depois de trabalhar durante quase cinco anos como apresentador de um programa muito popular de *quiz* na tevê, somente para ser mandado embora depois de a puberdade privá-lo de sua beleza e tornar impossível a venda de sua imagem. Johnny Green era provavelmente o prodígio mais amado e ridicularizado de que Rumi jamais ouvira falar, elogiado e incentivado por um público que o adorava, e em seguida rejeitado por essas mesmas pessoas.

No saguão, Rumi parou debaixo do mosaico de blocos planos do teto, uma fonte grande porém fraca de luz cor de areia, e olhou para um quadro de avisos bem visível junto à entrada. Ali estava mais um rosto conhecido. Dessa vez, cortada e colada em meio a recortes de jornal e listas, ela se viu cara a cara com Shakuntala Devi, deusa dos números, mulher-maravilha dos matemáticos, a verdadeira superpotência, a calculadora humana semimortal, a atração de circo em pessoa. Seu imenso coque havia sido cortado, seu grande *bindi* havia se dissolvido na testa, e em vez disso ela ostentava um corte curto à francesa, despenteado mas bem-cuidado, vestia uma jaqueta azul-marinho de ombros estruturados e uma saia, e fora fotografada segurando um livro intitulado *Desperte o gênio da matemática em seu filho*. Rumi estendeu a mão e tocou cada um dos olhos de Shakuntala Devi da mesma forma que, em família, pediam a bênção para a fotografia de seu guru em casa. Em seguida levou a ponta dos dedos aos próprios olhos, para transferir a bênção, roçando as pálpebras com eles. Então saiu do prédio, tentando não pensar no que acabara de fazer, sem querer entender nada daquilo.

A lua a acompanhou enquanto ela caminhava, com as mãos enfiadas no bolso, a gola erguida para combater a sensação de frio em volta do pescoço. No ar, uma expansão desordenada de esperança parecia impelir o vento para a frente, fortalecendo a respiração que lhe saía da boca como balões quentes de vapor, em constante simbiose com o céu escuro à sua volta.

— *Push it*! — sussurrou ela, e a letra da canção se misturou à sua respiração como uma confissão, depois foi ficando mais alta à medida que seu passo de caminhada se transformava em pulinhos e que a calçada sob seus pés ia se consolidando em uma passarela segura, uma pista que a conduziria certeira até o seu destino. Ela tornou a cantar a letra. Então começou a correr, com o frio se esfregando em suas bochechas e fazendo-as arder enquanto ela abria a boca e soltava a voz: um *medley* de canções tiradas do fundo de sua mente, pulando e saindo para o mundo carregadas pela sua voz para celebrar aquilo, sua primeira caminhada noturna sozinha. — *Baby can I* HO-OLD *you?* — ela escutou ricochetear no céu enquanto jogava a cabeça para trás e gritava para um firmamento negro lá em cima, coalhado de estrelas geladas. — *Angel of Harlem*! — bradou, a voz saindo sem esforço em meio ao barulho do tráfego. — *All I want is you*! — ganiu enquanto atravessava uma faixa de pedestres, fazendo a curva depois de uma lanchonete de *kebab* no final de Crowley Road, com a longa cauda do sobretudo flutuando atrás de si enquanto dançava ao som dos acordes pungentes das guitarras elétricas dentro de sua cabeça. — *Boys don't cry*! — cantou com a voz trêmula, desconjuntada, enquanto cruzava a Magdalen Bridge e adentrava o velho trecho de cartão postal de muros e torres iluminadas. — *Kiss me, kiss me, kiss me! Close to me*! — entoou em um lamento, finalmente diminuindo o passo e sorvendo grandes golfadas de ar para tornar a encher os pulmões, parando junto à janela iluminada de uma loja que vendia suvenires de lã bordados com vários brasões diferentes. — Ooooooh, oh! — cantou ela, curvando-

se por sobre os joelhos e arfando, o rosto franzido com a ardente sinceridade de uma estrela do rock. Ergueu a voz em um soprano.
— *Hey that's... no way to say goodbye* — entoou, endireitando o corpo, e em seguida avançou para se juntar à ruidosa confusão de pessoas e luzes no centro da cidade.

Visualmente, a festa foi um anticlímax, com menos de trinta pessoas em pé em uma sala sem nada para fazer. Isso agradou a Rumi: significou que ela pôde entrar despercebida, sem objetivo nem amigos, sem medo de passar ridículo. As pessoas também estavam razoavelmente mal vestidas, uma boa mistura de nerds clássicos de Oxford, socialmente indesejáveis. Aquelas pessoas diluíam a pequena porém potente quantidade de meninas inacreditavelmente bem-arrumadas, de cabelos tingidos cor de café, que andavam juntas em grupinhos estanques. Ambientada em uma sala quadrada em uma ala "nova" da faculdade — uma sala não muito diferente da sala de reuniões da Universidade de Swansea, onde Mahesh conduzia os simulados das provas de Rumi —, a festa estava cheia do desânimo constrangido de um aniversário que deu errado, do tipo em que os pais não perceberam que o filho já ficou mais alto do que eles.

A música que tocava era jazz, é claro, espremida em um pequenino toca-fitas no final de uma seqüência de mesas enfileiradas para criar uma espécie de "bar" sob o grande quadro-branco na parede. E a comida servida eram *samosas*, arrumados em leques de cinco: ervilhas e batatas envoltos em massa gordurosa, que desenhavam silhuetas transparentes nos pratos de papel. Havia até uma bandeja de vinho tinto e branco servido em doses iguais dentro de uma série de copos de plástico e disponíveis em dois garrafões, cujas torneiras pretas ultrapassavam a borda da mesa e deixavam cair no chão gotas roxas e amarelo-claras.

Rumi estava em pé sozinha, saboreando aquele anonimato, sentindo a raridade de estar em um lugar onde não tinha contexto. Não parecia haver ali nenhum calouro de matemática — pelo menos ninguém que ela conhecesse de vista. Durante uma quantidade limitada de tempo luxuriante, ela pôde viver a experiência de não ter idade nem categoria. Recostou-se na parede, ostentando a expressão dolorosamente entediada que era a marca registrada de Serena, e sorveu um grande gole de vinho tinto. A bebida desceu depressa por sua garganta, um gosto raivoso, amargo, muito diferente do denso néctar de groselha que ela havia imaginado. Ela fez uma careta, esperando que esse ato fosse eliminar a amargura e ajudá-la a voltar a ser distante e enigmática.

— Tudo bem com você?

Rumi ergueu os olhos e viu um menino com um cavanhaque malcortado, uma basta cabeleira pendendo em uma franja irregular e descendo em suíças emaranhadas. Franziu o cenho, esperando passar uma impressão galhofeira, como se não tivesse entendido a que ele estava se referindo.

— Como assim? — respondeu, pigarreando. Parecia que fazia muito tempo desde que usara a boca para conversar.

— Ah, co-mo as-sim? — imitou ele, com um sotaque indiano roufenho.

Ela riu, soltando o ar pelo nariz por acidente.

— Do que é que ele está falando? — perguntou o menino, tornando o som mais grave e entrecortando as palavras, atribuindo-lhes uma sonoridade de *rap*. — Do... que... ele... está... falando afinal?

Rumi revirou os olhos e fingiu tomar outro gole de vinho, virando o copo e fazendo o líquido amargo bater profusamente contra seus lábios, depois deixando-o voltar.

Ele riu — um som inesperado como o de alguém que sente cócegas, mais infantil do que ela imaginara.

— Ah, cara, por favor — disse ele, com um sotaque que Rumi só pôde identificar como londrino. — Não precisa fingir para mim. Pelo menos você provou, não é? Pelo menos para isso eu tiro o chapéu. — Ele olhou para a sala em volta. — A maioria das meninas de dezoito anos daqui acabou de sair da casa de papai e mamãe. Nem mortas elas se deixariam flagrar com um desavergonhado *sharaab* na mão, pelo menos não antes de uns dois meses.

— Você parece maluco — disse Rumi.

— E você parece... abençoada com uns lindos... olhos — disse ele.

— Como assim?! — exclamou Rumi.

— Estou falando sério — disse ele, com uma voz pomposa. — Olhos para se perder sem remédio. Olhos para se afogar, se não tomar cuidado. Olhos de "ah, não me olhe assim". Olhos de "alguém aí pode me trazer de volta da lua"?

— Tá, tá, não precisa gozar da minha cara — disse Rumi, corando.

— Longe disso — disse ele. — Estou falando sério. — Ele aquiesceu em um gesto de respeito, uma meia-mesura, e deixou os olhos se demorarem nos dela.

Rumi sentiu um choque rápido de adrenalina. Olhou para a sala à sua volta. Não apenas ninguém estava olhando para eles, mas parecia que os outros estavam em outro quadro, bebendo e conversando em uma época distinta. Procurou rapidamente algumas palavras — uma brincadeira, uma tirada para retrucar.

— Se eu dissesse que você tem, ahn... — começou.

Ele esperou, com um sorriso nos lábios.

— ...um lindo... ahn...

Os olhos dele se arregalaram, obviamente interessados. Rumi riu, cada vez mais encabulada. Cruzou olhares com ele e viu seu espanto. Este provocou outro riso, mais solto, vindo lá do fundo de suas entranhas. Ela segurou a barriga para tentar conter o acesso, lutando para recuperar alguma dignidade.

— Continue — disse ele. — Estou intrigado para ver o que você vai fazer.

Ela tentou pronunciar a palavra, mas não conseguiu por causa do riso.

— ...um lindo... c-c-c... — A frase se desfez em outra risada.

— Por favor — disse ele. — Não estou agüentando o suspense.

— Se eu dissesse que você tem um corpo lindo — disse Rumi —, você ficaria chateado?

Ele riu, um barulho genuíno, estrondoso, que agradou Rumi por sua simples espontaneidade. Foi um som tão portentoso que as três meninas em pé ao seu lado pararam de conversar e se viraram para olhar na sua direção.

— Ah, gostei do seu estilo — disse ele, segurando a mão de Rumi e envolvendo-a entre as suas. — O que você me diz de a gente sair desta festa horrível e ir dar uma volta?

Fareed concordou sem dificuldade em parar no centro de convenções para Rumi entrar correndo e pegar sua carteira depois de "descobrir" que não estava com ela na bolsa. A facilidade com que ela o convenceu deixou-a triste. Quando ele estava dando a partida no carro em uma rua tranquila nos fundos da faculdade, ela abriu a bolsa, enfiou a mão lá dentro e soltou um gritinho de surpresa, e em seguida encenou a chocante descoberta de que havia deixado a carteira em algum lugar.

— Deve ter sido no ateliê de matemática — disse em tom de desculpas, consciente da facilidade com que a mentira ia se formando à medida que falava. — Era uma palestra de um cara de fora... Espero que você não se incomode. Obrigada mesmo.

Ele sorriu para ela e piscou, retardando o momento de desviar o olhar, deixando as pupilas castanhas fixas nas dela novamente durante um intervalo perturbador. Foi uma sensação muito íntima, como se ele fosse um ator que houvesse descido do palco durante uma pausa entre dois atos. Rumi teve uma súbita e irracional visão de duas grandes mãos cálidas sobre seus seios, como aqueles olhos dele que agora a cobriam. Sentiu uma eletricidade no carro. O ar estava parado, quase irrespirável — parecia denso e quente demais para os dois. Sentiu a culpa aquecer-lhe os pensamentos, uma culpa sórdida que estragava sua alegria de estar ali, compartilhando um instante com alguém do jeito que havia desejado. Culpa por suas mentiras, e culpa ao pensar em Mahesh e Shreene, cuja mágoa, caso pudessem vê-la agora, teria sido inconsolável. Enquanto Fareed dirigia, ela lhe indicava o caminho e respondia com cautela às perguntas dele, falando com a voz quase inaudível, a audição prejudicada pelo medo de cruzarem com a sra. Negativo em algum lugar, em qualquer lugar. Olhou pela janela lateral, esfregando a condensação e examinando cada carro, em busca das reveladoras curvas azul-marinho do automóvel de sua responsável. A suposição de Fareed de que ela estava dizendo a verdade era dolorosamente perfeita, pensou Rumi. Mas só fazia realçar o fato de ela ser uma mentirosa. Ela era boa demais em transformar as informações disponíveis naquelas mentiras perfeitamente circulares. A água do seu poço não estava de forma alguma pura. Na realidade, estava... pútrida, doente... infectada. Ela estremeceu.

— Que engraçado — disse Fareed, quando estavam se aproximando do prédio, felizmente ainda aceso, com algumas pessoas reunidas junto à entrada. — Você não parece ser do tipo nerd que gosta de matemática — continuou ele, ligando a seta para indicar que iria virar. — O que vocês fazem nesse tipo de ateliê, afinal?

Rumi abriu a porta quando ele estava diminuindo a velocidade para passar em frente ao prédio, e deixou os pés pisarem a rua em movimento, como se a fricção de suas solas bastasse para deter o carro, como nos últimos instantes de movimento de um carrinho bate-bate.

— Ei, calma aí! — disse ele, freando no mesmo instante. — O que houve, cara?

— Não se preocupe. Espere aqui — disse ela, saltando do carro, depois subindo correndo a vasta área de cascalho, ouvindo o ritmo acelerado dos pés sobre as pequenas pedras, respirando a bruma gelada o mais rápido que conseguia. O nome dele piscava em sua mente contra a própria vontade. Fareed = fato. Fareed = alguma coisa: um velho pensamento, algo emprestado, lembrado, sabido, mas apresentando-se como novo. Fareed = muçulmano. Muito claro. Nenhuma ambigüidade. Mesmo reorganizando as letras ou atribuindo um valor diferente a cada uma delas, a palavra era bastante inequívoca.

Rumi viu a sra. Negativo sentada dentro do carro, maravilhosamente posicionada no ponto mais distante de onde ela estava, no canto esquerdo da entrada. Aquilo era mágico. Ficaria parecendo que ela saíra do prédio conforme o combinado. Acelerou ainda mais o passo e correu, com cuidado, tentando evitar aparecer no espelho retrovisor do carro. Quando passou a cabeça pela porta do carona, a sra. Negativo ergueu os olhos.

— Oi, sra. Mukherjee — disse Rumi.

A sra. Negativo esperou. Estremeceu de forma exagerada para fazer Rumi fechar a porta do carro.

— É o seguinte — disse Rumi, puxando a porta até o mais perto possível, sentindo o intenso contraste entre a parte superior de seu corpo, mergulhada no calor artificial do carro, e a inferior, com as pernas se arrepiando e parecendo ficar peludas como as de um centauro por causa do frio à sua volta. — Basicamente — disse, soltando as palavras em grande velocidade —, eu tenho que ficar porque a conferência ainda não terminou, e está tudo bem porque os pais de outra menina, a Jane Green, vão me dar uma carona até em casa daqui a algumas horas, mas não se preocupe, eles serviram jantar para a gente aqui e está tudo bem, então são eles que vão me levar em casa, e se a senhora estiver dormindo eu não faço nenhum barulho, e não vou acordar a senhora se puder deixar a chave debaixo do capacho.

Parou de falar e sorveu uma golfada de ar diplomática, tentando ocultar qualquer desespero na própria voz. A sra. Negativo, conforme seu temperamento, não revelou nada. Passou-se um segundo, depois outro. Rumi encarou os olhos da mulher em busca de algum sinal de condenação, desacordo... desconfiança? Não viu nada. Eram os olhos de um mestre em ação e só faziam observar, como se ela estivesse apenas esperando Rumi se trair.

— E, ahn, isso quer dizer que não vamos poder ligar para a minha casa hoje para dizer boa noite, mas tudo bem, porque amanhã eu explico tudo para o papai — disse Rumi.

Ainda nenhuma reação. A sra. Negativo olhou para Rumi por cima da armação dos óculos, piscando os olhos quando uma súbita lufada de ar fez entrar mais frio dentro do carro.

Mais alguns instantes passaram, um impasse de espera, enquanto as duas se encaravam, aguardando.

— Tá bom, então. Tchaau! — disse Rumi com um trinado alegre na voz. Empurrou a porta para fechá-la e entrou no prédio, indo se juntar à turba ruidosa de pais e crianças que se despediam. Brandiam panfletos, acenavam e papagueavam, trocando frases em estágios variados de cansaço. Ela ficou em pé ao lado da porta de entrada espiando para fora até ver a sra. Negativo dar ré e ir embora, sentindo a embriaguez estontenante de quem conseguira perpetrar algum tipo de roubo. O carro desapareceu pela rua, diminuindo a velocidade para ultrapassar os outros, com o cano de descarga pendurado no ar qual uma sombra a cada pequeno avanço.

Rumi se virou e olhou para o quadro de avisos com a fotografia de Shakuntala Devi. Mesmo que o painel estivesse cercado por um grupo de cinco pessoas, ainda podia ver os olhos muito maquiados de Devi espiando por entre elas. Rumi tornou a tocar os próprios olhos por um breve instante, um gesto apressado, desprovido de delicadeza. A lasca fina de uma unha arranhou a superfície de seu globo ocular esquerdo.

— Desculpe — sussurrou ela, piscando e apertando a pálpebra para tentar espremer a dor e fazê-la passar, liberando uma mistura viscosa de lágrimas e lápis de olho liquefeito. — Desculpe, Shakuntala Devi — repetiu, baixando a cabeça e enxugando o canto do olho, limitando o estrago, antes de tornar a sair correndo pelo cascalho, sentindo a aspereza do solo se transformar em algo leve e liso debaixo das solas das botas, até ter a sensação de que estava correndo em cima de um colchão, um colchão de molas capaz de arremessá-la ao céu e pela galáxia afora, movida pela simples imensidão da mente em relação à matéria, como um discípulo que levita, ou então uma bruxa sem vassoura... Decolaria do chão, subiria e sairia voando, e o medo e a culpa escorreriam para longe, livrando-a de seu peso à medida que fosse subindo cada vez mais alto.

Ele apertou um botão, e a música encheu o carro no exato instante em que fizeram a curva para entrar no vazio escuro da rodovia. Rumi inclinou-se para a frente, ávida, com o pára-brisa beijado pela chuva a se abrir diante de seus olhos como a tela de um cinema que aos poucos vai sendo revelada. Deixou-se embalar pela repetição da estrada, pela forma como esta lhe lançava suas compridas línguas brancas centrais, erguendo-as da escuridão da garganta ferida e molhada da noite. "Que este instante ainda dure", disse ela para si mesma. "Que permaneça assim por mais tempo antes de tudo dar errado." Fechou os olhos e deixou os sentidos absorverem aquilo, esperando poder imprimir a sensação na memória: os dois chispando em direção ao futuro, sem palavras, nada, apenas a violência estridente da música, a voz tórrida do cantor torturando suas almas no rádio.

— Incrível, não é? — perguntou ele, com os olhos na estrada.
— É lindo — respondeu ela.
— Bob Dylan — disse ele. — Não dá para discutir com esse cara.
— Adorei — disse Rumi, sonhadora. — É insuportável de tão lindo.
Ele deu uma risadinha.

— Você é de verdade? — disse ele, virando-se para olhar para ela. — É um perigo de tão bonita.

Os dois conversaram. Ele era de Londres, mas passara o início da adolescência no Canadá. Tinha vinte anos, estava no segundo ano da faculdade. Tirara um "ano sabático" antes de começar a estudar, que passara plantando árvores na Tanzânia. Cursava ciência política, filosofia e economia em Balliol College, lugar que o deixava entediado com sua proporção de sete homens para cada mulher, "um monte de testosterona inútil, todos arrumados sem ter para onde ir". Tinha estudado no colégio particular Merchant Taylor's, em Londres, mas nem por isso ela deveria ter algum preconceito contra ele. Era filho de pais paquistaneses muito trabalhadores: pai médico, mãe assistente social. Fora ao Paquistão uma vez, quando tinha sete anos, mas ainda precisava voltar lá depois de adulto para "resolver alguns sentimentos conflitantes". Tinha um irmão dois anos mais velho e muito mais "careta" do que ele. Queria trabalhar com "desenvolvimento" depois de sair de Oxford, e "pôr as mãos na massa".

Rumi nunca havia conhecido ninguém como ele. Sequer compreendia algumas das coisas que ele dizia. Enquanto ele falava, ela fazia um grande esforço, com medo de ser desmascarada, bolando respostas que pudessem soar, pelo menos momentaneamente, tão importantes quanto as palavras dele.

— Você faz uma porção de perguntas — disse ele. — Que tal me deixar tentar um pouco, *ma petite* inquisidora?

Rumi respondeu às suas perguntas. Estava estudando matemática porque era boa, tinha vindo direto do colégio (nada de "sabático"), adorava Suzanne Vega e U2, seus livros preferidos eram *O arco-íris*, de D.H. Lawrence, e *Dr. Jivago*, de Boris Pasternak; adorava também uma poetisa indiana chamada Sujata Bhatt. Concordou que não aparentava ter dezoito anos, mas disse que ele não devia se preocupar com isso. (Ele riu na hora certa, enchendo-a de felicidade.) Estava morando em um quarto alugado em uma casa de família, e não no alojamento, porque tinha... chegado tarde à faculdade, de última hora. Tinha ido duas vezes à Índia e... o país corria nas suas veias, "inescapável". Seus pais eram... Seu pai tinha uma lojinha junto com a mãe — na verdade, uma farmácia: os dois eram químicos e haviam se conhecido no trabalho. Ela havia estudado em um colégio público no fundamental e depois em uma escola de ensino médio. E, sim, já tinha se apaixonado, uma vez.

Essa última pergunta a pegou de surpresa — e ela deu uma resposta espontânea —, jogada como foi no meio de uma série de questões biográficas aparentemente inócuas. Mas recuperou-se, tratando a pergunta no mesmo espírito com que havia sido feita e rindo, correndo dois dedos pelos lábios para indicar que iria fechá-los com zíper depois de admitir aquilo.

Estacionaram do lado de fora de um grande portão de ferro, iluminado por uma luz esbranquiçada vinda de trás. Do lado de dentro, ela podia ver um vasto caminho que desaparecia em uma colagem embaralhada de vegetação, dominado por uma cobertura volumosa: uma série de nuvens trôpegas em um céu lilás.

— Onde é que a gente está? — perguntou Rumi.

— Aqui é o palácio de Blenheim — disse ele, virando-se para olhar para ela.

— Uau — disse Rumi, sem saber ao certo o que fazer em seguida.

— Fica trancado à noite, mas a gente podia... tentar entrar — disse ele.

Ela sentiu um calor em volta da gola da blusa. O que ele esperava que ela fizesse?

— É, vamos! — disse.

— Tem certeza? — indagou ele, abaixando a cabeça como um conspirador de modo que, olhando para ele, ela praticamente só via a cor preta: uma sobreposição sensual de cabelos desfiados que lhe cobriam a cabeça e desciam pela lateral de suas bochechas. Olhou para os lábios dele e imaginou o momento. Esperar encostar os próprios lábios nos dele, uni-los, parecia-lhe fora do seu alcance, aterrorizante, inteiramente impossível.

— Está bem frio, sabe — disse ele, sugerindo que não ficaria desapontado se ela dissesse "não".

— Eu sei! — disse Rumi.

— Você topa, então? Pode ser divertido.

— Você já fez isso antes? — perguntou ela.

— O quê? Invadir o palácio de Blenheim?

— É. Já fez isso antes?

— Claro, eu venho aqui toda semana acampar com alguém — respondeu ele.

Ela lançou-lhe um olhar rápido, sentindo a ardência se intensificar, uma linha escarlate marcando a circunferência de seu pescoço.

— Tenho uma barraca e um fogareiro na mala — disse ele. — E também uma bela coleção de tiradas clássicas para... impasses na conversa. — Ele sorriu e imitou o sotaque galês de Rumi. — Como assim?

Ela se arrepiou, como se houvesse sido espetada com uma fina agulha, e olhou para o porta-luvas.

— Olhe aqui, sua doida, não, eu nunca invadi o palácio de Blenheim antes — disse ele, pousando a mão no ombro dela. — Tive essa idéia agora. Estou só... seguindo o fluxo. Estou pensando: "Vamos viver uma aventura", do mesmo jeito que espero que você esteja pensando também. Ou será que nada disso tem a ver com nada? Se for o caso, desculpe.

Rumi encarou o chão, chutando o tapete de borracha que cobria o chão à sua frente, tentando inutilmente encaixar a ponta curva da bota dentro de um dos quadrados. Lançou-lhe um sorriso envergonhado.

— Eu só quis dizer... Tipo, eu só achei...

Ele foi o primeiro a pular por cima da cerca, içando o corpo com os membros até ficar agachado em cima das estacas do topo, como uma peça de xadrez em formato estranho. Rumi recuou ao vê-lo pular para o outro lado e cair na grama, sem conseguir se equilibrar com os pés no chão.

— Ai! — gritou ele enquanto caía de lado e saía rolando.

Rumi tentou decifrar o som, preocupada, achando que pudesse conter dor de verdade.

— Está tudo bem com você? — gritou. — Tudo bem?

Ele se aproximou do portão e ficou em pé na sua frente, com o rosto bem junto ao seu do outro lado da grade, de modo que uma aura de luz estourada cercava o contorno desfiado de seus cabelos. Seus olhos estavam delineados em sombras. Rumi o viu limpar a poeira de cada braço. Ele passou a mão entre duas barras e segurou a dela.

— Isto aqui está parecendo *Kabhi Kabhi* — disse, passando o indicador pela palma da mão de Rumi.

— Você conhece esse filme? — perguntou Rumi, estremecendo.

— Conheço, sim — disse ele. — Não sou um debilóide completo.

— Mas eu amo... — disse Rumi, dando-se conta de como aquilo soava cafona antes de repetir: — Eu amo esse filme.

Ele lhe fez um apoio para os pés através das grades, entrelaçando os dedos das mãos para ela poder pisar ali e içar-se até em cima. Ela protestou, sentindo o peso humilhante do próprio corpo fazer pressão na trama entrelaçada dos dedos dele, tão carnudos e vulneráveis em comparação com suas botas masculinas. Quanto mais alto subia, mais pesada se sentia, oscilando com cada movimento, tomada por um profundo terror de cair.

— Não olhe para mim! — disse ela quando a sola de seu pé direito escorregou e ameaçou esmagar a mão dele contra o metal. — Olhe para o outro lado, ou coisa assim. Eu consigo fazer sozinha.

— Vamos lá! — incentivou ele. — Você acha que eu vou desistir agora? Imagine só a manchete: "Fareed Hussain flagrado em chocante situação com matemática galesa toda quebrada em suntuoso jardim". Ei, olhe só, mas você já até conseguiu, sua esperta!

Ela tentou se levantar, segurando firme a coluna de metal à sua direita como se a sua vida dependesse disso, com um dos pés preso, imobilizado, entre duas estacas, e o outro pendurado sem ter para onde ir. Ele estendeu os braços.

— Vamos lá, pule! — disse.

O rosto dele a fez hesitar. Ele parecia tão simpático e natural. Ela imaginou o momento do impacto: a queda brusca, o barulho dos ossos se partindo dentro do seu corpo, e por fim a perda de consciência sob o peso do corpo dela.

— Mas eu... eu vou machucar você — disse ela, gaguejando ao ver que não havia alternativa. O chão estava muito longe lá embaixo.

— Não seja ridícula — disse ele. — Vamos, meu bem, caia nos meus braços!

Ela ainda ficou desse jeito por mais alguns segundos, imobilizada em uma confusa assimetria, com a perna solta ameaçando arrastá-la para baixo, refazendo o caminho que ela acabara de escalar. Um horror foi surgindo dentro dela, um medo venenoso de ser descoberta, o fato de ela não ser quem ele pensava que fosse transmitido no ato indiscutível do seu corpo atingindo o dele. Uma camada de lágrimas brotou de seus olhos. Ela piscou furiosamente, olhando para o lado para deter aquilo tudo.

— Vamos — disse ele. — Não tenha medo. Eu seguro você.

Ela pulou quando ele menos esperava, como se de alguma forma tivesse a esperança de desviar dele e aproximar-se do solo de forma poética, em um arco harmonioso. Em vez disso, caiu com força em cima dele, fazendo os dois desabarem embolados, sem-jeito, aterrissando no gramado com gritos altos: o peito dele pressionando a cabeça dela no chão, um dos braços dele presos entre as pernas dela, o pé dela chutando a barriga dele enquanto tentavam recuperar o fôlego. Ela gritou — um grito isolado, contínuo, absurdamente feminino, que se misturou de forma intrincada aos ganidos de dor dele.

— Estou vivo! — disse ele, fazendo emergir de baixo dos seios dela uma jovialidade abafada. — *U-huu!* — disse, balançando a cabeça de um lado para o outro. — Caramba!

Rumi se afastou dele como se houvesse encostado em uma cerca elétrica. Fechou os olhos, em pânico. "Estou parecendo Nibu", pensou, o qual achava que fechar os olhos em momentos difíceis o tornava invisível para todos à sua volta.

Ele a beijou antes de ela conseguir falar, um calor úmido na maciez de seus lábios ao se encostarem nos dela. Ela correspondeu, virando o corpo para se aninhar no braço dele de modo a ficarem deitados bem juntos, o braço dela passado em volta do couro do casaco dele, a mão dela subindo para tocar a nuca dele, os movimentos estranhamente naturais, como se ela tivesse passado uma vida inteira naquele tipo de embate febril. Quando sentiu a língua dele deslizar para dentro de sua boca, a sua própria língua saiu ao encontro dela com uma fricção violenta, que fez os seus corpos espelhados se aproximarem cada vez mais, até ela poder sentir as mãos dele pressionando a parte de trás de seus quadris, e a pélvis dele se mover para se encaixar no espaço entre suas pernas. Afastou-se, tonta, com a respiração falhada.

— Que engraçado — disse ele. — Não achei que a gente fosse ficar na horizontal tão depressa.

Ela riu rapidamente, e o medo encurtou o som, transformando-o em uma série de exalações parecidas com soluços.

Passaram algum tempo se olhando. Ele tornou a beijá-la, uma série de leves beijinhos que começaram em um dos cantos de sua boca e foram acompanhando o contorno de seus lábios, depois percorreram sua face e desceram abaixo da linha da mandíbula. Ela sobressaltou, dando uma risadinha, sentindo cócegas com a barba mal-feita dele contra o seu pescoço.

— Bom, pelo menos a gente sabe que os nossos corpos se encaixam — disse ele.

Ela o encarou, querendo beijá-lo em lugares inesperados: nas pálpebras, na grossa linha de implantação dos cabelos em sua testa, na protuberância central de seu queixo.

— Você é linda, *baby* — disse ele, a voz bem baixa no escuro. — Isso foi lindo. Uma gota de mel luxuriante escorrendo pela minha língua.

Ele tornou a beijá-la e deslizou a mão pela frente de sua blusa e para dentro do sutiã, envolvendo seu seio com a palma da mão, tocando o mamilo com as pontas dos dedos. Soltou um pequeno suspiro, um meio-grunhido, quase inaudível antes de se extinguir.

Rumi sentiu um cavernoso vórtice de culpa quando seus mamilos se enrijeceram, pontinhos de luxúria que vararam seu corpo como um telegrama enviado a seu cérebro. Recuou, tirando a mão dele de dentro de sua blusa e segurando-a contra a grama do chão.

— Você acha mesmo que a gente se encaixa? — perguntou.

— Você não? — disse ele, respirando com aspereza, movendo-se para sussurrar no ouvido dela. — É óbvio que sim, minha cara.

— Como números amigáveis — disse ela.

Ele pousou os lábios sobre a dobrinha central da orelha dela e beijou-a com uma sucção langorosa, a língua movendo-se grossa pela pele fina. Rumi riu e estremeceu, o corpo despertado com o mesmo desejo cheio de cócegas.

Ele recuou.

— Números amigáveis são... como números que ficam bem juntos — disse ela.

— Continue.

— Acho que foi na Idade Média, ou algo assim, que descobriram esses números pela primeira vez, muito tempo atrás. É assim: pense em dois números, tipo 220 e 284, tá?

Ele riu.

— Digamos que sejam esses números, então... E daí? — perguntou.

— É como se eles fossem um par, e todos os números pelos quais cada um pode ser dividido, a soma desses números fosse igual ao outro número nos dois casos.

— Ahn... pode repetir, por favor. Mas eu já gostei, sua cientista maluca maravilhosa. Acho que sei mais ou menos o que você quer dizer... mas pode explicar de novo?

— Então, 220, por exemplo? Os números pelos quais ele pode ser dividido são 1, 2, 4, 5, 10, 11, é claro, e também... 20, 22, 44, 55, 110.

Ele assentiu devagar.

— Então, se você somar todos esses números, o resultado é 284. E o mais perfeito é que, se você fizer a mesma coisa com 284... os divisores são 1, 2, 4, 71, 142, e aí, se você somar eles todos, o resultado é 220.

Ele pareceu refletir sobre a informação.

— Então 220 e 284 estão sempre formando um par. Eles se encaixam — disse ela.

Ele segurou a bochecha dela.

— Sério?

Ela confirmou.

— Que incrível — disse ele, rindo. — Tipo poesia matemática? Você é mesmo especial, não é? Linda e maluca.

21

Quando ela voltou para casa no dia seguinte, Mahesh não estava na plataforma. Depois de sair da estação sozinha, Rumi olhou para o outro lado da rua e viu-o ao volante do carro, sentado bem ereto com seu mais novo impermeável bege — diferente dos outros por causa de um forro quadriculado, visível na gola. O tráfego noturno se refletia na janela do motorista, e o brilho das luzes vermelhas e brancas em movimento dava a impressão de que ele fazia parte de uma fotografia de arte representando a tristeza e a desolação. "Por que ele estava com esse aspecto", pensou ela, "se seu rosto estava relaxado? Ele não está vendo que estou olhando para ele. Deve estar dormindo, certo?". Seus lábios estavam contorcidos quase como se ele estivesse rosnando, como um sorriso cruel. "Um sorriso muito cruel ou um rosnado, um dos dois. Como o 'sinal de aproximado'." Rumi pensou a respeito. "Quando se aproxima um resultado, é possível se desviar para mais ou para menos da resposta verdadeira. Mas a aproximação não é a resposta verdadeira. Papai está aproximadamente... infeliz com a forma como o mundo está se revelando? Seria apenas a forma como sua boca estava posicionada, ou será que ele estava bravo? Pior ainda, será que estava triste?" Se estivesse triste por sua causa... Esse pensamento a machucou como uma súbita ferida aberta, como se ela houvesse mantido a idéia dolorosa enfaixada e escondida, mas esta agora tivesse sido exposta devido à sua própria negligência. "Ele deve saber tudo sobre mim", pensou Rumi. "Mas é óbvio que não pode saber. Nesse caso, o mundo iria acabar. Ele não estaria sentado no carro. Seria o fim de tudo."

Enquanto atravessava a rua, ela se lembrou de Fareed e deixou a mente tornar a sentir a experiência de forma tangível, como um texto em braile lido com as pontas dos dedos, para se lembrar da informação: as formas como ela poderia ter sido descoberta, as horrendas conseqüências, os acontecimentos em si. Não era algo que ela houvesse se permitido fazer mais de uma vez desde que ele a deixara em casa, em Didcot, à uma e meia da madrugada anterior, porque o resultado era esse — um batimento em *staccato* que fazia seu coração dar pinotes dentro de seu peito. Qual seria o problema? Será que seu pai agora a odiava? Seria porque ela não havia telefonado na hora combinada? Será que ela estava trazendo no próprio corpo o cheiro de seu comportamento dissoluto, uma aura degradada de sexualidade? Talvez fosse algo mais inocente, ela esperava que fosse... Será que sua mãe havia ficado sabendo sobre a saia que ela cortara? Mas a sra. Negativo não teria contado... Será que ela parecia diferente demais, feliz demais por ter ficado longe deles? Mas ela se sentia tão triste e confusa por estar de volta. Ah! Será que deveria demonstrar alegria por estar voltando para junto dos pais? Talvez fosse isso. É claro que sim. Que idiota. Ela pigarreou e forçou um grande sorriso a se estampar no rosto.

— Que... bom... estar em casa — disse, olhando de viés para Mahesh. Ele não reagiu.

Quando ela chegou em casa e entrou na cozinha, percebeu que era outra coisa. Havia quatro jornais espalhados sobre a mesa, todos abertos em uma página que exibia fotos parecidas de Rumi, tiradas em frente ao papel de parede estampado da sala, com as volutas em relevo de flores e caules dos lilases, formando um desenho domesticado em volta do seu rosto. Um mês depois, as matérias haviam saído.

Ela não estava tão mal nas fotos — infelizmente, tinha um sorriso um pouco de nerd: seus olhos haviam se fechado a cada estouro do flash na sua cara. Mahesh não deixara que ela usasse nenhuma maquiagem, mas isso teria sido bem pior — pelo menos ela estava com as lentes de contato e vestia uma camisa pólo preta com um zíper de metal que lhe cobria o pescoço inteiro. Um jornal em formato tablóide era o mais vistoso de todos, com uma caneta vermelha pousada sobre a dobra; Rumi pôde ver que esta fora usada para sublinhar o texto em diversos pontos. Era do tipo de jornal que só via nos consultórios de dentistas ou médicos, e por um instante aquilo a deixou confusa. Ela olhou mais de perto e viu o título da matéria: "Os adolescentes mais inteligentes do país". Debaixo do título, viu uma fotografia da conferência lotada em Oxford, bem como retratos de prodígios individuais. Uma pequena onda de adrenalina percorreu seu sangue, um pequeno ápice de empolgação, quando ela leu as palavras "Rumi Vasi" ao lado de seu rosto. Talvez Bridgeman tivesse visto a matéria. Passou à linha seguinte: "Treinada pelo próprio pai, que rejeita tudo aquilo em que acreditamos!"

A matéria era bem-educada, mas cruel, e citava os comentários de Mahesh sobre o "Ocidente" com uma surpresa velada. "O sr. Vasi acredita que nós somos uma nação decadente, que perdeu a capacidade de fazer o que é melhor para suas crianças", leu Rumi. "Na sua opinião, somos um país de sonâmbulos que precisa acordar!"

Ela leu outro parágrafo muito sublinhado, mais embaixo na mesma página:

A criança em questão, Rumika Vasi, passou a maior parte da entrevista em um silêncio sepulcral. Deixou que o pai falasse o tempo todo e pareceu muito espantada com as poucas perguntas que lhe fiz. Continuamos sem saber se ela concorda com a atitude do pai em relação à vida e se compartilha de seus sentimentos controversos no que diz respeito ao próprio destino. Embora o sr.

Vasi afirme que ela é "uma adolescente totalmente normal", seu comportamento se mostrou muito controlado, muito mais contido do que o de outras meninas prestes a completar quinze anos!

Rumi sentiu náuseas. Olhou para a cozinha em volta. Shreene e Nibu estavam no andar de cima; Mahesh não estava à vista. Forçou-se a ler o último parágrafo, envolto por um retângulo tremido de tinta vermelha:

"O intelecto é uma questão espiritual", diz o sr. Vasi. "Não acredito no conceito de prodígio. Acredito que todos nós temos um dever intrínseco de alimentar e desenvolver essa capacidade interna. A temporada de Rumika em Oxford só fará desenvolver sua curiosidade natural; não há possibilidade de isso lhe fazer mal. Ela sabe que se trata de uma oportunidade valiosa, à qual saberá dar a devida importância."

Debaixo das aspas, em uma linha separada, duas palavras do entrevistador fechavam a matéria: "Cruz credo!"

O resto do dia passou em um ritmo insuportavelmente lento. Ela ficou sentada no quarto, sentindo-se grande demais para aquele espaço, uma giganta presa em um sonho do passado. Nibu ia vê-la três vezes por hora, instigando-a, fazendo ameaças e desafiando-a para um duelo a cada vez que ela lhe dizia para ir embora. Ela acabou exilando o irmão do lado de fora e criando uma barricada para se proteger, com a ajuda de uma estante posicionada em frente à porta, para impedir suas repetidas incursões. Mesmo assim, ele continuava se jogando contra a porta para tentar derrubar a estante, e havia uma frágil brutalidade no som de seu corpo se chocando contra a madeira sem parar, sempre seguido por um arquejo.

— "Minhas asas são como um escudo de aço!" — dizia ele, citando sua história em quadrinhos preferida enquanto vinha correndo, ganhando velocidade, e projetava o corpo franzino de encontro ao painel central da porta. — "Meu radar supersônico vai me ajudar!" — dizia, pressionando as duas mãos contra a barreira e exercendo o máximo de força de que era capaz.

Foi só quando Shreene subiu para mandá-lo embora que ele desistiu.

Percebendo que a porta estava bloqueada, Shreene bateu, e Rumi aceitou um prato de comida por uma abertura mínima. A estante permaneceu no lugar durante o dia e a noite inteiros, usando Nibu como desculpa.

Depois de encontrar esse jeito de simular um espaço privado, Rumi relaxou a regra que havia estabelecido durante as longas horas desde o acontecimento, e se permitiu pensar em Fareed durante mais de um segundo.

A luz foi se esvaindo do céu em etapas, nuvens plácidas ninadas pelo vento visíveis através da janela de seu quarto. Ela estava sentada à escrivaninha, ouvindo música no rádio. Anotava as letras em ritmo febril, como se à procura de uma única verdade que não conseguia articular — uma caçada quase acadêmica às palavras e expressões capazes de resumir a tormenta que sentia por dentro. "*Someone's got a hold of my heart*" ["Alguém fisgou meu coração"], escreveu ela em caneta *pilot* preta, e a sonoridade escura das palavras era inteiramente masculina, lembrando-lhe a áspera barba por fazer contra seu rosto, a forma insistente do corpo dele movendo-se de encontro às suas protuberâncias e declives, o som quase imaginado do seu gemido, tão baixo que poderia ter sido indistinguível do murmúrio mais geral da noite à sua volta.

Ele não havia forçado mais as coisas depois da conversa sobre números amigáveis. Ficaram deitados juntos por mais algum tempo, olhando um para o outro, com os rostos imóveis sobre a grama; em seguida se levantaram e passearam pelo terreno do castelo. Ele segurou sua mão com muita naturalidade, e ela se sentiu abençoada.

O medo da sra. Negativo, latente durante seu abraço no chão, voltou com angústia irrefreável durante o passeio, até não poder mais ser ignorado. Rumi forçou-se a pedir a ele que a levasse para casa, e ele concordou, depois de uma curta tentativa de convencê-la a "se deixar levar pelos acontecimentos". Em vez disso, ela o puxara consigo a caminho do carro, rindo.

— Vamos! — disse ele, tentando fazê-la ficar parada sacudindo a sua mão. Ele riu e então começou a cantar, com um sotaque americano roufenho: — *"Show a little faith, there's magic in the night. You ain't a beauty but, eh, you're all right!"* ["Mostre um pouco de fé, há algo de mágico no ar. Você não é uma beldade mas, ah, não é nada mal!"]

Ela se virou e deu-lhe um encontrão de leve, soltando um gritinho de ultraje, e depois se pegou saindo correndo, dando risadas estridentes enquanto ele a perseguia até alcançá-la, forçando-a a parar, prendendo-lhe os dois braços em um abraço de urso.

A viagem de carro passou depressa demais. Rumi havia previsto que ele ficaria surpreso por ela morar em Didcot, e não em Oxford, mas isso não afetou a intensidade do beijo de boa-noite que ele lhe deu ao chegarem lá. Atracou-se com ela de forma cômica por cima da caixa de marchas e riu quando ela se afastou.

— Que garota misteriosa você é — disse ele. — Não esperava isso na festa inaugural de jazz e samosas da Associação Asiática da Universidade de Oxford, primeiro trimestre, 1988.

Rumi abafou uma risadinha, sentindo-se muito fraca ao pensar no adeus iminente. Reuniu toda a tensão que sentia: seu medo intermitente de ser rejeitada, o terrível desejo de ficar com ele e segurá-lo apertado, como um escudo, repetindo sem parar, feito uma psicopata, a palavra começada com A. Deixou isso tudo em compasso de espera por um único instante. Acima de tudo, precisava soar adulta ao sair do carro.

— Eu te mando um recado por pombo-correio — disse ela da forma mais casual de que foi capaz, descendo do carro antes de conseguir ver a reação dele.

— Ei! — disse ele, descendo o vidro.

Ela ergueu a mão para um aceno de costas enquanto subia a rua em direção à casa da sra. Negativo.

— $E = mc^2$, *baby*! — gritou ele, eufórico, dando a partida no carro e engatando a marcha a ré.

Rumi não conseguiu conter uma risada e virou-se para dar um adeus decente, apertando os olhos por causa dos faróis, enquanto o veículo saía de ré pela rua.

Agora, em seu quarto de Cardiff, sentia-se dominada pelo desejo de ouvir a voz dele, de ver uma foto sua, qualquer coisa que confirmasse a realidade de sua existência e a veracidade dos acontecimentos. As próprias células do seu corpo estavam saturadas de culpa: uma sensação sórdida, que ela fazia grande esforço para ignorar. Em vez disso, concentrou-se no passo seguinte. Pombo-correio era como se chamava a troca de cartas que ocorria duas vezes por dia entre as várias faculdades de Oxford, um livre intercâmbio de recados reunidos em sacolas e distribuídos em pequenos escaninhos. Rumi nunca havia recebido nenhum recado pessoal no seu escaninho, apenas filipetas de associações e anúncios genéricos enviados a todos os calouros. O único recado manuscrito que haviam lhe deixado causara uma profunda decepção — ela ficara animadíssima ao ver os garranchos azuis e lera maravilhada o próprio nome, fascinada pelo caráter indecifrável e irregular das palavras, apenas para se dar conta de que o recado era do professor Mountford, confirmando a data e o horário de sua Avaliação Disciplinar.

Rumi tinha quatro dias e quatro noites pela frente antes de poder ver Fareed. E precisava despachar a carta pela manhã — de Cardiff, pelo correio normal, mas com um pouco de sorte ele não iria reparar no selo na frente do envelope — para garantir que ele a recebesse a tempo para se encontrar com ela em um dos dias que estivesse em Oxford. Mas havia outras coisas a levar em conta, uma profusão de pensamentos desordenados, temores e descargas de adrenalina que se agitava dentro da sua cabeça como as luzes de uma boate. Estava tudo tão confuso que Rumi se esforçou para separá-los.

1. Será que ele iria querer se encontrar com ela?

Ela passara por cima dessa questão ao dizer que ela própria entraria em contato com ele. Isso também lhe permitira evitar ter de lhe dar os próprios contatos. Mas agora estava assombrada pelo medo de que ele não fosse querer encontrá-la. E, por motivos óbvios, não podia trocar telefones com ele. O que ele havia pensado dela? Que diabos havia pensado?

2. Será que ele esperaria que ela fosse mais longe da próxima vez em que se encontrassem?

A idéia era insaciável: não parava de voltar à sua mente, em imagens diferentes, de modo que ela mordeu a mão para fazer cessar aquele desfile demoníaco; ficou andando pelo quarto de um lado para o outro, abriu a porta do armário e exalou um hálito quente sobre o espelho, que em seguida beijou, deixando a língua se deter no vidro entre seus lábios. Ficou deitada na cama imaginando a presença dele. Naquele quarto, coberto de fora a fora com o carpete de estampa marrom de sua infância, ele parecia um fantasma, uma imagem sem substância. Ela mal podia acreditar que ele existia, mas, caso realmente existisse, a questão do sexo teria de ser abordada em algum momento. Ela não poderia transar com ele. Era errado, muito errado. "Ai, meu Deus", pensou ela, "e se ele estiver esperando isso? Ele vai estar esperando e vai me achar péssima quando eu não deixar nada acontecer. Isso vai mudar tudo".

3. Se ele quisesse mesmo ser seu namorado (a palavra era tão luxuriante quanto um chocolate importado em sua boca — uma trufa belga, uma fatia de Amaretto —, tão desconhecida, mas ao mesmo tempo tão ansiada), será que ela deveria lhe contar sobre a sua situação?

Havia tanta coisa a dizer, tantos obstáculos a superar caso começassem a se encontrar com freqüência. Tantas outras mentiras. Mas se ele tivesse a mais ínfima desconfiança sobre a sua vida... Ele não parecia ser alguém que precisasse esconder coisas dos pais. Aquilo iria lhe parecer sem dúvida desprezível, obsceno, até.

Estava no quinto rascunho da carta quando Mahesh entrou no seu quarto. Não ouvira os passos na escada por causa da música, já que pusera o volume mais alto do que o normal. A estante estava afastada da porta — ela a deixara fora do lugar depois de uma ida recente ao toalete. Quando ele entrou, a mão dela voou automaticamente para a gaveta de baixo de sua escrivaninha, aberta, que continha o tomo de *Vibrações e ondas* e, sob ele, a última versão da carta, um movimento ágil que durou uma fração de segundo. No mesmo instante em que isso acontecia com a sua mão esquerda, ela escreveu uma fórmula do livro-texto à sua frente com a direita, adotando uma expressão de análise concentrada.

— O que você está estudando? — perguntou ele. Sua voz chegou a soar bonita. Não parecia de forma alguma indicar que ele houvesse visto alguma coisa.

— Mecânica — disse Rumi, ainda sentindo as batidas de um coração acelerado, espasmos repentinos de pânico. Sentiu-se grata pela normalidade da primeira pergunta do pai.

Mahesh sentou-se em sua cama.

— Então, a sra. Mukherjee explicou a situação — disse ele, pigarreando.

Rumi esperou.

— Em relação a por que você não voltou com ela na noite da convenção.

Seguiu-se um silêncio. Embora ela estivesse acostumada àquele intervalo de palavras significativas seguidas por longos silêncios de Mahesh — afinal de contas, isso havia constituído a trilha sonora de sua vida até então —, aquele intervalo específico lhe pareceu insuportavelmente longo. Havia alguma coisa que ele queria dizer. Ela engoliu em seco e esperou.

— Essa... Jane Green — disse ele.

— Sim — disse Rumi, com o que esperava ser um tom respeitoso.

— Eu pesquisei sobre Jane Green. — Ele tornou a pigarrear, e o barulho foi uma mistura de respiração hesitante e estalo da garganta, como um motor girando. — Eu percebi que Jane Green é... nesse caso... outro nome para Johnny Green — prosseguiu ele, com a voz se endurecendo e aumentando de volume nas palavras "outro nome".

Rumi olhou para seu livro-texto, e seu próprio rosto a traiu com uma violenta explosão de vermelho. "Ai, meu Deus", pensou. "Isso é estranho demais." Seu coração parecia que ia explodir — era demasiado fraco para a complexidade de todo aquele bombear, de todos aqueles pulos, daqueles picos e declives desordenados.

— Você acha... — começou Mahesh, com as palavras muito destacadas. — ...que Jane Green é alguém com quem deveria se relacionar?

Um jato inesperado de ar conseguiu sair pela traquéia de Rumi, uma espécie de suspiro misturado a uma exclamação de puro choque.

— Eu sei que você está querendo ficar amiga de outras meninas que têm experiências parecidas com a sua. Mas a minha sensação é de que essa... menina específica deve ser evitada.

Ele se levantou e tomou o caminho da porta.

— Não ponha a estante aqui — disse ele, na soleira. — Você está velha demais para essas brincadeiras infantis com Nibu. Eu posso garantir que ele não atrapalhe você, se essa for mesmo a sua preocupação.

Ele saiu do quarto, e Rumi passou alguns instantes reordenando os pensamentos, fazendo furinhos raivosos na escrivaninha com um compasso velho, enfiando a ponta na madeira pegajosa e toda marcada.

Depois de mais ou menos uns trinta segundos, Mahesh reapareceu, sem bater. Ela sobressaltou, como se houvesse sido surpreendida em um estado de nudez.

— E outra coisa — disse ele. — Você precisa abrir a janela e usar roupas de verão. Sabe que está agasalhada demais para conseguir se concentrar. As mesmas regras continuam valendo: para conseguir ficar alerta de verdade quando estiver estudando, você precisa estar com tanto frio a ponto de tremer. Não se esqueça do básico; ele é a chave do seu sucesso. — Ele fez uma pausa significativa, esperando a reação da filha. Esta o encarou nos olhos. "É como a brincadeira onde você encara o outro durante o máximo de tempo possível sem piscar", pensou ela, enfiando as unhas nas palmas das mãos.
— Quero dizer, se você quiser mesmo ter sucesso — arrematou ele, empurrando a estante de lado e fechando a porta com um clique.

No dia marcado, ela chegou cinco minutos mais cedo e posicionou-se em uma mesa bem no fundo do café. Era mais um bar-restaurante do que um café, escolhido por Rumi por sua sofisticação — ela ouvira Serena comentar sobre o jazz que tocavam ali, dizendo que se tratava de uma imensa igreja reformada — e mencionara o lugar e um horário na carta que enviara para ele, confiante de que, no dia, saberia encontrar o caminho perguntando. Na verdade, levou uns bons 73 minutos para localizar e chegar ao café, muito mais do que o previsto, mas mesmo assim ainda estava cinco minutos adiantada.

Quando entrou no Freuds, Rumi sentiu-se intimidada: as colunas de pedra da entrada, o gigantesco interior de teto abobadado com seu palco elevado e seu piano lustroso aumentaram seu medo já quase incontrolável, agora conhecido depois de quatro dias de altos e baixos constantes. Imaginou-se sentada no canto, hora após hora, impedindo as garçonetes de retirarem a solitária xícara de café frio sobre sua mesa. O simples tamanho daquele lugar indicava uma alta probabilidade de alguém que ela conhecia aparecer a qualquer momento. Essa imagem de humilhação solitária se alternava com outra fantasia, esta mais lúcida, na qual ele entrava no salão e a via do outro lado, ganhava velocidade e quase corria até sua mesa, precipitando-se para abraçá-la e beijá-la ali mesmo, incontrolável em sua luxúria, a alegria do reencontro absoluta e maravilhosamente mútua.

Quinze minutos mais tarde, depois de beber meia jarra de água da bica, ela ainda não estava preparada para o instante em que ele entrou, vestido com o mesmo casaco de motociclista e a mesma calça de tecido leve, e a massa característica formada por seus cabelos atraiu sua atenção, mesmo de longe. Ele passou pelas diversas mesas à sua procura, e ela sentiu vontade de chamá-lo, de lhe fazer um sinal, mas não teve coragem suficiente para superar a própria imobilidade. Ele acabou por vê-la, e aproximou-se da mesa. Ela tocou os cabelos e correu a mão entre eles em um gesto desajeitado, como se estivesse tentando concretizar algum clichê afetado de encontro amoroso, a epítome da elegância. Mas a diversão acabou quando ela viu sua expressão. Ele se sentou do outro lado da mesa, sem beijar-lhe a bochecha, aproximando a cadeira da mesa com desânimo, evitando encará-la nos olhos, com uma formalidade de cortar o coração.

— Oi — disse, com um sotaque carregado, pomposo; não era um sotaque que Rumi tivesse associado a ele durante as muitas lembranças e fantasias que a haviam acompanhado ao longo dos quatro últimos dias.

— Oi — disse ela, tentando sorrir.

— Você queria me ver? — perguntou ele.

Ele fez Rumi pensar em seu médico de Cardiff, o dr. Matthews, que sempre falava assim quando ela entrava na sua sala. "Você queria marcar uma consulta? Precisa conversar sobre alguma coisa?" Como se ela houvesse acabado de chegar ali da rua e o houvesse pego de surpresa.

— Tudo bem com você? — perguntou ela.

— Tudo ótimo — disse ele. — E com você?

— O que aconteceu? — perguntou ela, e sua voz adquiriu um tom lamurioso contra a sua vontade.

— Como assim? — perguntou ele, franzindo o cenho.

— Como assim? — repetiu Rumi, tentando imitá-lo com um sotaque indiano, pensando que a referência comum fosse surtir algum efeito.

— O que você disse? — perguntou ele.

— O que aconteceu? Tem alguma coisa... está tudo... bem? — perguntou ela.

— Ahn — disse ele, olhando para o salão à sua volta e cruzando olhares com uma garçonete, que se aproximou e perguntou o que eles iriam querer com um sorriso que era um biquinho rosado de charme e simpatia. — Eu vou querer um *cappuccino*, obrigado — disse, usando um tom claramente mais caloroso, depois virando-se de volta para Rumi. — Você não acha que é você quem deveria estar respondendo a essa pergunta? — indagou ele, servindo-se de um copo d'água e olhando para ela pela primeira vez.

— O quê?

— Não acha que tem algumas coisas que vale a pena contar? — tornou a perguntar ele.

Rumi observou-o tomar sua água. Sua barriga roncou, e ela mudou de posição para tentar disfarçar a vulgaridade daquele som. Parecia inadequado, totalmente animalesco que, em um momento terrível como aquele, seu corpo estivesse fazendo algo tão corriqueiro quanto exigir comida. Trouxera de casa na bolsa um almoço que supostamente deveria aplacar sua fome, mas que não conseguira comer — e restavam-lhe cerca de trinta *pence*. Ela não queria pensar a respeito.

— Posso ajudar, se você quiser — disse ele, aceitando o *cappuccino* e meneando a cabeça para a garçonete em agradecimento.

— Eu... eu não... — gaguejou Rumi.

— Que tal começar pelo básico? — disse ele. — Mentiras básicas, por exemplo. Sua idade, sua vida, sua situação aqui, toda a sua história, basicamente. — Ele bebeu metade do café em uma série de goles grandes. — Sua idade — disse ele. — Ou será que eu já mencionei isso?

Uma série de acordes saiu do piano, e a abertura circular de uma melodia de jazz preencheu o espaço à sua volta. Rumi se concentrou na xícara dele, meditou sobre seus contornos esmaltados, acompanhando a linha verde que rodeava o centro da porcelana creme, rezando para não ter de enfrentar a vergonha das próprias lágrimas. Aquilo era simplesmente o fim de tudo. Ele devia ter lido uma das matérias. Era terrível. Aquilo era a própria definição de horripilante — trágico, horrível. Todas essas palavras agora tomavam forma no coágulo cinzento de sensações em sua garganta.

— Como foi que você... — começou ela, odiando o som da própria voz.

— Ah, não precisa se preocupar com isso — disse ele, sorvendo o que restava na xícara. — Tenho certeza de que vai acabar entendendo. Você tem uma certa... "reputação" por aqui, não é?

— Mas eu... — disse Rumi. — Eu, na verdade... Desculpe, eu não me dei conta.

— Ah, não precisa se desculpar, querida — disse ele, destruindo qualquer esperança de felicidade com um golpe certeiro ao se levantar para ir embora.

— Não vá embora, por favor! — pediu Rumi, agora com os olhos cheios de lágrimas que ameaçavam escorrer por seu rosto no que ela temia que fosse ser um terrível clichê de desespero.

— Ah, por favor, "Rumika Vasi" — disse ele, pronunciando o nome dela com ríspida meticulosidade. — Eu não sou chegado a menores de idade. — Ele fez uma careta rápida e desviou os olhos para o piano, de onde agora saía uma melodia constante, a pleno ritmo. — Acho que talvez devesse dizer para você voltar quando estivesse crescida, ou alguma coisa atrevida desse tipo, mas, para dizer a verdade, a minha vontade de paquerar você, bom... passou completamente.

Ele riu, uma exclamação curta, novamente desconhecida para ela.

— Acho que a parte de nerd da matemática não devia ter sido nenhuma surpresa. Mas a que extremo... quero dizer, falando sério, eu provavelmente devia ter percebido, sacado alguma coisa, mas não fazia a menor idéia.

— Por que você está falando assim? — perguntou Rumi, incapaz de esconder o lamento na própria voz.

— Olhe aqui, meu bem — disse ele, usando a palavra com desdém —, isso na verdade não me interessa nem um pouco. Eu até entendo, mas não faz o meu gênero. Eu tenho vinte anos. Como você acha que eu estou me sentindo?

Ele passou alguns instantes olhando para ela, em um silêncio tão comprido que ela começou a se perguntar qual seria o seu significado. Parecia quase carinhoso, agora que ele não estava falando. Retribuiu o olhar dele, pedindo perdão com os olhos.

— Você devia ter me contado — disse ele.

Saiu andando, confiante, de costas para ela, pelo labirinto de mesas e cadeiras, em direção ao bar. Pagou a garçonete, dispensando com ênfase o troco que ela tentou lhe dar. Quando chegou perto da entrada principal, Rumi desejou que ele se virasse, e tentou projetar ondas de choque de pensamento positivo para criar nele um dilema que o obrigasse a olhar para trás contra a própria vontade. "Vamos", torceu. "Vamos, você não pode simplesmente ir embora assim, para sempre." Mas ele foi, passando direto pela porta de entrada com uma segurança natural, como se não tivesse nenhuma preocupação nesse mundo.

22

Mahesh está sentado diante de sua escrivaninha, em sua sala no departamento em Swansea. Veste um suéter grosso de gola em V por baixo do impermeável bem apertado em volta do corpo e abotoado até em cima, mesmo ele estando dentro da sala. Sobre sua cabeça, cobrindo uma ilha ovalada de couro cabeludo calvo, está uma boina chata de poliéster cinza que Rumi lhe comprou de presente de aniversário apenas dois meses antes. É final de tarde, e a luz fraca lança um brilho frio sobre os cinco pedaços de papel em cima de sua mesa. Dali a uma hora, ele terá de sair para ir buscar Rumi na estação central de Cardiff e levá-la de volta para casa. Como de hábito, faz dois dias que ela está fora.

Mahesh pode sentir o final do outono: a implacável instabilidade do inverno está no ar, afetando seus movimentos, impedindo-o de repousar por completo na cadeira, imprimindo a tudo um frio insidioso. Ele estremece, tomado por violentos calafrios: um movimento desordenado diante de acontecimentos que não sabe como controlar. São acontecimentos já ocorridos, impossíveis de reverter — impossíveis de desfazer. "É isso", pensa ele. "O fim do meu décimo quinto outono no Reino Unido, o décimo quinto ano de Rumi. É amargo, de fato."

Os cinco pedacinhos de papel em cópias xerox já foram lidos por ele várias vezes, talvez cinqüenta, talvez uma centena ou mais, ao longo das últimas 24 horas. Os originais foram devolvidos à escrivaninha de Rumi. Shreene só os lera uma única vez — absorvera seus detalhes e sua relevância quase no mesmo instante, sem precisar relê-los. Mas com ele é diferente. A cada conversa sobre os possíveis significados, sobre os caminhos que tinham pela frente — Shreene e ele —, precisara retornar aos papéis, tornar a absorver as palavras e sentir seu conseqüente dano emocional como se fosse a primeira vez. Nem mesmo agora, olhando para elas sozinho, ele consegue entender o sentido de algumas das expressões, devido à sua terminologia e à caligrafia em que estão escritas. Mas uma coisa está clara: cada carta é uma tentativa diferente de se comunicar com o mesmo garoto. Esse é um dos fatos mais duros de enfrentar — impossível de ser controlado ou apagado. O nome do garoto.

Querido Fareed,

é estranho, muito estranho estar escrevendo para você assim, palavras no papel, quando de certa forma a gente ainda nem se conhece tão bem. Mas eu sinto que, de algum modo, conheço você, sim. Como se tivesse acontecido alguma coisa especial entre nós dois quando a gente se beijou, algum tipo de poesia. O que acontece quando duas pessoas se encaixam, mental e fisicamente? Como é que isso se dá? Será que se deu mesmo entre a gente? Pensei muito nisso desde que tudo aconteceu. Você parece um fractal, algo assim, tão esfuziante, seguro de si, como aquele padrão repetido dos fractais, se é que você me entende — uma pessoa muito bem-definida. Mas eu achei que quando a gente se beijou foi como se tivesse uma falha no meio da seqüência. Como se eu pudesse ver você através dessa falha.

Não estou mandando esta carta por pombo-correio porque resolvi vir visitar meus pais este fim de semana. Quem sabe a gente se encontra na semana que vem? Vou estar no Freuds da Walton Street às 13h30 de terça, se você quiser tomar um café.
Rumi

Oi, lindo,
aquele rala-e-rola todo no parque do palácio de Blenheim me deixou pensando muito em você.
Não estou mandando esta carta por pombo-correio porque resolvi vir visitar meus pais este fim de semana. Quem sabe a gente se encontra na semana que vem? Vou estar no Freuds da Walton Street às 13h30 de terça, se você quiser tomar um café.
Rumi

Para o piadista dos piadistas,
depois de ter segurado o seu lindo corpo de encontro ao meu, conforme solicitado, espero que você repita a dose. É claro que isso não quer dizer que eu vou abrir mão de toda a minha inocência.
Como você disse, eu sou uma "menina especial". Quando estava indo embora na terça-feira, você mencionou que $E = mc^2$. Obrigada pela informação. Quem sabe você não quer me encontrar no Freuds da Walton Street às 13h30 de terça, se estiver a fim de tomar um café e me falar mais sobre as suas teorias da relatividade. Vou estar lá de qualquer jeito.
Rumi

Para você,

Sentada no balanço
Do seu carro, embalada
Pelos sussurros de Bob Dylan,
Com sua guitarra nos ouvidos
Grandes nuvens se amontoando
Nossa necessidade de "encaixar"
Em estranha harmonia.

Freuds,
Walton Street,
Terça, 15 de novembro,
13h30.
Rumi

Oi, Fareed,
Como estão as coisas? Espero que bem. Só um recadinho para dizer que seria ótimo a gente se encontrar, como você sugeriu.
Não estou mandando esta carta por pombo-correio porque resolvi vir visitar meus pais este fim de semana. Quem sabe a gente se encontra na semana que vem? Vou estar no Freuds da Walton Street às 13h30 de terça, se você quiser tomar um café.
Rumi

Mahesh olha para o nome da sua filha, assinado de forma diferente em cada bilhete: cinco variações de "Rumi" que vão de arabescos decididos a um delicado bordado com tinta mais clara. Sente um lago parado de tristeza dentro de si, uma melancolia letal que não se move, que sequer se agita quando ele pensa ou se mexe na cadeira. "Como é que isso podia ter acontecido? Por que Rumi havia escrito aquelas coisas?"

Durante o trajeto da estação até em casa, Mahesh não falou com Rumi, embora tenha sido preciso mobilizar toda sua energia para se conter. Quase deixou escapar alguma coisa por acidente, em um pequeno engarrafamento perto da rotatória de Gafalba, devido à vergonhosa falta de interesse dela pelo motivo de sua raiva, à sua aparente falta de culpa ou medo por ele não estar lhe dirigindo a palavra. Rumi reagiu ao seu silêncio com um silêncio todo seu, enfurecedoramente entretida, afundada no assento, com o rosto encostado na janela do carona como se o pai não estivesse presente. Quando chegaram, Shreene veio abrir a porta, e Rumi entrou, puxando a mochila e tentando ir subindo logo a escada.

— Aonde você vai? — perguntou Shreene, interpondo-se na sua frente.

Rumi olhou para ela com um ar de tédio explícito, a expressão maculada por um cenho franzido. Mahesh se encaminhou para a sala de estar e se recompôs. Era importante agir como homem, pensou. Precisava fazer aquilo de forma correta. Para o bem de todos eles. Precisava se manter alerta, ser forte, mas tinha a sensação de que aquilo iria matá-lo, aquela melancolia, que iria penetrar suas veias como uma droga soporífera, provocando uma overdose gradual até seu efeito cumulativo o fazer ceder.

As duas entraram na sala. Shreene foi se sentar ao lado de Mahesh. Rumi, mal-humorada, acomodou-se na beiradinha do segundo sofá, o assento mais afastado deles. Mahesh pôde ver que a filha estava ansiosa, confusa com a formalidade calada dos pais — com o fato de estarem se preparando para falar com ela juntos.

Shreene foi a primeira a falar.

— Nós queremos que você nos conte uma coisa — disse, olhando para Rumi do outro lado da sala.

— O quê? — perguntou Rumi, olhando para Mahesh.

— Você sabe o quê — disse Shreene.

Rumi se remexeu no sofá, pouco à vontade.

— Estamos dando a você a chance de confessar — disse Shreene, em um tom duro e sugestivo.

— Eu não sei do que vocês estão falando — disse Rumi, mantendo uma educação distante no tom da voz, mas afetada pela forma como Shreene estava falando.

— Nós sabemos o que você andou fazendo. Vai ser melhor se você confessar — disse Shreene.

— Como assim? — perguntou Rumi. — É por causa da Jane Green?

— O que você quer nos contar sobre Jane Green? — indagou Mahesh.

— Que eu fiquei na convenção e fui jantar com os pais dela... — disse Rumi.

— Sua mentirosa — disse Shreene. — Sua nojenta, sua suja...

— Pare com isso, Shreene — disse Mahesh, imobilizando o braço da mulher sobre o sofá. — Você se lembra do que conversamos?

Shreene não reagiu. Suas narinas estavam dilatadas, seus olhos ardiam com um brilho lívido de umidade.

— O que você fez nessa noite? — perguntou Mahesh a Rumi.

— Eu já falei para vocês — disse Rumi. — Sei que não devia ter ficado na rua até tarde, mas pensei que estaria tudo bem porque os pais dela estavam lá e era... vocês sabem... era a convenção.

— MENTIROSA! — gritou Shreene, estremecendo depois de pronunciar a palavra como se o seu corpo inteiro a houvesse vocalizado. — KUTHIYA! — gritou ela, deixando a palavra "vadia" em híndi vibrar como um espasmo, impelindo a mão no ar de modo que esta empurrou, de longe, a imagem do rosto de Rumi. — EU QUERIA QUE VOCÊ NUNCA TIVESSE NASCIDO! — berrou ela, urrando as palavras no tom mais agudo de sua voz, de modo que estas se partiram no ar, e uma gota de saliva se acumulou no canto de sua boca. — Foi para isso que eu pari você? Sua... sua suja, sórdida, IMUNDA, NOJENTA...

— Shreene! — disse Mahesh, interrompendo-a com um chamado gutural de autoridade. — Pare com isso imediatamente. A partir de agora quem fala sou eu. Estou falando sério. Não diga mais nenhuma palavra.

Ele olhou para a filha. Ela tremia e se encolhia para longe deles junto ao braço do sofá.

— Nós sabemos o que aconteceu — disse ele. — Eu estava no vestiário das quadras de tênis da universidade e ouvi uns homens falando sobre você. Eles estavam falando sobre o que aconteceu. Imagine como foi para um homem na minha posição ouvir falar sobre a minha filha em termos tão humilhantes e reles. Imagine o que você fez comigo. Como eu estou me sentindo. Saber que a minha filha se comportou de forma tão corrupta. Imagine que os boatos chegaram de Oxford até aqui, até a minha universidade, tamanha a fama das suas aventuras. Eu agora estou dando a você a oportunidade de nos contar com as suas próprias palavras o que aconteceu.

Ele respirou fundo e avaliou o choque aparente nos olhos de Rumi. Pelo menos a mentira havia acabado. Esta parecera intransponível. Ele se sentira como um homem que vai perdendo o fôlego ao subir uma montanha, passando por cima de palavras e mais palavras para superar aquilo, mas agora havia conseguido, escondido a própria dor, desabafado, sido forte. O mais importante era que qualquer idéia tola sobre como fora impróprio ele bisbilhotar a gaveta da filha não confundisse a situação. Shreene havia concordado — Rumi precisava compreender o impacto, a moralidade de seus atos. Isso não podia ser ofuscado pela questão ética irrelevante de como ele havia descoberto.

Rumi olhou para Shreene e em seguida para Mahesh, visivelmente em pânico. Engoliu em seco, e uma horrível vulnerabilidade transpareceu em sua respiração.

— Eu só... — disse ela. — Eu não... Não aconteceu nada!

— Pare de MENTIR! — disse Shreene. — Sua burra, será que você não percebe o que fez? Você brincou com a honra do seu pai. Sua suja, sua...

— Shreene — disse Mahesh, dessa vez com um tom monocórdio.

— Mas ela precisa entender. Você não percebe? — disse Shreene. Ela se inclinou para a frente no sofá. — Na Índia nós temos um ditado: "Um homem ostenta a própria honra como um turbante, um *pugri* sobre a cabeça." Você tirou esse *pugri* da cabeça do seu pai e brincou com ele assim, sem nenhum cuidado, dessa forma egoísta. — Ela chutou com o pé, imitando uma expressão de crueldade indiferente, jogando a cabeça para o lado.

— Mãe, eu não fiz nada! — disse Rumi.

— Rumika, se você não confessar o que fez as coisas vão ficar muito ruins para você — disse Mahesh. Ele encarou a filha. — O que você considera "nada" é uma coisa que você precisa entender que é imperdoável — disse ele. — Não se trata de saber se você se desgraçou integralmente com o ato derradeiro e irrevogável. O que quer que você tenha feito, até onde quer que tenha ido, esses atos também são imperdoáveis. Será que você não vê isso?

Ele ergueu a voz.

— Parece que você não entende a seriedade desta situação! Você não tem idéia do que está em jogo!

Ele ficou observando Rumi, à espera de uma reação. Ela olhava alternadamente para ele e para a mãe com ar de súplica, como um animal surpreendido em uma estrada, tremendo no instante anterior ao impacto.

— Vou dar a você até amanhã para confessar e fazer uma promessa diante da foto do guru lá em cima — disse ele. — Você precisa prometer que nunca mais vai fazer isso. Prometer na frente dele que nunca mais vai se envolver com nenhum menino. Só depois do casamento. Senão, infelizmente nós vamos ter que terminar o nosso relacionamento. Você já, já vai fazer dezesseis anos. Depois disso, não vamos mais ter nenhuma relação com você. Até o seu aniversário você pode morar nesta casa, mas depois... pode ir embora.

Rumi ficou olhando para ele sem piscar, varada por tremores, as lágrimas pingando do rosto.

Ele achou aquilo intolerável — aquela expressão da filha o deixou com muita raiva. Levantou-se, andou até ela e sentou-se ao seu lado no sofá. Ela parou de tremer por um instante e olhou para ele, com espanto nos olhos. Talvez imaginasse que ele fosse abraçá-la, pensou Mahesh. Em vez disso, ele fez algo que só tinha visto em filmes, em sagas icônicas de famílias indianas onde tudo respeitava um sistema, no qual cada ação tinha uma reação. Estava fora do próprio corpo quando o fez, e viu a si mesmo se mover como uma marionete.

— A minha família foi estuprada pelos muçulmanos, sua... sua... — Pôs as mãos em volta do pescoço de Rumi e as manteve ali, frouxas, como se estivesse se preparando para estrangular a filha. — Se você algum dia... algum dia fizer isso de novo — disse, mantendo as mãos flácidas em círculo.

Com o canto do olho, viu Shreene se aproximar. Ela afastou suas mãos — estas se soltaram com facilidade. Aquilo parecia adequado. Como se fosse a maneira natural para aquela cena terminar, para uma família desonrada naquela situação. Ele saiu da sala sentindo-se tonto, pronto para fechar os olhos e ser engolido pelo fim de tudo.

23

O vidro agora chove sobre ela. Rumi o sente jorrar sobre seu rosto. Sua pele se cobre com finíssimas lascas de vidro. O vermelho úmido do interior de seu olho é atingido por um caco. Um caco minúsculo e afiado. O olho se revira para a esquerda, torna a voltar para o centro, esforça-se para expelir a dor. A pálpebra pisca e treme. Como a língua de um pássaro lambendo e se enroscando em volta de um pedaço de comida, seu globo ocular gira descontrolado pelo cômodo. Seus dentes inferiores mordem o lábio enquanto ela respira. A imagem da cozinha ao seu redor está borrada. Seu dedo vai até o olho e aperta os cantos, unindo-os até o vidro pular para fora. "Minhas lágrimas devem estar cheias de sangue", pensa ela. "É essa a dor no meu olho." Seu corpo se solta, liberta-a no chão e a afasta da pilha de vidro junto a seus joelhos. A porta do forno está em pedaços. Por isso o vidro à sua volta. A cadeira com a qual ela a quebrou está ao lado da pia.

Seus olhos se abrem. Ela olha para os grandes cacos de vidro no chão da cozinha. Alguns têm o desenho do forno impresso em marrom-escuro sobre cinza opaco. Cada caco é grosso como um pedaço de açúcar cristalizado. Sua mão direita agora está segurando um deles. Ela vê o braço esquerdo descoberto. Uma fina linha de penugem cobre a pele arrepiada até o pulso. A febre em sua cabeça agora está suando através dos poros onde seu crânio se esconde sob os cabelos. O suor acompanha a linha de implantação de seus cabelos como uma mancha de óleo, liberando um cheiro ruim. Seu corpo torna a estremecer enquanto sua mão direita pressiona o vidro no braço, puxando-o em direção ao peito. Quando o sangue brota do talho marrom, como uma doce linha de alcaçuz vermelha, seu coração se desinfla. A mão torna a cortar a pele em um movimento rápido, profundo. Depois de cinco vezes, sua respiração está silenciosa e regular. Ela permanece sentada, com o braço no colo.

Rumi conseguiu limpar a bagunça, fazer um curativo no braço e vestir uma camisa de manga comprida a tempo de a família voltar do supermercado. Fora uma estranha manhã passada sozinha, depois de uma noite insone em que permanecera presa dentro do próprio corpo como se estivesse deitada dentro de um bloco de gelo, esperando este derreter. Por mais quentes que fossem suas lágrimas, por mais fortes os tremores, ela não experimentou nenhum sentimento de verdade. Quando a manhã chegou, seu pensamento consciente estava destruído. Havia hesitado tantas vezes entre ir embora e ficar que não conseguia mais pensar. Ouviu Mahesh chamando Shreene do carro e Nibu sendo alimentado na cozinha, antes de as portas baterem e de ela ser deixada sozinha em casa.

Se a idéia fosse lhe dar um gostinho de como seria a vida sem eles, funcionou. Sem nenhuma platéia para julgá-la, ela havia se deixado tomar por um acesso de insanidade, gritando e se jogando contra as paredes do próprio quarto. Do lado de fora nevava, uma neve lamacenta, suja, típica de Cardiff — uma neve que parecia se misturar a todos os diversos contaminantes do ar antes de cair sobre os peitoris e gramados que ela podia ver do lado de fora. Por fim, na cozinha, ela pegara uma cadeira e a atirara contra o forno.

Quando eles voltaram, já havia decidido o que faria.

Eles pareceram aceitar sua explicação sem comentário: que o vidro do forno havia se espatifado depois de ela fechar a porta depressa demais enquanto preparava um "queijo quente" na grelha de cima. Sem os indícios visuais da devastação, a chuvarada de vidro marrom que havia coberto o chão — resquícios dilacerados do painel que ela havia destruído —, aquela parecia uma explicação perfeitamente razoável. O forno parecia normal sem o vidro, a não ser pelo fato de que agora não havia como manter as coisas quentes lá dentro. Shreene contraíra os lábios e subira para mudar as roupas de Nibu. O pedido do menino para ir brincar de guerra de neve com um grupo de três outros meninos mais embaixo na rua havia sido aceito, e Shreene estava indo agasalhá-lo.

Rumi ficou sozinha com Mahesh no térreo. Este não permaneceu no mesmo cômodo que ela, atarefado com o casaco no hall. Ela escutou a seqüência de seus movimentos, a fricção do tecido quando ele o pendurou na peça mais baixa do corrimão, o chacoalhar quando procurou as chaves dentro do bolso.

— Tudo bem — disse ela, em pé na cozinha.

Os barulhos continuaram: uma funda respiração e o clique da porta da despensa quando ele pôs o guarda-chuva no lugar, empurrando-o para o meio dos sapatos empilhados, dos sacos de arroz *basmati* e farinha integral de *chapatti*. Do andar de cima, ela ouviu uma série de pancadas abafadas enquanto Nibu se vestia com camadas e mais camadas de roupas quentes. Saiu para o hall.

— Tudo bem, eu faço — disse ela, em pé atrás de Mahesh, olhando com ódio para suas costas. "Você me dá nojo, não sou só eu quem provoco esse sentimento em você", pensou. "Você sequer teve coragem de acabar com tudo, de apertar as mãos quando as pôs em volta do meu pescoço."

Mahesh se virou. Seu rosto estava cheio de tristeza, anestesiado com aquela nova passividade. A massa rotunda de sua barba estava úmida por causa da neve derretida, e seus olhos pareciam opacos, descorados. "Não olhe para mim desse jeito", pensou ela, "como se fosse eu quem tivesse matado você, transformado você em um zumbi, privado você da sua vida inteira. Não vai conseguir fazer com que eu odeie a mim mesma mais do que já odeio".

— Faz o quê? — perguntou ele.

— Confesso e prometo — disse Rumi; em seguida se virou e subiu a escada.

O altar em homenagem ao seu guru ficava no quarto de Nibu: um espaço acolchoado dentro de uma estrutura quadrada de madeira, montado em cima de uma cômoda. As fotografias estavam rodeadas de almofadas volumosas cobertas de material vistoso: sedas cor de açafrão bordadas com paetês roxo-escuros roçavam a textura cheia de dobras de cetim magenta. Mahesh e Shreene estavam sentados de pernas cruzadas em frente ao altar. Rumi estava sentada um pouco mais para o lado, virada na mesma direção. Shreene havia coberto a própria cabeça e a da filha com lenços simples de algodão, depois preparado a bandeja para a oração, moldando um pedaço de algodão em forma de mecha, molhando-o dentro de uma *diya* a óleo e acendendo a ponta. Rumi sentiu o cheiro do óleo e do algodão queimando, um cheiro que costumava reconfortá-la, significando tempos de união e felicidade em família nos dias de festa ou no *ashram* de Londres. Nesse momento, porém, sentiu uma profunda pontada de dor ao contemplar os semblantes inexpressivos dos pais, como se algo lhe perfurasse os pulmões, e isso a fez esconder o rosto sob o véu de tecido como uma donzela recatada enquanto as lágrimas rolavam.

Juntos entoaram a prece do *Aarti*. Rumi leu a letra, escrita em caracteres ingleses em um livreto, como sempre fazia. Mas Nibu não estava com eles. Ela não podia provocá-lo com seu arsenal compartilhado de estranhas e maravilhosas caretas. E Shreene e Mahesh cantavam baixinho, afobados, como se quisessem acabar depressa aquela parte. No fim, fizeram seus dez minutos de meditação como de hábito, e, enquanto esperava, Rumi ficou coçando o braço esquerdo por cima dos curativos que cobriam os cortes. Então Mahesh falou.

— O que você gostaria de dizer, Rumika? — perguntou.
Ela olhou para o chão.
— Estou arrependida do que fiz — disse.
— Pode se levantar, por favor? — disse ele, com a voz severa.
Não olharam um para o outro. Ela ficou em pé, de costas para eles, e ajustou sobre a cabeça o lenço que havia caído até seus ombros.
— Pode tocar os pés do Guru-ji? — perguntou Mahesh.
Rumi fez como lhe mandavam, evitando encarar nos olhos o homem da fotografia.
— Eu, Rumika Vasi... — disse Mahesh.
— Eu, Rumika Vasi... — repetiu Rumi, enunciando as palavras como se aquele nome pertencesse a outra pessoa.
— ...prometo agora — disse Mahesh — nunca mais me envolver nesse tipo de atividade.
— ...prometo agora nunca mais me envolver nesse tipo de atividade — disse Rumi.
Shreene sussurrou alguma coisa entre os dentes, um conjunto veloz de palavras que Rumi não conseguiu escutar. Depois de ela falar, as mãos em seu colo tremiam.
— Até o casamento — acrescentou Mahesh.
— Até o casamento — repetiu Rumi, cruzando olhares com o Guru-ji na fotografia, procurando sinais de reconhecimento, pensando se ele saberia que ela estava mentindo.

24

Ao longo das duas semanas seguintes, Mahesh levou Rumi até Oxford pessoalmente, replanejando as próprias aulas e organizando substitutos para suas palestras de modo a poder ficar sentado no carro esperando para trazê-la de volta no final do dia. O silêncio dentro do carro era monótono e quase o fazia adormecer durante o longo trajeto de volta até Cardiff, a estrada ameaçando tragá-lo rumo à perda da concentração enquanto dirigia. Ele não tinha certeza do que sentia em relação à filha. Na verdade, Mahesh estava experimentando uma ausência generalizada de sensação emocional, exceto pela melancolia sem fim que ainda se recusava a ceder, uma carga travada de dor que ele carregava aonde fosse.

Evitavam se relacionar por meio de palavras, e encontravam outras maneiras de cumprir as respectivas obrigações. Uma ou duas vezes durante cada trajeto, Mahesh meneava a cabeça na direção do letreiro de um posto de gasolina, piscando os faróis no cartaz verde ao passarem, indicando que estava disposto a parar para ir ao banheiro. Rumi sacudia a cabeça de leve a cada vez, virando-se para pressionar a bochecha com força na vidraça, como se estivesse tentando abrir a porta com a força do próprio rosto e cair, esborrachar-se no chão. Ele não reagia a isso. Da mesma forma, em Oxford, quando Mahesh deixava Rumi em frente à faculdade, demonstrava que iria estacionar em outro lugar e voltar para buscá-la ao final da aula com uma série de três gestos distintos: apontar para o volante, usar o dedo para esboçar um círculo no pára-brisa e finalmente uma batida dupla com o dedo no relógio de pulso acompanhada por um arquear de sobrancelha. Havia um acordo segundo o qual esse idioma de encenação física tinha de ser respeitado por ambos — ignorá-la seria um perigo de fato: poderia significar sua deportação forçada de volta ao mundo da linguagem.

Em casa, Shreene também tentava evitar conversar com Rumi, mas tinha menos sucesso do que Mahesh em sua completa retração. Durante as refeições, surpreendia-se dizendo a Rumi para pegar iogurte na geladeira, e às vezes lhe pedia, por acidente, para levar Nibu para lavar as mãos, deixando as ordens se dissiparem em um silêncio tenso ao se lembrar do *status quo*. Uma vez, e uma única vez, ela perdeu o controle e lutou para que Rumi reagisse à sua presença. Foi logo depois da confissão, apenas dois dias depois de Rumi fazer sua promessa. Shreene estava passando o aspirador de pó no corredor, querendo terminar antes da hora de ir buscar Nibu na escola. Mahesh logo iria chegar do trabalho, e Rumi havia decidido sair do quarto e ir assistir à televisão na sala de estar, deitada no sofá em uma atitude inerte e beligerante. Shreene entrou, trazendo consigo o violento rugido do aspirador de pó. Rumi aumentou o volume da televisão, fazendo as risadas de auditório e as vozes dos convidados do *quiz* berrarem com intensidade semelhante.

— Abaixe isso — disse Shreene.

Não houve reação.

— Não está na hora de voltar para o seu quarto? — perguntou Shreene.

Embora isso não parecesse possível, Rumi aumentou ainda mais o volume.

— O seu pai já vai chegar em casa. Acabou de ligar para dizer que estava saindo.

Rumi apertou o controle remoto, e o som se tornou opressivo, uma chiadeira ensurdecedora de vozes e distorção.

Shreene se inclinou, com o aspirador de pó em uma das mãos, e falou acima do barulho.

— Me dê aqui esse controle remoto — disse, estendendo a mão livre para pegá-lo.

Rumi se levantou e andou até a porta, segurando o controle junto ao corpo. Ficou ali parada, de costas para Shreene.

— O que você está fazendo? — berrou Shreene do meio da sala, envolta em um barulho descontrolado. — É assim que você me respeita, é?

Rumi abriu a porta e saiu da sala, levando consigo o controle remoto. Shreene foi atrás dela, ainda puxando o aspirador, arrastando o tubo atrás de si pelo chão, com o bocal vibrando na mão. No corredor, tentou impedir Rumi de subir a escada.

— O que você quer? — perguntou Shreene, segurando o ombro da filha. Rumi fez força para o outro lado, em oposição à mão de Shreene, agarrando o controle remoto com mais força ainda junto ao peito. — O que é que você quer? — tornou a perguntar, a voz marcada por uma nota de desespero cada vez mais aguda. — O que é que você quer? — repetiu ela.

Rumi deixou o corpo virar.

— O que é que você quer? — repetiu Shreene, agora irada, apertando o ombro de Rumi cada vez com mais força.

— Que você me deixe em paz — respondeu Rumi, erguendo o lábio superior em uma expressão de nojo explícito.

— Como é? — indagou Shreene, erguendo o tubo do aspirador de pó e fazendo o bocal de sucção retangular ficar suspenso junto a suas canelas, aumentando o estrondo. — Você ainda acha que tem razão? Ainda? Depois de tudo que aconteceu?

Rumi se jogou no chão, caindo com o rosto em cima dos pés de Shreene.

— Vá embora daqui! — uivou ela para a mãe. — Vá embora daqui! Vá embora daqui! Vá embora daqui!

— Como é? — berrou Shreene, empurrando o tubo do aspirador e fazendo o bocal de sucção retangular ir parar em cima do rosto de Rumi. — O que é que você quer?

— Vá embora daqui! — gritou Rumi, debatendo-se e empurrando o rosto de encontro ao bocal, pressionando o nariz contra as cerdas da parte de baixo e gritando pelo buraco do centro para dentro do túnel comprido de ar que gemia. — Vá embora daqui! — urrou ela. — Vá embora daqui!

— O que é que você quer? — berrou Shreene, movendo o tubo de modo que o bocal se chocou contra bochecha da filha, empurrando Rumi para o lado. — Quer o seu menino muçulmano, é isso? — gritou Shreene, os olhos ardendo em lágrimas enquanto tornava a esbofetear de leve a bochecha de Rumi. — O seu menino muçulmano? É isso que você quer? Quer ir ficar com ele?

Rumi agarrou o bocal com as duas mãos e bateu com ele na cabeça, arremessando a testa contra a peça de plástico preta, cada vez com mais força, como um martelo em uma bigorna.

O barulho do aparelho cessou, deixando em seu rastro um chiado e um silêncio. Shreene olhou para baixo, seguindo o fio, e viu Mahesh em pé com o plugue na mão na outra ponta do corredor.

— Não faça isso — disse ele a Shreene, largando o plugue no chão. — Acabe com isso agora.

Pôs a pasta na despensa debaixo da escada e passou pelas duas a caminho da cozinha.

Três semanas depois da promessa, Rumi voltou a Oxford sozinha. Mahesh não conseguiu um substituto para suas palestras, e teve de admitir que não poderia ficar servindo de motorista para levar Rumi a toda parte de forma permanente. De certa forma, sentiu-se aliviado por não ter como evitar isso. Embora houvesse supervisionado Rumi 24 horas por dia, como um *band-aid* em cima da tragédia, durante os momentos silenciosos que passavam juntos ele pensava constantemente sobre os fatos que haviam acontecido. Um *band-aid* só fazia servir de lembrete para o ferimento que cobria. Faltavam apenas duas semanas para o final do semestre, e ele não tinha outra alternativa senão deixá-la ir às aulas sozinha. Shreene fez questão de conversar com Rumi a esse respeito. Pela manhã, falou com a filha na cozinha enquanto embalava seu almoço.

— Isso significa que nós confiamos em você — disse Shreene, selando a lancheira com filme transparente e uma tampa de plástico azul, e em seguida abrindo espaço para ela dentro da mochila de Rumi.

Rumi aquiesceu.

— O quê? — disse Shreene. — Você está me ouvindo?

— Estou — disse Rumi, obediente.

Shreene agasalhou a filha, apertando o cachecol em volta do pescoço de Rumi, depois acompanhou-a até o carro, onde Mahesh estava esperando para levá-la até a estação.

— Você entendeu o que deve e o que não deve fazer? — perguntou ela a Rumi quando estavam as duas em pé em frente à casa antes de se despedir.

— Entendi — respondeu Rumi com a voz monocórdia.

— Só tente não tocar em nenhum garoto — disse Shreene, baixando a voz e fazendo um leve carinho em Rumi, roçando os dedos em sua cabeça, como se estivesse retirando uma poeirinha.

25

Faltava um dia para a Avaliação Disciplinar. Esse fato estava exposto dentro da mente de Rumi enquanto ela olhava pela janela para uma estrada ladeada por campos banhados de chuva, guarnecida com pequenos detalhes — alguns redis de ovelhas, de vez em quando uma trilha enlameada de montanha. "Eu vou fazer a minha Avaliação Disciplinar amanhã e ninguém sabe disso, só eu", pensou, com a bochecha encostada no vidro. Era um glóbulo de pensamento de gosto forte, amargo como um dropes de groselha, que ela chupava esperando que fosse se partir e se transformar em algo que ela pudesse mastigar, digerir e compreender.

Na rodoviária, comprou três barras grandes de chocolate. Em pé sob a cobertura do ponto de ônibus, comeu cada uma das três, escutando a chuva descompassada batendo no domo de plástico acima dela, sentindo a mochila pender nas costas, as correias presas na frente do peito. Então começou a andar, subindo a rua íngreme de lojas, cafés, agências de viagens, *pubs*, até chegar ao cruzamento principal, uma bifurcação de várias ruas à sua frente, cada qual carregando seu imenso bloco de história, prédios que para Rumi eram velhos — tão velhos quanto possível. "Velho" era a única palavra — "velho" era tudo em que ela conseguia pensar para descrever aquele lugar. Sentiu-se burra, inteiramente desprovida de vocabulário histórico — arquitetura, batalhas épicas, eras, guerras, reis e rainhas, nada disso compreendido. Não sabia por quê, mas aqueles prédios lhe davam vontade de chorar, aqueles muros gigantes, antigos, arenosos, formando uma igreja que se erguia até o céu, um grande teatro dourado à sua direita, a alta fortaleza de uma faculdade mais à frente, à sua esquerda. Olhou para a abertura em arco da faculdade, protegida por uma porta, a madeira cheia de tachas, aberta apenas o suficiente para deixar entrever um bem-marcado quadrado de grama cor de jade. Por um instante, ela fechou os olhos.

Sentiu a própria inferioridade; o peso dos livros e das roupas em suas costas parecia deformar sua postura de forma apropriada, forçando-a a se curvar para a frente como uma verdadeira excluída, uma corcunda toda encolhida, enquanto admirava um dos mais conhecidos cartões-postais da cidade. "Essa provavelmente é uma das imagens mais famosas do mundo", pensou.

Enquanto ela olhava, pessoas fotografavam a cena, afastando-se dos guias para se posicionar em frente a diferentes prédios com graus de interesse variados. Ela não fazia parte daquela família. Aquilo era lindo demais para poder ser fraudado — antigo e importante demais para tolerar a falta de fé; significativo e romântico demais para ela, um museu vivo de idéias profundas que abrigava pessoas que compreendiam, pessoas limpas, relevantes, que estavam contribuindo para aquele legado com cada instante de suas vidas. Imaginou-as caminhando pelo terreno daquelas faculdades, prendendo suas bicicletas nas grades enquanto trocavam idéias, bebendo no *pub* do final da rua à sua frente, aquelas pessoas inconcebivelmente profundas que exalavam o seu brilho intelectual como se este fosse uma verdade, refletindo a luz umas das outras e brilhando como estrelas identificadas nessa galáxia de conhecimento, dormindo e trabalhando naqueles prédios que ela agora observava em uma atitude tão *voyeur* quanto a do bando de turistas japoneses que havia surgido a poucos metros de onde estava.

Na noite anterior, Rumi havia aberto o saco de um quilo de sementes de cominho que guardava no quarto e as comido, devagar, até o amanhecer. Evitara jantar com a sra. Negativo, pedindo-lhe para fazer a refeição no quarto, jogando fora pela janela a lasanha vegetariana congelada assim que teve certeza de que a sra. Negativo estava dormindo. No início, achara o gosto terrível, e o cheiro das sementes partidas e cruas causara uma pontada de enjôo depois de sete semanas de abstinência. Em poucos segundos, porém, os conhecidos movimentos de sua língua já estavam levando as sementes até os dentes para serem amassadas, seguidas pela aspereza de um novo jato de sementes quando ela engolia cada bocado, e ela se deixou levar por aquele ritmo. Enquanto comia, escrevia, e os programas que mudavam a cada hora na Fox FM formavam uma estrada estabilizadora para sua jornada noite adentro, anunciando o trabalho que ela precisava fazer e fazendo-a abordá-lo de forma metódica.

Quando ela terminava de escrever cada linha, copiando uma fórmula ou equação do livro, rasgava-a da página e dobrava-a incontáveis vezes até que formasse um minúsculo pedacinho quadrado de mais ou menos um centímetro. Lentamente, durante a noite, foi formando fileiras e mais fileiras daqueles objetozinhos que pareciam molas e cujas dobras se abriam como pequeninos acordeões. Fazia um pontinho em cima de cada papel dobrado, com a cor correspondente a cada área temática. Álgebra era azul-turquesa, sua cor preferida, uma tentativa de subverter o medo que a matéria lhe inspirava. A geometria recebeu um vermelho bem vistoso. Probabilidade e estatística, a menor de suas preocupações, foram marcadas com um leve e sem graça amarelo. A mecânica, brutalmente real e implacável até o fim, foi marcada com um pontinho roxo. Quando o dia raiou, ela havia criado 673 quadradinhos, uma tapeçaria de informações em pequenos bocados disposta em cima da sua escrivaninha, em vez de dentro da sua cabeça.

A prova seria somente à tarde, mas Rumi havia marcado de almoçar com Whitefoot duas horas antes do início. A combinação fora feita semanas antes, assim que Mahesh descobrira que o amigo estaria em Oxford para uma conferência de um dia. Ele verificara o horário de Rumi e combinara com Whitefoot. Quando Rumi percebeu que o almoço cairia no mesmo dia da Avaliação Disciplinar, o melhor que pôde fazer foi dizer que naquela tarde deveria assistir à aula de um professor visitante, de modo que o almoço deveria terminar ao meio-dia e meia. Por sorte, a mentira fora convincente o bastante, e Mahesh não havia verificado. Embora a Avaliação Disciplinar não fosse uma prova pública formal, o professor Mountford decidira aplicá-la em uma salinha do prédio usado para as provas oficiais, na rua principal. Esse desejo aparentemente perverso de fazê-la levar o procedimento a sério também afetou seu traje: ela só tinha permissão para entrar no prédio de provas usando as cores tradicionais, preto e branco. Vestira o máximo de camadas possível, começando com sutiã e calcinha, cobrindo-os com uma roupa térmica preta comprida, tipo *collant*, uma grossa meia-calça preta nas pernas e, em seguida, uma comprida "saia" preta — na verdade uma saia-calça — uma grossa camisa branca de algodão e um cardigã por cima da camisa. No bolso do cardigã, guardou a fina fita preta que deveria usar como uma espécie de gravata, pronta para amarrá-la em volta do pescoço logo antes de entrar no prédio. Uma beca acadêmica sem manga formava a última camada.

Somente quando estava inteiramente vestida foi que ela pensou em onde esconder os pedacinhos de papel. Precisava de cinco locais diferentes, para manter as áreas temáticas separadas, com um acesso adequadamente fácil. Depois de um período de experimentação, decidiu encher a área do lado esquerdo do sutiã para a álgebra e rechear o bojo direito com a mecânica, como áreas prioritárias. Foi preciso persistência mas, uma vez no lugar, o cardigã parecia esconder os montinhos agora irregulares de seus seios, embora ela pudesse sentir a maçaroca de papel se mover e mudar de forma sempre que tentava fazer um teste, enfiando a mão no seio esquerdo para retirar pedacinhos de papel aleatórios da seção correspondente àquela área do sutiã. Havia anotado fórmulas demais. O medo de não saber nada significava que não fora seletiva. Também corria o risco de uma falta de controle generalizada em relação aos pontos de acesso. Embora houvesse tentado se organizar dentro de cada área temática (colocando a álgebra linear debaixo do seio, por exemplo, e a álgebra abstrata em uma direção mais para a esquerda dentro do bojo), os papeizinhos haviam se misturado inevitavelmente. Mesmo assim, não tinha outra alternativa senão continuar. A geometria foi armazenada na perna esquerda da meia-calça, embolada na parte da frente da coxa até o joelho. Probabilidade e estatística foram guardadas da mesma forma na perna direita, felizmente com um número bem menor de papéis. Ela se levantou, e diversas partes do seu corpo pinicaram em uníssono, golpeando-a com as pontinhas dobradas do papel do caderno de exercícios. Ela foi até o espelho, sentindo as pontadas ao caminhar.

— Ai! — reclamou, quando um grande quadrado de álgebra se enfiou na carne de seu seio esquerdo. — Merda! — disse, cerrando os dentes, quando alguns quadradinhos de mecânica pularam para fora do bojo direito, indo parar dentro do decote. A frente de sua coxa esquerda ardia com a dor de um arranhão, como se ela estivesse com brotoejas.

Passou a manhã inteira arrumando e rearrumando os papeizinhos. Quando a sra. Negativo chamou-a para irem para a cidade, já estava suportável.

Whitefoot estava sentado em frente a uma mesinha junto à janela quando Rumi entrou no café de Queen's Lane, um lugar que parecia popular entre os turistas, a julgar pelo número de vezes que ela passara por lá e parara para olhar as broinhas recheadas de creme e as tortas de chocolate da vitrine. Ele meneou a cabeça para Rumi, e um sorriso encheu seu rosto, reconhecível como sempre. Ao sentar-se, ela percebeu que nunca havia encontrado Whitefoot a não ser na própria casa, e nunca sem Mahesh presente. O fato de ele ser o velho Whitefoot de sempre provocou-lhe um certo choque. Embora há muitos anos ele não fizesse tal coisa, ao vê-lo pôr a mão no bolso ela esperou que fosse sacar um pirulito e depositá-lo em sua mão por baixo da mesa. Em vez disso, ele lhe entregou uma sacola de papel encharcada de chuva.

— Já é hora de você ler isto aqui — disse, sorrindo. — Hora da educação de verdade, dona Vasi Chique.

Rumi emitiu um ruído nervoso, uma risada forçada, e retirou o papel pardo que havia formado uma película molhada por cima do livro.

— *Em defesa do marxismo* — leu em voz alta, com a voz cheia de expectativa. — De Leon Trótski.

— Isso mesmo, meu bem — disse Whitefoot, bem-humorado. — Leia de cabo a rabo, e podemos começar a conversar na minha próxima visita. Tenho outra conferência destas em janeiro, então pensei em iniciar mais cedo as suas leituras de Natal.

— Obrigada — disse Rumi, formal. Olhou para Whitefoot e pensou em tudo: na Avaliação Disciplinar, no forno quebrado, na expressão magoada de Shreene, no bocal do aspirador de pó, nas lágrimas... nas lágrimas que Mahesh jamais havia derramado; olhos úmidos e transtornados, um beijo, dedos sobre seus seios, unhas espetando como as adagas de papel agora dentro do seu sutiã, caneta vermelha em papel-jornal, nojo, puro e simples nojo. Pensou naquilo tudo e curvou-se para a frente, e a vergonha pareceu-lhe um cinto em volta de seu corpo, apertado demais para deixá-la respirar. "Whitefoot não sabia de nada", pensou Rumi, segurando as mãos por cima da barriga. "Para ele, o mundo era feito de livros a serem lidos e discutidos. Imagine um mundo assim", pensou ela. "Imagine um mundo assim."

— Qual é o problema com você, garota? — perguntou Whitefoot, rindo, servindo a Rumi uma xícara de chá de um bule de porcelana pintada que tilintou quando ele o pousou de volta em cima da mesa. — E que roupa chiquérrima é essa? Desde quando você começou a se vestir como se tivesse o dobro da sua idade?

— Desde não sei quando — disse Rumi, sacudindo a perna esquerda debaixo da mesa para aliviar a coceira dos papeizinhos enfiados na meia. Havia tirado a beca antes de entrar no café, mas aparentemente Whitefoot percebera mesmo assim.

— Aaah! — disse ele. — Desculpe, meu bem. Não quis ofender você. Sou só um velho babão. O que é que eu sei das coisas? Eles aqui pedem para vocês se vestirem bem para as aulas, e tal?

— É... o que a gente quiser — disse Rumi, batendo com o pé em ritmo ainda mais veloz e sacudindo a perna, agora toda tomada por formigamentos. — É... a gente pode vestir o que quiser.

Whitefoot inclinou-se por cima da mesa e pôs a mão sobre o braço de Rumi, em uma tentativa de fazer cessar aqueles movimentos nervosos.

— Escute aqui, garota — disse. — O que é que está incomodando você? Está tudo bem? Você parece meio nervosa, sabe. Só percebi agora, olhando você de perto.

Ele ficou observando Rumi com o cenho franzido e uma expressão de galhofa, como se estivesse esperando ela confessar alguma coisa. Ela ergueu os indicadores até debaixo dos olhos em um movimento involuntário para esconder as olheiras, depois levantou mais as mãos de modo que as bases das palmas cobriram seus olhos por completo. Whitefoot riu e sacudiu a cabeça.

— Ai, não — disse ele. — Eu e minha boca grande, não é? — Ele tomou um gole do chá. — Não preste atenção em mim. Mas o que é que você vai querer comer, Roo?

O apelido desconhecido fez Rumi se retrair.

— Onde são as suas outras conferências? — perguntou ela.

— Como assim?

— Em que outros lugares você vai dar conferências?

— Bom, varia. Este ano eu dei várias... Manchester, Felixstowe, uma em Genebra, que foi ótima. Onde mais? Brighton, Conventry...

— Isso fica no litoral, não é?

— Qual delas? Brighton?

— É — disse ela, repetindo a pergunta: — Fica no litoral, não é?

— Ah, sim, Brighton foi ótimo. Fiquei em um hotelzinho engraçado, do tipo em que se escuta o mar batendo à noite, que tem uma dona bem informal, sabe. Uma delícia. É, Brighton tem uma atmosfera comunitária de verdade, pessoas que resolveram voltar a ser elas mesmas. Fazer o que gostam, viver a vida, largar o trabalho, essas coisas. Em Brighton você não vai encontrar ninguém se matando por causa do contracheque.

— Por que você não vai morar lá, então?

Whitefoot riu, soltando o ar pelo nariz.

— Ah, boa pergunta — disse ele, concordando. — Fazer em vez de ficar só falando.

— Você conhece aquela música do Bob Dylan?

— Qual delas?

— Aquela que diz: *"Brighton girls are like the moon"*... ["As garotas de Brighton são como a lua"]

— Como assim? Há anos que eu não escuto Bob Dylan. Você está mesmo prometendo, isso eu posso dizer. Quem apresentou você ao Dylan?

— Eu escutei em algum lugar — respondeu Rumi.

— Como é mesmo a letra?

— *"Brighton girls are like the moon... Brighton girls are like the moon"*...

— Não é a letra mais complexa que ele escreveu.

— Você conhece — disse Rumi. — Tem que conhecer. Depois ele diz alguma coisa sobre a chuva. *"Looks like nothing but rain"*... ["Parece só chuva"] Alguma coisa assim. *"Brighton girls are like the moon."* É tão lindo. Fala de duas pessoas que fogem juntas...

Whitefoot riu baixinho.

— Ah. Eu estava pensando quanto tempo iria demorar — murmurou.

— Demorar para quê?

— Nada — disse Whitefoot. Chamou a garçonete acenando com o cardápio, depois encarou Rumi nos olhos. — O que você quer que eu diga? — indagou. — Eu só acho... que você precisa de um pouco de tempo para descobrir o que é importante para você, a medula, a polpa central que é a sua essência. Você ainda não conseguiu...

— Demorar para quê? — interrompeu Rumi.

— Como?

— Você disse que estava pensando quanto tempo iria demorar. Demorar para quê?

— Demorar para... Ah, é complicado... Eu não sei em que estou me metendo. — Ele se calou, tomando um grande gole de chá da xícara, e lançou um olhar preocupado para Rumi.

— O que foi? Está com medo do que o meu *pai* vai pensar? — perguntou Rumi, provocando-o. — O meu *amado* e querido pai. — Ela mordeu o lábio inferior.

— Ei!

— O que você acha que eu deveria fazer? — Os olhos dela o incitavam com novas lágrimas. — Por que simplesmente não diz? Por que precisa ser tão vago e tão atabalhoado assim, tão covarde quanto os outros? Por que vocês todos mentem, escondem e fingem, todos vocês? Todos vocês!

A última palavra saiu como uma flecha, sustentada com um gemido e mais alta do que ela pretendia. Duas mulheres de meia-idade na mesa atrás de Whitefoot pararam de conversar, baixando a voz e arqueando as sobrancelhas.

— Ora, meu bem — disse ele, sem jeito, pressionando a mão no pulso dela sobre a mesa. Sacudiu-lhe os dedos, carinhoso e brincalhão. — Vamos, não fique chateada. Calma — disse, consolando-a.

— Para você é fácil dizer isso — rebateu Rumi. — É fácil dar ordens do seu trono no alto do...

Ela se recostou abruptamente na cadeira e se afastou como se estivesse prestes a se levantar.

— Espere aí! — disse Whitefoot, apertando-lhe o pulso com mais força.

Rumi tentou retirar a mão.

Whitefoot pôs a outra mão sobre o braço livre dela, tentando acalmá-la.

— Eu estou ouvindo você — disse ele, franzindo a testa. — Conheço você desde que você era um bebezinho, Rumika. Fico chateado vendo você assim. Eu quero que você seja feliz.

— É mesmo? — A voz dela era um gemido, subitamente jovem. — Então o que eu devo fazer?

Whitefoot respirou fundo, como se estivesse prestes a responder, depois olhou para o outro lado, parecendo constrangido pela urgência da pergunta dela.

— O quê? — disse ela. — O que eu devo fazer?

— Ah, Roo — disse Whitefoot. — Não é tão grave assim. Você vai ficar bem. É natural, ahn, se sentir insegura, às vezes, na sua idade. Mas o seu pai tem muito... orgulho de você, tem sim. Você é uma menina muito bem-preparada.

— Ah, pare com isso! — disse Rumi, tapando os ouvidos com as mãos.

— O quê? — disse Whitefoot, parecendo genuinamente chocado. Levantou a mão para ela, em um gesto hesitante, depois deixou-a cair de volta sobre a mesa.

— Pare com essa mesma lengalenga... a mesma lengalenga... a mesma porcaria, igualzinha — disse Rumi bem alto, em meio ao ruído de fundo que lhe dominava os ouvidos. — Eu já ouvi isso tudo antes.

O prédio onde eram conduzidas as provas ficava do outro lado da rua em relação ao café. Rumi ficou parada do lado de fora e amarrou a fita em volta do pescoço, suando sob as várias camadas de roupa. Precisara de algum tempo para se livrar de Whitefoot. Depois do almoço, fora forçada a acompanhá-lo até a biblioteca Bodleian, como se estivesse indo estudar por conta própria. E agora estava no prédio das provas. Este era tão rebuscado que chegava a ser ameaçador. Pôde ver uma cena ao estilo dos gárgulas esculpida acima da entrada, mostrando uma fileira de homens de vestes compridas e chapéus quadrados ajoelhados diante de um homem idoso sentado e vestido de modo muito parecido. O velho parecia estar abençoando um dos outros como um guru abençoa um discípulo merecedor, com uma das mãos pousada sobre a cabeça do homem curvado à sua frente. Ela fez uma careta, sentindo uma gota de suor escorrer até o olho e embaçar sua lente de contato. Não parecia haver nenhum outro aluno por ali, mas várias pessoas vestidas com elegância, provavelmente funcionários, entravam e saíam dos prédios. "O que eles fazem o ano inteiro?", pensou Rumi. As provas eram só em junho, não eram? Quantas pessoas seriam como ela, desgraçadas por uma prova adiantada?

Do lado de dentro, foi relativamente fácil encontrar a sala, que, apesar dos corredores imponentes que ela atravessou para chegar até lá, revelou-se um pequeno escritório com seis mesas e cadeiras, caixas-arquivo, livros, e a costumeira parafernália acadêmica. Ela se lembrou do prédio de matemática em Swansea, as provas ritualmente cronometradas com o pai imiscuindo-se agora com um brilho nostálgico naquelas lembranças de noites de sábado. O professor Mountford já estava lá, lendo um maço de papéis em uma escrivaninha no canto da sala.

— A prova vai começar daqui a dois minutos — disse ele, erguendo os olhos e apontando para um grande relógio na parede. — Sugiro que você apresse os seus preparativos.

Rumi viu a carteira preparada para ela, exatamente em frente e à esquerda do professor Mountford. Sobre a carteira havia três folhas de papel, viradas de modo que só se podia ver branco, e, ao lado delas, uma folha de prova pautada. Ela se sentou, com o sutiã farfalhando, e percebeu como estava perto do professor em termos de espaço físico. Ele fora forçado a lhe aplicar uma prova especial, sozinho. Aquilo lhe pareceu obsceno. Imagine se agora ela enfiasse a mão dentro do sutiã para tentar pescar alguma cola de álgebra abstrata. Ele iria ver tudo. O professor Mountford levantou a mão e abaixou-a — um movimento incisivo para indicar o início da prova.

Ela virou o papel e leu as perguntas. Uma risada boba escapou-lhe da garganta: uma lufada de ar involuntária, como um último e terrível suspiro no leito de morte. O professor Mountford ergueu os olhos e olhou diretamente para ela. Ela tornou a baixar o olhar para a primeira folha de prova, prendendo a respiração. Aquilo era impossível para ela. Ela reconhecia muitas coisas, a forma como números e letras se encadeavam: sabia o que estavam querendo encontrar. Mas era incapaz de solucionar o problema. Outra lufada de ar veio lá do fundo quando ela abriu a boca, como um fole a se esvaziar.

— Está tudo bem? — perguntou o professor Mountford, abaixando os óculos no nariz para poder fitá-la por cima das lentes, com um severo franzir de cenho a indicar sua irritação.

Rumi aquiesceu. "Esta não é a minha vida", pensou. "Esta não é a minha vida." As palavras ganharam uma força descontrolada, embaralhando-se na sua cabeça como as listras de um pião. Ela não iria fazer aquela prova. Não iria enfiar a mão dentro da meia-calça e rezar para encontrar as respostas. Não iria implorar pela intervenção divina em relação àquela busca aleatória de colas espalhadas por seu corpo.

— Han-han! — disse ela por impulso, como se estivesse pigarreando.

O professor Mountford deu um suspiro de irritação.

— Como disse? — indagou, tirando os óculos e colocando-os sobre a escrivaninha. — Rumika, você realmente precisa...

— Preciso ir ao banheiro — disse Rumi, olhando-o nos olhos, a voz desafiando-o para um duelo.

— Rumika, francamente! — disse ele, sem esconder o nervosismo. — Você tem que entender a importância da situação! Quero dizer, francamente, isso é demais!

— Vou ao banheiro! — disse Rumi alegremente, levantando-se e encaminhando-se para a porta, recolhendo a mochila com uma risadinha histérica. — Coisas de mulher, sabe? — disse, piscando para o professor de forma teatral enquanto inclinava a cabeça para explicar por que estava levando a mochila.

— Rumika! — disse ele, empurrando a cadeira para trás.

Ela calculou que tivesse trinta segundos de vantagem antes de ele perceber, e saiu correndo pelos corredores como se a sua vida dependesse disso, sentindo nas pernas músculos que não sabia possuir. Enquanto corria, até mesmo seus pensamentos vinham em arquejos: "um se-gun-do", uma forte inspiração, depois "dois se-gun-dos", "três se-gun-dos"! As palavras davam saltos em sua mente. Sua saia-calça batia em volta das coxas, a mochila se sacudia em suas costas enquanto ela corria, sorvendo o oxigênio para dentro dos pulmões, rindo por baixo do suor do rosto enquanto as pessoas se viravam para olhar para ela. No saguão antes da entrada, duas mulheres cessaram sua conversa em voz baixa quando Rumi passou, esbarrando no cotovelo de uma delas, sentindo os papeizinhos penetrando na pele da coxa enquanto corria.

— Desculpe! — gritou, projetando a voz para trás por cima do ombro, como para dar sorte, assim como se joga um punhado de sal, enquanto descia correndo os degraus que iam dar na rua principal e saía correndo por ela, imaginando que desaparecia atrás dos grandes ônibus como uma menina em um filme. Desceu correndo a Queen's Lane, sentindo a velocidade aumentar, sentindo-se invencível ao fazer a curva como se fosse uma motocicleta, e emergiu no meio de um bando de turistas, novamente japoneses.

— Ei! — disse. Os turistas estavam reunidos em frente à biblioteca Bodleian, escutando o discurso seguro de um guia experiente.

Rumi enfiou a mão dentro do sutiã e pegou um grande punhado de papeizinhos, esmagando-os dentro do punho fechado e jogando-os em cima dos turistas enquanto passava correndo: talvez uns cinqüenta papeizinhos ou mais — pedacinhos de papel que flutuaram no vento como confetes, tão delicados, quase comestíveis, ao cair de mansinho em cima das cabeças. O grupo inteiro se virou para olhar para Rumi enquanto ela desaparecia depois de virar outra esquina, libertando-se dos papeizinhos que lhe torturavam a pele agarrando os lugares onde havia escondido os outros culpados.

— Olá! — disse, rindo descontroladamente ao soltar uma chuveirada de geometria em cima de uma família: pais com dois filhos de uns cinco e oito anos, mais um terceiro dentro de um carrinho, subitamente cobertos por papeizinhos multicoloridos que caíram sobre eles como pétalas enquanto Rumi continuava a correr, parecendo a Mulher Maravilha, com fogo nos calcanhares, um motor a jato superpotente que a levou até a estação de trem.

Quando ela chegou lá dentro — uma interface muito conhecida depois de todas as chegadas e partidas de sua nova vida —, parou no centro do saguão e arquejou, tentando recuperar o fôlego. O que fazer agora? Aguardou, torcendo para que aparecesse um sinal secreto, um portal que se abrisse como o painel oculto no fundo daquele famoso armário dos livros que ela tanto amava quando criança, e que a conduzisse rumo ao resto de sua vida. Sua garganta ardia com a ameaça de choro, mas ela soltou o ar com uma gargalhada, apoiando as mãos nos joelhos enquanto se curvava para a frente e tentava normalizar a respiração. O que fazer agora? Precisava saber o que iria acontecer depois. Depois de todos os planos, de todas as fantasias, de todos os muito complexos roteiros sonhados ao longo dos últimos meses, ali estava ela, com sua maçã dentro da lancheira, quatro moedas de dez *pence*, as mesmas de sempre, e uma mochila cheia de livros de matemática inúteis.

No final, acabou fazendo tudo à moda antiga. Era uma passageira clandestina, alguém que havia posto o próprio destino nas mãos do acaso, como uma espiã juvenil ou uma detetive de livro: quase acidental, quase inocente. Correu para a plataforma e entrou direto no trem ali parado, o mais rápido possível, e seus pés continuaram correndo até ela chegar ao toalete, trancar a porta, ofegante, e sentar-se em cima da tampa da privada para esperar o trem dar a partida.

Epílogo

"Até aqui tem chuva", pensou ela. "Dizem que Cardiff é o lugar mais chuvoso do mundo, mas até aqui é a mesma coisa."

A umidade saturava o céu como um incenso tipicamente britânico: um cheiro encharcado que dominava o ar e que Shreene respirava agora, como se estivesse na verdade sentada dentro de uma imensa nuvem, e não em um banco à beira-mar. Certa vez, quando estava dando banho em Rumi — uma das últimas vezes antes de Rumi começar a tomar banho sozinha —, a água estava particularmente quente e o banheiro, muito frio, fazendo subir espirais de vapor. Rumi ficara fascinada com aquela névoa mágica, tão tangível, e enfiara o rosto lá dentro e olhara para a frente muito concentrada, como se estivesse vendo vapor pela primeira vez.

— Mamãe, estou vendo uma porção de circulozinhos lá dentro! — exclamara ela, com um enleio calmo na voz. — Mamãe, eu descobri... Olhe! — dissera, erguendo a mão para puxar Shreene para baixo. — Isso é uma descoberta? Eu descobri?

A lembrança fez Shreene estremecer: uma reação à palavra "mamãe", um sentimento de repulsa pelo desejo de Rumi de agradar, pela ambição inocente de sua "descoberta" e pela intimidade natural que compartilhavam naquela época. Teria sido antes de Bapu morrer? O rosto nu de Rumi, da cor de farinha de trigo peneirada, seus óculos que pareciam de brinquedo sobre a borda da banheira — seus primeiros óculos, os responsáveis pelas lágrimas de Shreene quando Rumi chegara em casa com eles, aos sete anos de idade, orgulhosa herdeira da miopia do pai. Será que ela deveria ter se controlado na época, e não chorado daquela forma por causa de uma filha que seria eternamente oprimida por um par de óculos? Agora era fácil olhar para trás e achar que tudo estava errado.

"Amor bruto" era como ele o chamava. Mahesh escutara essa expressão em algum lugar. Mas o que havia de bruto naquilo? Ele era tão moderno quando comparado ao pai de Shreene, ao próprio pai até — nenhum dos dois jamais teria incentivado uma menina a ser tanta coisa, a lutar por tanta coisa, a tentar voar daquela forma. Nunca houvera nenhuma dúvida quanto ao amor. Mas, afinal de contas, o que era o amor? Era tudo, era qualquer coisa, tudo em nome dela, e agora nada. Aonde ir para entender todo aquele amor? Ali, naquele país, onde tudo que tinha a ver com o amor estava de cabeça para baixo. Onde você pedalava, pedalava, com os pés debaixo d'água, apenas para evitar se afogar, apenas para se manter digno, para seguir vivendo como você mesmo, e não como outra pessoa. Será que ela não sabia, Rumi, sua pequenininha, o fruto cármico das suas próprias entranhas — será que ela não sabia como teria sido fácil simplesmente parar de lutar por ela? Como teria sido egoísta? Como teriam lhe feito mal caso a tivessem deixado destruir o próprio passado, o próprio futuro, com toda a sua confusão? Ela era tão inteligente, um diamantezinho bruto de esperança, afiado nas bordas, cintilante de tantas promessas.

As últimas três semanas haviam sido a maior temporada de dor diária na vida de Shreene. Ela jamais sentira uma dor tão intensa e incontrolável — tanto física quanto mental. Rangia os dentes à noite e atravessava os dias cambaleando. Nem mesmo no parto de Rumi a dor fora tanta, nem mesmo na morte de Bapu. Nada disso era capaz de se comparar à sensação de pele rasgada que ela sentia no corpo todo, à sensação de pimenta moída esfregada no cérebro ferido da hora em que acordava até depois de se certificar de que Nibu tinha ido se deitar, enquanto esperava Mahesh vir para a cama ao seu encontro.

Todo mundo sabia. Todo mundo tinha uma opinião. Desde a família de inúteis que administrava a venda da esquina — a mãe gujarati com sua preocupação de fuinha, tentando arrancar a história toda de Shreene quando esta aparecia para comprar leite — até a professora de Nibu, com seu afago hipócrita no braço de Shreene ao externar sua preocupação com a forma como "Nibu estava lidando com tudo aquilo", quando a mãe foi buscá-lo nos dias que se seguiram à fuga de Rumi. Mahesh também estava sofrendo com aquilo: as pessoas na universidade, no seu departamento, não apenas os desconhecidos mas também seus próprios colegas, funcionários como ele. Humilhação entre as humilhações, o professor Levinson em pessoa havia parado no corredor e perguntado sobre a "situação" de Mahesh, com um grave profissionalismo na voz ao pedir para ser "mantido a par", antes de se afastar. Haviam passado todos aqueles anos sendo tão discretos, tão solitários, tão auto-segregados por causa do medo que Mahesh sentia das influências externas, incapazes de confiar em quem quer que fosse, e agora estavam inteiramente expostos. Todo mundo sabia da vida deles.

Parte do problema era a vergonha. Era tudo tão visível. Havia uma história sobre um menino que tampava uma represa com o polegar para impedir a enxurrada — Rumi adorava essa história quando era pequena. E agora ela havia fugido deles e deixado-os sozinhos para se afogarem em uma enchente de ódio. Shreene e Mahesh eram agora o alvo de uma saraivada de julgamentos e hostilidades, uma antipatia que Shreene não sabia que podia existir. Ou será que sabia? A antipatia com certeza tinha sido sugerida por aqueles primeiros artigos de jornal, mas tamanho nível de fúria? Será que Rumi sabia?

Todas as reportagens, rádios, canais de televisão, e especialmente os jornais, haviam se dado as mãos em um ultraje torpe, uma exposição concertada da "verdade". Alguns eram mais ferinos do que outros — algumas vezes, as matérias não passavam de listas desaprovadoras dos aspectos externos da situação — mas, de modo geral, Mahesh e Shreene eram retratados como pessoas perigosas. Shreene viu Mahesh se metamorfosear publicamente de um imigrante ambicioso, ávido por dinheiro, desesperado para se aproveitar da capacidade da filha, em um aspirante a terrorista que usava a filha educada com disciplina como arma para subverter as tradições ocidentais de livre-arbítrio.

E estavam tão sozinhos naquela situação... Rumi fora embora, e eles estavam sozinhos. Não podiam buscar socorro no *ashram* de Londres por causa da vergonha. Todos na Índia seguiam vivendo as próprias vidas — como eles poderiam saber? Mahesh e ela não tinham ninguém com quem chorar, nem mesmo com quem rir dos horríveis absurdos que constituíam a sua vida. Em vez disso, ficavam sentados sozinhos, morrendo juntos, quando Nibu não estava por perto para forçá-los a continuar. Será que ela estava viva? Tinham de acreditar que sim. Estaria ferida? Faminta? Maltratada? Como estaria sobrevivendo lá fora, tão sozinha, tão vulnerável? Com quem estaria? Shreene sequer podia se permitir pensar em todas as possibilidades, quanto mais conversar com Mahesh a respeito.

Como conseguir que ela voltasse quando tudo estava daquele jeito? Como o carinho e o amor os haviam transformado em vilões? Até mesmo quando Mahesh dera a primeira entrevista à televisão, da qual mais se arrependia, pedindo para que a devolvessem sã e salva, fora massacrado nos jornais por sua resposta a uma pergunta sobre o suposto interesse amoroso de Rumi. Dissera que a filha jamais teria fugido com um menino e que, se fosse o caso, isso significava que ela havia sofrido uma lavagem cerebral de algum culto ou tribo, e que ele queria a filha de volta. Queria que ela voltasse para casa. Estava protegendo a sua honra. Shreene entendia o que ele queria dizer. Mas eles não. Achavam que sabiam o que era certo e o que era errado, mas como poderiam saber? Eles ali tinham um sistema diferente: isso era tão óbvio que o simples fato de pensar no assunto a deixava cansada, como mais uma ladainha sem fim à vista, uma ladainha que não servia mais para nada. Ela fora embora, abandonara-os, nada importava para ela. Eles não importavam para ela, para Rumi, sua filha. Ela fora embora.

Eles eram indianos. Será que precisavam justificar as próprias origens? As próprias crenças? Começar do início agora com aquela gente, quando finalmente haviam começado a derrubar as próprias barreiras? Como se fosse tudo muito simples, como uma tabuada. A alma, a natureza espiritual do sexo, parceiros únicos para a vida, compromisso, casamento, famílias, pureza de pensamento e ação, sociedade, hinduísmo, carma, a geração seguinte, filhos, hereditariedade, amor, sabem, amor como se fosse uma cola, a tentativa de ser uma pessoa boa, todos os valores básicos? Permanecer fiel a si mesmo? Para ser alvo de chacota? Fora só para isso que eles, aqueles jornalistas, haviam perguntado a Mahesh o que ele pensava, para as risadas poderem se misturar ao ódio? Será que esperavam que ele dissesse isso tudo, que compartilhasse tudo com aquelas pessoas que vinham arranhá-los, arranhá-los com suas palavras como gatos na sua porta da frente?

Diariamente, Mahesh comprava os jornais, todos eles. Em uma paródia cruel dos procedimentos de campo policial do início de sua vida de casados, sentava-se junto com Shreene no final de cada dia e procurava as matérias, sublinhava-as em traços vermelhos desmoralizados, como se saber o que era dito lá fora fosse tornar tudo menos caótico. Shreene sentia a perda da própria inocência, ali, sentada naqueles silêncios sangrentos junto ao marido, sem as briguinhas e discussões que haviam caracterizado os antigos testes com os jornais, sem as desavenças juvenis — a lembrança do auge de seu próprio vigor de recém-casada permeava-lhe os pensamentos como a melodia suicida de um filme de Guru Dutt. Em vez disso, deixavam a morte se acumular no cômodo à sua volta — Nibu dormindo no andar de cima como se não existisse —, sentados depois do jantar à mesa da cozinha, encurralados em sua própria casa, lendo sobre a filha, dois prisioneiros de guerra detidos à força. Mahesh passava cada jornal para Shreene, já marcado para ela ler, enquanto continuava a percorrer a pilha. "A busca continua", dizia um deles. "A polícia vasculha o país inteiro em busca de uma das meninas mais inteligentes da Grã-Bretanha." "Vista pela última vez no prestigioso prédio de provas de Oxford, Rumi Vasi, quinze anos, continua desaparecida"... Algumas vezes, erravam o emprego de Mahesh, ou a idade de Shreene. Mas, de modo geral, as palavras eram sempre as mesmas.

Então encontraram-na. O telefonema. Não estavam preparados para o telefonema. Mas quem é que estaria preparado para o fato de ela exigir, pedir de forma tão oficial para o seu paradeiro não ser revelado aos pais? Esse choque trouxe de volta uma emoção desconhecida: a raiva, enterrada em anseios e silêncios durante os seis últimos dias. Mahesh continuou a comprar os jornais, mas tiveram mais informações — informações demais — da polícia depois disso. Ao longo das duas semanas seguintes, os choques foram se sucedendo a intervalos cada vez menores, como contrações de parto: Rumi havia conseguido se esconder dentro de um trem para Londres, depois chegara até Brighton não se sabia como. Fora encontrada depois de quatro dias em uma espécie de abrigo para mulheres maltratadas, mas, e isto era o mais humilhante de tudo — era a parte fantástica que fazia Shreene imaginar se Mahesh e ela haviam cometido atos hediondos em vidas passadas, atos que deviam ter sido incrivelmente repugnantes —, seus pais não tinham permissão para vê-la.

Em vez disso, Rumi enviou-lhes uma carta por intermédio da polícia explicando que se sentia *violentada* (que palavra mais dura, mais adulta — quem teria lhe dito para escrever isso?) pela sua experiência e que precisava se manter afastada em nome da própria saúde; havia solicitado que a confiassem aos *cuidados* de alguém (o que significava, como Shreene ficou sabendo mais tarde, que desejava que desconhecidos cuidassem dela), e seu pedido fora aceito. E então um novo choque, o pior de todos: a polícia interrompeu os contatos com Shreene e Mahesh, e eles foram encaminhados a assistentes sociais, pessoas que falaram em iniciar "um processo de comunicação" que incluía conversar sobre "o que dera errado". Disseram que Rumi não queria vê-los até segunda ordem. Falaram como se isso significasse alguma coisa. Ela fora confiada a uma família adotiva e, "por enquanto", não queria estabelecer contato.

— Ela está com raiva! É só uma criança! Vamos... Vamos lá fazer ela deixar de ser boba assim. Vamos lá buscá-la... — implorava Shreene a Mahesh toda noite, rebaixando-se com um gemido que subia e descia, um lamento contínuo que ia se chocar inutilmente contra a imobilidade dele.

— Vamos lá — implorava ela. — Ela é só uma menininha. Se escrevermos uma carta para ela, com amor, pedindo para ela voltar, ela volta. É uma boba, mas tem apenas quinze anos...

Mas Mahesh a ignorou. Mesmo que a filha estivesse dormindo na casa de desconhecidos, comendo e bebendo em uma mesa desconhecida, aparentemente até freqüentando a escola local, como um "arranjo temporário", ainda assim Mahesh ignorou Shreene. Cessou o ritual dos jornais e deslizou para fora do alcance da mulher, deixando-se adentrar naturalmente um nível ainda mais avançado de silêncio no qual até mesmo seus movimentos dentro de casa se tornaram inaudíveis — passos espectrais na escada conduziam a interações fantasmagóricas com o banheiro. Ele chegava em casa todos os dias às 17h45, vestia seu *pajama kurta* às seis e ia se deitar na cama, por cima da colcha, com os olhos fixos no teto, sem óculos. Sintonizava o rádio ao lado da cama na All-India AM e ficava ali a noite inteira escutando a estática e a algaravia de vozes distantes interrompidas por cítaras grosseiras, pela irrupção estridente de cordas abruptas.

Depois de algum tempo, Shreene acabou escrevendo ela própria a carta, sem dizer nada a Mahesh. E, apesar das explicações que vinha dando a si mesma para manter a própria sanidade — que aquilo era apenas um teste, que não era real —, mesmo assim o derradeiro choque, depois de todas as contrações de dor, deixou-a sem ar. Quando soube que Rumi havia concordado em se encontrar com ela, sozinha, Shreene foi até o altar no quarto de Nibu e prostrou-se no chão, aos prantos, chorando tanto que as lágrimas escorriam pela lateral do nariz e se entranhavam na trama de náilon do carpete, pressionando a testa no chão com força, pedindo e tornando a pedir que ele lhe mostrasse o caminho, pedindo força e sabedoria para recuperar a filha. Não acreditava que fosse capaz de convencê-la a voltar para casa. Mas acreditava que pudesse fazer Rumi se lembrar de quem era — tornar a tocar a filha, ficar próxima dela de alguma forma. Acreditava que Rumi fosse se lembrar do amor.

Shreene puxou mais para baixo as mangas do suéter para que saíssem por baixo do casaco e cobrissem a fina linha de pele exposta no pulso abaixo das duas mãos, unindo-se à borda das luvas. Sentou-se no banco e viu Rumi, mais longe na praia, em pé perto do mar, chutando seixos. Rumi estava cinco minutos adiantada. Embora estivesse a certa distância na areia, seu formato era inconfundível. Usava um casaco novo, meia-calça preta, seus antigos tênis. Um casaco jeans forrado, com capuz de moletom costurado na gola. Seus cabelos haviam crescido um pouco e desciam até a metade das orelhas. Ela estava com as mãos nos bolsos, ombros curvados por causa do frio, a cabeça encolhida de modo que o queixo quase tocava o peito. Enquanto Shreene a observava, Rumi ergueu a cabeça e olhou para a vasta extensão de água, e estremeceu.

    Shreene respirou tranqüilamente, repetindo o mantra mais antigo do mundo, todos os sons do universo reunidos em uma única vogal redonda de calma. Então se levantou e andou até ela.

Agradecimentos

Gostaria de agradecer o apoio de toda a minha família na redação deste livro: meu pai, por seu carinho e generosidade intelectual; minha linda mãe, por sua maestria de uma vida toda na arte de contar histórias; e meu irmão, por sua verdadeira e total doçura. Muito obrigada a várias pessoas: meu agente Andrew Wylie, e Tracy Bohan — sua energia é contagiante, assim como sua paixão; tenho sorte de poder compartilhá-la. Minha editora Mary Mount, por seu espírito nobre e generoso, e também Jennifer Hershey e Hazel Orme.

A meus principais leitores no Bath Spa University College, onde escrevi a maior parte do livro: sobretudo Gerard, por seu efeito indefinível, precioso, Richard Francis, Tim Liardet, e as palavras profundas de Tessa Hadley. Ian Breckon, por sua paciência e idéias fortuitas, Ros Cook, Mike Haughney, Jules Williams, Joachim Noreiko e Emma Hooper.

Aos amigos que foram também leitores: Julia Miranda, por sua poesia incomparável; Krish Majumdar, pela força de seu compromisso e confiança; Nigel Singh, Doug M. Ray e Chris Hale. A meu querido companheiro Stephen Merchant, obrigada pelas conversas de valor incalculável sobre enredo, honestidade e adolescência; da mesma forma, Susanna Howard e Bucymac — o intercâmbio inestimável. Nirad Pragasam e Joanna Perry, vocês continuam a ser uma fonte constante de inspiração e instigamento. E também Johanna Ekström, Suzy Jaffe, Camille Thoman, Owen Sheers, Simon Baker, Emily Woof, James Eaton, Kevin Conroy Scott, Alex Heminsley e Adam Wishart, por seus conselhos e sua paciência.

A Indu e Chandra Mohan Sharma, por sua grande gentileza e sua porta sempre aberta. Também a Brij, Caroline, Gaby e Sunanda.

Acima de tudo, tenho uma dívida para com Vik Sharma, que me fez escrever este livro e é o verdadeiro catalisador por trás do romance. Obrigada, meu amor, por me mostrar o "simples rasgo/ no forro de uma cortina/ que revela uma janela/ que revela o mundo".

Editora responsável
Izabel Aleixo

Produção editorial
Daniele Cajueiro
Guilherme Bernardo

Revisão de tradução
Silvia Rebello

Revisão
Ana Carla Sousa
Giuliana Alonso

Diagramação
Filigrana

Este livro foi impresso em Guarulhos, em agosto de 2008,
pela LIS Gráfica, para a Editora Nova Fronteira.
A fonte usada no miolo é Sabon, corpo 11/15.
O papel do miolo é Pólen Soft 70g/m², e o da capa é Cartão TP Premium 250g/m².